로커웨이,
이토록 멋진 일상

로커웨이, 이토록 멋진 일상

나는 파도를 타고 다시 인생을 배웠다

다이앤 카드웰 지음
배형은 옮김

'□'

인생에 갑자기 들이닥친 거센 파도 속에서 허우적대던 한 여성이 마침내 서프보드 위에 올라 자기만의 방식대로 파도의 흐름에 몸과 마음을 맡기기까지의 눈부신 고군분투를 읽는 동안 마음속이 뜨거운 용기로 가득 차올랐다. 동시에, 가득한 의무들 사이에 작은 행복 한두 개를 끼워 넣는 것이 아닌, 행복을 중심에 놓고 삶을 구성하는 방법을 진지하게 고민하게 됐다. 더 충만하고 더 자유로운 삶을 향해 몇 발짝 내딛을 수 있게 등을 힘껏 밀어주는 바닷바람 같은 책이다. 우리는 언제든 다시 시작할 수 있다. 다이앤이 감동적으로 증명해보인 것처럼.

—김혼비,《우아하고 호쾌한 여자 축구》저자

마른 도시에서 삶을 살지만 나는 자주 파도에 휩쓸렸다. 넘어지고 싶지 않았기에 마주하기보다는 피하기 급급했던 것 같다. 해변으로 피신해 숨을 고르며 파도를 타는 이들을 멀리서 바라보곤 했다. 서퍼들을 보면 서글픈 부러움이 떠오른다. 하지만 나는 모래를 털고 일어나 다시 파도에 들어가기로 했다. 앞으로는 도망치지 않기로 다짐한다. 이제는 '저건 내 파도야'라고 외치고 곧장 패들링을 하며 다가갈 것이다. 몇 번을 넘어져도 다시 일어날 수만 있다면 삶을 유영하는 서퍼가 되지 않을까 상상한다.

눈을 감고, 서울에서 눈부신 로커웨이를 떠올린다.

—이연, 70만 그림 유튜버,《겁내지 않고 그림 그리는 법》저자

운명의 진로를 다시 개척하는 과정을 담은 감동적인 체험담.

—뉴욕 포스트*New York Post*

깊은 감동을 주는 글이다. (중략) 보드 위에서 그리고 인생에서 새로운 디딤돌을 찾기 위해 도전에 맞서는 한 여성의 임파워링 스토리.

—피플*People*

새로운 누군가가 되는 것은 어려운 일이다. 다이앤 카드웰은 쪼잔하게 굴지 않는다. 디테일을 놓치지 않는 기자의 눈과 보기 드문 솔직함으로 마음의 고통, 자의식, 해묵은 두려움, 허리케인 샌디, 수없이 다가오는 흰 파도의 벽을 끝까지 헤쳐나간다. 서퍼로서 실력을 쌓고 사랑을 찾고 생각지도 못한 공동체의 일원이 되어 전진해가는 다이앤의 모습에서 좋은 파도를 탔을 때와 같은 깊은 만족감을 느낀다.

—윌리엄 피네건*William Finnegan*, 퓰리처상 수상작《바바리안 데이즈*Barbarian Days*》의 저자

저자는 가슴 깊이 와닿는 서술을 통해, 자기 자신을 찾아가는 한 여성의 가슴 뭉클한 초상을 그리면서 역동하는 몸과 우정과 서핑

의 기술을 가득한 기쁨으로 찬양한다. 넉넉한 마음과 희망을 전하는 에세이.
—커커스 리뷰*Kirkus Reviews*

가슴을 저미는 글. 대화하듯 따뜻한 문장으로 쓰인 이 책은 한 사람이 자신의 삶에서 거둔 승리에 대한 드문 이야기이자, 무엇이 공동체를 더욱 굳건히 하는지에 대한 통찰이며, 주어진 한계라고 생각했던 것이 대개는 스스로가 정한 한계임을 깨우쳐준다. (중략) 용기를 북돋아주는 색다른 이야기이며 매력적이다.
—라이브러리 저널*Library Journal*

우리는 자신의 취약한 부분을 끌어안음으로써 그것을 극복할 수 있다. 카드웰의 감동적인 이야기는 그 서툰 몸짓을 풍부한 감성으로 묘사하며 독자의 마음을 적신다.
—북페이지*BookPage*

서핑을 모르는 독자라도 휘몰아치는 카드웰의 이야기에 빠져들기는 어렵지 않다. (중략) 재난을 온몸으로 겪고 그 여파 속에서 다시 쌓은 삶을 다채롭게 기록한다.
—퍼블리셔스 위클리*Publishers Weekly*

서핑은 어렵고 거칠고 무모하고 때로 위험하다. 깊은 슬픔과 이혼 후의 인생도 그와 마찬가지이다. 다이앤 카드웰은 용감하게도 스스로 나아가 미지를—여러 가지 의미로—받아들이고 새로운 방식을 찾아낸다. 로커웨이 비치의 서퍼들 사이에서 찾아낸 또 다른 무언가는 기쁨과 공동체이다. 《로커웨이, 이토록 멋진 일상》은 새로운 삶을 발견하고 그 삶의 주인이 되는 과정을 보여주며 우리를 고무시킨다.

—리자 먼디Liza Mundy, 《코드걸스: 2차 세계대전의 숨겨진 승리자, 여성암호해독자들의 이야기Code Girls: The Untold Story of the American Women Code Breakers of World War II》의 저자

이 에세이는 많은 고정관념을 유쾌하게 부숴버린다. (중략)《로커웨이, 이토록 멋진 일상》은 다시 시작하기에 대한 이야기일 뿐 아니라, 원하는 것을 고집스럽게 움켜쥐고 어떤 대가를 치르더라도 절대 놓지 않는 끈기를 상세히 다룬 논문이기도 하다. 뜻밖의 영감을 불러일으키는 대단한 책.

—미니애폴리스 스타 트리뷴Minneapolis Star Tribune

발가락을 노즈로, 무릎을 턱으로. 중년의 첫 서핑 체험을 담은 다이앤 카드웰의 에세이는 자기 나름의 스타일로 일어서고 또 일어서는 법을 우리에게 알려준다.

—질 아이젠스탯Jill Eisenstadt, 《로커웨이로부터From Rockaway》와 《너울Swell》의 저자

상실과 자아 발견에 대한 사려 깊은 에세이 《로커웨이, 이토록 멋

진 일상》은 문자 그대로, 또한 비유적으로 널판지 하나에 의지해 바다를 떠다닐 때 어떤 일이 생길 수 있는지 보여준다.

—셀프 어웨어니스*Shelf Awareness*

다이앤 카드웰의 《로커웨이, 이토록 멋진 일상》은 재창조와 회복 탄력성에 대한, 놀랍도록 감동적이고 재미있으며 솔직하고 힘을 북돋는 에세이다.

—프랜신 프로즈Francine Prose, 《푸른 천사*Blue Angel*》와 《무엇을 왜 읽을 것인가*What to Read and Why*》의 저자

다이앤 카드웰의 《로커웨이, 이토록 멋진 일상》에서 넘쳐나는 활기는 독자로 하여금 밖으로 나가 새로운 것을 시도하며 더 자유롭고 충만하게 살고 싶어지게 한다. 자신의 열정을 따라가는 한 여성의 이야기를 통해 새롭게 시작하고 다시 창조할 기회가 있음을 새삼 깨닫게 된다.

—토바 머비스Tova Mirvis, 《헤어짐에 대한 책*The Book of Separation*》

올겨울에 푸에르토 리코에서 서핑을 하다가 《로커웨이, 이토록 멋진 일상》을 읽고 표지에 실린 사진으로 나를 알아본 여성을 만났다. 나처럼 50대인 그 여성은 서핑을 이제 갓 배웠다고 했다. 겁이 나기도 했지만 아들과 더 많은 경험을 공유하고 싶어서 두려운 마음을 밀어낸 것이었다. 함께 파도를 나누는 동안, 그가 청록빛 바다를 가로질러 나아가면서 얼마나 큰 환희를 느끼는지 알 수 있었다. 여기에 이르기까지 역경을 극복하며 얻은 만족감과 자신감도.

그는 내 이야기를 읽고 자극을 받아 새로운 모험을 시작했다고 전해준 수많은 독자 중 하나였다. 그들은 용기를 내서 도전에 따른 어려움을 이겨냈다. 이 사실은 이 책의 출간으로 거둔 가장 만족스러운 성과라고 할 수 있다. 《로커웨이, 이토록 멋진 일상》을 쓰게 된 주요한 동기가 바로 다음과 같기 때문이다. 나는 내가 한때 그랬듯이—아무리 큰 성취를 이루었다 해도—줄곧 만족스럽지 못한 인생을 살며 새 출발을 간절히 바라는 독자들에게, 인생을 바꾸기에 너무 늦은 때란 없다는 메시지를 전하고 싶었다. 고통스럽거나 두려울 수도, 전에는 너무나 중요했던 무언가를 포기해야 할 수도 있지만, 그래도 언제든 행복한 삶을 시도하고 방향을 바꿀 수 있다고 말하고 싶었다.

로커웨이 비치의 자그마한 방갈로에 사는 도시의 서퍼라는 이상을 추구하기 위해, 나는 전남편과 함께 살았던 브루클린의 우아한 저택을 버리고 실패에 대한 극심한 공포를 극복해야 했다. 심지어 서핑이라는 스포츠를 하는 데 재능이라고는 조금도 없었다. 나는 내가 사는 블록 끝 대서양 파도 속에서 자리를 잡으려고 발버둥을 쳤던 만큼, 로커웨이라는 연약하고 기다란 땅에서도 내가 머물 자리를 찾으려고 고군분투했다. 비록 파괴적인 초대형 허리케인 샌디가 로커웨이를 온통 뒤집어엎었고 기나긴 복구 과정이 이어졌지만. 그러나 폐허의 다른 편에서, 더 강하고 더 행복하고 내가 원했던 것을 더욱 확신하는 내가 모습을 드러냈다.

　그 나날들 이후로 뼈가 부러지거나 인대가 파열되기도 했고, 멋진 서핑을 했다고 여길 만한 시간은 순간적으로 몇 번 찾아왔을 뿐이지만, 나는 서핑을 계속해왔다. 바다 모험에서 얻은 소중한 교훈을 영원히 되새긴다. 사랑하는 것들을 중심으로 삶을 구성했더니 상상했던 것보다 훨씬 더 큰 기쁨을 얻었다는 교훈이다. 사랑하는 일들을 삶의 우선순위에 두고 의무적인 일들은 적당히 맞춰서 끼워 넣으면 된다. 이 이야기를 한국 독자들에게 소개한 출판사에 깊은 감사를 전한다. 그리고 독자들이 이 책을 즐기기를, 여기서 영감을 얻어 자신만의 행복을 추구하고 어디에서든 그 행복을 발견하길 바란다.

2022년 3월
다이앤 카드웰

1부
바다에서

2부
5피트 높이에서 더 차오르는 중이지

3부
돔 아래에서

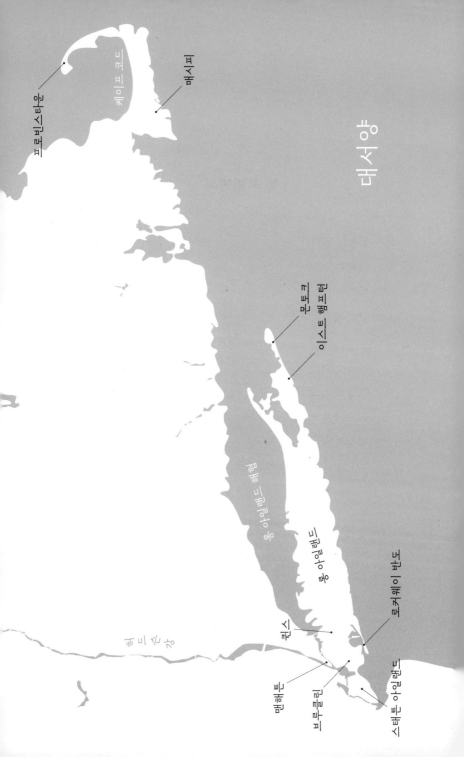

대서양

프로빈스타운

케이프코드

매사피

몬토크

이스트 햄프턴

파이어 아일랜드 해변

롱 아일랜드

퀸스

로커웨이 반도

허드슨 강

맨해튼

브루클린

스태튼 아일랜드

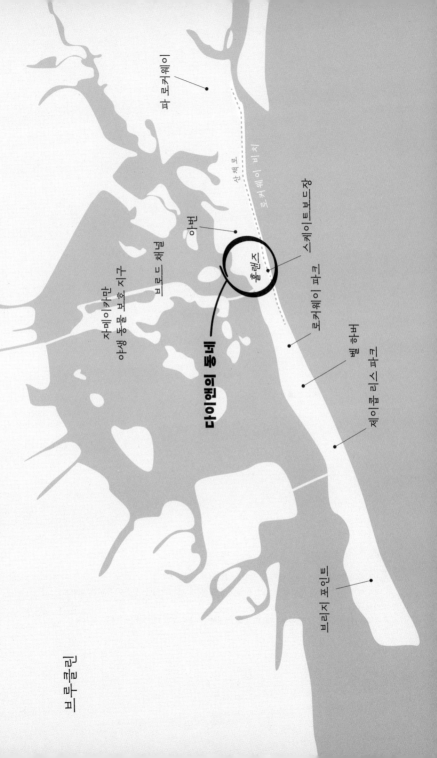

파 로커웨이

산책로

로커웨이 비치

해변

스케이트보드장

홀랜즈

로커웨이 파크

다이앤의 동네

벨 하버

제이콥 리스 파크

브로드 채널

자메이카만
야생 동물 보호지구

브리지 포인트

브루클린

오버 더 폴스*

그래도 계속해야 한다 나는 잡초와 같이
바위에서 내던져져 대양의 거품 위를 항해한다
물결이 밀려들고 폭풍의 숨결이 승리하는 그곳

— 바이런Lord Byron, 《차일드 해럴드의 순례Child Harold's Pilgrimage》

이렇게 끝나는 건가?

문득 떠오른 생각에 놀라서 머릿속이 하얘졌다. 나는 요동치는
바다에서 서프보드를 타고 앉아 있었다. 가쁜 숨을 내쉬며 몸을

> Over the Falls. 부서지는 파도 꼭대기에 올랐을 때 보드에서
> 떨어져 곧장 바다로 낙하하는 경우를 가리킨다. 큰 부상을 유발할
> 수 있다.

똑바로 세우려고 버텼다. 두 팔은 아프고 힘이 빠져서 제대로 들어 올릴 수도 없었다. 고개를 들자 해안에서 나를 기다리는 친구들이 보였는데 친구들도, 절벽을 따라 늘어선 야자수들도 점점 더 멀어지는 듯했다. 해변으로 돌아가려 애쓴 시간은 영원처럼 길었지만, 잠깐 한숨 돌릴 때마다 철썩대는 청록빛 바닷물이 잡아끄는 통에 목표 지점인 길게 뻗은 모래사장은 아득해질 뿐이었다. 나를 쥐고 이리저리 휘두르는 액체 괴물의 손아귀에 압도되어 한없이 작아진 느낌이 들었다. 젖은 검은 곱슬머리가 바람에 뺨을 후려치고, 짠 물보라가 눈을 찌르고, 바닷물이 밀려들어 귀를 막고 입과 코 안으로 쏟아져 들어왔다. 물살은 나를 해안선과 평행하게 끌고 가는 중이었다. 면도날처럼 날카로운 산호초가 언제든 내 살을 갈갈이 찢어놓을 수 있었다. 몸이 움직이지 않자 돌아갈 수 없을지도 모른다는 사실이 처음으로 생생히 다가왔다.

딱 한 시간 전까지만 해도 나는 여유롭고 행복했다. 카리브해의 푸에르토 리코 북서쪽 언저리 해변에 친구와 함께 발을 들인 것이다. 초록색 눈과 갈색 머리를 가진 활기가 넘치는 이 친구는 내가 지난 수년 동안 불행한 마음으로 서핑을 배우려고 애쓰던 시절에 우리 동네에서 만났다. 자주 함께 파도를 타는 버디buddy 이자 지난 수년간 새로 사귄 첫 친구들 중 하나였다. 새 친구들은 내가 이혼이 남긴 폐허에서 서서히 벗어나 다시 쌓아 올린 인간관계에 들어갔다. 우리는 대여한 서프보드를 들고 으슬으슬한 2월의 뉴욕, 그리고 온갖 잔해로 엉망이 된 우리 동네, 로커웨이 비치Rockaway Beach에서 탈출할 생각에 들떠 있었다. 초강력 허리케인 샌디Sandy가 강타해 폐허가 된 로커웨이 비치는 아직 회복 중이었다.

해변을 굽어보는 비포장 주차장의 세차게 나부끼는 우거진 나무 밑에 서 있다가, 막 파도를 타고 나온 다른 로커웨이 친구들과 마주쳤다. 확실히 파도가 좀 거칠긴 했다. 반투명한 파도들이 솟구치는 가운데 해류가 빙빙 돌아 하얀 거품 소용돌이가 생겨났다. 하지만 한 친구가 파도는 보기보다 약하니 별로 걱정할 것 없다고 말했다.

"그래도 해류는 조심해. 해류에 휩쓸려서 왼쪽으로 나가지 않게 신경 써. 반대쪽으로 각도를 잡고 물을 저어."

다른 친구가 덧붙였다.

오지 말걸. 솟구쳐 올라 일그러졌다가 해안을 세차게 들이받는 파도를 보며 생각했다. 하지만 재빨리 그 목소리를 잠재웠다. 계속 오른쪽으로 가면 괜찮을 거다. 우리 동네 이스트 코스트East Coast의 바다에서는 언제나 내 뜻대로 움직일 수 있었으니까. 그리고 피부에 닿는 거친 물결의 위로가 절실했다. 견딜 수 없을 만큼.

게다가 나는 삶에서 잠시 벗어나 쉴 필요가 있었다. 이는 난장판 속에서 든 생각이었다. 지난 오 년에 걸쳐 상실 또 상실이 나를 덮쳤다. 나는 결혼을, 아버지를, 아이를 낳을 가능성을 잃었다. 나는 모든 의미에서 표류하고 있었다.

유난히 소질이 없어 바다 위에서 균형을 잡느라 고군분투하면서도, 서핑을 할 때는 항상 기쁨과 목적의식에 휩싸였다. 서프보드 위에서는 한순간이나마 힘차고 자유롭고 우주와 조화를 이룬 느낌이 들었다. 그 나머지 시간에는 정반대 느낌을 받았다.

그리고 바로 지금, 나는 뚜렷한 위험을 마주하고 있었다. 모래 위로 밀려와 따뜻하게 맞아주는 물속으로 걸어가서 내 앞에 늘어선 거품 벽을 뚫고 나가는 데만 집중한 나머지, 해류가 생각보다 센 것을 눈치채지 못했다. 해류는 내가 가려는 방향과 정확히 반대쪽, 즉 왼쪽으로 나를 끌고 갔다.

보드를 붙들고 되돌아가려 했지만 아웃사이드outside—파도가 부서지는 지점 너머를 가리키는 서핑 용어다—에 갇혀, 해안으로 안전하게 돌아갈 수 있는 곳에서 한참 멀어졌다. 나의 서핑 친구는 바다 어디에서도 보이지 않았다. 아마, 그리고 현명하게도 애쓰기를 더 일찍 그만두었는지도 모른다. 나는 생각했다. **아무리 많은 사람과 함께 서핑해도 소용없어. 결국은 혼자니까. 나 그리고 바다.**

스스로 돌아갈 수 없으면 어떻게 하지? 이런 질문을 던지며 내가 처한 곤경에 대해 곰곰이 생각했다. 눈을 감자 바다에서 조난된 사람들의 전형적인 모습이 비현실적인 악몽처럼 떠올랐다. 구명뗏목에서 생선과 새와 오줌으로 연명하다가 햇볕에 시커멓게 탄 채 발견된 생존자들. 난파된 배에서 모래사장으로 떠밀려온 헐벗은 여자들을 그린 옛날 그림들. 10대들이 로커웨이에서 이안류에 희생되었다는, 거의 매년 본 것 같은 신문 기사들. 앤드리아 게일호는 거대한 바다에 뒤흔들리다가 가라앉았다. 길리건과 선장은

1991년, 조업을 나간 어선 앤드리아 게일호가 허리케인에 휘말려 실종되었다. 영화 〈퍼펙트 스톰(The Perfect Storm)〉은 이 사건을 기반으로 만들어졌다.

세 시간이면 끝날 항해를 떠났다가 S. S. 미노호의 키를 잃었다.

해변을 바라보았다. 거리는 더욱더 멀어져서, 이제는 친구들이 모래밭에 놓인 막대 인간처럼 보였다. **내가 위험한 상황이란 걸 알까? 구조대를 불러줄까? 그때까지 버틸 수 있을까? 그 전에 바다에 휩쓸리려나? 어디에 상어가 있는 건 아니겠지?**

나는 잠시 쉬면서 솟아오르는 두려움을 억누르려고 애썼다. 하지만 그렇게 하자 절로 다른 의심이 기어들었다. 이건 내 길이 아니었을지도 모른다. 이 바다로 들어갈 준비가 되었다고 생각한 게 그렇게 잘못이었다면 내가 파도와 함께 너울대는 서퍼로 살 수 있다고 확신한 것도 아주 큰 잘못이었을지도 모른다. 중년에 이른 나는 인생의 중심축을 커리어에 집중된 출세 지향 삶에서 더 의미 있어 보이는 무언가로 옮길 수 있다고 확신했다. 그러기엔 너무 늦었을지도 모르는데. 결혼 생활을 지키기에도, 아이를 갖기에도, 다른 멋진 사랑을 찾기에도 너무 늦었던 것처럼 말이다. 나는 빌린 서프보드 그리고 빌린 삶에 매달려 있었다. 내가 이따금 가져다 썼지만 진정 내 뜻대로 할 수는 없던 삶이었다. 주변을 둘러보며 한없이 아름다운 풍경을 눈에 담았다. 내가 얼마나 안전한지 가늠해보고 여전히 안전과는 너무 멀리 떨어져 있다는 사실을 알았다. 말도 안 되는 곳에서 죽게 생겼다.

1960년대에 방영된 미국의 시트콤 시리즈 〈길리건의 섬(Gilligan's Island)〉의 도입부. 일등 항해사 길리건과 선장이 승객 다섯 명과 세 시간짜리 보트 투어를 나섰다가 태풍에 휘말려 태평양의 무인도에 조난되며 이야기가 시작된다.

갑자기 내 안의 무언가가 터져나왔다. 그래서 뭐? 정답도, 파트너도, 내가 꾸려가고 있는 줄 알았던 그림 같은 완벽한 삶도 없는데, 그래서 어쩌라고? 나는 이 새로운 인생을 샀다. 빌리지 않았다. 그러니까 이제 살아야 한다. 너 스스로 이 진창에 들어온 거야. 그러니 여기서 나가는 것도 너한테, 오직 너한테 달렸어.

나는 앉아서 심호흡을 하며 등을 구부렸다가 견갑골을 모으며 가슴을 쭉 펴고 눈부신 하늘을 향해 눈을 감았다. 이겨내. 나는 소리 질렀다.

"안 돼, 지금은 아니야."

으르렁대는 바다가 곧장 내 말을 집어삼켰다. 나는 다시 보드 위에 엎드려 거센 삼각파도 사이로 팔을 젓기 시작했다. 가슴과 고개를 계속 들고 있을 수 없었지만 뻣뻣해지다 못해 마비된 듯한 어깨, 팔, 등을 최대한 모르는 척했다.

"넌 할 수 있어."

주문을 외듯 외치고 또 외쳤다. 내가 얼마나 정신 나간 못난이처럼 보일지 상상하며 낄낄 웃었다. 동경했던 근육질 멋쟁이 서퍼와는 백만 광년 떨어진 모습일 게 틀림없었다.

"더 깊이 저어!"

마침내 해안 쪽에 시선을 던지니 해변과 주차장 사이에 계단처럼 쌓여 있는 통나무 더미가 보였다. 내가 가야 할 곳에 거의 다 왔다는 사실을 깨달았다. 그런데 수평선 쪽을 바라봤다가 최고로 높아진 파도들이 곧 부서지려는 것을 눈치챘다. 나를 집어삼켜 후려칠 것 같은 파도들이었다. 파도들을 넘어야 한다. 그러면 파도를 타거나 파도들 사이로 다시 미끄러져 들어갈 수 있을 것이다. 내 곁에서 다른 파도가 솟아올랐기에, 서서히 보드를 돌리고 남은 힘을 긁어모아 그쪽으로 향했다. 립lip을 뚫고 나갈 수 있을 것 같았다.

하지만 바다는 나와 생각이 달랐다. 다른 쪽으로 나아가려 할 때, 포세이돈의 손처럼 강한 힘이 보드의 테일tail을 움켜쥐는 것을 느꼈다. 손은 보드를 빙 돌려서 부서지려는 파도 경사면에 내리꽂았다. 물이 내 주위를 우르르 휘감았을 때 보드 양쪽 가장자리를 붙들고 가슴을 들었다. 잠기지 않고 계속 떠 있기를 바라면서.

그대로 계속 돌진하자 머리를 단단히 감싸고 있던 물의 벽이 벌어지며 내가 해변으로 빠르게 나아가고 있다는 사실을 알 수 있었다. 친구들이 펄쩍펄쩍 뛰고 소리를 지르며, 일어서서 제대로 파도를 타라고 나에게 손짓하고 있었다. 하지만 팔은 흐느적거리고 다리에는 부들대는 몸을 일으킬 힘이 조금도 남아 있지 않았다. 이곳까지 찾아온 목적을 이룰 기회를 이렇게 놓치다니. 햇볕에 잠겨 더운 물방울을 흩날리며 서핑하고 싶었는데. 실망스러웠지만 아쉬움에 마음 쏟을 힘은 거의 다 떨어졌다. 해변이 가까워지자 기진맥진한 나는 긴장을 풀고 보드에서 굴러 내려왔다. 보드를 끌고 나와서 모래 위에 떨어뜨린 뒤 팔꿈치를 무릎에 대고 몸을 웅크렸다. 헐떡이면서 잦아드는 심장 소리를 듣는 사이

부서지기 전인 파도의 가장 높은 부분.
보드의 뒤쪽 끝부분.

에 파도가 내 뒤 어디에선가 부서지다 물러났고 안도감이 되돌아
왔다. 나는 시련에서 살아남았고 큰 상처도 없었다. 적어도 몸에
는. 나는 또 파도를 탈 것이고, 이 순간에는 그 사실이 가장 중요
했다.

1부

바다에서 At Sea

내가 선원이 아니라는 사실을 갑자기 깨달았다.
나는 아무것도 모르는 승객일 뿐이었다.
— 프레더릭 코너Frederick Kohner,
《기젯, 큰 생각을 품은 작은 소녀Gidget, the Little Girl with Big Ideas》

1957년에 발표된 소설. 기젯이라는 별명의 소녀가 당시 남자들의
전유물이라는 인식이 강했던 서핑에 도전하고 사랑을 찾는
로맨틱한 이야기를 담고 있다.

1

최초의 빛

2010년 6월

여름이었고 도시에서 간절히 벗어나고 싶었다. 정상적인 상황이었다면 이미 여름 계획을 다 짰을 것이다. 남편과 주말을 보내거나 뉴욕주 북부의 친구들을 만나거나, 프랑스나 캘리포니아주 북부의 포도밭을 돌아보는 긴 여행 아니면 캐나다나 메인Maine주로 하이킹 또는 카약킹 여행을 떠났을 것이다. 하지만 이혼한 지 거의 삼 년이 지났고 내 것, 온전히 내 것인 이 여름은 텅 비어 있었다. 나는 맨해튼 미드타운에 자리한 《뉴욕 타임스New York Times》 3층 보도국의 내 자리에서 따가운 모직 카디건을 두르고 앉아 차가운 에어컨 바람을 견디고 있었다. 건물의 유리 살갗 너머로 인도를 따라 성큼성큼 지나가는 사람들과 대로 건너 포트 오소리티 환승 터미널 위로 미로처럼 포개진 경사로를 구불구불 돌아가는 버스들을 바라보았다.

10년 정도 《뉴욕 타임스》에서 기자로 일해온 나는 지역 뉴스를 다루는 메트로Metro 섹션에서 뉴욕의 서비스업 부문을 새로 맡았다. 레스토랑과 호텔 경영자들, 기업 임원들, 유명인들, 그 밖의 이 업계 사람들 다수가 여름을 맞아 도시 밖으로, 특히 롱 아일랜드 동쪽 끝으로 눈을 돌릴 테니, 다음 기사를 쓰기 위해선 나도 연례 대이동에 합류해야 한다고 담당 편집자를 설득했다. 하지만 출장 비용을 정당화할 수 있을 만큼 특별한 기삿거리는 찾지 못했기 때문에 아이디어를 낚으려고 짐에게 전화를 걸었다. 오랜 동료인 짐은 롱 아일랜드 머리 쪽의 별스러운 외딴 어촌 몬토크 Montauk에서 여름을 보내곤 했다.

"아아, 그렇다면 이걸 써야지. 정말 좋은 기삿거리야. 하지만 감추고 싶기도 한걸. 아무나 다 알게 되는 건 좀 싫거든."

짐이 말했다. 내가 헤드폰 마이크에 대고 대답했다.

"에이, 좀 알려줘. 일단 들어나 보자. 기사 쓰는 게 싫으면 안 쓸게. 하지만 그렇게 좋은 소재라면 다른 데서, 아마 《월 스트리트 저널Wall Street Journal》 같은 데서 재다가 먼저 써버릴걸."

"아, 그건 그렇네. 몬토크를 꽁꽁 숨긴다? 어림없는 생각이라는 건 사실 나도 알아."

짐이 말했다. 뒤이어 깊이 숨을 들이마시는 소리가 들려오더니 목소리를 낮췄다. 주차장에서 만나 국가 기밀이라도 누설하는 줄 알았다.

"몬토킷Montauket이 매물로 나왔어. 1700만 달러 정도를 생각하고 있대."

"몬토킷이 뭔데? 1700만 달러면 비싼 거야?"

"세상에, 몬토킷이라니까! 팔린다면 대단한 거래지."

짐이 다시 보통 성량으로 말했다.

몬토킷은 몬토크 북쪽 해안, 포트 폰드만Fort Pond Bay이 내려다 보이는 절벽 위에 걸터앉은 꾀죄죄한 모텔 겸 바로 밝혀졌다. 몇 대에 걸쳐 그 지역 최고의 석양 명당으로 일컬어지는 곳이었다. '엔드the End'라고 알려진 몬토크는 엄밀히 따지면 이스트 햄프턴 의 일부이지만 병합되지 않은 작은 마을이었다. 그곳 사람들은 세련되게 탈바꿈할 기회를 오랫동안 멀리하고 대신 바닷사람들 의 역사, 육체 노동자들의 정신, 히피 서퍼들의 정서에 격한 애착 을 품었다. 그러나 차례차례 밀려온 개발 물결에 휩쓸려 곰팡이 핀 싸구려 숙소가 사라지고 세련된 부유층 구미에 맞는 새하얀 부티크 호텔이 들어서면서 몬토킷은, 짐의 말에 따르면, 주민들 의 마지막 보루이자 몬토크의 영혼을 상징하는 무언가가 되었다.

짐 말대로 멋진 이야기였고, 7월 4일 독립 기념일이 다가오고 있으니 시기도 좋았다. 편집자들은 독립 기념일 휴일 무렵이면 항상 재미있고 여름다운 글을 원했으니까. 그렇게 해서 일주일쯤 뒤 토요일 오후, 나는 몬토킷의 바에 앉아 만의 짠내 나는 공기를 마시며 기자 수첩에 메모를 휘갈기고 있었다. 벽에 걸린 액자 속 물고기 그림과 풍경화, 칠판에 쓰인 음료 메뉴, 천장을 가로지르 는 묵직한 나무 들보를 찬찬히 살펴보았다. 출입문 옆에는 담배 자판기, 구석에는 주크박스가 있었고 바 뒤에 있는 수동 금전 등 록기도 장식용이 아니라 실제로 쓰는 물건이었다. 가게 안은 거 의 비어 있었지만, 뒤쪽 야외 테라스에 앉은 젊은 남녀 한 쌍이 서로에게서 좀처럼 손을, 그리고 입을 떼지 못하고 있었다.

검은색 민소매 티셔츠를 입은 바텐더는 실속 있고 능률적인 여성인 듯, 열린 창문으로 고개를 내밀고 그들을 향해 소리쳤다.

"방 잡으라고 하고 싶지만 남은 방이 없네! 자기들이 아이스크림이야? 핥아먹게. 지긋지긋해서 정말."

다시 안으로 몸을 물린 바텐더는 눈알을 굴리고 고개를 절레절레 저으며 내 곁을 지나쳐 다른 일을 하러 갔다. 모든 것이 금메달감 특집 기사 소재였다.

몇 시간 뒤 해넘이를 보려는 사람들이 몰려왔다. 나는 밖으로 나와 구름 사이로 은은한 빛줄기가 내리쬐고 있는 야외 테이블과 테라스의 자리가 빠르게 차는 모습을 지켜보았다. 지는 해가 만의 고요한 잔물결 위로 둥실 떠오른 솜사탕 같은 구름에 가려져 있었다. 주크박스에서는 스프링스틴의 〈항복은 없다No Surrender〉가 요란하게 흘러나오고, 클램 파워CLAM POWER 티셔츠를 입은 남자가 암스텔 라이트 병을 든 채 고함치듯 따라 불렀다.

"후퇴는 없어, 베이비!"

나는 슬그머니 바 안으로 되돌아가 꽉 찬 실내를 훑어보다가 60대로 보이는 남자 둘을 점찍었다. 옛이야기를 좀 들을 수 있지 않을까 기대하며 내 소개를 했다.

●⠀1970년대부터 사회상을 반영한 노래로 인기를 얻은 미국의 록가수.
●⠀미국 뉴욕주 작은 해안 도시 세이빌의 조개잡이 스티브 쿤이 1971년에 디자인한 로고. 이 로고를 넣은 티셔츠가 지역의 조개잡이들과 롱 아일랜드 전역에서 유행했다.

"언제부터 여기에 오셨어요?"

내가 물었다.

"70년대부터요. 노인네들이나 오는 바였는데, 나는 그때 젊은 이였죠. 지금은 내가 바로 노인네로군요."

둘 중 은퇴한 도급업자 쪽이 대답했다. 검은 머리가 벗어지기 시작한 그는 버튼다운 셔츠를 입었다. 그들 말에 따르면 이곳은 성수기가 끝나 낚시 휴가를 즐기는 존스 비치 인명 구조원들에게 인기 있었고 빌리 조엘이 즐겨 찾았다고 한다.

"여기에 오면 시간이 멈춘 것 같았어요."

다른 남자가 말했다. 산호색 폴로셔츠와 카키색 면바지를 입은 백발 남자로, 그의 집안은 1920년대부터 몬토크에서 여름을 보냈다고 한다.

"모든 것이 제자리를 지키고 있었죠. 루스벨트 대통령의 초상화처럼요."

하지만 유행에 휩쓸린 인파가 평소에도 마을로 몰려들게 된 지금은 상황이 달라졌다.

"이젠 홍수를 막으려고 안간힘을 쓰는 정도예요."

천장에 부딪혀 울리는 시끌벅적한 주말 밤의 목소리들 사이로 이따금 걸걸한 웃음소리가 들려오는 동안 나는 우글대는 사람들을 둘러보았다. 잘 익은 감 빛깔과 푸른 페리윙클 꽃 빛깔의 연보라색 띠가 펼쳐진 바깥 하늘 너머로, 지는 해가 꺼져가는 잉걸불처럼 수평선 언저리에 걸려 있었다. 이곳이 팔린다면 어떤 매력이 보존될 수 있을까? 거친 구석구석이 어마어마한 돈 세례를 받아 매끈해질지도 모른다. 내가 자라난 1970, 80년대 맨해튼의 많은 옛 거리가 그랬던 것처럼.

몬토킷의 소유주는 한쪽 눈썹에 가는 고리 피어싱을 한 자그마한 여성으로, 그의 가족이 1959년부터 이곳을 경영해왔다. 한 친척이 포커 게임에서 매입권을 딴 것이 계기였다. 나와 아까 오후에 이야기를 나눴을 때 그는 돈 때문이 아니라 그저 옮길 때가 되어서, 새로운 일을 해볼 때가 되어서 가게를 내놓았다고 했다.

그의 말이 무슨 뜻인지 알 것 같았다. 결혼 생활이 끝났지만 나는 여전히 진짜 삶이 시작되기를 기다리는 지지부진한 느낌에 빠져 허우적대고 있었다. 전남편 에릭과 함께 살았던 브루클린의 우아한 타운하우스는 세를 주고, 베드포드-스타이브선트의 삭막한 구역에 자리한 허름한 아파트로 이사했다. 이혼이 남긴 잔해 더미에서 벗어나 어디로든 나만의 길을 따라 힘차게 떠나려 했다. 아마 언젠가는 테라스 자리에 있는 커플이 느끼는 것과 똑같은 기분을 다시 느낄 수 있을 것이다. 큰 키에 넓은 어깨, 눈부신 초록 눈을 가진 에릭과 데이트를 시작했던 20대 때 우리 역시 남들 앞에서도 손을 놓질 않았고 맨해튼의 번화가 곳곳을 누비며 서로를 어루만졌다. 하지만 그런 날들은 오래전에 사라졌고, 거의 20년 만에 처음으로 혼자가 된 나에게 익숙해지며 비참한 기분이 들지 않는 것으로 족했다.

다음 날, 나는 비치컴버의 내 방에서 일어났다. 비치컴버는 시

<hr>

※ 뉴욕시 브루클린 북부에 자리한 구역. 1930년대 이후 브루클린 거주 흑인들의 문화적 중심지가 되었다.

랜치 풍의 기와지붕 원룸형 간이 아파트 단지였고, 대서양을 따라 달리는 올드 몬토크 하이웨이에서 갈라져 나온 길에 위치했다. 취재는 꽤 괜찮게 된 것 같았다. 필요한 기본 정보를 모두 담았고, 이 마을과 몬토킷이라는 장소의 특징도 확실히 잡아냈다고 생각했다. 하지만 평소처럼 에스프레소를 내려 크림을 붓고 볼에 요구르트와 그래놀라를 담는데 기분이 계속 찜찜했다. 서퍼들의 이야기를 전혀 듣지 않은 것이 떠올랐다. 그러나 서퍼들이 주로 모이는 해변에 갔다가 무슨 대접을 받게 될지 약간 불안했다. 서퍼들은 텃세가 심하고 반골 기질이 있다고 들었기 때문이다. 하지만 차를 몰고 브루클린으로 돌아가기 전, 일단 디치 플레인스Ditch Plains라는 길게 뻗은 해변에 가보기로 결심했다.

젠장! 햇볕에 이글대는 고속 도로를 따라 속도를 내다가 디치로 빠지는 길을 표시한 짧은 하얀 막대를 보았을 땐 이미 늦었다. **저 길로 나갔어야지! 왜 나는 항상 이러는 거야?** 간단한 여정을 또다시 비비 꼰 스스로에게 짜증이 났다. 나는 운전을 늦게, 서른 살에 배웠고 그로부터 약 15년이 지났어도 여전히 혼자 길을 잘 찾는 편이 아니었다. 항상 나들목을 놓치고 방향을 잘못 잡아서 바른 길로 가기 위해 되돌아와야 했다. 운 좋게도 몇 분 후에 다른 교차로가 나와서 왔던 길을 되돌아와 제대로 돌아 내려갔다. 어린 시절 여름을 보내곤 했던 케이프 코드의 시골길 같은 풍경이

　● 캘리포니아주 서노마의 자치 지역으로, 자연 경관과 어우러진
　　독특한 목재 건축물들로 유명하다.
　❖ 매사추세츠주의 반도.

최초의 빛　33

무척 예쁘고 친숙해서 마음이 들떴다. 대공황 시대를 견뎌낸 부모님은 부유하진 않았지만, 작은 저축 은행의 중간 간부였던 아버지에게 케이프 코드 어귀 근처 마을인 하이애니스에 사는 숙부가 있었다. 공립 학교 교사였던 어머니는 학기가 끝나자마자 나와 언니를 그곳으로 쫓아내 여름을 지내게 했다.

디치로 향하는 도중에 분홍색 또는 하얀색 꽃을 피운 우거진 해당화 사이로 언뜻언뜻 스쳐가는 빛바랜 오두막들과 기와지붕 집들을 보니 우리가 매일 해변으로 가는 길에 봤던 집들이 떠올랐다. 나뭇잎들 사이를 통과해 열린 선루프 아래의 맨어깨로 흘러내리는 따스한 햇빛을 받으며 굽이굽이 길을 돌아가자 마침내 서퍼들의 명소라는 이스트 덱 모텔이 나타났다. 소박한 객실들이 나란히 붙어 있었고, 나는 차를 댈 곳을 찾았다.

서핑으로 유명한 해변은 처음이었기 때문에 어떻게 해야 하는지 아무것도 몰랐다. 모텔 쪽으로 걸어가 주차장을 통과해서 해변 위쪽 모래 언덕으로 향했다. 입구에 서 있는 황갈색 캠핑카에서 음식을 팔고 있었다. 그 바로 너머에서는 웻슈트를 입은 사람 몇몇이 서프보드를 곁에 뉘어 놓고 벤치에 앉아 있었다.

드디어 모래밭에 들어선 나는 언덕 아래 빛나는 쪽빛 물 위에 펼쳐진 광경에 얼어붙은 듯 멈춰 섰다. 서퍼 수십 명이 잔잔한 무릎 높이 파도가 치는 곳까지 나아가 훌쩍 일어선 다음, 느긋하게 물결을 따라 돌다가 긴 보드 위에서 폴짝 뛰거나 한 발로 앞을 디뎠다. 물에 젖어 반짝이는 딱 붙는 검은 웻슈트를 입은 여성이 햇빛을 받아 빛나는 검은 머리를 흩날리며 해변으로 나아가는 모습은 마치 파도의 마법사 같았다. 팔을 위아래로 젓고 같은 리듬에 맞춰 엉덩이를 흔들며 주문을 걸고 있었다.

나는 말을 잃었다. 비밀의 바다에서 요정이나 님프 같은 신비한 존재들을 우연히 발견한 느낌이었다. 이것이 서핑이라니, 스쳐가듯 한번 생각해본 적밖에 없는 스포츠가 실제로는 이렇다니 믿을 수가 없었다. 어린 시절에 〈드넓은 스포츠의 세계 *Wide World of Sports*〉에 나온 철썩이는 물의 벽을 타보고 싶어서 미칠 뻔했던 사람들이 반드시 있을 것이다. 거대한 청록빛 바다를 따라 (물속까지) 미끄러져 내려가는 선수들의 몸은 한 점 티끌처럼 보였다. 그때도 서핑 하면 흔히 떠올리는 이미지—느긋한 한량들, 문신한 놈팡이들—는 나에게 별로 매력적이지 않았다. 야심과 기회가 들끓는 압력솥 같은 맨해튼에서 자라 막 성인이 된 나는 해변에서 보내는 낮보다 디스코텍에서 열기를 한 김 식히는 밤을 더 좋아했다.

하지만 오랫동안 TV에서 보았던 고층 빌딩만 한 괴물들과 달리, 잔잔하고 호의적인 이곳 파도는 스팽글이 달린 듯 반짝이는 바다를 밀치고 나아가면서 서퍼들을 인도하고 있었다. 나는 그 자리에 붙박인 채 족히 한 시간은 서 있었다. 가끔씩 형형색색의 서프보드에 눈길이 갔다. 모래 언덕에 널린 보드들은 〈비치 파티 *Beach Party*〉에서 프랭키와 애넷이 타던 것과 비슷했다. 떠내려온

미국 ABC방송국에서 1961년부터 1998년까지 방영한 텔레비전 프로그램. 전 세계의 다양한 스포츠 경기를 보여주었다.
1963년에 개봉한 미국의 청춘 영화.

통나무와 펄럭이는 옷가지로 대충 세운 텐트 밑에서 기타를 뚱땅거리는 남자도 보았다. 흩어진 모닥불 잔해 가운데에서 비키니 차림으로 일광욕을 하는 유연한 몸의 젊은 여성들도 있었다.

하지만 내 시선은 몇 번이고 다시 파도의 마법사들에게로 쏠렸다. **이게 서핑이라고?** 더 낮은 다른 목소리가 마음속 깊은 곳에서 울렸다. **나도 할 수 있을지도 몰라.** 내가 생각해놓고 웃을 뻔했다. 맨해튼 출신에 운동 신경 없는 소심한 소녀였던 내가 서핑을 한다고? 하지만 그 목소리는 더욱 강해졌다.

광대뼈 언저리가 따끔거려서 퍼뜩 정신을 차렸다. 햇볕에 타기 시작했다는 신호였다. 생각보다 오래 머물렀는데 아직 아무와도 이야기를 하지 않았다. 하지만 마감까지 시간이 빠듯했기 때문에 서퍼 인터뷰는 생략하고 떠나기로 했다. 그러면 오후의 혼잡한 거리를 뚫고 브루클린의 푹푹 찌는 아파트로 돌아갈 수 있을 것이다. 그런데 주차장을 지나 길 쪽으로 걷고 있을 때 손으로 '임대'라고 쓴 표지판이 창문에 붙은 작은 노란색 주택이 눈에 띄었다. 그 글자가 붉은색 네온사인처럼 또렷하게 번쩍번쩍 빛나 보였다.

운명이야. 그 건물을 보는 동안 심장이 뛰고 머리에 갑자기 열이 올랐다. 아침마다 커피를 들고 해변을 거닐며 파도 속에서 낮을 보내고 밤에는 바닷가재를 삶는 내 모습이 그려졌다. 이게 무슨 느낌이지? 전에 몬토크에 와본 적은 딱 한 번뿐이었다. 몇 년 전, 에릭과 함께 추운 초봄 주말에 찾았을 때, 오랫동안 떠나 있다가 등대 근처 너른 바위로 돌아온 바다표범들을 보았다. 그때 이곳에 푹 빠졌다. 짙은 푸른색 바다와 날 선 모서리들이 둥글둥글 다듬어진 듯한 편안한 분위기가 친숙했다. 깔끔히 단장한 햄프턴스보다는, 케이프 코드처럼 더 거칠고 바다 느낌이 났다.

세상에, 여기서 지내면 정말 좋겠다. 이렇게 생각하며 계속 걸었다.

아마 엄청 비쌀 거야. 아니면 집이 비는 때가 내 일정이랑 맞지 않거나. 혼자 중얼거렸다.

여기 나와서 혼자 뭘 하려고?

서핑은 어떻게 배울 건데? 보드도 없고 웻슈트도 없고 서핑하는 사람들과 어울리는 법도 하나도 모르면서.

돈 들여서 준비를 다 해놨는데 비가 오면?

차에 거의 도착했을 때 나는 멈춰 서서 몸을 돌리며 이 모든 부정적인 목소리를 차단했다. 문득 궁금해졌다. 대체 몇 번이나 이랬던 거야? 낯설거나 무섭거나 내가 속해 있다고 믿는 상자 밖으로 끌려 나갈지도 모른다는 이유로 시도조차 시도하지 않는 거. 일터에서도 수년 동안 해외 특파원 지원을 망설여왔다. 탁월한 인재가 되기에는 진취력이 부족하다고 믿었기 때문이다. 사람들을 만날 때도 업계 교류 파티나 미술관 개관 파티는 피했고 아는 사람이 적을 것 같으면 칵테일 파티조차 가지 않았다. 그런 자리는 어색하다고, 나는 사교적인 잡담 실력도 형편없다고 되뇌곤 했다. 하지

롱 아일랜드 지역의 동쪽을 가리키는 이름으로 사우스 햄프턴과 이스트 햄프턴으로 이루어져 있다. 미국 북동부의 유서 깊고 인기 있는 여름 휴가지이다.

만 그런 습관을 깨고 싶어서, 세상 속에서 달라지고 싶어서 몸이 달았다. 이 불안함을 이겨내고 싶었다. 아니, 적어도 나를 더는 방해하지 못하게 하고 싶었다. 나는 큰 소리로 중얼거렸다.

"그만해. 일단 전화번호나 적어두자."

다시 돌아가 잔디밭 가장자리에 서서 전화번호를 적기 시작했다. 갑자기 현관문이 열리더니 붉은빛이 도는 갈색 머리를 가진 친절해 보이는 여자가 나를 손짓해 불렀다.

"이 집에 관심 있으세요?"

내가 다가가자 여자가 물었다. 여자는 웃으며 악수를 청했다.

"그런 것 같아요. 하지만 집이 언제 비는지, 제가 감당할 수 있는 정도인지가 중요하죠."

"아, 그럼 들어와서 한번 보세요."

여자가 거실 안쪽으로 비켜 서며 말했다. 문지방을 넘어 탁한 푸른색 카펫 위에 서자 시간 여행을 해서 과거로 돌아간 것 같았다. 간소하고 티끌 하나 없이 깨끗한 그곳은 예전에 많이 본 것 같은 랜치 스타일 농가 주택이었다. 텔레비전 앞에 아늑한 안락의자가 두 개 놓여 있고 긴 소파에는 밝은색 꽃무늬 퀼트 담요가 비스듬히 드리워져 있었다.

"몇 분이나 오실지 모르겠지만, 저걸 펴면 침대가 돼요."

여자가 소파를 가리키며 알려주었다.

"아마 저 혼자 지낼 거예요. 하지만 좋은 정보네요."

미국에서 1940년대부터 1970년대까지 큰 인기를 끈 주택 양식으로, 가로로 길고 납작한 형태와 개방적인 구조가 특징이다.

우리는 널찍한 주방으로 들어갔고, 여자는 나에게 냄비, 프라이팬, 접시, 조리 도구 일식을 보여준 다음 거실을 지나 욕실과 두 개의 침실로 안내했다. 안에는 필요할 만한 침구며 수건, 기본적인 세면 도구가 모두 갖춰져 있었다.

"아, 그게 여기 있었지."

여자가 말하며 침실 붙박이장에서 윤이 나는 갈색 나무 서랍을 당겨 열었다.

"바닷가재를 삶을 때 쓰는 큰 냄비도 있어요."

"와, 대단한데요. 거의 몸만 들어오면 되겠어요."

"고마워요. 남편 집안이 오랫동안 소유해온 건물이에요."

뒤뜰을 향해 문이 열려 있는 주방으로 돌아가며 여자가 말을 이었다.

"우리는 해마다 여름이면 같은 사람들을 초대했죠. 20년 동안 온 사람들도 있어요."

여자가 덧붙였다.

"하지만 올해는 몇 명 빠졌지요."

"이 근처에 사세요?"

"아뇨, 우린 롱 아일랜드의 훨씬 더 안쪽에 살아요. 뒤뜰도 보여 줄게요."

밖으로 나가 목제 야외 테이블과 벤치 옆에 섰을 때 내가 물었다.

"그럼 서핑도 하세요?"

"아니요. 하지만 우리 딸은 해요. 서핑하세요?"

"아뇨……. 아직은요."

내가 웃으며 말을 이었다.

"하지만 해변에서 서핑하는 사람들을 보는데 다시 여기 와서 배우고 싶단 생각이 들더라고요."

"아, 그러면 이 집이 정말 좋을 거예요."

여자가 알려준 일주일 임대료는 내가 아슬아슬하게 감당할 수 있는 정도였다. 나는 줄곧 주위를 돌아보며 결점을 찾으려고 했다. 헛간에 도사린 식인종이나 울타리 뒤에 숨겨진 지옥으로 뚫린 문 같은 게 있다면 이 작은 낙원이 내 손에 더 쉽게 들어올 텐데. 대신 뾰족뾰족한 풀숲에 둘러싸인 마당이 나타났다. 해변에서 기분 좋게 지친 채 돌아와, 땅에 꽂힌 쇠막대에 석쇠를 걸고 뭔가를 지글지글 구우며 저녁 시간을 보내는 내 모습이 그려졌다.

"두 주 비었네요."

여자가 작은 수첩을 꺼내 연필로 목록을 써놓은 페이지를 펼치며 알려주었다. 그 두 주 중 한 주는 노동절 전 주였는데 나는 이미 그때를 내 휴가 기간으로 잡아놓았다. 실로 운명이었다.

"큰돈이지만 어떻게든 될 것 같아요."

말하기만 하면 정말로 이루어질 것처럼 내가 대답했다.

"좀 생각해보고 다음 주쯤 연락드려도 될까요?"

"네, 좋아요."

현금을 긁어모으면 될 것 같았지만 정말 그만큼 돈이 있을지

9월 첫째 월요일.

확신이 없었다. 재정 파탄의 구덩이에서 최근에야 겨우 기어올라온 참이었다. 이혼 후에 두 명이 아닌 한 명 수입에 맞춰 소비를 다시 조정하는 데 실패한 결과였고, 여름휴가를 멋대로 가도 될지 여전히 자신이 하나도 없었다. 그래도 놓치기에는 너무 좋은 기회 같았다. 온 우주가 나에게 메시지를 보내고 있었다. 실제로 무슨 일이 일어날지는 전혀 몰랐지만.

나는 확실히 바다에 익숙했다. 어렸을 때는 하이애니스 캘머스 비치의 만 쪽에서 시간을 보내곤 했다. 물을 튀기며 한없이 놀고, 모래를 체로 걸러 자그마한 조개껍질을 찾고, 제방의 돌 사이를 건너뛰었다. 뒤엉킨 검은색 곱슬머리가 햇빛에 바래 군데군데 붉은 금발로 변하고, 피부가 하도 까맣게 타서 갈색 눈이 더 밝아 보일 정도였다. 나는 호기심을 타고났지만 조심스럽고 수줍음도 많아서 물에 들어갈 때까지 한참 걸리곤 했다. 물가 근처로 슬슬 다가가 우선 발가락 하나를, 괜찮으면 발도 한쪽 담갔다가 파도가 밀려오면 물러나서 처음부터 다시 시작하는 식이었다. 엄마는 내가 나만의 의식을 거행하도록 혼자 내버려두었다. 그러다가 내가 마침내 물에 들어가면 그때쯤 곁에 갑자기 나타나거나 언니를 보냈다. 나보다 일곱 살 많고 용감한 데다 타고난 운동선수이면서 수영 챔피언인 언니는 내가 달리고 뛰고 머리 꼭대기로 물을 톡톡 쳐올리는 모습을 지켜보았다.

"왜 그러는 거야?"

하루는 언니가 물었다.

"장난이야."

네 살짜리 나의 대답이었다.

그해 여름, 엄마가 뜨는 법을 가르쳐주면서 수영을 배우기 시작했다. 검은 원피스 수영복을 입고 짙은 녹색 렌즈의 귀갑 테 웨이퍼러 선글라스를 쓴 엄마의 모습이 아직도 생생하다. 엄마가 고개를 들어 올린 나를 안아 들었다.

"등을 구부리고 팔은 계속 벌려."

이 말을 들으며 올려다본 엄마의 얼굴은 인내와 기쁨을 그린 캔버스를 밝은 갈색 곱슬머리라는 액자에 끼워 새털 같은 구름 몇 조각이 떠도는 연푸른 하늘에 걸어놓은 듯했다. 물이 부드럽게 내 흉곽과 머리에 부딪혀오는 사이, 엄마는 팔에서 힘을 빼고 내가 잠깐 가라앉게 두었다가 다시 들어 올리기를 반복했다. 마침내 내가 혼자서 뜰 수 있을 때까지.

"이것 봐!"

엄마의 웃음소리는 카피스 조개껍질들이 쟁그랑대는 소리 같았다.

"네가 떠 있어!"

세상에서 가장 기적적인 일이었다.

물속에 머무는 느낌은 정말 좋았고, 나이를 먹어서도 그곳 바다에서 계속 헤엄을 쳤다. 물구나무서며 재주넘기처럼 땅에서는 겁이 나서 하지 못하는 온갖 묘기도 부렸다. 부모님이 거기서 20킬로미터쯤 떨어진 매시피Mashpee의 못 근처 개발지에 있는 소

● 장식용으로 많이 쓰는 하얗고 둥글며 광택 나는 조개껍질.

박한 농가를 산 뒤에도 마찬가지였다. 하지만 파도와 파도 속에서 할 수 있는 일에는 조금도 흥미가 없었다. 나는 캘머스 비치 쪽 바다의 센 물결은 좋아하지 않았다. 헤엄을 치고 싶었는데 이곳 파도가 방해가 되었던 것이다. 파도에 휩쓸린 해초는 일렁이는 물속에서 가시가 있는 바다 생물이나 공격 직전의 해파리 촉수처럼 보였고 종아리나 허벅지를 스치면 소름이 끼쳤다. 윈드서핑 보드를 조립해서 물에 띄우느라 애쓰는 사람들을 보고 있으면 장비란 죄다 거추장스럽고 재미없어서, 내가 좇는 홀가분한 즐거움을 방해할 것 같았다. 그들은 꾸준히 그들 나름의 파도를 즐겼다. 나는 파도가 필요 없었다.

하지만 몬토크에서 이제껏 깊이 생각해본 적 없었던 사실을 발견했다. 수상 스포츠는 대개 바다 위가 아니라 바닷속에서 즐기는 것이고 서프보드는 매개 역할에 지나지 않는다는 사실 말이다. 에릭이 카약킹을 알려주었을 때도 그 점이 정말 좋았다. 좁은 만과 개천과 맹그로브 숲을 노 저어 지나갈 때 그곳의 일부가 된 것 같은 감각. 서핑은 어떨까? 음, 훨씬 더 재미있을 것 같았다.

차에 올라 집을 향해 운전을 시작했는데, 엄청난 첫 데이트를 마친 기분이 들었다. 머릿속에서 끊임없이 서퍼들의 모습을, 회전하고, 미끄러지고, 빙 도는 모습을 재생하며 그렇게 할 때 어떤 기분이 들지 상상했다.

하지만 빽빽이 심은 나무들과 석조 고가 도로들을 지나쳐 공원 도로를 쌩 달리는 동안, 진취적으로 벌인 이 모든 일을 실행할 용기가 사라지고 분수에 넘친다는 생각이 들어 걱정이 되기 시작했다. 장비를 빌려서 강습을 받을 순 있겠지만 비용이 얼마나 될지, 좋은 강사를 어떻게 찾을지 자신이 없었다.

그때 생각났다. **짐이 서핑을 하지! 짐한테 물어보면 알 거야.**

바로 이렇게 했어야 했어. 이런 생각을 하며 브루클린에 도착했다. 자동차 정비소들, 건설 회사들, 상가 건물에 들어선 교회들 storefront churches, 애틀랜틱 애비뉴를 따라 우후죽순처럼 늘어선 칵테일 바들을 지났다. 결혼 생활이 끝장난 뒤 여러 해 동안 혼자서 휴가를 보낼 방법을 궁리하느라 고생했다. 친구들은 대부분 결혼했고 아이도 있어서 가족 휴가를 떠났고, 나도 모험심이 아주 없는 편은 아니었지만 혼자서 긴 여행을 다녀온다는 계획은 별로 내키지 않았다. 이 년 전에는 몹시 바라던 대로 내 가정에 일어난 재난으로부터 탈출할 기회를 얻었다. 캘리포니아의 스탠퍼드 대학에서 일 년간 저널리즘 펠로십을 받게 된 것이다. 그곳으로 떠나기 전 큰맘 먹고 이탈리아의 코모Como 호수 근처 작은 도시를 찾아 거기서 열리는 디지털 사진 그룹 강좌를 듣기로 했다. 여기서 어떻게든 조지 클루니를 만나면—거기에 조지 클루니의 집이 있었다—로맨스가 시작되고 내 문제가 모두 해결될 거라는 망상을 계속했다. 조지 클루니는, 적어도 내 관점에서는, 나이가 적당하고 저널리즘을 예찬하니까 우리 사이가 실제로 이어질 만한 근거가 있다고 생각했다. 물론 그곳에서 보낸 한 주 동안 조지 클루니의 그림자도 보지 못했지만, 나에게는 사진이라는 공동의 프로

🔹 상가였던 건물에 들어선 개신교 교회를 가리킨다. 도시에서 가난한 흑인들이 모이는 공동체 역할을 하는 경우가 많다.

젝트가 생겼다. 프로젝트를 공유하는 일은 잘 모르는 사람들 사이에서 과묵해지는 내 천성을 극복하는 데 유용했고 새로운 장소를 짜임새 있게 탐험하는 데도 도움이 되었다. 몬토크에서 집을 빌리는 것도 비슷한 일이라고 나는 추론했다. 서핑을 한다는 계획에 맞춰 일과를 짜서 실행하다 보면 사람들을 사귈 수도 있을 것이다.

성처럼 생긴 베드포드 유니언 아머리의 붉은색 벽돌로 된 정면이 지기 시작한 햇빛을 받아 환하게 빛났다. 그 앞을 지나 내가 사는 동네로 다가가는 동안 나는 집을 빌리기로 결심했다. 그날 밤 침대로 기어들어가 베개에 얼굴을 파묻는데 웃음이 멈추질 않았다. 몬토크에서 일주일을 보내면 얼마나 재미있을까. 눈을 감고 아침에 본 광경을, 아름답고 우아한 사람들이 너무나 힘차고 너무나 자유로운 파도 사이로 미끄러지는 모습을 다시 떠올렸다. 마침내 잠에 빠져들었을 때, 그들 사이에는 빛이 일렁이는 바다 위에서 춤추는 내 모습도 있었다.

미국의 주방위군 본부로 쓰였던 건물로, 현재는 지역의 건강 복지 센터로 활용되고 있다.

2

파도에 매혹되다

2010년 7월–9월

몬토크로 취재 여행을 다녀오고 나서 한 달쯤 지난 7월 말의 아침, 나는 출근 준비 중이었다. 에어컨 없는 아파트로 쏟아져 들어오는 뙤약볕에 땀이 흘러 몸이 끈적했고, 찰랑이는 물에 발을 담그고 싶어 죽을 지경이었다. 몬토크에서 보낼 일주일간의 서핑 휴가까지는 아직 한 달도 더 남아 있었고, 해 지는 시각이 점점 일러지고 있다는 느낌이 들자 갑자기 해변에 가고 싶어졌다.

몇 시간 뒤, 나는 맨해튼 미드타운에서 열리는 호텔 개관식의 야외 기자 회견장에 있었다. 머릿속으로는 이번 주말에 대중 교통으로 다녀오려면 코니 아일랜드와 로커웨이의 제이콥 리스Jacob Riis 중 어느 곳의 해변이 더 좋을지 고민하는 중이었다. 마이클 블룸버그 시장이 양치식물과 대나무 화분 사이에서 축하의 말을 전한 다음, 입구를 가로지르며 잎을 무성하게 늘어뜨린 초록색 모조 덩굴을 호텔 개발사 및 고위직 사람들과 함께 자르는 모습을 지켜보았다. 보통은 빨간 리본을 걸지만 건물의 친환경적인 특징을 홍보하기 위해 덩굴로 대신한 것이었다.

언론 질의응답 시간이 끝나자 사람들이 흩어졌고 시장은 보좌관과 보안 요원 들에게 둘러싸여 서둘러 검은색 SUV에 올랐다. 나는 내부를 견학하고 축하 연회에 참석하려고 입구로 갔다가 뉴욕 공원관리국 국장인 에이드리언 베네프에게 인사를 건넸다. 수년 동안 여러 번 인터뷰를 했지만 다시 만나는 것은 아주 오랜만이었다.

"요즘은 무슨 기사 쓰세요?"

에이드리언이 물었다. 짧은 머리가 그의 재킷과 타이만큼 검고 깔끔했다.

"바, 호텔, 레스토랑 기사를 쓰고 있어요. 서비스업 담당이죠. 아주 재미있어요. 하지만 솔직히 말해서……."

나는 웃으며 말을 이었다.

"젊었을 때라면 훨씬 더 잘 썼을 것 같은 느낌이 드네요."

"무슨 말인지 알겠어요. 저는 거의 매일 밤 공원 기금을 모으는 행사에 나간답니다."

그때 생각했다. **이번 주말에 어디를 가면 좋을지 물어봐야겠어.** 뉴욕시 해변의 강력한 권위자인 에이드리언은 답을 알 만한 자리에 있었다.

"저를 좀 도와주시면 좋겠어요."

내가 불쑥 내뱉었다.

"네, 무슨 일이죠?"

그가 대답했다. 나는 치열한 고민을 털어놓았다.

"차로 가실 건가요?"

"아뇨, 두 쪽 다 열차로 갈 수 있어요. 음, 주로 열차를 타고 갈 수밖에 없다고 해야겠네요."

에이드리언은 말을 시작할 것처럼 숨을 들이쉬었다가 멈추었다. 어색한 침묵이 몇 초 흐르자 내가 잘못을 저지른 것 같다는 생각이 들었다. 둘 다 그가 관리하는 해변인데 더 좋은 곳을 알려 달라고 하다니, 아이한테 아빠가 좋은지 엄마가 좋은지 묻는 격이었다.

내가 "아니, 괜찮아요"라고 말하며 질문을 무르고 에이드리언을 놓아주려는 순간, 그가 짧게 답했다.

"코니 아일랜드는 굉장히 붐빌 거예요."

가만있길 잘했다. 답은 로커웨이구나! 새로운 목적지, 새로운 모험의 땅이 생기자 마음이 놓이고 신이 났다. 도심 근처 해변에 가본 지 여러 해가 지났다. 하지만 코니 아일랜드는 여러 번 다녀왔다. 지역 정치에 대한 기사를 쓰러 출장을 갔고, 주말 당일치기 여행으로도 가끔 갔다. 로커웨이에는 간 적이 없었다. 뉴욕의 남쪽 끝, 로커웨이 반도에 점점이 흩어진 지역들은 외딴 변두리로 여겨졌고, 실제로도 그랬기 때문이다.

일요일 아침이 왔다. 커피, 수건, 물, 읽을거리로 무장한 나는 거의 사막처럼 인적이 없는 브루클린의 거리로 나섰다. 상한 우유 냄새와 찌든 지린내가 섞인 특별한 여름 냄새가 자욱한 거리를 지나 로커웨이로 향하는 먼 길을 떠났다. 나의 임무는 단순히

7월이 가기 전에 모래밭을 딛는 것뿐 아니라 망가진 관계로 피해를 입은 많은 여가 시간 중 하나를 되찾는 것이었다. 에릭과 나는 함께한 15년 동안, 부모님이 안 쓴다고 버린 자동차든 뭐든 대개는 차 한 대를 같이 썼다. 우리는 대부분의 해에 적어도 며칠은 시간을 내서 메인주나 롱 아일랜드로 향했다. 초기에는 햄프턴스의 좀 싼 끝 쪽에서 숙소로 개조한 자그마한 건초 헛간을 재빨리 임대해 황홀한 여름을 보내기도 했다. 그곳을 떠나던 안개 낀 날 아침에 연한 회갈색 토끼 세 마리가 우리를 배웅하듯 진입로에 나란히 서 있었다.

하지만 다 옛날 일이다. 차를 쉽게 쓸 수 없게 되고 낮지 않은 상처와 외로움에 여행 욕구도 줄어들다 보니, 이 주말까지 동네 밖으로 나가려고 시도한 적조차 없었다. 뉴욕에서 자랐는데도 약 840킬로미터에 걸친 뉴욕 해변 어딘가에 가본 경험은 손꼽을 정도였다.

케이프 코드는 나에게 처음으로 진정한 독립의 맛을 알려주었고, 삶이 위험하다는 생각이 들 때 도시의 제약에서 벗어나 한숨 돌릴 수 있는 귀중한 장소였다. 현실에도, 상상 속에도 존재했던 그 위험은 우리 집 아파트 바깥에 도사리고 있었다. 처음에는 할렘, 다음에는 젠트리피케이션이 일어나기 전의 어퍼 웨스트 사이드로 번졌다. 거리에서 범죄가 빈발하던 뉴욕의 어두운 옛 시절이었고, 나 혼자 밖에 나가는 일은 거의 허락되지 않았으며 어떤 동네들은 가면 안 된다고 항상 엄격히 주의를 받았다. 부모님은 다른 많은 부모님과 마찬가지로 항상 내 주머니에 '강도에게 줄

돈'을 적어도 오 달러는 꼭 넣어주었다. 그래야 혹시 강도를 만나더라도 돈이 없다는 이유로 나나 내 친구들이 해코지를 당하지 않을 것이기 때문이었다.

하지만 케이프 코드의 해변에서는 몇 시간이고 혼자 돌아다니며 물에서 놀고 모래 언덕을 살펴보고 매점에서 얇고 짭짤한 포테이토칩을 사 먹고 여름 친구와 어울릴 수 있었다. 그곳에 살던 여름 친구는 연한 회색 눈을 가진 긴 금발 소녀로, 어느 날 근처를 헤매고 다니다가 마주쳤다. 우리 관계는 온전히 모래밭에서 이어졌다. 나는 해마다 친구 뒤를 따라다녔고, 친구는 파면 조개가 나오거나 손톱만 한 조개껍질이 널린 명당 자리를 알려주었다. 나는 해변에서 근본적인 자유 같은 것, 영원히 잃지 않을 유대감을 느꼈다.

나이가 들며 여름에도 그렇게 멀리까지는 여행할 수 없게 되자 더 가까운 해변을 찾았고, 20대에는 그곳을 배경으로 다른 종류의 방종한 삶을 살았다.

처음 언론계에서 일하게 되었을 때 조너선이라는 남자와 친한 친구가 되었다. 재능이 넘쳐흐르는 작가 겸 기자이자 키 크고 카리스마 있고 귀엽고 세련되고 재미있었던 그는 어떤 상황도 기막히게 멋진 파티 분위기로 만들 수 있는 드문 사람들 중 하나였다. 오래가진 못했지만 영향력 있었던 잡지 《7 데이스7Days》의 사무실에는 예술가연하는 열정적인 젊은이들이 가득했지만, 조너선은 그중에서도 눈에 띄었다. 성큼성큼 걸을 때면 긴 금발이 양쪽으로 찰랑였고, 손목에는 가느다란 팔찌가 여러 개 걸려 있었으며 그가 지나간 자리에서는 희미한 파촐리 향이 났다. 그가 뉴 저지주 사우스 저지의 활기 넘치는 아일랜드계 가톨릭 대가족에서 자랐기 때문에 우리는 종종 스톤 하버, 애벌론, 케이프 메이에서 '바닷가로 내려가기down the shore'를 했고, 햄프턴스의 집을 함께 빌리기도 했다. 우리는 주말 낮에 해변에 가거나 몇몇 세련된 친구 집의 뒤뜰이나 수영장에서 여유를 즐겼고, 밤에는 저녁을 만들어 먹거나 누군가의 집에서 열리는 파티, 예술이나 패션 행사, 댄스 클럽을 찾아다녔다. 넘쳐흐르는 젊음과 낙관이 무엇보다도 우리에게 에너지를 불어넣었다.

에릭의 부모님은 라트비아 출신으로 제2차 세계 대전 때 미국으로 피난했다. 에릭은 버펄로 교외에서 자랐지만 산과 숲에 대한 사랑을 키워왔고, 《7 데이스》에서 만난 몇몇 친구는 주 북부에 시골집을 사거나 그곳으로 이사했다. 우리는 아담한 옛 농가들, 빠르게 늘어나는 좋은 레스토랑과 와인 바, 새로 사귀게 된 작가들과 예술가들의 문화적 교양이 어우러진 매력에 이끌려 뉴욕주 허드슨 밸리에서 주말을 보내는 삶을 추구하기 시작했다. 해변 생활은 좋았지만 한계가 있었고—날씨가 추워지면 뭘 할 수 있을까?—우리의 재력 한도를 한참 넘기도 했다. 허드슨 밸리에서라면 일 년 내내 할 일이 있다는 것이 우리가 찾아낸 이유였다. 카약

동남아시아에서 주로 자라는 상록 관목. 향료로 주로 사용하며 쌉싸름한 풀 향이 난다.

뉴 저지 사람들이 사용하는 표현으로, 해변으로 휴가를 간다는 뜻.

뉴욕주에 있는 항구 도시.

킹이나 하이킹을 하거나 크로스컨트리 스키를 탈 수 있고, 정원을 가꾸거나 닭이나 소를 키우거나 사진을 배울 수도 있었으며, 우리가 늙어가는 모습까지 상상할 수 있었다. 나는 그 상상을 움켜쥐고 손에서 놓지 않으려 했다. 우리가 그곳에서 함께하는 삶을 마음속에 그렸다. 친구와 가족을 초대하고, 개들과 아이들이 어울려 뛰놀고, 포도밭과 레스토랑과 여름철 휴양지에서 열리는 하계 간이 극장과 박물관을 방문하는 삶. 느긋하면서도 활기차고, 소박하면서도 세련될 것이다. 해변은 뒷전으로 물러났다.

그 상상은 이루어지지 않았다. 주말 별장도, 오랜 결혼 생활도, 취미로 가꾸는 농장도, 아이들도. 그래서 나는 혼자서 기차 두 번, 버스를 한 번 타고 베드-스타이에서 로커웨이로 가는 중이었다. 내 인생이 언제 어떻게 탈선하고 말았는지 줄곧 생각했다. 내 기억에 한때는 나도 잘 놀고 친구 많은 젊은이였다. 내 이익과 꿈을 좇았고, 어떤 길이든 선택할 수 있다고 느꼈다. 세계를 두루 여행하며 사진을 찍고 다른 나라의 문화와 음식을 배우며 글을 쓰고 싶어 하지 않았나? 다큐멘터리와 영화와 텔레비전 프로그램을 만들고 싶어 하지 않았나? 부동산 개발업에 뛰어들거나 재봉을 배워서 내 옷을 직접 디자인할 생각도 했던 것 같은데? 그 모든 계획과 동경은 마음속을 스쳐 지나갔고, 나는 그중 무엇도 실행에 옮기지 않았다. 내 목표를 에릭의 것에 맞춰 바꾸고 대출 상환과 신용 카드 고지서에 자신을 얽매며 가정적인 삶이라는 환상을

● 베드포드-스타이브선트를 줄여 부르는 말.

좇느라, 그 모든 것이 무너지는 모래 언덕처럼 쓸려나가도록 내버려두었다.

그중에 아무것도 이룰 수 없을지 모르지만, 그래도 해변은 나에게 남아 있잖아. 플랫부시 애비뉴를 따라가는 버스 안에서 생각했다. 상업의 대동맥과 같은 대로는 거대한 띠 모양 쇼핑몰처럼 브루클린을 가로질러 남쪽의 자메이카만까지 뻗어 있었다. 버스 안 다양한 인종의 들뜬 젊은이들은 비치 체어, 커다란 스피커가 달린 휴대용 시디플레이어, 아이스박스를 가지고 있었다. 그들에게 둘러싸인 나는 따스한 동료애 같은 것을 느꼈다. 출신, 상황, 경험은 모두 달라도, 어쨌든 우리는 모두 여름 아침에 일찍 일어나 오직 해변에서만 느낄 수 있는 기쁨을 찾아가는 중이었다. 배우자나 아이가 없어서 좋은 점 한 가지를 온전히 누리고 있다는 사실도 깨달았다. 내 시간과 에너지를 오로지 나를 위해서만 쓸 수 있는 것이다.

버스가 숲이 무성한 구간을 지날 때 갑자기 유황 냄새가 훅 끼쳐와 흠칫 놀랐다. 만으로 이어지는 습지가 가까워졌다는 뜻이었다. 몇 분 뒤 버스는 다리에 올라 덜덜거리며 나아가기 시작했다. 바퀴가 도로 표면의 격자 철망 홈에 맞물리며 금속성 소음이 낮게 울렸다. 높이 달리는 버스 아래로 오늘은 잔잔한 세룰리안 블루빛 자메이카만이 펼쳐졌다. 바로 앞으로는 로커웨이 반도가 우리가 달리는 도로와 직각을 이루며 T자의 위쪽 부분처럼 뻗어 있었고, 그 바로 너머는 드넓은 대서양이었다.

버스가 인터체인지를 빙글빙글 돌아내려가 해변 쪽 제이콥 리스 파크에 이르렀다. 오랫동안 피플스 비치라고 알려진 해변은 거의 텅 비어 있었다. 제이콥 리스 파크는 1910년대에 설립되었고 이후 가난한 이들을 위해 싸운 사회부 기자의 이름이 붙었다. 대부분의 구역은 1930년대에 조성되어 도심 주민들도 넓은 땅과 자가용을 소유한 교외의 이웃들처럼 신선한 공기와 태양의 치유력을 누릴 기회를 얻었다.

동료 승객들과 나는 벽돌로 지은 웅장한 아르데코 양식 대중목욕탕을 통과해 걸었다. 여러 세대에 걸쳐 나보다 앞서 그곳을 지난 행복한 모래투성이 발들에 닳아 매끄러워진 목욕탕 바닥을 보는데, 오래전에 에릭과 함께 여기에 왔던 기억이 문득 떠올랐다. 그때도 비슷한 상황이었던 것 같다. 우리는 어느 주말 아침 일찍 일어나 외출하기로 했다. 꽤 때가 일러서—이른 시즌이자 이른 시각이었다—우리가 도착했을 때 공원은 거의 비어 있었다. 잔뜩 흐린 날이었고 우리는 축축한 회색 모래 위를 걷다가 머리맡에 큰 맥주 캔 몇 개를 두고 구겨진 담요 위에 누워 있는 젊은 커플을 보았다. 여자가 돌아눕더니 우리 탓에 잠에서 깼다는 듯 고개를 들고 핏발 선 눈으로 노려보았다. 염색한 금발이 뺨에 엉겨 붙은 여자는 여전히 취한 것 같았다.

수년이 흘러 오늘, 나는 다시 이른 시간에 거의 텅 빈 해변에 와 있었다. 하지만 이번에는 모든 것이 어쩐지 다르게, 더 밝고 따스하게 보이고 느껴졌다. 모래 언덕 근처에서 바다가 보이는 판판한 모래밭을 찾았다. 나는 수건을 깔고 일광욕을 좀 하다가 물에 들어가 첨벙첨벙 헤엄을 친 다음, 최신 노화 방지 화장품에 대한 글을 읽고 《뉴욕 타임스》의 결혼과 부동산 면을 훑어보았다. 햇살 속에서 고양이처럼 기지개를 켤 때 불현듯 떠올랐다. 나는 좋았던 옛 시절처럼 시간을 보내고 있었다.

정오 무렵, 배가 고팠지만 매점에서 파는 핫도그와 나초는 당기지 않아서 밖으로 나가 몇 번이나 소문을 들었던 인기 있는 가게 로커웨이 타코를 찾아보기로 했다. 지역 텔레비전 방송국 NY1에서 정치 뉴스를 제작하는 친구 밥이 그 근처에 산다는 걸 떠올리고 메시지를 보냈다. 몇 년 만에 하는 연락이었는데도 금세 답이 왔다. 밥네 집이 로커웨이 타코에서 겨우 몇 블록 떨어져 있었기에 음식을 사서 집으로 가기로 했다. 구글로 잠깐 길을 검색해보고 출발했다. Q22 버스를 타고 부유한 동네인 네폰싯과 벨 하버의 깔끔한 정원이 딸린 호화로운 주택들, 수국과 참나리 사이에 자리한 케이프 콜로니얼 양식 주택들의 비바람에 바랜 널판 벽과 현관, 수많은 다른 해변 도시에서처럼 바다로 향하는 해그림자 어룽진 거리를 지났다. 10분쯤 뒤, 나는 전원적인 분위기가 확실히 덜한 로커웨이 비치의 어느 구역에서 내렸다. 근처에 있는 인상적인 벽돌 건물에는 이 반도에 자리한 다른 몇몇 건물에서처럼 정신이 병든 어른들이 갇혀 있었다.

❧ 나중에 잠시 문을 닫았다가 '타코웨이 비치'라는 새로운 이름으로 영업을 시작했다. 현재 87번가의 로커웨이 비치 서프 클럽 안에 자리를 잡고 있다.

◉ 케이프 코드 양식은 단층 또는 2층 사각형 건물에 대칭을 이루는 창문들을 내고 가파른 지붕을 얹은 것이다. 여기에 건물의 좌우가 대칭인 콜로니얼 양식을 가미한 것이 케이프 콜로니얼 양식이다.

타코를 사려고 줄을 서서 기다리다가 여러 가지로 놀랐다. 생기 넘치는 다양한 사람들로 북적댔고, 가게는 뚝딱뚝딱 만든 듯한 느낌이 멋졌고, 밝게 칠한 테이블과 벤치, 책과 잡지 선반이 놓인 자그마한 야외 식사 공간에는 레게 음악이 흐르고 있었다.

나는 피시 타코 두 개를 확보하고 모퉁이를 돌아 건너편의 어마어마하게 큰 타원형 주차장으로 향했다. 도자기 조각으로 뒤덮인 거대한 고래 동상이 로커웨이 비치의 출입구 역할을 했다. 나는 밥의 집으로 들어가는 벽돌 계단을 올랐다. 밥의 집은 우아한 흰색의 더치 콜로니얼 양식 3층 주택으로, 집을 둘러싼 넓은 포치에서 바다가 내려다보였다. 내가 늘 좋아했지만 연락하지 못했던 업계 지인들이 그곳에 모여 있었다.

"어서 와, 디D, 어떻게 지내? 이렇게 보니까 좋다."

포치로 다가가자 기자를 하다가 바로 얼마 전에 온라인 뉴스 사이트를 연 조시가 다가와 나를 안으며 인사했다.

"이메일 너무 반가웠어. 보니까 정말 좋네. 무척 오랜만이야."

함박웃음을 지으며 와인 잔을 가득 쥐고 집 밖으로 나온 밥이 말했다. 티셔츠와 반바지를 입은 조시와 밥은 둘 다 검은 머리고 키가 180센티미터쯤 되었다. 이 두 남자를 언제 마지막으로 봤는지 기억이 나지 않았지만, 너무 편안해서 시간이 전혀 흐르지 않은 것만 같았다.

조시의 아내 아이바는 둥근 흰색 플라스틱 테이블 앞에 앉아

넓은 맞배지붕이 특징인 주택 양식. 지붕이 완만한 곡선을 그리는 경우도 있다.

있었다. 하얀 민소매 원피스를 입고 드러난 어깨에 곧고 검은 머리를 드리운 그가 로제 와인을 따며 매끄럽게 구르는 크로아티아 억양으로 말했다.

"이리 와서 와인 좀 들어."

나는 아이바 옆에 앉아 따뜻한 환대와 포치 천장의 바닷물빛 페인트칠, 그 너머로 펼쳐진 바다, 고래 동상이 반사하는 햇살에 젖어들었다.

"저 고래, 어디서 많이 본 것 같아. 어렸을 때 센트럴 파크에 있었던 어린이 동물원에서 봤던 거랑 비슷한데. 그건 모자이크가 없었지만."

내가 말했다.

"바로 그 고래야."

이곳에서 10년도 넘게 산 밥이 말했다. 밥의 설명에 따르면 옛 동물원이 철거되며 이 해안으로 옮겨진 뒤 타일로 장식되었다고 한다. 고래 동상의 이름은 웨일미나Whalemina였다.

아이바가 내 잔에 와인을 따라주고 나는 가방에서 타코를 꺼내는데 짙은 향수가 몰려들었다. 심장에 연결된 실이 팽팽하게 당겨져 행복했던 과거와 다시 이어지는 느낌이었다.

"우리도 먹어봤어."

아이바가 말하며 연한 푸른색 눈을 동그랗게 뜨고 웃음 짓자 볼에 보조개가 파였다. 그가 물었다.

"대단한 맛이지?"

과연 대단했다. 아이바가 대로에 있는 주류 판매점에서 골랐다는 와인도 놀랄 만큼 맛있었다. **로커웨이가 그렇게까지 완전히 한 물간 건 아닌가 본데.**

"와, 이거 정말 맛있네."

양배추, 래디시, 얇게 옷을 입힌 생선 튀김에 매콤한 마요네즈를 얹은 타코를 신나게 와작와작 씹으며 내가 말했다.

"캘리포니아에서 살았을 때 피시 타코에 중독됐어. 거기선 아무 데서나 피시 타코를 먹었거든. 나도 항상 그것만 먹고 싶더라. 그런데 이것도 거기서 먹었던 것 못지않게 진짜 맛있다."

"그래, 이 가게가 동네에 생겨서 정말 잘됐지. 이 근처에 그 집만 한 다른 집이 없어."

밥이 대답했다.

조시 부부의 어린 아들들은 안에서 놀고 있었다. 아이들의 샌들과 옷을 집 앞에 주차한 차에 가져다둔 조시가 버드와이저 맥주 캔을 하나 따며 대화에 합류했다.

"웹 사이트는 어떻게 돼가? 시작한 지 얼마 안 됐지?"

내가 물었다.

"응, 이 주 됐어. 일부만 시작했고 완전히 다 연 건 아니지만 지금까진 썩 괜찮아. 일은 많아도 반응이 좋네. 구경시켜줄 테니까 사무실에 꼭 놀러와. 우리 팀도 만나보고. 지금은 다 해서 다섯 명이야."

조시가 말을 맺으며 키득댔다.

"꼭 가보고 싶다. 그런데 여긴 어떻게 왔어? 근처에 살아?"

"아니, 우린 애스토리아에 살아. 하지만 여름엔 거의 주말마다 애들이랑 여기에 놀러 와."

"애들이 해변을 아주 좋아해."

아이바가 덧붙였다.

"너는 오늘 무슨 일이야?"

밥이 나에게 물었다.

"좀 우스운 일이야…… 그냥 해변에 가고 싶었는데 여기랑 코니 아일랜드 중에서 고르기로 했거든. 기자 회견장에서 우연히 에이드리언 베네프를 만나서 물어봤더니 코니는 굉장히 붐빌 거라더라. 그래서 여기로 왔어."

"잘했네!" 밥이 말했다.

"잘했지." 내가 대답했다.

세 사람과 수다를 떨며 저 멀리 어딘가로 지는 해가 바다 위에서 벌이는 빛의 유희를 지켜보는 동안 내 마음은 분명 편안했다. 마치 내가 밥의 세계에 그대로 스며든 것 같았다. 물론 나는 도시로부터, 번화가에 있는 직장으로부터, 대단하진 않아도 내 생활을 이어온 브루클린으로부터 이렇게나 멀리 떨어진 곳에서는 절대 살 수 없었다. 하지만 편안한 동료애와 다정한 호의를 베푸는 사람들 사이에 자리 잡자, 마침내 기분 좋은 장소를 찾았다는 실감이 들었다. 이곳에선 내 과거의 실패들이 그렇게까지 무겁지 않았다.

한 달쯤 뒤, 2010년 여름은 비공식 종료일—노동절—을 향해 달려가는 중이었고, 몬토크의 노란 집에서 보낼 일주일의 휴가가 마침내 시작되었다.

몬토크에 온 지 이미 사흘이나 지났지만 아직 서핑을 하지 않았다. 대신 못 읽었던 책을 읽고, 절벽을 따라 하이킹을 하다가 새파란 물을 내려다보고, 마을을 돌아다니며 예스러운 낚시 도구 상점들과 바닷가재가 든 수조들을 보고, 개인용 모터보트와 상업용 트롤선과 주낙배 선단이 뒤섞여 있는 부두를 구경하며 정말 즐거운 시간을 보냈다.

그림엽서 같은 파란 하늘과 끊이지 않는 햇살 때문에 짐작하기 어려웠지만 이때는 허리케인이 오는 시기였다.

서아프리카 끝 언저리에서 생겨난 폭풍으로 인한 바람이 바다에 에너지를 한없이 쏟아붓는 이때를 이스트 코스트의 서퍼들 대부분이 간절히 기다렸다. 처음에 그 에너지는 자잘하고 격렬한 파도들로 이루어진 어마어마하게 큰 물결을 일으키지만, 물을 통과하며 수천 킬로미터를 이동하면 너울swell이라고 하는 매끄럽고 규칙적인 흐름이 생겨난다. 너울은 깊은 물속에서 나와 해안으로 다가가다가 대륙붕 표면에서 휘어져 사주나 바위, 암초 같은 장애물로 돌진한다. 장애물의 형태, 배열, 경사에 따라 너울은 앞이 들리거나 최고조로 솟아오르며 서퍼들이 고대하는 파도를 만들어낸다. 보통 폭풍이 클수록 너울도 크고, 너울이 해안선에

이를 때까지 방해를 덜 받으며 먼 거리를 이동할수록 파도는 더 크고 강력해진다.

몬토크는 로커웨이의 동쪽, 차로 두 시간 거리에 있다. 롱 아일랜드 끄트머리에 자리하고 있으며 해변은 주로 남쪽에 있다. 드넓은 대서양을 떠나 수천 킬로미터를 거침없이 달려온 너울을 맞이하기에 좋은 위치라는 뜻이다. 이곳 해변 주변에는 작은 만과 절벽, 바위가 늘어서 있어 파도가 부서지는 방식을 조절하거나 바람을 막아준다. 그러면 너울은 마침내 반짝이며 뾰족하게 솟아오르거나 터널을 만들 듯 크게 휘어 서핑을 위한 환상적인 파도를 이룬다. 그 결과, 몬토크는 특히 가을·겨울에 동부 해안에서 가장 훌륭한 파도를 꾸준히 만날 수 있는 장소가 되었다.

하지만 내가 머무르기 시작했을 때 바다는 이번 시즌에 처음 불어온 큰 허리케인 대니엘Danielle의 영향으로 요동치고 있었다. 폭풍으로 거친 파도와 역조가 발생해 플로리다와 메릴랜드에서 두 명이 사망했고 수백 명이 구조되었으며, 허리케인이 이스트코스트를 따라 올라가다가 바다로 빠져나간 뒤에도 서핑 초심자에게는 너무 크고 거친 파도가 쳤다. 휴가가 속절없이 흘러가는 동안 결국 여행 전체가 이 해안에 버려지고 마는 건 아닐지 걱정스러웠다. 감정에 휩쓸려 경솔하게 돈을 쓰고 만, 해서는 안 될 결정을 한 나에게 이런 식으로 천벌이 내리는 걸까.

그러다가 화요일 늦은 오후, 동료인 짐이 추천한 서핑 교실의 크리스틴에게서 음성 메시지를 한 통 받았다. 내일은 날씨가 좋을 것 같다는 내용이었다. 크리스틴은 나만 괜찮다면 오후 5시에 주차장 앞 해변에서 담당 강사인 숀을 만나 화이트워터whitewater 강습을 받을 수 있다고 거의 사과하다시피 하며 말했다. 그 말이 무슨 뜻인지는 정확히 몰랐지만, 마음이 설레고 약간 들떴다. 드디어 서핑을 하게 되었다.

다음 날 오후, 크리스틴이 말한 주차장이 어디인지 좀 헤맨 뒤에 코리스웨이브 서핑 전문 교실에서 나온 숀을 발견했다. 모래언덕과 물가에 늘어선 바위 사이, 좁다란 짙은 노란색 모래톱 위에서 햇볕을 쬐며 기다리는 중이었다. 20대로 보이는 숀은 햇빛에 바랜 숱 많은 갈색 머리를 턱까지 기른 다부진 청년으로 말린 완두콩 수프 같은 황갈색 반바지 웻슈트를 입고 있었다.

"안녕하세요. 서핑해본 적 있으세요?"

숀이 자주색 웻슈트를 건네며 물었다.

"아뇨, 없어요. 보드나 파도와 관련된 스포츠는 평생 해본 적이 없어요."

"괜찮아요."

숀이 머리카락을 옆으로 휙 넘겼다.

"해변에서 30분 정도 팝업pop-up을 배운 다음, 나머지 시간에는 기본적으로 파도를 타러 들어갈 거예요."

"네."

낯선 용어를 흘려 들으면서 어떤 일이 펼쳐질지 머릿속에 그려보려 했지만 실패했다. 나는 웻슈트를 입기로 했다. 앞쪽에 달린

파도가 부서져 생긴 흰 포말 또는 그런 포말이 거세게 요동치는 지대. '수프'라고도 한다.

긴 지퍼를 열고 탄력이라고는 없는 고무 바지에 다리를 우겨 넣었다. 늦여름이라 공기는 아직 훈훈했지만 몬토크의 바닷물은 약 20도를 넘는 일이 드물다고 들었다. 그래서 지금 내가 끌어 올리려고 몸부림치고 있는 두께 2~3밀리미터짜리 네오프렌 웻슈트를 입을 필요가 있었다. 웻슈트 중에서는 가벼운 편이었지만 여전히 너무 무겁고 뻣뻣했고, 엉덩이 쪽으로 잡아당겼을 때는 납으로 만든 옷처럼 느껴졌다.

손이 발전 없는 내 모습을 보더니 말했다.

"지퍼가 뒤로 가야 돼요."

"그렇군요."

나는 슈트를 끌어 내리고 모든 과정을 처음부터 다시 시작했다. 땀을 흘리고 헐떡대면서, 드디어 허리까지 끌어 올렸을 때 손이 멈추라고 말했다. 슈트를 다 입지 않는 편이 팝업—그게 뭔지는 몰라도—을 연습하기 편할 거라고 했다.

"다 입었다간 너무 빨리 엄청 더워질 거예요. 레귤러regular인지 구피goofy인지 아시나요?"

나는 손을 멍하니 바라보았다. 손이 빙그레 웃었다.

"한 발을 내밀고 섰을 때 왼발을 내민 게 편하면 레귤러, 오른발을 내민 게 편하면 구피예요."

서프보드를 탈 때 내밀면 편한 발이 타고난 성향에 따라 다른 줄은 처음 알았다. 나중에 알게 되었지만 스노보드나 스케이트보드를 사용하는 다른 스포츠에서도 똑같은 개념을 쓰며, 보드에 따라 선호하는 발이 달라지는 사람들도 있다고 한다. 우리는 간단한 시험을 해보았다. 몸을 앞으로 기울여서 넘어지기 직전에 어느 발이 먼저 나오는지 보았고, 나는 레귤러라는 결론이 나왔다. 내가 왼발을 내밀고 오른발을 뒤에 두므로 오른발에 리시leash를 착용해야 한다는 뜻이었다.

숀이 팝업을 가르쳐주려고 모래 위에 엎드려 다리를 쭉 폈다가, 물에서 해야 하는 동작을 슬로 모션으로 보여주었다. 팔 굽혀 펴기와 비슷하게 시작해서 왼쪽 다리를 가슴 아래와 두 팔 사이의 공간으로 끌어온다. 몸통은 오른쪽으로 틀어 낮은 사이드 런지 자세를 취하면서 오른발을 미끄러뜨려 골반 넓이로 벌리고 선다. 숀이 보여준 전체 동작은 요가 용어로 표현하면 베이비 코브라 자세처럼 시작해 불쑥 일어나 플랭크 자세를 거쳐 변형된 전사 자세로 이어졌다. 숀에게 그렇게 말하자 다시 빙긋 웃었다.

"비슷하네요. 이제 한번 해보세요."

나는 엎드려서 흉곽 옆 땅을 짚어 팔을 닭 날개처럼 만든 뒤 숀이 했던 대로 따라하려고 버둥거렸지만 계속 동작이 꼬였다. 아무리 열심히 생각하고 말하고 다양한 단계를 거쳐 나름대로 시험해봐도, 몸통 앞쪽에 공간이 부족해 다리를 끌어당기지 못하거나 적당한 때 또는 각도에 맞춰 몸을 돌리지 못했다. 대여섯 번 시도하자 폼이 비슷해지기 시작했지만 여전히 균형이 잡히지 않았다.

"몸을 이렇게 비트시네요."

숀이 내가 뭘 잘못하고 있는지 보여주었다.

"그러면 보드에서 떨어지죠."

좌절감에—분하기도 했다—씩씩거리면서 늦은 오후의 햇볕 아래 땀을 흘리며 시도하고 시도하고 또 시도했지만 발전은 별로 없었다. 마침내 한 번 제대로 해냈다.

"이렇게 두 번 더 하시면 물에 들어갈게요."

"하나."

내가 헐떡이며 수를 세고 입에서 모래를 뱉어냈다.

"이걸 계속하면 물에 들어갈 힘이 하나도 안 남을 것 같은데요."

하나를 더 해내자 숀이 실전 연습을 해도 된다고 했다. 나는 끈적대는 몸 위로 웻슈트를 끌어 올리고 엿가락처럼 한없이 늘어나는 듯한 소매에 힘겹게 팔을 끼웠다. 마침내 옷을 입고 뒤쪽 지퍼를 올리자 등뼈를 따라 줄줄 흐르는 땀줄기가 느껴졌다. 숀이 길고 넓적한 파란색 스폰지 보드를 잡고 물로 들어가며, 위로 비죽 튀어나온 큼지막한 바위들 쪽을 가리켰다. 바위 주변에서 소용돌이치는 해류는 피해야 했다. 나는 매끄러운 바위 바닥에서 비틀비틀 미끄러지며 숀을 따라갔다. 사방이 위험해보였다. 물이 겨우 정강이까지 오는 곳에서도 바위에 부딪힐 것 같아 두려움이 차올랐다. 내가 어쩌다가 여기까지 들어온 거지?

마침내 숀과 보드를 따라잡았다.

"올라타세요우오!"

숀이 머리칼을 젖히며 말했다.

"네?"

"올라타세요우오!"

손이 다시 말하며 철썩대는 파도에 이리저리 흔들리는 보드를 가리켰다.

아. 곧 닥칠 종말의 긴장감이 옥죄어오는 가운데 생각했다. **올라타라는 거였네. 그냥 장난스럽게 말한 거잖아. 나를 멍청이라고 생각할 게 분명해.**

다리와 몸통을 밀었다 당겼다 하는 파도와 해류 속에 서 있는 것만으로도 휘청거렸다. 손이 보드를 잡고 있는 사이, 뛰어올랐다기보다는 몸을 크게 들썩이고 꿈틀꿈틀해서 어떻게든 보드 위로 올라갔다.

손이 보드를 파도가 부서지는 쪽으로 끌고 가더니 해안 쪽으로 향하도록 돌리며 말을 이었다.

"일어섰을 때 떨어질 것 같으면 뒤쪽으로 몸을 눕히듯이 하면서 떨어지세요. 머리부터 뛰어들면 안 돼요."

바닥에 머리를 부딪혀 죽을 가능성을 생각하며 공포에 사로잡히기도 전에 손이 준비하라고 지시했다. 심장이 쿵쾅대기 시작했다. 이제 시작이다. 내 첫 파도타기가. 나는 모래 위에서 연습했던 것처럼 두 발을 뒤로 뻗으며 엎드려서 가슴을 들어 올렸고, 좁은 해변과 그 너머 비포장 주차장 사이로 솟아오른 모래 언덕을 쳐다보았다.

"가세요."

손의 말과 함께 보드가 앞으로 미끄러지더니 갑자기 속도가 붙었다.

"일어서요!"

손이 소리를 질렀다. 나는 일어섰고, 조금 전 손이 예언했듯이 곧바로 보드에서 포말 속으로 떨어졌다. 기적적으로 바위 위는 아니었다.

희미한 승리감을 느꼈다. 일어서진 못했지만 이제 적어도 떨어지는 게 두렵지는 않았다. 다행이었다. 그 후로 떨어지고 또 떨어졌기 때문이다. 손이 파도가 올 때마다 보드를 밀어주면 나는 겨우겨우 일어섰다가 보드 왼쪽 아니면 오른쪽으로 계속 굴러떨어졌다. 기분은 조금도 상하지 않았지만, 강습이 끝날 무렵 내가 노력했다는 증거라곤 바닷물에 절여진 머리와 배 속, 아픈 등과 화끈거리는 어깨 근육뿐일 거라는 생각이 들기 시작했다.

이렇게 20분쯤 계속한 끝에 다시 손이 나를 밀었고 보드가 앞으로 나아가는 느낌이 들었다. 숨을 깊이 들이쉬고 보드를 짚고 있던 팔을 펴며 몸을 웅크렸다가 발로 탁 딛고 일어섰다. 아주 잠깐 동안 나는 신비로운 엔진에 접속되어 그 추진력으로 바다 위를 미끄러졌다. 보드의 존재가 사라졌다. 나는 발목에 날개 대신 파도의 물거품을 달고 물 위를 누비는 헤르메스가 되어 심해에서부터 솟아오른 모든 에너지와 교감하며 해안을 향해 날아가는 듯했다. 그러다가 내 무게 위치가 살짝 변하자마자 갑자기 다시 물에 빠졌다.

별로 상관없었다. 몸에 아드레날린이 흘러넘쳤고 심장이 가슴 밖으로 튀어나오려 했다. 강렬한 행복감에 휩싸였다. 우주적인 쾌감, 중독적인 해방감이었다. 그리고 당연히, 아주 당연히, 좀 더 맛보고 싶었다.

그날은 아주 조금 더, 그리고 다음 날 오후 두 번째 강습에서도 다시 맛볼 수 있었다. 하지만 금세 깨달았다. 그 여름에 보았던 춤 추듯 파도를 타는 서퍼들과 나는 천지 차이라는 것을. 178센티미터의 몸을 재빨리 접어 서핑 자세를 잡을 유연성이 부족했을 뿐 아니라, 상체 힘이 거의 없어서 팔을 계속 저을 수도, 68킬로그램인 내 몸을 들어 올릴 수도 없었다. 몸이 뻣뻣하게 굳은 데다 너무 피곤하고 욱신거려서 한 시간 이상 레슨을 받을 수 없었다. 게다가 대부분의 동작을 숀이 도와주고 있었다.

서핑 고수가 될 수 있다고 볼 만한 근거는 거의 없었지만 나는 서핑에 반해버렸고, 꿈과 현실의 안타까운 괴리를 크리스틴에게 고백했다. 두 번째 레슨이 끝날 즈음 아담한 체구의 금발 머리 크리스틴이 몸을 훤히 드러낸 비키니를 입고 해변에 들렀던 것이다.

"그 근육을 키우려면 시간이 오래 걸려요."

크리스틴이 말했다. 야구 모자 챙이 바다처럼 푸른 눈동자에 그림자를 드리웠다.

"하지만 잘하실 거예요. 배우러 오신 분들 중에 서핑에 재능이 없는 분들도 계셨어요. 재능이 정말 요만큼도 없었다니까요. 하지만 꾸준히 계속해서 지금은 파도를 타시죠. 그렇게 되실 거예요."

크리스틴을 물끄러미 바라보았다. 기울어지는 해에 그의 탄탄한 몸이 금빛으로 물들었다. 크리스틴의 말을 믿기로 했다. 그 말이 사실이 되기를 그 누구보다도 내가 절실히 바랐기 때문이다.

몇 주 뒤, 나는 다시 서핑을 하고 싶다는 생각에 사로잡혀 있었다. 실력이 형편없어도 상관없었다. 하루 빨리 물로 돌아가 그 미끄러지는 감각을 온전히 다시 느끼고 싶었다. **서핑아, 이제까지 어디 있다가 내 앞에 나타난 거야?** 속으로 이렇게 물었다.

나는 운동 신경이 아주 없는 아이는 아니었지만 운동을 좋아하지도 않았다. 어렸을 때는 경쟁의 제로섬 게임 측면이 너무 싫어서 할 수만 있다면 체육 과목으로 경쟁 스포츠를 피하고 춤을 선택했다. 어머니는 내 취향을 지지해주었지만, 아버지는 내가 당신 바람대로 육상이나 수영, 농구, 골프, 테니스를 계속하지 않는 것에 끊임없이 실망했다. 아버지가 우월한 유전자라고 여긴 큰 키를 살리지 못하는 것은 아버지 눈에 수치스러운 일이었다. 할아버지 대로부터 내려온 게 분명한 그 유전은 아버지를 건너뛰었다. 나는 태도가 글렀는지, 실력이 빨리 늘지 않으면 그냥 포기해버렸다.

성취는 우리 집에서 가장 강력한 힘을 지닌 서사였다. "무언가에 네 이름을 올릴 때는 그 일에 최선을 다해야 하는 거야." 어머니는 내가 초등학생일 때 이렇게 말했고, 그 말은 압박과 자유를 동시에 의미했다. 대학 진학은 당연한 일이었다. 아버지 집안에서 삼대에 걸쳐 거둔 성취를 이어가야 했다.

처음으로 대학에 간 증조할아버지는 버지니아에서 노예로 태어났지만 1874년에 햄프턴 대학을 졸업한 뒤 오벌린 대학에서 공부하고 교사가 되었다. 인종 차별로 인한 한계를 돌파하는 가장 좋은 방법은 교육이라고 굳게 믿으며 교육에 매달렸다. 어머니는 결혼했을 때 고졸이었다. 고등학교를 졸업하고 바로 일을 시작해 홀어머니를 도왔다. 그래서 여러 가지 의미로 1950년대의 전통주의자였던 아버지가 밤에 아기였던 언니 돌보기를 맡았고, 엄마는 시립 대학에서 학사 학위를 받을 수 있었다. 나도 교육의 중요성은 당연하게 받아들였다. 그렇지만 나와 언니가 경제적 지원을 받으며 일류 사립 학교에 다닐 수 있었던 것은 부모님이 절약하고 저축한 덕분이었다. 성공에 대한 기대가 무거운 짐처럼 느껴졌다.

그와 동시에 학교에서 무언가를 성취하면 그 대가로 부모님이 내가 하고 싶어 하는 일을 너그럽게 허락한다는 것을 일찌감치 눈치챘다. 성적만 좋게 유지하면 친구들과 빈둥거려도, 연극이나 댄스 공연을 해도, 학교 신문을 만들어도 괜찮았다. 그러한 활동들이 예술적이고 극적인 면을 길러주었고 덕분에 나는 놀랍게도 인기 있는 아이들 중 하나가 되었다.

그런 활동을 다 좋아하기도 했지만 가능한 한 집에 가고 싶지 않았던 다른 이유가 있었다. 아버지는, 아마 아버지는 스스로를 이렇게 표현했을지도 모르는데, 술꾼이었다. 집에 갔는데 아버지가 저녁에 마티니를 세 잔, 네 잔, 다섯 잔까지 거하게 마시면 무슨 일이 일어날지 짐작조차 할 수 없었다. 취하지 않은 아버지는 재미있고 장난을 좋아하는 사람이라고 할 수 있었다. 이야기를 잘하고 재치 있으며 사람들의 마음을 예민하게 읽는, 누가 봐도 매력적인 사람이었다. 아버지가 취하면 그 모든 매력은 날카로운 무기로 탈바꿈해 기괴한 목표를 달성하는 데 쓰였다. 아버지가 내 약점을 낱낱이 발라내는 바람에 나는 영원히 멈추지 못할 것처럼 울곤 했다.

"너는 너 좋은 것만 하려고 하지! 배은망덕한 것!" 아버지는 이렇게 소리를 질렀다. 더 열심히 하지 않으면 아무것도 되지 못하고 아버지가 나를 위해 희생한 모든 것을 헛수고로 만들 거라고 경고했다. 아버지와 비교하면 나는 힘겨운 줄 모르고 살았다. 나는 삶을 쉽게 손에 넣었다. 나에게 준 모든 것을 아버지가 누렸다면 아버지는 무엇을 할 수 있었을까? 아버지가 대가로 요구한 것은 좋은 성적을 받고 말을 잘 듣는 것뿐이었다. "젠장, 내가 그렇게 대단한 걸 바라는 거냐?"

어느 정도까지는 대단하지 않았다. 그리고 나도 말을 잘 들으려고 할 만큼 했다. 하지만 아버지에게 통하려면 완벽이나 다름없어야 했다. 어느 날 오후, 나는 우리 집 콘크리트 바닥 테라스에서 아버지에게 97점짜리 수학 시험지를 자랑스레 펼쳐보였다. "왜 100점을 못 받았니?" 아버지가 물었다. 시험지가 산들바람에 팔락거렸다. 아버지는 웃고 있었지만 진짜로 농담하는 게 아니었다. 삶에 평화와 기쁨이 깃들기를 바란다면 실패를 선택할 권리는 없었다. 그 분명한 가르침이 그날 이후 내가 하는 모든 일에서 기본 원칙 같은 것이 되었다.

그럼 서핑은 어떻게 해야 하지? 기본 동작이라도 숙달하려면 연습하는 길밖에 없었지만 그것만으로도 도전이었다. 서핑은 조깅

이 아니었다. 테니스나 골프라면 공공 코트와 코스, 골프 연습장, 콘크리트 벽에 공을 치며 혼자서도 연습할 수 있는 테니스장처럼 준비된 장비와 시설을 이용할 수 있다. 그러나 서핑을 하려면, 웻슈트와 보드를 사서 보관하는 번거로운 일은 둘째 치더라도, 파도를 탈 수 있는 넓은 물이 필요하다. 뉴욕시 한복판에서는 찾기 어려운 자원이다.

그 모든 어려움에도 불구하고 간절히 강습을 받고 싶었으므로 어떻게든 방법을 궁리해내기로 마음먹었다. 나는 바다에서 멀리 떨어진 곳에 살았고 업무량이 많은 일을 했으며 차는 가끔만 쓸 수 있었다. 내 차는 캘리포니아에서 산, 거의 새것 같은 중고 혼다 SUV였고 그 차가 무척 좋았다. 하지만 그 차는 언니가 가져가 쓰는 중이었다. 언니는 우리 가족이 함께 살았던 어퍼 웨스트 사이드의 아파트에 여전히 살고 있었다. 나는 독립했지만 언니는 부모님과 계속 함께 살면서 아버지가 다녔던 퀸스의 세인트 존스 대학을 졸업했고 어머니의 뒤를 따라 훌륭한 공립 학교 교사가 되었다. 뱅크 스트리트 사범 대학과 하버드 대학에서 교육학 석사 학위를 받고 유아기 발달 및 교육을 공부한 뒤, 지금은 뉴욕으로 돌아와 뉴욕 시립대에서 박사 과정에 들어갔다. 공부 중이다 보니 여분의 시간이나 자금이 많지 않아서 홀로된 아버지를 겨우 돌보는 중이었다. 90대인 아버지는 앞이 거의 보이지 않아 기본적인 일상 생활을 하는 데 도움이 필요했다. 그런 언니의 짐을 덜어주려고 내가 차를 내놓았다. 차가 있으면 언니가 장을 보고 자잘한 볼일을 처리하고 엄마가 주말에 우리를 데려가곤 했던 뉴

저지 퍼래머스에 있는 쇼핑몰에 바람을 쐬러 가기가 수월해질 뿐 아니라, 언니를 더 돕지 않는 나에 대한 죄책감도 누그러뜨릴 수 있었다.

베드-스타이에서 좀 더 가까운 지역에도 강습을 받을 수 있는 곳이 분명히 있을 것 같았다. 롱 비치나 롱 아일랜드의 너무 멀지 않은 어딘가, 열차로 갈 수 있는 곳에. 어느 날 밤늦게 인터넷을 돌아다니다가 로커웨이의 A선 열차 역 근처에 있는 뉴욕 서핑 학교라는 강습소를 발견했다.

로커웨이라고? 한여름에 밥네 집에서 즐겁게 피시 타코를 먹었을 때는 그곳에 서핑하는 사람들이 있는 줄도 몰랐다. 서핑 학교가 강습을 하는 바다는 밥네 집에서 그리 멀지 않았다. 이런 학교를 찾은 행운이 믿기지 않았다. 브루클린 가까이의 서핑 교실은 여기를 포함해 단 두 곳뿐인 듯했다. 아동 및 성인 대상 개인 강습과 소규모 그룹 강습이 있었고, 파산할 만큼 비싸지도 않았으며, 열차로 찾아갈 수 있었다. 기술을 많이 쓰지 않은 강습소 홈페이지가 친근하게 느껴졌다. 웃고 있는 여성 강습생들 사진이 많았는데 그중에는 내 또래로 보이는 사람들도 있었다. 돈을 좀 써서 개인 강습을 몇 번 받으면 그룹 강습을 시도할 수 있을 것 같았다. 나는 온라인으로 수강료를 입금한 다음, 학교를 운영하는 프랭크라는 사람에게 메시지를 보내 몇 주 뒤 토요일에 첫 강습을 받기로 했다.

그날 아침 7시쯤 일어났을 때 애틀랜틱 애비뉴가 내려다보이는 침대 뒤 창밖에서는 비바람이 몰아쳤고, 이미 그 시간에도 사방으로 통하는 동맥 역할을 하는 도로는 속도를 내는 승용차와 트럭 들로 꽉 막혀 있었다. 회백색 하늘에는 먹구름이 얼룩져 있고 비가 창 아래 콘크리트 골목을 세차게 때렸으며 우리 건물과 공터를 가르는 철망 위로 나뭇가지들이 바람에 휘날렸다. 나는 프랭크에게 메시지를 보내 이 날씨에도 강습이 열리는지, 내가 그쪽으로 출발해도 되는지 물었다.

"비가 와도 서핑합니다!!!" 이런 답이 왔다. 그래도 빗발이 누그러질 때까지 조금 기다려도 된다고 했다. 다시 이불 속으로 파고들며 생각했다. **물론 하겠죠. 어차피 젖을 테니까.**

한 시간 뒤 침대에서 기어 나온 나는 수영복을 입은 다음 겉옷을 입고 수건, 속옷, 물통을 가방에 챙겼다. **내가 이러고 있다니 믿을 수가 없네.** 미친 듯 들뜬 기분으로 들고 나갈 스무디와 에스프레소를 만들기 시작했다. 날씨가 나쁘니 안 나가도 된다고 스스로에게 둘러대는 대신 계획을 밀고 나가는 내가 놀라웠다. 나의 일부는 다시 침대로 들어가고 싶어 안달이었다. 하지만 더 큰 내가 나를 빗속으로 떠밀었다. 질척한 보도를 걸어 할인 상점, 식료품점, 상가 1층의 교회 들과 오래된 슬레이브 시어터를 지나 A선 열차를 타고 가면 외로운 주말의 지루한 틈새를 메워줄 무언가가 있을 거라는 확신이 들었다.

비는 거의 그쳤지만 여전히 춥고 흐린 가운데 지하에서 지상으로 나온 열차는 고가 위 역을 향해 브루클린에서 퀸스로 달렸다.

  1984년 브루클린에 세워진 영화관으로, 설립자인 판사 존 필립스가 흑인 노예제를 잊지 말자는 뜻에서 이와 같이 명명했다.

벌써 40분쯤 지났는데도 여전히 자치구 하나를 통째로 더 지나가야 했다. 도시 외곽을 도는 기차 안에서 풍경을 바라보았다. 줄지어 늘어선 2, 3층짜리 주택들, 벽돌과 돌과 비닐 자재로 마감한 오각형, 사각형, 삼각형 건물들이 뒤섞여 보였다.

기차는 애퀴덕트 경마장을 지나 브루클린-퀸스 고가 고속 도로를 건너 하워드 비치와 존 F. 케네디 국제공항 쪽으로 향했고, 내가 아는 도시 구역으로부터 얼마나 멀리까지 나왔는지 갑자기 실감되었다. 그곳은 내가 여름에 찾아왔던 로커웨이와도 또 달랐다. 이번에는 제이콥 리스 근처 부유한 서쪽 교외가 아니라, 반도의 가운데로 향하고 있었기 때문이다. 이곳은 또 다른 다리와 철교 들로 뉴욕 나머지 지역과 연결되어 있었고, 그 길을 따라가면 롱 아일랜드에 인접해 고층 건물이 많고 인구도 더 밀집한 지역이 나왔다.

갑자기 풍경이 바뀌었다. 선로 사이로 삐죽삐죽 자라난 마시그라스와 관목이 점차 길 가장자리를 따라 덤불을 이룰 무렵, 자메이카만을 둘러싼 야생 동물 보호 지구에 접어들었다. 브로드 채널을 통과하는 동안 초록색에서 금빛으로 물들 기미가 보이기 시작한 나뭇가지와 포도밭이 휙휙 스쳐갔고, 그 뒤로 부두 위에 지은 집들, 뒤뜰에 길게 놓인 보트들, 물 위에 둥둥 떠 있는 오리와 백조 들이 언뜻 보였다. 마침내 로커웨이 반도가 시야에 들어왔다.

로커웨이에서도 서핑을 할 수 있다는 사실을 알았을 법도 한데. 롱 아일랜드 전체를 거대한 물고기라고 하면 머리에 해당하는 브루클린과 퀸스가 맨해튼과 브롱크스 아래쪽에서 남서쪽의 스태튼 아일랜드와 뉴 저지를 들이받으려는 모양이고, 나머지 몸통과 꼬리는 북동쪽 대서양을 향해 약 160킬로미터에 걸쳐 뻗어 있다. 몬토크는 꼬리의 남동쪽 끝에 자리하며, 로커웨이 반도를 턱이라고 하면 열린 입을 채운 것이 자메이카만이다. 이 턱뼈의 아랫부분은 강력한 대서양에 그대로 노출되어 있다. 도시와 바다 사이의 마지막 장벽인 셈이다.

열차가 동쪽으로 돌자 저 멀리 파 로커웨이Far Rockaway의 거대한 주택 단지가 눈에 들어왔다. 열차는 아번 바이 더 시Arverne by the Sea의 벽돌 아파트가 늘어선 공공 주택 단지와 신도시주의 스타일의 자그마한 주택들을 덜컹덜컹 지났다. 아번 바이 더 시는 대규모 도시 재개발 계획에 따라 조성된 지역으로, 철로와 바다 사이의 공터에 〈트루먼 쇼The Truman Show〉를 떠올리게 하는 주택지가 지어지고 있었다.

열차가 마침내 내가 내릴 아번의 비치 67번가 역에서 끽 멈추었다. 오래 앉아 있어서 골반, 엉덩이, 다리가 뻣뻣했다. 축축하고 황량한 거리로 조심스레 내려온 나는 검은색 플라스틱 덮개가 다 부서진 신호등을 지났다. 흰색이나 베이지색 벽에 물색이나 셀러리색 문을 단 집들이 다닥다닥 붙어 있고 푸른색 합판으로 만든 공사장 가림막 너머로 산더미처럼 쌓인 쓰레기가 언뜻 보이는 곳으로 향했다. 마침내 바람에 휘날리며 언덕을 뒤덮고 있는 향나무들 사이로 뻗어 해변으로 이어지는 좁은 모랫길이 나왔다.

"안녕하세요!"

검은 웻슈트를 입은 검은 머리 남자가 소리치며 모래 언덕을 활기차게 달려 다가왔다.

"다이앤 씨인가요?"

프랭크였다. 프랭크는 젊지도 않았고 몸이 굉장히 좋아 보이지도 않았지만 편안한 웃음, 숱이 적어지고 있는 희끗희끗한 머리, 다정한 다갈색 눈을 지닌 열정적인 사람이었다.

프랭크가 이끄는 대로 해안 산책로를 따라 해변으로 내려가자 그날 강습에 참석한 다른 강습생과 강사가 보였다. 어두운 금발 머리 강습생은 젊고 날씬한 여성이었고 케빈이라는 이름의 연한 금발 머리 강사는 강단 있어 보이고 행동이 절도 있는 밝은색 피부의 남자였다.

여름 시즌이 이미 끝나서 매점도 화장실도 없었기 때문에 나와 동료 강습생은 모래 위에 뒤섞여 놓인 웻슈트, 서핑 슈즈, 장갑 중에서 각자에게 맞는 장비를 골라 해변에서 착용했다. 자기 보드를 가져온 동료 강습생은 보호 커버에서 날렵해 보이는 흰색 보드를 꺼내 프랭크와 함께 물에 들어갔고, 케빈과 함께 해변에 남은 나는 간단한 준비 체조를 하고 수상 및 서핑 안전에 대한 기본 교육을 받은 뒤 팝업 연습을 했다. 케빈은 파도 속으로 나를 밀어 줄 거지만 출발이 수월해지도록 팔을 저어야 한다고 알려주었다.

우리는 모래 속에 쓰러진 거석처럼 놓여 있는 보드를 향해 걸어갔다. 길이 11피트, 폭은 최소 2피트, 중심 두께는 4인치쯤 되어 보였고 도톰한 연두색 스펀지로 덮여 있어 나 또는 내 근처에 다가온 누군가를 다치게 하지 않을 것 같았다. 서핑으로 인한 부상은 대개 나의, 또는 다른 사람의 보드나 핀fin을 아무렇게나 건드려서 생긴다고 강사가 알려주었다. 서프보드는 일반적으로 폼foam 재질의 판을 디자인대로 자르고 연마한 다음, 여러 층의 유리 섬유와 합성 수지로 탄탄하게 싸서 가벼우면서도 단단하게 만들기 때문에 놀랄 만큼 약한 힘으로도 큰 부상을 일으킬 수 있다.

하지만 이건 초보자용 보드이므로 그럴 위험은 없을 것이다. 이 보드의 모든 부분은 안전을 유지하고 쉽게 파도를 잡고 안정적으로 나아갈 수 있도록 설계되었다. 우선 서핑 용어로는 볼륨volume이라고 하는 전체 부피가 커서 더 쉽게 뜰 수 있다. 더 짧고 좁고 얇은 보드보다 저어 나갈 때 힘이 덜 든다는 뜻이다. 레일rail, 즉 양쪽 가장자리가 두껍고 매끄러우며 노즈nose와 테일이 둥글면 너울을 따라, 특히 로커웨이의 명물인 잔잔하고 '물렁한mushy' 파도를 따라 이동하기가 쉬워진다. 대신 이 보드는 물속에서 급격히 회전하기 어렵고 움직였을 때 항력이 발생해 속도가 느려진다. 생짜 초보에게는 그리 나쁘지 않은 단점이다. 핀과 리시가 있다는 점을 제외하면 프로들이 주로 사용하는 얇고 표면이 크게 곡선을 그리는 보드와는 완전히 다르다. 고급자용 보드의 날카로운 레일, 급격한 경사면, 정교하게 설치된 핀, 뾰족한 끄트머리는 가파르게 치솟거나 동굴처럼 휘어드는 더 크고 빠른 파도 위에서

○ 보드 뒷면의 테일 쪽에 끼우는 지느러미 모양의 장치. 조타 장치 역할을 한다.

○ 보드의 앞쪽 끝부분.

○ 파도가 서서히 말리고 부드럽게 부서진다는 의미.

속도를 내고 격렬한 동작을 가능하게 하는 요소이다.

몬토크에서도 기다란 소프트톱soft-top 보드를 탔지만, 이번 것은 훨씬 더 거대해 보여서 이미 '빅 그린 몬스터Big Green Monster'라고 이름을 붙였다. 나는 몸을 숙여 보드를 잡았지만 그 크기와 무게 자체에 겁을 먹었다. 보드는 손에서 미끄러져 쿵 소리를 내며 모래 위에 다시 떨어졌다.

"제가 잡아 드릴게요."

케빈이 웃으면서 보드를 아무렇지 않게 들어 올리더니 가벼운 재킷처럼 옆구리에 끼웠다.

"좀 지나면 익숙해져요."

우리는 회갈색 바다로 들어갔다. 파도가 일렁이기는 해도 거칠지는 않았고 몬토크의 바다에서 두려웠던 무언가가 많이 없어 보였다. 돌로 된 둑들이 길게 뻗어 바다를 가르고 있었지만, 바닥에는 거의 모래밖에 없었다. 우리는 함께 걸어서 나아갔고 보드를 끌고 가던 케빈이 노즈 근처를 잡고 파도가 최고조에 달했을 때 보드로 파도 사이를 가르는 방법을 보여주었다.

허리 정도 깊이까지 왔을 때 케빈이 보드를 해안 쪽으로 돌리더니 나에게 올라타라고 했다. 나는 다시 제대로 된 위치를 잡으려고 안간힘을 썼다. 케빈은 레일을 잡고 몸을 대각선으로 끌어 올리지 말고 손을 데크deck, 즉 보드 윗면에 댄 다음 팔을 펴서 가슴을 들어 올리며 공간을 만드는 동시에 그 탄력으로 보드 위로

표면이 푹신한 재질로 되어 있는 보드. 주로 초보자용이다.

뛰어오르라고 했다. 이해가 되지 않아 케빈을 가만히 쳐다보았다.

"자, 제가 하는 걸 보세요."

케빈이 고양이처럼 편안하게 시범을 보였다.

"이렇게 하면 보드가 훨씬 덜 흔들려요."

내 차례였다. 케빈의 말은 정확히 이해했지만 서핑의 거의 모든 것이 그러했듯이 나에게는 그 동작을 해낼 힘이나 조정력이 없었다.

몇 번 시도한 끝에 어찌어찌 보드 위에 배를 대고 가자미처럼 엎드렸다. 케빈이 내 앞에 서서 노즈를 잡고 연한 푸른색 눈으로 수평선을 훑으며 말했다.

"좋아요, 옵니다."

케빈이 보드 옆으로 걸음을 옮기며 보드를 앞으로 이끌었다.

"팔을 저으세요."

나는 물을 가르며 팔을 풍차처럼 휘두르기 시작했지만 움직이는 느낌이 하나도 안 들었다.

"계속 패들링paddling 하세요."

케빈이 말했다. 마침내 보드가 앞으로 미끄러지더니 속도가 확 붙었다.

"서세요! 서, 서, 서, 서, 서!"

케빈이 소리쳤다.

팔 젓기를 멈추고 보드에서 일어나 아주 잠깐 동안 서 있었다.

꽃 팔로 물을 저어 보드를 나아가게 하는 동작.

80

연두색 데크에 놓인 내 발과 곁을 휘도는 잿빛 물을 내려다보았다. 그 순간 나는 평범한 일상의 물리 법칙을 거슬러, 어린 시절 미끄럼틀에서 느낀 적 있는 신나는 감각을 다시 맛보았다. 그리고 보드가 해안을 향해 돌진하자 물로 첨벙 빠졌다. 하지만 몬토크에서 그랬듯, 그 찰나의 순간은 짜릿했다. 그렇게 자유로운 느낌은 처음인 것 같았다.

우리는 몇 번 더 파도를 탔고, 케빈이 좀 더 깊은 곳으로 가도 되겠다고 결정했다. 우리는 프랭크와 함께 간 다른 강습생이 보드에 앉아 있는 둑 끝 언저리로 향했다. 파도가 높아졌다가 부서지기 전 둥글게 휘는 곳이었다. 파도가 강습생 뒤쪽에서 일어서기 시작했다. 그는 해변 쪽으로 방향을 잡고 보드 위에 엎드려 맹렬하게 팔을 저었다. 파도가 보드의 테일을 들어 올리자 프랭크가 그쪽으로 몸을 숙이며 소리를 질렀다.

"더 세게 저어요! 있는 힘을 다해서!"

강습생이 저 파도를 타면 우리가 있는 쪽으로 올 것 같았지만 케빈은 신경 쓰이지 않는 모양이었다.

"비키는 게 좋을까요?"

내가 묻자 케빈이 대답했다.

"괜찮아요. 저분은 아무 데도 못 갈 거예요."

강습생은 정말 아무 데도 가지 못했고—케빈은 **어떻게 안 거지?**—나도 마찬가지였다. 보드에서 일어서긴 했지만 겨우 1, 2초서 있다가 굴러떨어졌다. 조금도 무섭거나 아프지는 않았지만 좌절감이 밀려들었다. 언젠가 더 오래 파도를 탈 수 있기는 한 건지 의심스러워지기 시작했다. 체력도 다 떨어져갔고 노력의 결과로 팔과 어깨가 아팠다. 우리는 잠시 쉬기로 하고 해변으로 돌아가 쉬면서 물을 마셨다. 더 이상 애쓸 기력이 확 줄어들어서 케빈에게 그렇게 말했더니, 케빈은 팔 젓기는 그만두고 서는 자세를 개선하는 데만 집중하자고 제안했다.

바다로 돌아가서 케빈의 말대로 했다. 강습이 끝날 무렵엔 두 번이나 안정적으로 파도를 탔다. 파도를 따라 해안으로 들이닥칠수록 바다 가까이 늘어선 집들이 커지는 모습을 지켜볼 수 있을 만큼, 빅 그린 몬스터 위에 오래 서 있었다. 나는 한없이 들떴다.

그리고 완전히 지치기도 했다. 케빈에게 말했다.

"웻슈트 벗을 힘이 남았나 모르겠어요."

우리는 웃으며 해변으로 걸어 올라갔다.

"바로 그런 느낌이 들어야 해요. 강습이 끝났을 때 바다에 아쉬움을 남기고 싶지 않으니까요."

케빈이 대답했다.

가슴에 새길 말이네. 우리는 네오프렌 장비 더미로 돌아왔고 케빈은 짐을 싸기 시작했다. 천천히 웻슈트를 벗다가 물에 젖어 더 무거워진 슈트가 입을 때보다 노글노글해졌다는 사실을 깨달았다. 벤치에서 비키니 수영복을 벗으면 편할 것 같아 축축한 공기 속에서 덜덜 떨며 수건으로 몸을 감싸고 해안 산책로로 올라갔다. 짙은 초록색 벤치는 목재가 뒤틀리고 비바람에 페인트칠이 군데군데 일어나 있었다. 나는 발에서 모래를 털어내고 최선을 다해—잘되지는 않았지만—몸을 닦은 다음, 수건을 느슨하게 감은 채 수영복을 벗고 속옷을 입고 찜찜한 느낌이 남은 축축한 살 위에 옷을 입었다. 아침 느지막이 선량한 아번 주민들에게 가슴 이나 볼기를 슬쩍슬쩍 내보이는 쇼를 하게 될까 봐 걱정이었다. 마침내 적절한 품위를 갖춘 나는 발가락 사이에 낀 깔끄러운 모 래 입자를 느끼며 양말과 신발을 신고 가방을 싸서 A선 열차를 타러 돌아갔다.

기차가 덜컹이며 퀸스를 지나는 동안 삭신이 쑤셔왔지만 어디 를 다쳐서 그런 건 절대 아니었다. 오히려 그 아픔은 오롯이 내 뜻 에 따라 결정한, 내가 하고 싶었던 무언가를 전력을 다해 추구하 다가 힘겹게 얻은 정당한 아픔이었다. 비겁하게 굴지 않은 내가, 평소처럼 실패가 두려워서 그만두지 않은 내가 자랑스러웠다.

브루클린으로 돌아가는 기차는 덜컹덜컹 흔들리며 터널을 통 과했고 뉴욕의 초기 지도자들과 지주들의 이름을 딴 타일 벽 역 들을 빠른 속도로 지났다. 나는 줄곧 흐뭇한 느낌에 사로잡혀 있 다가 퍼뜩 깨어났다. 오늘 강습에서는 발전이 좀 있었다. 많이는 아니고 좀. 서핑을 하려면 얼마나 큰 노력이 필요한지 알았고 용 기를 잃지 않으려고 애쓰는 중이었다. 기차가 노스트랜드 애비뉴 역으로 진입했고 나는 천천히 자리에서 일어나 플랫폼에 내렸다. 계단을 올라 밖으로 나오자 오후는 여전히 잿빛이었다. 혹사당한 근육, 힘줄, 인대, 관절 하나하나가 땅기는 것을 느끼며 깨달았다. 서핑을 하고 싶다면 아버지의 가르침은 잊어야 한다. 우리는 실 패를 선택할 권리가 있다. 한 번, 두 번, 세 번, 몇 번이라도 더.

몇 주 뒤 가을로 막 접어드는 때에 서핑 실력을 키울 수 있는 기회를 얻었다. 고통스럽게 내 손에서 빠져나간 예전 삶의 한 친구가 주말에 이스트 햄프턴에 있는 예비 신부의 가족 별장에서 결혼을 하게 된 것이다. 나는 몬토크에 묵기로 하고 그날 예식 후 받을 서핑 강습을 예약해놓았다. 금요일에 휴가를 내고 다른 친구 젠―원래 젠을 통해 신랑을 알게 되었고, 이 둘은 뉴 잉글랜드에서 함께 어린 시절을 보냈다―과 함께 차로 일찍 출발해서 잠깐 느긋한 시간을 보내다가 일찍 도착한 다른 손님들, 결혼식 전날 만찬에 참석한 사람들과 어울려 술을 마시기로 했다.

목요일 밤, 화려한 옷들을 침대 위에 펼쳐둔 채 결혼식에 무슨 옷을 입고 갈지 고민했다. 깃털처럼 가볍고 살랑대는 검은색 실크 원피스. 여러 스타일로 입을 수 있는 반짝이는 샴페인색 랩 드레스. 대학생 때 빈티지 가게에서 샀지만 여전히 사이즈가 맞는,

비즈 달린 연한 핑크색 두피오니 실크 미니 드레스. 최근에는 입을 일이 없었던 옷들을 보자 온갖 감정이 가득 차올랐다. 서핑을 다시 하게 되어 신이 났고 신랑 신부를 만난다니 기뻤고 젠을 오랜만에 보는 것이 기대되었다. 10년쯤 전, 젠은 뉴욕 시정감독관 후보자의 공보 비서였고 나는 그 경선을 취재하는 《뉴욕 타임스》의 햇병아리 정치부 기자였던 때가 떠올랐다. 그러나 동시에 부부라는 관계에 속해 있던 시절의 활발하고 안정적인 사교 생활이 너무나 그리워 울적하기도 했다.

젠과 처음 만났을 때 나는 내근을 주로 하는 잡지 에디터에서 세상으로 나가 시간을 보내는 기자로 직업을 바꾼 지 채 일 년이 지나지 않았다. 타인의 탐구를 이끌어내는 산파 역할을 하는 대신 스스로 이야기를 모아서 말하고 싶었다. 직장 생활을 에릭과 맞춰가고 싶은 마음 또한 있었다. 에릭이 해외 출장이 잦고 근무지 이동을 할 수도 있는 직장에 들어갈 작정이었기 때문이다.

운 좋게도 《뉴욕 타임스》에서 경력 전환의 기회를 얻었지만 너무나 진지하고 공익적인 기자 일을 내가 해낼 수 있을지 겁이 났다. 대부분의 동료 기자보다 나이가 많고 경력은 짧은 나는 수년간 에디터로서 쌓은 평판을 내던지고 모든 것을 새로 시작하는 기분에 휩싸였다. 성공하지 못하면 그 굴욕에서 영원히 회복할 수 없다는 걸 알았기에—'실패'라는 낙인이 찍힌 채 《뉴욕 타임스》에서 계속 일한다는 가능성은 상상조차 할 수 없었다—내가 가진 모든 것을 동원해 일에 뛰어들었다. 그 결과 나는 자주 일의 산에 파묻히고 스트레스에 압도되었다. 거리의 낯선 행인들에게 말을 걸고, 45분도 안 되는 시간에 기사 하나를 쓰고, 데스크Desk라고들 부르는 편집 책임자들의 가차 없는 개입에 대응할 방법을 고심하느라 제정신이 아닌 상태로 고통스러워했다. 바로 그 무렵 에릭은 빌 클린턴이 대통령 퇴임 후 세운 재단의 외교 정책 책임자가 되었다. 수년 동안 작은 비영리 국제 기구들을 돌며 고생한 끝에 얻은 꿈의 직장이었지만, 에릭은 많은 시간을 해외에서 보내야 했고 집에 왔을 때도 블랙베리 핸드폰을 붙들고 있었다.

나는 우리 사이의 무언가가 시들어가고 있다는 점을, 말로 표현할 수 없는 감정적 연결을 돌보지 않고 있다는 점을 감지했지만 상황을 직시할 수 없었다. 게다가 브루클린 부동산 거품이 절정에 올라 아름다운 브라운스톤 주택을 다른 주택으로 바꿨을 때는 모든 일이 너무나 순조로운 것 같아서 우리 사이도 되돌릴 수 있다고, 예전처럼 가깝고 친밀해질 방법을 찾을 수 있을 거라고 스스로를 계속 설득했다. 에릭도 우리 관계에 전념하는 것 같았고 10년간의 연애 끝에 2002년 겨울, 우리는 마침내 결혼했다.

부동산을 잘 굴린 덕에 우리는 오래지 않아 브루클린의 캐럴 가든스에 벽돌 타운하우스를 살 수 있었다. 그 집은 내가 어려서부터 품었던 우아한 삶이라는 꿈의 절정이었다. 입지는 상대적으로 매력이 떨어졌지만—썩어가는 오염된 운하 위에 자리한 유류 창고 지대의 막다른 구석에 있었고 나무도 거의 찾아볼 수 없었다—집 안은 사랑스러웠다. 메이플 시럽 빛깔의 백 년 된 마루, 하얀 석제 벽난로 선반, 무늬 있는 주석 천장, 커다란 뒤뜰. 그 집에서 우리가 함께 사는 삶을 시작했다. 우리가 고칠 수 있는 집이었고, 우리가 가족을 만들 수도 있는 집이었다. 어느 날 밤, 우리는 아직 용도를 정하지 못해 덜 꾸며둔 앞쪽 응접실에서 와인을 마시다가 내가 피임약 먹기를 멈추고 자연의 흐름을 따르기로 결정했다.

어마어마한 횡재를 만났다고, 나는 생각했다. 어쩌다 보니 잘생기고 매력적인 남편을 차지했는데 그 남편이 내가 좋아하는 것—채소와 꽃이 가득한 뜰, 빈티지 모던 가구, 고급 식료품과 와인—을 좋아하고 나와 영원히 함께 있고 싶어 한다. 다시는 남자를 사귈 필요가 없다고 마음속으로 실컷 자랑했다. 머리는 좋지만 세상 물정 모르고 뭘 해도 어색한 나에게 끌릴 남자를 찾아 더는 헤매지 않아도 된다.

우리는 주말이면 가구와 주방 소품을 보려고 교외와 맨해튼을 돌아다니거나, 정원에 나가 잘못 자란 향나무 덤불과 못생긴 나뭇가지를 잘라내고 그 자리에 장미 화단과 채소밭을 만들기도 했다. 정말 똑똑하고 재미있는 아담한 체구의 갈색 머리 젠도 그 삶의 일부였다. 젠과 나는 2001년 선거 기간 동안 금세 친구가 되었고, 나중에 젠이 남자친구와 함께 우리 집 코앞으로 이사를 와서 이웃이 되었다. 우리는 동네에서, 각자의 집에서 정기적으로 만났다. 그 지역에 살던 문학계, 정치계, 비영리 기구의 흥미로운 인물들이 자주 함께했다.

하지만 에릭과 나는 계속 멀어졌다. 정확히 언제부터 관계가 삐걱거리기 시작했는지 말할 수는 없지만, 우리 둘 다 일과 사회생활에만 신경을 많이 쓰고 서로에 대해 그리고 가족을 이루는 일에 대해서는 충분히 집중하지 않은 것이 문제였다. 상황이 눈에 띄게 나빠진 건 아니었다. 서로 날이 서 있을 때도 대개 함께 즐길 수 있었다. 그래서 우리는, 아니 적어도 나는 즐거운 시간을 보내는 것을 행복이라고 착각하고 말았다. 하지만 사실 우리가 손 놓고 있는 사이에 무시와 실망이 산더미처럼 쌓였고, 그것은 우리의 사랑이라는 배를 따개비처럼 뒤덮었다. 우리가 함께 나아가기를 멈추는 것은 시간 문제였다.

결국 먼저 마음을 먹고 끝을 향해 발걸음을 뗀 사람은 에릭이었다. 2007년, 나는 마흔두 살이었고 우리는 마침내 아이를 갖는 일에 진지해졌다. 자연 임신이 되지 않아서 체외 수정을 시도하기로 했다. 난임 센터를 고른 다음 정자를 채취하고 나팔관이 막히지 않았는지 확인하는 등, 몇 가지 준비 단계를 거쳤다. 에릭은 새로운 자리를 제안받은 참이었다. 밴쿠버에 본사가 있는 글로벌 광업 기업의 지속 가능한 개발 부문을 감독하는 일로, 일과 생활의 균형이 보장되는 자리였기 때문에 나는 우리의 배를 고칠 수 있는 기회가 왔다고 생각했다. 에릭이 집에 왔을 때 나는 주방에서 축하 식사를 차리고 있었다. 살코기 포크찹과 우리가 좋아하는 샴페인도 한 병 준비했다.

내가 샴페인을 따서 두 잔에 따랐다. 우리는 건배를 했고 나는 냉장고에서 포크찹을 꺼냈다.

"우리 얘기 좀 해."

에릭이 뒤에서 굳은 목소리로 말했다. 나는 에릭을 돌아보았다.

"지금 당장 아이를 가지려고 애쓰고 싶지 않아. 우리 관계에 더 집중해야 한다고 생각해."

"알았어. 그런데 그 말이 정확히 무슨 뜻이야?"

나는 혼란스러웠지만 많이는 아니었다.

"나는 행복하지가 않아. 당신은 이렇게 사는 게 행복해?"

"글쎄, 모든 면에서 행복한 건 아니지. 그래도 당신이 이직만 하면 좋아질 여지를 만들 수 있을 거라고 생각했어."

"그래. 그런데 나는 우리가 위기에 빠진 것 같아."

"위기인 줄은 모르겠는데. 아주 잘 살고 있진 않은 것 같지만 우리가 바꿀 수 있을 거야."

"내 생각에 우리는 상담을 받아야 할 것 같아. 그리고 그 문제가 정리될 때까지 아이를 갖는 시도는 하지 않고 싶어."

나는 샴페인을 든 채 멍하니 서 있었다. 격렬한 분노가 배 속에서부터 부글부글 끓어올라 목구멍이 타들어가기 시작했다. 내가 행복하게 쇼핑을 하며 우리의 공동 사업을 다음 단계로 이끌어갈 멋진 저녁을 구상하는 동안, 에릭은 머릿속으로 우리가 갈라서기 직전이라는 사실을 어떻게 말할지 궁리하고 있었던 것이다. **어떻게 이걸 알아차리지 못했지?** 나는 샴페인 잔을 집어던져서 크리스털이 산산조각 나는 소리로 산산조각 난 내 마음을 표현하고 싶었다. 그러는 대신 남은 술을 단숨에 마시고 다시 잔을 채웠다.

"지금은 요리 못 할 것 같아. 그냥 나가서 먹자."

포크찹을 치우며 말했다.

우리는 샴페인을 다 마시고, 몇 블록 떨어진 작은 이탈리아 레스토랑에서 계속 술을 마셨다. 나는 부부 상담을 받아보겠다고 말했지만, 그래 봤자 이 피할 수 없는 이별이 조금 더 친절해질 뿐일 거라는 예감이 들었다.

"그러니까 원하는 게 뭐야?"

어느 순간 내가 물었다. 분노와 상처와 술기운에 머리가 뜨거웠고 윙윙 울렸다.

"이혼하고 싶어?"

"모르겠어."

나는 에릭을 보았다. 우리 사이에 놓인 깜빡이는 촛불 빛에 밝혀진 얼굴, 그림자가 드리워 눈빛을 읽을 수 없는 움푹 들어간 눈. 갑자기 공간 전체가 에릭 뒤로 물러난 것 같았다. 벽돌이 그대로 드러난 벽도, 나무로 된 긴 바도, 다정한 브루클린 커플들로 가득 찬 작은 테이블들도. 나가야 했다. 어쨌든 여기는 아니었다. 내 미래를 걸었지만 이젠 나와 함께하고 싶은지 아닌지 모르겠다는 이 남자와 아무 일 없다는 듯 저녁을 먹고 있어서는 안 되었다.

"여기서 나가야겠어."

나는 이렇게 말하고 눈물을 억누르며 일어섰다.

"그냥 지금은 당신이랑 같이 못 있겠어."

나는 돌아서서 휘청대며 거리로 나갔고 울면서 정처 없이 밤새 걸었다. 단골이었던 레스토랑에 남편을 당황스럽고 불편한 상황에 놓아두고 그냥 나왔다. 집으로 갈 마음은 확실히 아니었다.

그래서 걸었다. 상점이 늘어선 거리를 오르내리고, 늘 예쁘다고 생각했던 나무가 늘어선 길을 지나 고와너스 운하 쪽으로 넘어간 뒤 포석이 깔린 다리를 건너 반대편 파크 슬로프 언저리로 향했다. 울음을 그치고 운하와 그 가장자리에 우뚝 서 있는 나무 말뚝들, 달빛 속에서 구불거리는 물결이 공장이 늘어선 물가를 따라 남쪽 항구로 흘러가는 모습을 바라보았다. 상상 속에만 있는 삶을 얻으려고 이 동네에 몇 년을 쏟은 거지? 나는 생각했다. 대체 무엇을 위해서? 결국은 거절당한 채 홀로 남아 휑한 집에서 뒹굴게 될 텐데. 그 집에서는 나뭇잎 사이로 부서져 커다란 응접실 창으로 들어와 아름다운 집 안의 세세한 곳곳을, 예스러운 마룻널과 석고 몰딩을 비추는 햇살조차도 내가 손에 넣을 뻔했다가 잃어버린 모든 것을 쏘는 화살처럼 느껴질 것이다. 우리가 갈라지고 나면 아기도, 개도, 지역 최상급 고기와 집에서 기른 채소를 선보이는 환상적인 뒤뜰 저녁 파티도, 그 파티에 올 재치 넘치고 마음 맞는 친구들과 그 아이들도 없을 것이다. **그러면 나라는 사람은 어떻게 될까?**

에릭과 함께한 시간이 너무 길어서 그가 없는 삶이 어떨지 상상할 수도, 새로운 사람을 만날 엄두를 낼 수도 없었다. 어렸을 때도 연애에는 늘 서툴렀고 이제는 연애 시장에서 아예 내쫓긴 기분이었다. 내 또래 남자를 만나기엔 너무 나이가 많고 아마 아이도 가질 수 없을 테니까. 에릭은 아주 쉽게 다른 사람을 찾을 수 있을 것 같아 씁쓸했다. 에릭은 어쨌든 남자고, 성공한 데다 매력적이고 더 젊고 아이도 만들 수 있다. 나무들이 머리 위에서 바스락댔다. 마치 나를 비웃는 것 같았다.

그날 밤 우리 사이는 끝난 게 분명했지만 내가 받아들이기까지는 몇 달이 걸렸다. 에릭은 이직해서 밴쿠버로 이사한 뒤에도 몇 주마다 돌아와 부부 상담을 받았고 우리는 내가 에릭을 따라가야 할지 말지에 대해 논쟁을 벌였다. 에릭이 브루클린에 돌아오는 일은 점점 더 뜸해졌다. 그러던 11월의 어느 흐린 아침, 우리는 주방에 함께 서서 뜰에 남겨둔 나무 한 그루를 뒤쪽 테라스 너머로 내다보고 있었다. 어둡고 특이한 초록색 줄무늬가 있는 분홍색이었다가 봄 몇 주 동안 갈수록 희어지는 꽃을 피우는 서양산딸나무dogwood였다. 안개 낀 조용한 뜰에서는 귀에 익은 활기찬 새소리만 들렸다. 나는 에릭 옆에 서서 키스하려고 몸을 기댔고 에릭은 나에게 뺨을 내주었다.

우리는 그 후로 완전히 헤어졌다. 한때는 굉장하다고 느꼈던 우리의 사랑을 끝내면서 가능한 한 서로를 잘 대하는 데 전념했다. 당황스럽고 심란했던 나는 친구들에게 거의 연락을 하지 못했다. 부끄러웠던 이유는 단지 결혼이 파경을 맞았거나 아버지가 나에게 실망할 것 같아서―"다이앤, 네가 정말 자랑스럽구나." 아버지는 결혼식에서 그렇게 말했고, 아버지가 그런 말을 한 것은 결혼식 때뿐이었다―가 아니라 이 일을 예상하지 못한 나의 무능력 때문이었다. 나는 내가 감정을 잘 읽을 수 있고 회복력이 좋다고 항상 생각해왔다. 가족과 친구들에게 독립성과 안정성을 칭찬받는 사람이었지 불행한 관계에서 갈피를 잡지 못하는 여자가 아니라고 믿었다. 하지만 나는 정확히 그런 여자였다. 마치 거울 속자기 모습에서 군살만 찾아내는 거식증 소녀처럼 내가 그렇게 스스로를 잘 몰랐다는 사실을 믿을 수가 없었다.

나는 자신을 위로하기 위해, 잘나가는 조그만 술집의 바 자리에서 좋은 와인과 대나무 찜통에 찐 만두 또는 미트볼 한 그릇을 벗삼아 많은 밤을 보냈다. 그러면서 읽어야 할 책이 있어서 온 거라고 속으로 되뇌며 막연히 파리지엔의 이미지를 덧씌워보려 애썼다. 그 이미지는 그저 덮개, 진실을 거의 가리지 못하는 얇은 베일에 불과했다. 내가 함께 집에 갈 사람이 없는 슬프고 외로운 여자라는 것, 사랑받지 못한 나머지 아무하고나 새로 시작해보려는 한심한 여자라는 것이 진실이었다. 매일 아침 깨어나면 눈물이 났다. 몸이 너무 무거워서 침대에서 나갈 수 없을 것 같았고, 온몸의 근육이 오그라져 매트리스로 돌아가려 했다. **이렇게 될 때까지 손 놓고 있었다니. 우린 왜 더 일찍 문제를 해결하려고 하지 않았을까? 언제가 되어야 이 패배자 같은 느낌이 사라질까?**

정신을 놓았다 찾았다 하면서, 그리고 정기적으로 심리 상담의 도움을 받으며 나는 마침내 내 삶에 다시 참여하기 시작했다. 스탠퍼드 대학의 존 S. 나이트 펠로십을 받아 탈출할 계획을 세우고 편집자들과 함께 지원에 필요한 준비 작업에 착수했다. 이 펠로십은 기자들을 선발해 대학에서 일 년간 무엇이든 원하는 공부를 하도록 지원하는 제도였다. 봄이 오자 내가 겪은 시련을 친구들에게 털어놓을 수 있을 만큼 마음이 안정되기 시작했다. 어느 날 시청 밖에 서서—보도국장으로서 시장 관련 기사를 담당하던 때였다—남쪽 시청 공원의 바람에 흔들리는 잔디, 흐드러지게 핀 꽃들, 햇빛 속에서 반짝이는 분수의 물줄기를 바라보며 블랙베리를 귀에 대고 젠에게 에릭과 어떻게 멀어지고 이혼하게 되었는지 설명했다. 젠은 이야기를 듣고 자세한 사정을 물으면서도 나를 배려했고, 공감과 위로를 전했다. 대화가 잠시 멈춘 사이 숨을 훅

들이마시는 소리가 들려왔다. 젠이 말했다.

"음, 실은 내 후파chuppah를 들어 달라고 부탁하고 싶은데, 지금은 좋은 타이밍이 아닌 것 같지?"

나는 웃음을 터뜨렸다. 물론 좋지 않았지만 좋기도 했다. 나는 젠을 사랑했고, 정착하기에 딱 맞는 남자와 결혼하게 된 젠이 진심으로 행복해했기 때문에 나 역시 행복했다. 비참한 기분에 빠져 있긴 했지만 젠이 자신의 미래에 속할 가장 친한 사람들 중 하나로 나를 생각했다는 사실이 황홀했다.

젠의 결혼 피로연은 매사추세츠주의 유서 깊은 농장에서 열렸다. 날이 어둑해진 가운데 나는 젠을 통해 알게 된 브루클린 친구 벤과 함께 석제 분수 가까이에 서 있었다. 그와 이야기하는 것은 항상 즐거웠다. 우리는 둘 다 기혼자였다. 두 결혼 모두 행복할 거라는 내 예상은 빗나갔고 이 결혼식에서 우리는 갑자기 싱글이 되어 있었다.

그날 밤 아른거리는 촛불과 별빛 속에서 벤을 올려다보는데 군살 없는 탄탄한 몸, 잘생긴 이목구비, 눈썹 위를 덮은 연한 갈색의 곧은 머리가 새삼 눈에 들어왔다. 벤의 낮은 웃음소리가 기분 좋게 울렸다. 우리 사이에서 전기가 튀었고 오늘 밤 무슨 일이 생길 수 있겠다는 직감이 들었다. 하지만 벤은 지금 머물고 있는 보스턴으로 차를 몰고 돌아가야 한다고 했다.

그 후 거의 일 년 동안 아무 일도 일어나지 않았다. 그사이 브루

⁂ 유대교식 결혼식에서 사용하는 천막. 천막 아래에서 식을 거행하며, 막대로 지탱하거나 참석자가 들고 있다.

클린이나 다른 곳에서 열린 모임에서 벤을 간간이 만났다. 그러다가 어느 책 읽는 모임에서 또 우연히 만났고 다들 저녁을 먹고 헤어진 뒤에 벤이 술을 마시지 않겠느냐고 메시지를 보냈다. **이거 데이트인가?** 집에서 바 쪽으로 걷는 동안 머리 위에서 위풍당당한 떡갈나무며 단풍버즘나무 잎사귀와 가지 들이 바스락거렸다. **세상에, 귀엽잖아.** 비좁은 나무 테이블 너머에 앉은 그를 보고 이렇게 생각한 기억이 난다. 우리는 줄곧 우리의 실패한 관계에 대해 이야기했지만, 벤이 최근에 겪은 응급 상황 이야기를 꺼냈을 때 이 만남이 데이트라는 것이 분명해졌다. 벤은 뇌간 근처에 생긴 양성 종양이 가하는 압박을 줄이려고 대학 시절 삽입한 튜브를 긴급 교체해야 했다고 설명했다. 내가 물었다.

"그러니까, 잠깐만, 션트예요, 스텐트예요? 우리 아버지가 판막인가 뭔가를 열어놔야 한대서 둘 중 하나를 심장에 삽입했거든요."

"그건 스텐트예요. 내 경우는 션트고요."

벤이 빙긋 웃으며 대답했다.

"션트가 뇌에서 나와 정확히 어디로 연결되는 거예요?"

"여기요. 보여줄게요."

벤이 이렇게 말하고 테이블 너머로 팔을 뻗어 내 손을 쥐더니 튜브 위 피부에 가져다 댔다. 놀랄 만큼 굵은 튜브가 피부 아래로 머리부터 목을 지나 가슴까지 내려갔다. 나는 깜짝 놀라면서도 갑작스러운 친밀한 행동에 빠져들었지만—마침내 내 손끝에 남자의 살갗이 닿았다—야릇한 데이트 분위기가 너무 오랜만이라 어떻게 반응해야 할지 몰랐다.

다행히 몰라도 괜찮았다. 벤은 걸어서 집까지 바래다주었고 거리의 나트륨등 불빛 아래 우리 집 현관 앞에서 나에게 키스했다. 담백한 키스였지만 너무나 부드럽고 다정하고 다급해서 거의 기절할 뻔했다.

그 후 몇 주 동안 우리는 멋진 데이트를 몇 번 했고 점점 달아오르는 분위기에서 서로를 어루만졌다. 마침내 섹스를 하게 되었을 때 물론 좋았지만—벤은 더 만족스러운 진행을 위해 자기 몫을 확실히 해냈다—섹스에 집중하고 진심으로 즐길 수 있을 만큼 마음이 안정되질 않았다. 20대 이후로 에릭이 아닌 사람과 벌거벗고 있는 것조차 처음이었고, 나는 침대에서 섹스 전에 습관적으로 피우는 마리화나를 건너뛰라고 설득당한 애니 홀과 비슷했다. 영혼이 몸 밖으로 빠져나와 행위를 지켜보며 생각했던 것이다. 음, 아니, 어머나.

복잡 미묘한 우리 사이는 아무것도 되지 않았다. 우리가 서로 좋아하는 것은 확실했지만, 나는 펠로십을 받아서 캘리포니아로 가 남은 한 해를 더 즐겁게 보내려는 참이었고 그로 인해 마음이 식었다. 우리는 후에도 친구로 남았지만 로맨스는 남지 않았다.

○○○

이 년 후 젠은 딱 나처럼 이혼을 하고 보스턴으로 이사했다. 나 역

우디 앨런 감독이 1977년 발표한 영화 〈애니 홀(Annie Hall)〉의 주인공.

시 우리가 함께했던 브루클린 동네에 대한 오랜 미련을 버리고 타운하우스를 팔았다. 젠은 존 F. 케네디 국제공항으로 들어와 나와 함께 몬토크에 묵고 이스트 햄프턴에서 열리는 결혼식에 참석하기로 했다. 토요일 아침, 우중충한 공항 입국장 도로 가장자리에 차를 세우고, 출력해온 구글 지도를 보면서 미로 같은 진입 차선과 갈림길, 그 밖의 간선 도로를 어떻게 지나 고속 도로로 들어갈지 고민하고 있는데 조수석 창을 똑똑 두드리는 소리가 들렸다. 고개를 들자 젠이 보였다. 적갈색 눈을 찡긋거리며 신이 나서 활짝 웃는 젠의 얼굴을 보자 초조함이 단숨에 녹아 사라졌다.

"와, 우리 처음 만났을 때 내가 너 죽일 뻔했던 거 기억나?"

웃으면서 차에 오른 젠은 길 찾기를 도와주려고 핸드폰을 꺼내며 말했다. 오래전 우리가 선거전 중에 만났을 때 젠이 선거 운동에 쓰는 진한 보라색 밴을 타고 꼭두새벽에 브루클린까지 온 적이 있다. 젠은 나를 태우고 어퍼 맨해튼에서 열리는 기자 회견에 참석했다. 브루클린-퀸스 고속 도로와 메이저 디건 고속 도로를 탈 때 까다로운 합류 구간이 좀 있었지만 정말로 내 목숨이 위험에 처했다고는 느끼지 않았다. 그리고 현재 우리는 좌초된 결혼을 뒤로하고 대단한 앞날의 전망도 없이 '엔드'로 쌩 달려가는 중이었다. 그나마 롱 아일랜드를 지나는 길은 곧게 뻥 뚫려 있었다. 우리는 정오에 몬토크에 도착해 가족이 운영하는 오래된 바닷가재 식당에서 포트 폰드만을 내려다보며 점심을 먹었다.

"그럼 벤이랑은 전혀 연락 안 했어?"

부두에 놓인 하얀색 플라스틱 테이블에 앉아 맥주와 바닷가재

롤을 앞에 두고 내가 물었다.

"안 했어. 요즘엔 자주 연락하는 사람이 거의 없거든. 하지만 오늘 밤엔 아마 벤도 올 거야."

"그렇구나. 나도 거의 일 년 동안 안 만났네. 전에 베드-스타이로 나를 데리러 왔을 때 플러싱에 있는 벤이 아는 가게로 차를 몰고 갔는데, 꼭 구멍가게 같았지만 너무 맛있어서 깜짝 놀랐어. 이름이 리틀 핫 페퍼였나."

"벤 입맛은 항상 훌륭하지."

점심을 다 먹고 나서 내가 초여름에 묵었던 비치컴버의 숙소로 향했다. 발코니에서 앞에 펼쳐진 바다를 보다가 주말에 입을 옷을 서로에게 보여주었다. 젠이 이스트 햄프턴에서 열리는 결혼식 전날 저녁 만찬에 택시를 타고 간 덕에 나는 운전을 쉴 수 있었다. 낮잠을 자고 느긋하게 샤워한 다음, 차를 몰고 시내로 들어가 지난번에 발견한 레스토랑으로 갔다. 아직 많은 사람을 만날 준비가 되어 있지 않아서 먼저 도착한 다른 하객에게 연락을 시도하는 대신, 혼자서 자연산 줄농어 요리와 몇 동네 건너에 있는 와인 양조장에서 생산된 로제 와인 한 잔을 즐기기로 했다. 결혼식에 올 손님들은 나도 다 무척 좋아하는 사람들이었다. 젠과 신랑이 문학, 사회 운동, 교육 관련 인맥을 통해 알게 된 사람들로, 똑똑하고 정치 성향도 진보적이었다. 하지만 전에 만났을 때 모두 커플이었고, 결혼 생활과 육아에 대한 끊임없는 대화를 앞두고 마음을 단단히 먹을 필요가 있었다. 누구에게도 나쁜 의도는 없겠지만 어쨌든 나는 끼어들 수 없을 게 뻔하니까. 이혼에 대한 질문에도 그 자리에 어울리는 희망과 흥거움을 한껏 담아 대답할 준비를 해야 했다. 그러나 누가 결혼 생활이 끝난 이유를 묻거나 아이를 가질 계획이 있었는지 또는 어떻게 시도했는지 물었을 때 내놓을 만한 좋은 대답을 찾지 못했다. 그런 이야기를 하는 상상만으로도 여전히 나 자신이 이 대재난을 불러왔다는 자괴감을 들추어내서 기운이 빠졌다. 우리는 행복한 커플의 출항을 축복하기 위해 모였고, 모두 그 항해가 평생 이어지기를 진심으로 소망했다. 그런 자리에 '자기 연민'이라는 이름의 커다란 쓰레기 자루를 가져가서는 안 될 일이었다.

레스토랑을 둘러보았다. 대롱대롱 매달린 에디슨 전구* 조명, 열대 지방의 바닷가 오두막 장식, 즐겁게 대화를 나누는 손님들이 보였다. 피부가 매끈한 젊은 커플들, 카키색 면바지와 스웨터를 입고 매듭 팔찌를 낀 햇볕에 그을린 가족들이었다. '혼자 군중을 관찰하는 사람'은 나에게 익숙한 역할이었고, 그런 나도 언뜻 보면 풍경의 일부였지만 썩 잘 어울리지는 않았다. 떠들썩한 가족 안에서 자라는 동안 자주 이런 일을 겪었다. 다른 사람들은 편하게 긴장을 풀고 있는데 나만 지켜보고 기분을 맞추고 물러나고 긴장을 억누르곤 했다. 기자 일을 하면서도 그런 적이 많았고, 취재 때문에 바며 레스토랑을 돌았던 지난 몇 달간은 특히 그랬다. 뉴욕의 인기 있는 가게에서 많은 손님 사이에 있었지만 그 안에 섞여들지 못하고 다른 사람들이 펼쳐놓은 삶 한 자락을 지켜보기

초기 전구 모양을 흉내 내어 만든 전구로, 주로 장식용으로 쓰인다.

만 했다. 하지만 스스로에게 상기시켰다. 나는 새로운 시작을 하려는 중이고 전에는 한 번도 생각하지 못한 스포츠에 도전하고 있었다. 그 사실이 희망을 주었다. 여전히 어딘가에 나를 위한 무언가가 있고 다시 행복을 찾을 수 있으리라는 희망이었다.

더 나쁜 일들이 생길 수도 있었잖아. 바 자리의 둥근 의자에서 일어나 차로 향하며 생각했다. **아주 망한 건 아니야.**

20분 뒤 애머건셋에 있는 술집 앞길 건너편에 차를 세우고 불을 끈 채 앉아 있었다. 그 술집에 신랑 신부와 저녁 만찬에 참석했던 손님들이 모일 예정이었다. 만찬이 늦게까지 이어졌기 때문에 나는 차 안에서 뭉그적댔다. 아는 사람이 아무도 없을까 봐 걱정도 되었고 어색한 잡담을 피하고 싶었다. 그러나 작은 내면의 목소리가 일단 나가서 맞서라고 나를 재촉했다. 아무리 망설여도 내 삶의 길을 내가 찾아야 한다는 사실은 바뀌지 않으니, 즐기려고 노력하는 편이 나을지도 몰랐다.

무엇이 기다리는지 알 수 없는 곳을 향해 운전석에서 막 내리려고 했을 때 벤을 보았다. 내 차 앞에 주차된 빨간 해치백에서 내린 벤은 매력적인 금발 여성이 나타나 곁에 설 때까지 몇 초 동안 서서 기다렸다. 벤은 편안하게 여성의 어깨를 한 팔로 감쌌고 둘은 천천히 길을 건너 술집으로 향했다. 우리 관계는 예전에 끝났고 나는 이제 벤에게 흥미가 전혀 없었다. 그럼에도 그 장면은 신경에 충격을 가했고 슬픔과 갈망과 박탈감이 밀려와 나를 자리에 주저앉혔다.

숨 쉬어, 일단 숨 쉬어. 스스로에게 일렀다. 넋을 놓고 한참을,

오 분인지 20분인지 앉아 있자 그제야 안에 들어가 모두를 볼 수 있을 것 같았다. 내가 갈망한 것은 벤이 아니라 벤과 벤의 연인이 가진 것, 나와 젠을 제외한 거의 모든 결혼식 하객이 가진 그것이었다. 내 일상에 자리한 다른 사람, 나를 이해하고 지탱하고 사랑하고 이야기를 들어주고 섹스하고 충고하고 도와주고 지지해줄 사람. 나에게는 그런 사람이 없었고 앞으로 생길 거라고 믿을 수 있는 구체적인 근거도 없었다. 싱글로 사는 건 정말 별로였다. 혼자여도 괜찮다고, 안 맞는 남자와 함께인 것보다 혼자가 낫다고 아무리 되뇌어도, 이어폰 속에서 "불행해지느니 혼자가 되겠어"라고 절규하는 휘트니 휴스턴의 목소리를 들으며 기운이 다 빠질 때까지 울고 헐떡여봐도, 바로 그 순간 나를 가득 채운 결핍에 그만 터져버릴 것 같았다. 그저 궁금할 뿐이었다. 언제, 언제, 언제, 언제, 대체 언제, 나는 다시 누군가의 품에 안긴 여자가 될까?

○○○

일요일 아침, 눈을 뜨자 지독한 숙취가 덮쳐왔다. 머리가 지끈거리고 몸은 쑤시고 입 안은 끈적끈적했다. 식장인 신부 가족의 별장은 전용 차선에서 갈라져 나온 별장용 긴 차도가 끝나는 곳에 바다를 향해 서 있었다. 정성을 많이 들인 아름다운 결혼식이었고, 내 걱정이 무색하게 내내 기분 좋은 시간이었다. 사람들이 내가 새로 배운 서핑에 푹 빠져 있다는 사실에 무척 흥미를 보이면서 각자 좋아하는 운동을 하며 좌절한 이야기를 나누느라 내 연애 사정 이야기는 할 필요가 전혀 없었다. 그런데 거기에는 공짜 샴페인이 넘쳐흐르고 있었던 데다 나는 〈필라델피아 스토리*Phil-adelphia Story*〉의 조연 기자들 중 하나인 리즈 임브리처럼 샴페인을 양껏 마셔본 적이 없었기에, 과음하는 것은 당연한 수순이었다.

나는 조심조심 침대에서 나와 바다를 보았다. 날은 흐리고 안개가 끼었지만 중간 크기의 거친 파도가 치고 있었다. 9시까지 서핑 강습에 가야 해서 시간이 많지 않았다. 소파 침대 위에 웅크려 책을 읽고 있던 젠은 몇 시간쯤 혼자 있어도 괜찮다고 했다. 그 후에 우리는 마지막 브런치 자리에 참석한 다음 브루클린으로 돌아갈 것이었다. 나는 에스프레소를 내리고 그래놀라 반 그릇을 먹은 다음 물통을 들고 차에 올랐다.

고속 도로를 지나 시내를 통과했다. 여전히 길은 묵직한 아침 공기에 축축하게 젖어 있었다. 해변 쪽으로 우회전해 이스트 덱 모텔에 도착한 나는 서핑 강사 존과 만나기로 약속한 길 건너 진입로로 들어갔다.

긴 서프보드가 누워 있는 뜰을 지나 커다란 갈색 복층 주택 현관문을 두드렸다. 한 남자가 철망 문 너머에서 밖을 보며 물었다.

"안녕하세요. 다이앤이죠?"

"네."

나는 흠칫하며 대답했다. 존이 너무 매력적이어서 똑바로 쳐다

🍃 1940년에 제작된 미국의 로맨틱 코미디 영화.

102

보기가 힘들었던 것이다. 나는 존을 알아보았다. 지난 여름 몬토크에서 손에게 강습을 받았을 때 다른 강습생을 가르치던 강사였다. 하지만 물속에서 기진맥진한 나머지 그가 얼마나 잘생겼는지는 머리에 남지 않았나 보다. 존은 숱 많은 다갈색 머리를 넘겨 낮고 짧게 하나로 묶었고, 높이 솟은 넓은 광대는 여름 햇볕에 그을려 있었다. 키는 나 정도였고, 갈색 눈과 깎은 듯한 턱 아래쪽의 벗은 어깨와 가슴에는 근육이 울룩불룩했으며, 흉곽에 있는 반쯤 나온 긁힌 상처 같은 것이 운동복 바지 바로 위까지 이어졌다.

그만 봐! 머릿속에서 비명이 들렸다. **정신 차리라고!** 나는 숨을 깊이 들이쉬고 이곳에 온 이유에 집중하려 애썼다.

"슈트를 가지고 나올게요. 밖에서 만나죠."

밖으로 나온 존이 잔디 위에 놓여 있는 보드를 눈치챘다.

"아니, 이런, 그 사람이 이걸 놓고 간 걸 몰랐네."

존은 신이 나서 말하며 내게 웻슈트를 건넸다. 그러고 나서 무릎을 꿇고 앉아 보드를 들어 올리더니 이리저리 돌려보고 매끄러운 표면을 손가락으로 쓸다가 수리된 부분을 만져보았다. 아주 연한 푸른색 뒷면에 생긴 아이보리색 얼룩 같은 것이었다.

"와, 정말 잘 고쳤네요. 얼른 다시 물에 띄워보고 싶어요."

존이 안으로 들어간 동안 나는 티셔츠와 올 풀린 데님 스커트를 벗고 버둥대며 웻슈트를 입기 시작했다. 존은 눈 깜짝할 사이에 운동복 바지 대신 허리까지 끌어 올린 회색 웻슈트를 입고 나왔다. 대화를 나누는 동안 나는 눈을 존의 가슴이 아니라 내 웻슈트에 두는 데 그럭저럭 성공했다. 존은 크리스틴의 사촌으로, 롱 아일랜드 다른 곳에서 자랐고, 크리스틴의 파트너이자 서핑 교실을 운영하는 코리의 가족과 친구이기도 했다. 이 집은 존의 할머니 집으로, 존은 어렸을 때부터 이곳에서 여름을 보내며 서핑을 했다고 한다.

"이 집이 있는 게 정말 행운이었죠."

존은 몇 번이고 이렇게 말했다.

우리는 길을 건너 비포장 주차장을 지나 해변으로 갔다. 존은 모래 언덕에 기대어놓은 보드들 중에서 큰 소프트톱 보드 두 개를 집어 들고 물로 들어갔다. 정강이 높이에서 나를 기다리다가 내가 거기까지 들어오자 보드 하나를 건네주었다. 물은 차고 파도가 꽤 쳐서 바위 위에 서 있는 게 불안했지만, 희미하게 남은 숙취와 지난 강습에서 이룩한 아주 작은 발전이 어우러진 덕에 두려움이 좀 무뎌졌다.

"화이트워터 강습을 할 예정이었죠."

내가 보드를 파도 쪽으로 움직여보는 동안 존이 말했다.

"하지만 좋은 생각이 아닌 것 같아요. 아웃사이드로 가죠."

서핑 용어를 잘 몰라서 우리는 이미 아웃사이드, 즉 바깥에 있는데, 라고 생각했지만, 존이 말한 아웃사이드는 단순히 바깥이 아님을 곧 깨달았다. 해변 가까이에서 이미 부서진 파도의 거품을 타는 게 아니라, 로커웨이에서 케빈과 강습했을 때처럼 부서지는 파도 너머 '바깥'으로 가서 최고조에 오른 파도를 타는 것이었다. 하지만 내 앞에 서 있지 않고 보드에 올라가 있는 존을 보니, 이번에는 내 몸과 보드를 내가 알아서 움직여야 하는 것 같았다. 해묵은 두려움이 뱃속에 똬리를 틀었다. 파도가 갑자기 아까보다 더 크고 더 위협적으로 느껴졌고 뚫고 지나가려 했다가는 혼쭐날 것 같았다. 하지만 겁이 나서 그만두고 싶어지기 전에 보드 위에 엎드렸다. 지시에 따라 가슴을 들며 물마루를 넘고, 얼굴을 때리는 파도를 맞으며 존 뒤에서 정신없이 팔을 저었다. 아웃사이드가 너무 멀지 않아서 다행이었다. 잠시 후 나는 씩씩대면서 존 옆에 앉아 있었고 침대에서 굴러 나왔을 때보다 확실히 정신이 맑아졌다.

우리는 재빨리 루틴을 만들어냈다. 나는 보드에 올라앉아 해안을 보고, 존은 나와 나란히 앉아 대양 쪽을 본다. 파도가 표면에서 솟아오를 것 같으면 존이 엎드려서 팔을 저어야 할 타이밍을 알려주고 자기 보드를 돌린 다음 내 곁 조금 뒤에서 팔을 저었다. 물이 보드의 테일을 들어 올리면 존이 나를 살짝 밀면서 일어서라고 외쳤다. 놀랍게도 이 과정이 비교적 순조롭게 돌아갔다. 머리가 좀 아프고 가끔 화가 치밀기는 했지만. 나는 점점 더 자주 일어서서 족히 삼사 초는 부드럽게 나아갈 수 있었다. 이곳에서 했던 첫 서핑 때에 비하면 영원과도 같은 시간이었다.

짜릿하고 재미있었다. 모든 것이 너무나 새로워서 내 발과 보드에만 겨우 집중할 수 있었지만, 마법 모터의 추진력으로 바다 표면을 미끄러지는 느낌이 정말이지 좋아서 멈추고 싶지 않았다. 보드의 노즈가 회색 물마루를 가르며 나아가면 물결이 희게 갈라져 양 옆으로 휙 뒤집혔다.

마음속으로 간절히 바랐다. **이제 좀 감을 잡은 거였으면.** 로커웨이에서 보드를 빌려 혼자 연습할 수 있는 날이 곧 오지 않을까?

내가 그 단계로 들어갈 준비가 되었는지 존에게 물었다.

"아직은 아니에요. 혼자 파도를 잡을 수 있을 만큼 팔을 빨리 젓지 못하니까요."

정신이 확 드는 평가였지만 사실이었다. 존의 도움을 받았는데도 힘이 점점 빠지고 팔이 돌덩이처럼 느껴지기 시작했다. 나는 다음 파도 위에 일어서서 그 파도가 부서질 때까지 파도를 탔지만 갑자기 뒤어 오른 물결이 나를 내동댕이쳤다. 다시 물 위로 올라와 보드를 잡고 떠 있는데, 존이 뒤에서 그다음 파도를 타는 게 보였다. 존은 내 쪽으로 미끄러져 오다가 가볍고 우아하게 일어서더니 마치 보드를 운전하듯 앞뒤로 발을 움직이면서 바위를 씻어내리는 거품 사이로 나아갔다. 마치 물 위에서 발재간을 선보이는 댄서 같았다. 어떻게 하는 건지 전혀 알 수 없었지만 나도 존처럼 움직이고 싶었다.

"자, 아웃사이드로 되돌아가죠."

존이 내 쪽으로 돌아와 말했다. 나는 보드에 팔을 걸치고 구부정하게 서서 통증이 가시기를 기다리는 중이었다. 거친 화이트워터 속에서 똑바로 서 있으려 애썼더니 어깨가 찌르는 듯 아팠다.

"잠깐 쉬어야 할 것 같아요."

파도가 우리 바로 앞에서 부서지면서 맹렬한 물결이 발을 휘감는 바람에 휩쓸려갈 뻔했다.

"좋아요. 여기 있어도 되지만 계속 파도를 맞을 것 같네요. 그러니 아웃사이드로 나가서 쉬죠."

존이 머리에서 물을 줄줄 흘리며 큰 소리로 말했다.

짜증이 나서 그대로 몸을 돌려 해변으로 가고 싶었다. 그러나 6월에 노란 집을 발견했을 때처럼, 내 안에서 무언가가 달라졌다. **힘들다고 그냥 그만두지 마. 하고 싶은 일이라면 계속 도전해야 해.**

욱신거리는 승모근은 무시하기로 굳게 마음먹고 다시 보드에 올라 팔을 저었다. 코에서 목구멍으로 짠물이 넘어와 기침을 하면서 우리가 앉아 있었던 곳으로 돌아갔다. 불안정한 보드에 똑바로 앉아 있으려면 여전히 한참 고생해야 했지만 존이 파도를 타는 잠깐 사이 숨을 돌리고 한 가닥 평정심을 되찾았다. 잠시 후, 다시 시작할 준비가 되었지만 고작 몇 번 더 할 수 있을 것 같다고 존에게 말했다. 존은 나를 큰 파도 속으로 밀어주었고 아주 잠깐만 일어설 수 있었다. 실망한 나는 강습을 마치기 전에 마지막으로 파도 하나만 더 타보자고 생각했다.

우리는 영원 같은 시간을 기다렸다. 마침내 적당한 파도가 내 뒤로 모여들었다. 팔을 젓고, 존이 밀고, 팔짝 뛰어 일어섰다. 파도가 부서질 때도 어떻게든 그대로 서서 거의 해안까지 쭉 미끄러져 나아갔다. 해변이 가까워지자 파도를 끝까지 타면 안 된다는 존의 경고가 떠올랐다. 얕은 바다에 줄지어 솟은 바위에 핀이 걸리거나 보드가 긁히는 것을 막기 위해서였다. 아래를 내려다보았다. 아직 바위가 그리 많지 않았고 보드가 아주 천천히 움직이고 있어서 바로 내려갈 수 있을 것 같았다. 하지만 갑자기 바로 아래쪽에서 무언가가 꿈틀거렸다. 균형을 잃은 나는 다시 서려고 애쓰면서 재빨리 몸을 바다 쪽으로 돌렸다. 그러나 풀을 발에 발라 보드에 붙인 듯 다리가 꼼짝하지 않았다. 바로 휘청하고 돌면서 꼴사납게 넘어졌는데, 왼쪽 무릎이 뒤틀리면서 안에서 작게 펑 터지는 느낌이 들었고 즉시 날카로운 통증이 퍼져나갔다. 어찌 된 일인지 바다 쪽을 향해 있는 보드에 다리를 벌리고 앉아, 욱신거리는 관절 부위를 쥐고 온몸으로 소리 없이 비명을 지르고 있는 자신을 깨달았다.

존이 아웃사이드에서 물장구를 치며 쏜살같이 달려와 소리쳤다.

"괜찮으세요?"

"아직은요."

토할 것 같은 아픔 사이로 말을 쥐어짰다.

"무릎이 어떻게 됐나 봐요."

"걸으실 수 있겠어요?"

"그럴 수 있을 것 같아요. 그런데 왜 점점 더 아파지는지 모르겠어요."

나는 일어섰다. 내 보드를 받은 존이 솜씨 좋게 보드 두 개를 해안까지 들고 갔고 나는 모래밭에서 다리를 절며 걸었다. 그나마도 오래는 어려웠고 절대 제대로 걸을 수 없었다.

"다시 집으로 데려다 드릴 테니 거기서 웻슈트를 벗으세요."

존이 보드를 모래 언덕에 기대어놓으며 말했다.

"도와 드릴까요?"

"괜찮을 것 같아요."

이를 악물고 대답했다. 아주 작은 드릴이 관절 깊은 곳 어딘가를 깎아내는 듯했지만 지고 싶지 않았다. 게다가 존과의 신체 접촉에 대응할 준비도 전혀 되어 있지 않았다. 멀쩡한 다리로만 몇 걸음 뛰고 아픈 다리로는 아주 살짝만 디디면 의식을 잃지 않고 차까지 갈 수 있을 것 같았다.

나는 한 발로 뛰며 느릿느릿 비포장 주차장을 건너 길가의 무성한 덤불을 지나쳤다. 중간중간 존이 멈춰서 기다려주었다.

"정말 괜찮으신 거 맞아요?" 존이 물었다.

"아뇨. 하지만 괜찮아질 거예요."

상처에 대한 질문에 대비해 비축한 긍정적인 대답 중 하나를 내밀었다. 나는 내 대답을 믿었다. 존의 할머니 댁 뜰에 서서 푹 젖어 무거운 고무 웻슈트를 벗겨내면서도 나는 괜찮을 거라고 믿었다. 부어오른 무릎은 이제 죽을 만큼 끔찍한 고통 없이는 굽힐 수가 없었다. 나는 수건을 두르고 차에 올라, 두 배가 된 다리를 살짝 접어 자리를 잡았다. 다행히 다리를 움직이지 않고도 페달을 밟을 수 있을 것 같았다. 선루프를 열고 후진해서 길로 나오는데 슬슬 걱정이 되었다. 정말 심하게 다친 게 아니어야 할 텐데.

나는 걱정을 털어버리고, 파도를 탔을 때 빛처럼 쏟아진 엔도르핀에 푹 빠져 서핑하기 더 좋은 몸을 만들 방법을 궁리하는 데 집중했다. 팔을 충분히 빨리 젓지 못하는 것만이 문제가 아니었다. 나는 서핑의 그 무엇도 충분히 잘할 수 없었고, 확신 외에 다른 근거가 없는 확신만 가지고 고집스레 이 스포츠에 달려들었을 뿐이었다. 마음은 더할 나위 없이 준비되었다. 하지만 몸뚱이는, 아아, 몸뚱이는 해야 할 일이 아주 많았다.

10월 말, 나는 맨해튼 미드타운의 콜럼버스 서클 광장 근처에 있는 물리 치료 센터의 좁은 베이지색 치료실들 중 하나에 들어가 치료용 침대 위에 누워 있었다. 흰 폴로셔츠와 카키색 반바지를 입은 젊은 여성 치료사가 손끝으로 내 슬개골 부위를 주무르고 주변을 살살 누르는 중이었다. 지난번 몬토크에서 서핑 강습을 받았을 때 무릎이 뒤틀리며 무언가가 터졌다고 느낀 것은 내측 측부 인대 염좌 증상으로 밝혀졌다. 넓적다리뼈 아래와 정강이뼈 위를 연결하고 무릎을 안정적으로 움직이는 데 중요한 역할을 하는 띠 모양의 조직이 상한 것이었다. 접촉 스포츠에서 특히 많이 일어나는 흔한 부상이고 보통 큰 충격을 받았을 때, 또는 연결 조직이 지나치게 늘어나거나 약간 찢어질 만큼 갑자기 관절을 심하

⁛ shaping bay. 서프보드를 제작하는 작업 공간.

110

게 구부렸을 때 발생한다. 의사는 심각하게 우려하지 않았지만 인대는 사 주가 지나도 여전히 낫지 않았다. 지팡이를 쓰고, 부지런히 RICE 요법—안정Rest, 냉각Ice, 압박Compression, 환부 높임Elevation—을 실천하고, 누워서 발을 바닥에 댄 채 무릎을 반복해서 구부리는 가벼운 운동을 해도 소용이 없자 의사가 마침내 물리 치료를 받게 했다.

치료사가 무릎을 계속 누르는데 갑자기 딸깍하고 무언가가 제자리에 들어맞은 듯한 편안한 감각이 느껴졌다.

"방금 뭐였죠?"

내가 물었다.

"관절에는 관절 주머니가 있어서 관절이 잘 움직이도록 도와 줘요. 가끔 주머니 주변에 공기 방울이 생기는데 그러면 제대로 기능을 못 해요. 옴짝달싹 못 하는 거죠. 바로 그 공기를 빼낸 거 예요."

방귀 같네.

지난 몇 주 동안 열의와 두려움을 동시에 품고 치료를 받으러 왔다. 내 몸의 내부가 어떻게 작동하는지 배우는 것은 재미있었 고 예전처럼 건강하고 자신감 있는 몸을 되찾아가는 중이라는 것 도 좋았다. 어렸을 때 나는 춤을 꽤 잘 췄다. 음악을 듣는 귀도 있 었고 대부분의 안무를 따라 할 만큼 실력도 충분한, 우아하고 균 형 잡힌 댄서였다. 댄스 스튜디오는 내 키가 자산으로 느껴지는 소중한 장소였다. 댄스 선생님들과 안무가들은 긴 라인을 만들 수 있는 내 몸을 장점으로 여겼지만 나에게 키는 언제나 가능한 한 줄여야 하는 것이었다. 납작한 신발을 신거나 엉덩이를 빼고 삐딱하게 서면 남들과 대강 비슷한 높이로 보일 수 있었다.

대학에 가면서 춤은 그만두었지만 꾸준히 몸을 움직이고 싶어서 가끔씩 학교 근처 강가를 달리거나 수영장에서 수영을 했다. 키 말고는 내 몸이 남에게 어떻게 보이든 항상 편안히 받아들이는 편이었지만 할 수 있는 만큼 몸을 계속 단련하고 싶었다. 그런데 졸업하고 얼마 뒤에 교통사고를 당했다. 뇌진탕, 광대뼈 골절, 요추 염좌를 겪었고 이 몇 개에는 금이 갔으며, 세심히 돌봐야 하는 연약한 몸이 되었다는 감각이 오래도록 남았다. 그 취약해진 감각을 나는 결코 떨치지 못했다.

사고에서 회복한 뒤—체력이 약해지고 체중은 73킬로그램에 가까워졌다—나는 서서히 건강을 되찾았고 가끔씩 수영, 달리기, 헬스를 했다. 그래서 재활 치료실의 반짝이는 단풍나무색 마루 위에서 하는 운동들은 아주 익숙했고 편안했다. 다리를 들어 올리거나, 색에 따라 강도가 다른 고무 밴드를 발목에 연결하고 오르내리는 스텝업 운동을 했다. 밝은색 고무 밴드는 온통 칙칙한 치료실에서 톡톡 튀는 활력소였다.

다만 이번에는 손으로 하는 치료가 있었다. 고통스럽기 짝이 없는 소위 도수 치료는 도무지 치료 같지 않았고 가끔 허벅지에 점점이 멍을 남겼다. 치료사는 아픈 이유가 넙다리 네 갈래근과 장경 인대의 땅김 때문일 거라고 했다. 이 증상은 흔히 달리는 사람들에게 고통을 일으키는데, 달리기는 내가 다치기 전에 그나마 규칙적으로 했던 유일한 진짜 운동이었다. 장경 인대는 무릎을 안정적으로 움직일 수 있게 해주는 또 다른 두툼한 연결 장치이고, 골반에서 시작해 허벅지 바깥쪽으로 내려가 무릎 너머 정강뼈로 이어지며 쉽사리 늘어나지 않는다. 굳어진 근육과 힘줄 들을 집에서 단단한 폼롤러로 풀어주고 병원에서 마사지 치료를 받으라는 처방이 내려졌다. 둘 다 아프기가 내 인내심의 한계를 시험했다.

"아픈 지점을 찾으면 그대로 자극하세요."

치료사가 폼롤러 사용하는 법을 보여주며 설명했다. 내가 물었다.

"얼마나 오래요?"

"최소 이 분요. 참을 수 있으면 더 하셔도 돼요."

나는 겨우 일 분 참을 수 있었다.

고통 없이는 얻을 수 없다. 운동하면서 이 말을 기도처럼 믿었지만, 물리 치료는 사람을 물리적으로 잡는 치료이자 순수한 고문 그 자체였다. 그것을 이겨내는 유일한 방법은 일할 때 집중을 흐트리고 밤에 꿈을 생생하게 만들어주는 온갖 상상에 집중하는 것이었다. 상상 속에서 나는 회청색 새틴 커튼 같은 바다를 미끄러져 나아간다. 발 아래 보드는 거의 느껴지지 않고, 발뒤꿈치를 간질이는 부서진 거품 속에서 나는 파도를 타고 앞으로, 더 앞으로 나아간다. 느릿느릿 나아지는 무릎을 고려했을 때 이 상상을 실현할 엄두를 내려면 봄까지 기다려야 할 테지만 그때는 준비가 되어 있었으면 했다. 이번 부상과 서핑을 어렵게 하는 문제의 대부분—빠르게 젓지 못하는 팔, 부족한 체력, 형편없는 팝업—을 유발한 원인은 힘없고 뻣뻣한 몸이라고 확신했다. 오랜 시간 책상 앞에 앉아 전화를 하고 글을 쓰고 타자를 친 탓이다. 완전히 건강을 잃지는 않았지만 내가 되고자 하는 상태와는 동떨어져 있었다.

몬토크에서 우연히 봤던 서퍼들은 모터 달린 마법 양탄자를 타고 물 위를 날 듯, 힘 하나 들이지 않고 편안하게 파도를 탔다. 하지만 내가 그 모습에 완전히 속았다는 것을 알게 되었다.

"서핑을 날마다 하면 정말 빨리 배울 수 있어요."

몬토크에서 처음 만난 강사였던 숀은 이렇게 말했다. 어렸을 때 시작해도 빨리 배울 수 있다고 덧붙였던 것 같다. 나이를 먹을수록 몸에 새로운 기술을 가르치기가 점점 더 어려워지기 때문이다.

모든 활동이 그렇겠지만 서핑은 나이 들어 배우기가 유독 힘든 것 같았다. 사실상 머리부터 발끝까지 모든 근육을 맞물리게 해서 일상생활이나 다른 스포츠에서는 흔히 하지 않는 동작들의 조합을 만들어야 하기 때문이다. 수영의 팔 동작과 비슷한 패들링은 팔, 어깨, 가슴, 등의 크고 작은 근육을 필요로 한다. 팝업에는 요가에서 쓰는 내구력과 유연성이 필요한 한편, 보드를 조종할 때는 야구나 스키 선수 같은 하체, 즉 허리, 골반, 엉덩이, 다리, 발의 힘과 민첩함이 요구된다. 균형과 자세를 유지하면서 몸을 틀고 구부리고 보드 이쪽저쪽으로 체중을 옮겨 파도 위에 머무르는 시간을 연장해야 하기 때문이다.

서핑은 팔 젓기와 뛰어 일어서기가 대단히 중요해서 특히 여성에게 도전 의식을 불러 일으킨다. 여성의 상체 힘은 남성의 그것과 성질이 다른 경우가 많기 때문이다. 소규모 남성 및 여성 서퍼 그룹을 비교한 스포츠 연구에서 여성은 팝업 속도가 더 느린 경향이 있음이 밝혀졌다. 최대치의 힘이 약하고 힘을 주는 속도가 느린 것이 원인이라는 결론이 나왔다. 즉, 근본적으로 힘과 에너지가 부족하다는 뜻이다. 물론 톰 브래디 같은 엘리트 운동선수라면 노년으로 접어들었을 무렵에도 서핑을 배울 수 있겠다. 하지만 나는 거실 바닥에서도 팝업을 제대로 못 하니, 빠르게 흐르는 물 위에서 뛰어올라 중심을 잡으며 길쭉한 보드 한가운데의 정확한 지점에 자리를 잡기는 더욱 어려운 일이었다.

그 문제를 해결하기로 마음먹고 《7 데이스》 시절의 친구이자 주에 몇 번 트레이너와 함께 운동을 하는 조너선에게 연락을 했다. 조너선은 수년 동안 악화된 허리 경련 때문에 마음껏 움직일 수 없었는데 이 증상을 멈춘 조치는 헬스 트레이닝이 유일했고, 덕분에 취미로 시작한 테니스도 부상 없이 계속하고 있다고 했다.

"롭은 훌륭해. 온화하기도 하지. 못되게 화를 내지 않으면서도 밀어붙이는 법을 안다니까. 게다가 귀엽고 재미있고 매력적이야."

이 정도면 충분히 검증된 인물이었다. 나는 11월 첫 화요일로 약속을 잡았다. 그날 아침 브루클린에 있는 내 아파트에서 업무 관련 통화를 몇 건 한 다음 롭이 트레이닝 강습을 하는 맨해튼 노호NoHo의 프라이빗 헬스클럽으로 향했다. F선 열차를 타고 이스

<hr />

미식축구 선수. 2022년 1월에 은퇴를 발표했다.

트 휴스턴가에 있는 역에서 내린 뒤 라피엣가로 향해 그레이트 존스가까지 몇 블록 올라갔다. 정오 조금 전이었다. 이 계절치고 는 맑고 따뜻한—섭씨 10도 정도였다—날이었고 쓰레기가 굴러 다니는 보도, 울퉁불퉁한 포석, 오래된 공동 주택, 비싼 아파트로 개조된 공장 건물들이 밝은 햇빛을 가득 받아 금빛으로 빛났다. 나는 여성 노숙인 쉼터로 쓰이는 인상적인 벽돌 건물을 지나 공 장을 개조해 만든 흰색 건물을 들여다보았다. 푸른색 망사르드 지붕 덕에 파리에 있다 해도 어울릴 건물이었다.

그리크 리바이벌Greek Revival 양식으로 지어진 콜로네이드 로 타 운하우스들과 퍼블릭 시어터의 르네상스 양식 정면을 지나 애스 터 플레이스의 검은색 철제 정육면체 조각으로 이어지는 대로 쪽 을 바라보았다. 이곳의 교차로들을 오가며 얼마나 많은 시간을 보냈는지.

첫 직장이었던 잡지사가 바로 저 거리 위쪽에 있었다. 거기서 멀지 않은 곳, 펑크풍 분위기로 북적거리는 세인트 마크스 플레 이스는 고등학생 때 친구들과 함께 찾곤 했다. 망사 스타킹이며 시드 비셔스 배지, 빈티지 원피스를 사서 우리 같은 성적 좋은 사

프랑스의 건축가 망사르가 고안한 지붕. 경사가 급하다가 완만해지는 부분의 안쪽에 다락방을 둘 수 있다.
18세기 후반부터 19세기 초반에 일어난 건축 운동으로, 그리스 신전의 건축 양식을 되살리고자 했다. 콜로네이드 로는 1830년대에 뉴욕 노호에 지은 그리크 리바이벌 양식 건물 시리즈를 가리킨다.
영국의 록 뮤지션. 1970년대 후반에 펑크록 그룹 섹스 피스톨스의 멤버로 활동했다.

립 학교 아이들도 반항아가 된 기분을 느꼈다. 편집 보조에 이어서 주니어 편집자로 일하는 동안에는 대개 상사들이 기사 쓰는 것을 도왔지만 나도 조금씩 나만의 이야기를 맡아서 편집하게 되었다. 작가와 에이전트 들을 내가 잘 아는 작은 인기 가게에 데려가 점심을 먹고, 일이 끝나면 젊은 동료들과 저자 사인회나 영화 시사회에 가서 맥주를 마시고 버거를 먹으며 어른 놀이를 했다. 우리와 같은 장소에서 고생하고 먹고 마시고 담배를 피웠던 도시 출판인들의 어떤 헌신이 된 느낌이었다.

잡지가 1987년의 주식 시장 붕괴에 따른 경제 침체의 희생자가 되어 1990년에 폐간되자 나는 한가해졌고 조너선과 많은 시간을 보냈다. 조너선은 노호의 그레이트 존스가에 자리 잡고 있는, 공장을 개조한 널찍한 아파트에서 모 개프니라는 똑똑하고 정말 재미있는 작가 겸 배우와 함께 살았는데, 자주 그 집에서 한참 놀다가 자고 가곤 했다. 내가 그들보다 확연히 덜 성공하긴 했지만 우리는 모두 어떤 형태로 창조적인 프리랜서의 삶을 살았고, 아무 밤이나, 때로는 매일 밤 사람들과 신나게 어울리는 사치를 누렸다. 그 무렵 어느 파티에서 트레이너인 롭을 만난 적이 있다. 키는 보통인데 존재감이 대단한 카리스마 있는 남자로, 짙은 곱슬머리와 따뜻한 갈색 눈, 넉넉한 입술, 강한 턱을 지닌 지중해 미남이었다.

이 지역 전체, 특히 그레이트 존스가 주변에는 내 사회적 진화 과정이 화석처럼 새겨져 있다. 건물 하나, 골목 하나, 바와 카페와 레스토랑 하나를 볼 때마다 닥터마틴을 수없이 바꿔 신었듯 나에게 걸쳐봤던 인격과 야망 들이 스쳐 지나갔다. 내가 어떤 사람인지 탐구할 시간이 영원처럼 계속될 것 같던 시절이었다. 나는 업무와 사생활에서 겪어온 모든 좌절에 여전히 숨이 막힌 듯 막막했지만, 조너선의 옛 아파트 옆 건물에 있는 롭의 헬스클럽에 가까워질수록 내 흐름을 되찾았다. 흥미진진한 새로운 시도를 향해 한 발 더 나아간다는 사실에 맘이 설렜다.

공장 건물다운 무거운 회색 문을 밀어 열고 로비로 걸어 들어가, 화랑의 접수 담당자와 실험극을 상연하는 라 마마 극장과 연결된 연습실들을 지났다. 삐걱대는 기울어진 나무 계단을 올라 내가 첫 트레이닝을 하게 될 2층으로 올라갔다. 헬스클럽에 등록해 트레이너의 강습을 받은 적은 있었다. 그러나 흠뻑 땀 흘리며 운동하기를 그렇게 좋아하면서도 어떤 식으로든 꾸준히 헬스 트레이닝을 해본 적은 없었다. 몇 번, 또는 몇 달 가보고 정말 좋다고 생각했지만 항상 다른 무언가, 밤늦게까지 밖에서 시간을 보내거나 다가오는 마감을 처리하는 일 따위를 우선하곤 했다.

어둑어둑한 계단 끝까지 올라가 문을 열자 예상보다 더욱 텅 빈 댄스 스튜디오 같은 공간이 나왔다. 뒤쪽 벽에 난 약 3미터 높이의 커다란 창 두 개에서 빛이 쏟아져 들어왔고, 창밖으로는 나무와 비상계단과 건물 들이 보였다. 바닥은 흰색 반점이 있는 검은색 매트로 덮여 있고 기구는 몇 가지뿐이었다. 덤벨과 바벨, 공, 로프가 놓인 선반과 거울 벽 근처에 걸린 밝은색 탄력 밴드가 보였다. 늘어선 로커들 옆에 코트 걸이가 있고 앞쪽의 작은 주방에는 수건 선반이 있었지만 보통 헬스클럽에서 찾을 수 있는 친근한 웨이트 트레이닝 기구들은 별로 없었다.

고객과 마무리를 하고 있는 롭에게 손을 흔들어 인사했다.

"잘 지냈죠, 다이앤! 옷 갈아입고 있으면 금방 갈게요."

롭이 소리쳤다. 나는 탈의실 중 하나로 들어가 외출복과 신발을 벗은 다음 운동화를 신고 달리기 표준 복장을 입었다. 운동용 반바지, 스포츠 브래지어, 골이 진 소재의 남성용 러닝셔츠였다. 밖으로 나오자 롭이 주방에 잔뜩 놓인 온갖 색깔의 미드 센추리 모던 스타일의 플라스틱 텀블러 중 하나를 골라 오라고 하더니, 거기에 물을 채우고 뒤쪽 구석으로 가라고 지시했다. 트레드밀, 실내 자전거, 로잉 머신이 있는 쪽이었다.

편안히 웃음 지을 때 생기는 눈가 주름은 깊어졌지만 롭은 변함 없이 미남이었다. 티셔츠 아래로 선명히 드러난 가슴 윤곽으로 보아 놀랍도록 몸이 좋았다. 롭은 어렸을 때부터 어머니가 텔레비전에 나온 잭 러레인을 따라 운동하는 모습을 보며 스포츠와 트레이닝에 대한 관심을 키웠고 대학 대표팀으로부터 스카우트도 많이 받았다. 운동을 계속해서 누구에게도 뒤지지 않는 보디빌더가 된 롭은 철인 3종 경기에서 두 차례 우승하고 마라톤을 10차례 완주했다. 대학에서 운동학 학사 학위를 받고 여러 헬스클럽과 기업의 체력 단련 프로그램에서 트레이너로 일한 뒤에는 그레이트 존스 피트니스를 설립했다. 롭은 수년 동안 다양한 고객을 만나며 경험을 쌓았다. 그중에는 평생 운동을 즐긴 사람들,

❧ 미국의 피트니스 권위자로, 1951년부터 약 30년간 〈잭 러레인 쇼〉를 진행하며 신체 단련의 중요성을 널리 알렸다.

A형 행동 유형을 보이는 경영진들, 극도로 예민한 창작계 인물들과 더불어 운동이라곤 한 적이 없지만 길에서 넘어져 엉덩뼈에 금이 가지 않을까 갑자기 두려워진 늙어가는 어른들이 점점 더 늘어나고 있었다.

"무릎은 좀 어때요?"

롭이 물었다.

"괜찮아요. 가끔 아드득대지만 힘을 너무 주지만 않으면 안 아파요."

"다행이네. 좋아요, 우선 자전거를 삼 분간 타고 어떻게 되는지 보죠."

롭이 내 다리를 보고 의자를 허리 높이 정도로 조절했다.

"자, 해보세요."

나는 좁은 삼각형 가죽 의자 위로 어설프게 몸을 끌어 올리고 발로 더듬더듬 페달을 찾아 고리에 운동화 발끝을 넣은 다음 페달을 밟기 시작했다. 나는 실내 자전거 타기는 내키지 않았다. 지루하기도 했고 허벅지 뒤쪽 근육과 사두고근이 너무 약해서 보통은 심장 박동이 빨라지기도 전에 경련이 일어나곤 했다. 하지만 삼 분 동안은 어떻게든 탈 수 있을 것 같았다.

"웨이트 트레이닝 기구는 많이 없네요."

내가 말했다. 살짝 숨이 찼고 애를 쓴 덕에 열이 올랐다. 종아리가 떨리기 시작하는 참이었다.

"맞아요. 우리는 기능적인 운동을 좋아하거든요. 가끔 탄력 밴드나 무거운 기구를 쓰지만 그보다는 근육을 실제로 사용하는 방식으로 운동할 거예요. 기구로는 근육을 따로따로 단련하거나 과하게 단련하게 되는데 길게 보면 그쪽보다 이쪽이 더 건강에 도움된다고 생각해요."

롭은 운동을 하는지, 하면 얼마나 자주 하는지, 스포츠를 해본적이 있는지 물었다. 나는 회사 근처 수영장에서 일주일에 몇 번은 수영을 하려고 한다고 말했다. 아직 뛸 수는 없었다.

"하지만 운동 신경은 진짜 없어요. 어렸을 때도 항상 스포츠 대신에 춤을 골랐어요."

"음, 춤에도 운동 신경은 필요한데요."

롭이 미소를 지으며 고개를 저었다.

듣고 보니 그렇네. 왜 한 번도 그렇게 생각을 못 했나 모르겠다. 자전거 타기를 마치고 롭을 따라 가운데로 나갔다. 운동 신경 좋은 사람. 내가 그런 사람이라고 생각해본 적은 없었다. 그건 우리 언니나 몇몇 친구처럼 발전하고 승리를 이룩해서 리본과 트로피와 자수 패치를 집에 가져오는 사람에게나 어울리는 호칭이었다. 나처럼 서투르고 소심하고 극도로 예민해서 상상 속에서 많은 시간을 보내는 사람 말고. 셰익스피어의 작품은 한 줄 한 줄 외우고 이해하고 읊을 수 있지만 홈런은 절대 못 치는 사람, 소설이나 고전 신화 이면에 숨겨진 주제는 알아낼 수 있지만 달리기 시합에서는 단 한 번도 못 이기는 사람 말고.

롭이 1.8킬로그램짜리 메디신 볼을 건네며 그걸로 몸을 푸는 법을 알려주었다. 쪼그려 앉기, 비틀기, 내리치기, 휘두르기 같은 다양한 동작을 10회씩 반복하며 주요 근육 그룹을 가동한 다음 롭이 '세계 일주'라고 부르는 운동으로 마무리했다. 공을 들고 머리끝부터 발끝까지 거대한 원을 그리는 동작이었다. 자전거를 탈 때는 심장 박동이 빨라지지 않았지만 이번엔 확실히 빨라졌다. 숨이 차고 흐르는 땀에 전신이 미끌미끌해져서 공이 손가락에서 미끄러지려고 했다.

"이게 그냥 워밍업이라고요?"

내 말에 우리 둘 다 웃음이 터졌다.

"본격 트레이닝 같은데."

"걱정 마세요. 천천히 할 거니까요."

롭이 공을 받침대 위로 돌려놓았다.

"힙 서클을 해보죠."

롭이 힙 서클을 하는 방법을 보여주었다. 높은 철제 지지대에 설치된 막대에 손을 올리고 다리 하나를 옆으로 들어 올려 뒤쪽으로 빙 돌렸다가 다시 옆으로 되돌렸다.

"한쪽 다리당 20회씩 합시다."

발레의 '롱 드 장브'―'다리 돌리기'라는 뜻이다―동작의 후반 절반을 허공에서 하는 것과 비슷했다. 어렸을 때 연습한 꽤 간단한 동작이어서 처음에는 가볍고 수월한 스트레칭 느낌이었다. 하

● 재활 운동이나 근력 강화 운동용으로 쓰이는 약간 무거운 공.

지만 서서 버티는 다리가 곧 문제 신호를 보냈다. 몸 전체를 지탱하고 있던 (약할 게 뻔한) 엉덩이 근육이 당장 멈추라고 비명을 지르기 시작한 것이다.

20회 세트를 다 해내자 롭이 다음 순서로 스쾃을 알려준 다음—"몸 낮추고, 더 낮추고, 대둔근 조이면서 일어서세요"라고 몰아붙였다—다시 철제 지지대 쪽으로 이동했다.

"이번엔 팔 굽혀 펴기."

롭이 막대 위치를 한 단계 높여 내 허리 한참 위쪽에 오게 했다. 막대를 잡고 몸을 낮추기 시작하자 벌써부터 가슴이 땅겼다.

"팔꿈치 안쪽으로 넣고, 몸에 더 붙이고."

롭이 지시했다.

"고개는 들고! 엉덩이를 막대 쪽으로 데려간다는 느낌으로, 그쪽으로 쓰러지지 말고! 좋아요, 잘하네!"

"많이는 못 할 것 같은데요."

내가 세 번을 하고 말했다.

"여섯 번 할 수 있겠어요? 그 정도면 괜찮아요."

"아마도요."

힘을 쥐어짜서 여덟 번을 했다. 씩씩대며 신음을 내뱉고 이를 악물다가 마지막 한 번을 했을 때는 어깨와 가슴 근육이 수축해서 거의 실패할 뻔했다. 롭이 잠시 쉬자고 했다. 물을 몇 모금 마시면서 이렇게 선 채로 한숨 돌리나 보다 하고 생각했는데 롭이 생각하는 휴식은 완전히 다른 것으로 밝혀졌다.

롭이 덤벨 같은 것이 놓인 선반 아래에서 좁은 막대가 바닥에 붙어 있는 작은 합판을 꺼냈다.

"자, 이 위에 서보세요. 가운데에 서서 중심을 잡는 거예요. 30초 하죠."

물을 내려놓고 합판 위로 올라갔지만 수평을 유지하지 못하고 이쪽저쪽으로 기우뚱거렸다. 나는 실망해서 롭을 올려다보았다.

"쉰다고 하지 않았어요?"

"적극적으로 쉬는 거예요. 코어에 힘을 주고 무릎은 살짝 구부리세요."

롭이 미소를 지으며 말했다. 30초가 끝나갈 무렵에는 중심을 잡기 시작해서 마지막엔 칠 초 이상 안정된 자세를 유지할 수 있었다. **나쁘지 않아.** 나는 생각했다. **코어 어쩌고 하는 것엔 다 뭔가가 있어.** 힙 서클, 스쾃, 팔 굽혀 펴기, 밸런스 보드 위에서 적극적 휴식을 취하는 것으로 이어지는 루틴을 한 바퀴 더 돈 다음, 롭이 거울 벽 가장자리의 고리에서 넓은 노란색 고무 밴드를 빼내더니 나를 벤치에 앉히고 밴드를 양 발목에 걸어주었다.

"좋아요, 외전 운동으로 넘어가죠. 요컨대 걸어서 마루를 가로지르면 됩니다."

롭이 일러주면서 몸을 숙이고 옆으로 걷는 것과 비슷한 동작을 보여주었다. 나도 일어서서 게가 된 기분을 살짝 느끼며 마루를 가로질러 걷기 시작했다.

"자세 낮추세요. 발꿈치를 먼저 대야 해요. 발가락이 먼저 가게

팔다리를 몸의 중심축으로부터 멀리 내뻗는 데 쓰이는 벌림근을 단련하는 운동.

두지 말고."

롭이 말했다. 밴드의 탄력은 그다지 센 것 같지 않았지만, 몇 걸음 떼지도 않았는데 엉덩이 주변 근육이 불타는 듯한 느낌이 확 올라왔다.

"최종적으로는 팝업에 도움이 될 폭발적인 동작들을 배울 거예요."

롭이 설명했다. 입구 근처까지 나아간 나는 그대로 밖으로 나가 거리로 도망치고 싶은 간절한 마음을 삼키는 중이었다. 롭이 말을 이었다.

"하지만 무릎이 더 튼튼해질 때까지 점프는 하지 않는 게 좋겠어요. 당분간은 그쪽이 안정에 도움될 거예요."

우리는 이어서 허벅지 안쪽 강화를 위해 사이드 런지, 즉 외전 운동과 반대인 내전 운동을 한 세트 한 다음에 레그 컬, 롭이 '수영 선수'라고 부르는 저항 밴드 끼우고 팔 돌리기, 업도미널 크런치, 어깨 회전근을 위한 내회전·외회전 운동을 쭉 반복했다.

이 모든 동작이 어떤 식으로 서핑에 도움이 될지 알 수 있었지만 끝날 무렵에는 몸이 떨릴 정도로 기진맥진했다. 롭이 녹아내리는 내 정신과 육체를 눈치채고 봐준 것 같은데도 이 지경이었다.

"운동 어땠어요?"

롭이 침상을 가져와 몸을 쭉 펴고 누우라고 하면서 물었다.

"좋았어요. 정말 좋았어요!"

진심을 담아 대답하며 느릿느릿 침상으로 기어올랐다. 벌써부터 내일 아침 몸이 쑤실 조짐을 느끼면서도 왠지 그것을 기대하고 있었다. 아픔 자체는 좋아하지 않았지만, 10대 때는 고통을 친밀하게 여기고 거의 숭배하기까지 했다. 힘에 부치는 댄스 수업 다음 날 느껴지는 아픔 속에서 조용히 기뻐하고 조금 우월감을 느꼈다. 온몸에 퍼진 그 둔한 통증은 내가 매달리던 부적 같은 것이었다. 몸을 좀 더 멀리 뻗었고 근육을 좀 더 단련했으니, 늘 소원이었던 3에서 5킬로그램 빠진 몸무게에 좀 더 가까워졌을지 모른다고 일깨워주는 부적. 그 나이에는 거식증마저 멋있어 (어디로 봐도 멋지지 않았는데도) 보였다. 그 비쩍 마른 여자애들에게는 순수한 의지와 훈련으로 자기 몸을 통제하고 바꾸는 신비하고 부러운 능력이 있었고 나에겐 없었다. 하지만 지금은 내 몸을 건강한 방식으로 통제하고 싶다. 그 방법으로 나는 꿈속에서 서핑을 하던 환희에 찬 여자로 탈바꿈할 것이다.

○ ○ ○

"드디어 준비가 끝나갑니다. 금요일마다 강습이 열릴 거예요."

로커웨이 서핑 학교의 프랭크가 보낸 이메일이었다. 돌아오는 금요일은 '슬쩍 휴가를 내기에 정말 좋은 날!'일 것 같았다.

아아, 정말 신날 것 같아. 일정표를 들여다보며 오전에 휴가를 내서 서핑하러 갈 수 있을지 궁리했다. 곧 4월 말이었고 다시 물에 들어갈 때가 왔다고 막 생각한 참이었다. 지난 몇 달간 아버지를 지켜보며 감정이 롤러코스터처럼 오르내렸다. 아버지는 감염과 싸웠지만 여러 장기가 이겨내지 못했다. 새해를 앞두고 매섭게 추웠던 이 주 동안 아버지는 힘을 잃어가다가 세상을 떠났다. 나는 소금물 치료가 절실히 필요했다. 아버지의 생명이 꺼져가는 동안 스며든 기억을 씻어내줄 무언가가 필요했다.

롭과 하는 트레이닝은 뚜렷한 발전을 보이는 중이었고, 그 덕분에 무릎에 대한 걱정은 사실상 사라졌다. 실내를 가로지르며 게걸음을 하고—노란색에서 녹색 밴드로 발전했다—밸런스 보드 위에서 거의 일 분 내내 균형을 유지하며 스쾃 한 세트를 하고, 막대 높이를 낮추고도 팔 굽혀 펴기를 끝까지 할 수 있게 되었다. 하지만 헬스클럽에서 얻은 성과로 물에서 성과를 얻을 수 있을지 확인하고 싶어 안달이 났다. 그래서 금요일에 로커웨이에 갈 기회를 덥석 물고 개인 강습을 예약했다. **주말을 제대로 시작하는 거야.**

금요일 아침 10시 조금 전, 아번의 높이 솟은 A선 열차 역 플랫폼에서 내려와 지난번 방문 이후 달라진 풍경을 찾아보았다. 신호등을 감싼 검은색 플라스틱은 여전히 너덜너덜했지만, 역에서 이어지는 거리 바로 아래쪽에는 최근 교외에서 자주 보는 드넓은 스톱 앤드 숍이 새로 생겼고, 바다로 이어지는 집들의 하얀 나무 말뚝 울타리 뒤로 잔디가 자라기 시작했다.

모퉁이에 이르자 케빈이 보였다. 지난 가을 빅 그린 몬스터를 타고 강습을 받았던 부스스한 금발 머리 강사였다. 근처에 세워둔 하얀색 밴의 열린 뒷문으로 녹슨 보드 끝이 삐죽 나와 있었다. 그쪽으로 걸어가는데 케빈이 했던 말이 떠올랐다. *강습이 끝났을*

때 바다에 아쉬움을 남기고 싶지 않으니까요. 케빈은 웻슈트를 엉덩이까지 끌어 올리고 위에는 흰색 티셔츠를 걸친 채 공사장 가림막 앞에 서 있었다. 블록 하나를 쭉 따라 이어져 있는 낡아빠진 푸른 합판 가림막들 뒤로 어마어마한 양의 갈색 흙더미가 쌓여 있었다. 케빈이 나를 보고 소리쳐 인사했다.

"와, 잘 지내셨어요? 다시 오셔서 정말 반가워요! 슈트 가져다 드릴게요."

케빈은 밴으로 돌아가더니 뒤엉켜 있는 네오프렌 뭉치를 뒤적였다. 옆에는 뒤집힌 서프보드들이 늘어서 있고 검은색 리시가 매끈한 흰색 밑면에서 튀어나온 핀에 말려 있었다.

"사이즈 12면 될까요?"

케빈이 물었다.

"아마 10일 거예요. 있으면 10으로 주세요."

"있어요."

케빈이 슈트를 들고 몸을 돌렸다.

"이걸로 입으세요."

"고마워요."

나는 길을 건넜다. 이 길은 쇼어 프런트 파크웨이라는 2차선 도로에서 갈라져 나왔는데, 쇼어 프런트 파크웨이는 원래 전설적인 도시 계획가 로버트 모지스가 1920년대에 구상한 고속 도로 네트워크의 일부였다. 뉴욕의 남쪽 외곽과 햄프턴스를 잇는 것이 그의 야심이었다. 그 원대한 계획은 꽃피우다 만 채 영원히 멈추었고, 약 3.2킬로미터 구간만이 반도에 건설되어 지역 주민들이

"아무것도 없는 데서 아무것도 없는 데로 가는 길"이라고 부르는 도로가 되었다.

나는 향나무가 늘어선 모래 깔린 길을 따라가 해안가 산책로로 향하는 깨진 계단을 올랐다. 서핑 학교의 운영자인 프랭크가 해변에서 내 쪽으로 달려오는 모습이 보였다.

"안녕하세요! 반갑습니다, 반가워요. 오늘 개인 강습 예약하신 거 맞죠?"

"네, 물에 들어가고 싶어서 죽겠어요!"

"좋습니다, 좋아요. 방금 보드를 좀 더 들고 왔어요. 먼저 가서 슈트 입고 계시면 곧 갈게요."

나는 모래밭에 옹기종기 모인 강습생들 쪽에 합류해 몸부림치며 웻슈트를 입기 시작했다. 날씨는 메시지에 적혀 있던 프랭크의 예상대로였다. 맑고 따뜻하며—섭씨 약 18도였다—파도도 비교적 잔잔해서 최고점이 허벅지에서 허리 높이까지 달했다. 이런 파도를 만드는 너울은 대체로 남동쪽에서 다가와 비스듬히 자리한 해안 지대로 곧장 나아간다. 서쪽과 남서쪽에서 불어오는 바람은 시속 18킬로미터 정도라 많이 세지 않았으므로, 움직이는 파도 앞쪽을 가로질러 불고 있다 해도 파도의 페이스face와 립을 스쳐 지나가며 서퍼들이 질감이라고 부르곤 하는 것을 더할 뿐이었다. 만약 바람이 너울과 같은 방향에서 불어와 해안으로 향한다면(온쇼어onshore라고 한다), 즉 파도 뒤쪽에서 불어오게 되면 파도

◦ 파도의 부서지지 않은 경사면.

꼭대기가 납작해져서 힘이 빠지고 그 결과 파도를 잡아 타기가 더 어려워진다. 반면 바람이 오프쇼어offshore로, 즉 파도에 정면으로 맞서 불어오면 파도는 무너지기 전까지 더 오래 버티고 꼭대기는 날카롭게, 페이스는 매끄럽게 유지된다. 이런 상태를 '깨끗한', 또는 '유리 같은' 상태라고 부른다.

파도가 솟아오르는 모습을 지켜보았다. 순서대로 셋이 솟아오르기도 하고 갑자기 불쑥 솟아나기도 했는데, 줄곧 해안선과 수평선 사이 어느 한 지점에서 솟구치고 있었다. 정상이 아니다 싶을 만큼 오랫동안 인터넷을 뒤졌기 때문에 이 현상의 원인이 저 어딘가에 자리한 샌드 바sand bar—물 아래에 솟아 있는 긴 모래 언덕으로, 끊임없이 앞뒤로 오가는 물의 움직임에 모래가 쌓이고 단단히 다듬어져 만들어진다—때문이며 바다 표면에서 일어나는 현상은 해저의 윤곽을 반영한다는 사실을 알고 있었다. 하지만 최근에 새로 접한 개념은 이해하기가 어려웠다. 파도가 나타나고 솟아올라 최고조에 이르는 것은 물이 실제로 움직이기 때문이 아니라 잭 런던이 감응 동요communicated agitation라고 묘사한 무언가 때문이라는 것이다.

잭 런던은 에너지가 물속에서 이동하는 방식에 대해 설명했다. 에너지는 진동을 통해 분자에서 분자로 전해지기 때문에 물의 위치를 변동시키지 않고 물을 그대로 통과하며 이동한다. 그러다가 물이 얕은 곳 가까이에서 임계점에 이르고, 마지막 순간에 잠재

* 육지에서 바다로 부는 바람.

에너지가 운동 에너지로 전환되어 마침내 물을 뒤흔든다.

런던은 1907년, 오아후Oahu의 와이키키 해변에서 바다를 관찰하다가 서핑까지 해보고 다음과 같이 썼다. "파도의 본체를 이루는 물은 이동하지 않는다. 만약 물이 이동한다면 연못에 돌을 던졌을 때 물결이 점점 커지는 원을 그리며 퍼져나감에 따라 연못 한복판에 구멍이 생겨나 점점 더 커질 것이다. 하지만 그렇지 않다. 파도의 본체를 이루는 물은 정지해 있다. 그러므로 바다 표면의 어떤 구간을 지켜보고 있으면 같은 물이 천 번 잇따른 파도에 감응 동요하여 천 번 솟아올랐다가 무너지는 모습을 보게 될 것이다." 이해가 되긴 했지만 완전히는 아니었다. 고등학교 때도 물리나 미적분 성적은 별로였던 나에게는 너무 비현실적인 개념이라 머리에 잘 들어오지 않았다.

파도가 치는 원리는 중요하지 않아. 탈 파도가 있으면 되는 거니까. 신이 나서 펄쩍펄쩍 뛰고 싶은 마음을 억눌렀다. 첫째, 미친 사람처럼 보이기 싫었고, 둘째, 강습을 받을 에너지를 아껴야 했기 때문이다.

"좋아요, 바다 상태가 좋아 보여요."

프랭크가 말하는데 케빈이 다른 남자와 함께 장비와 보드 몇 개를 더 들고 해변으로 내려와 모래 위에 내려놓았다. 반짝이는 빨간색, 노란색, 파란색 비닐을 입힌 소프트톱 보드로, 길이는 8에서 10피트까지였다.

"오늘은 서핑 슈즈가 필요하지만 장갑은 없어도 될 것 같아요."

이날 강습생은 10명 정도였다. 우리가 각자 두꺼운 슈즈를 고

르자 케빈이 워밍업으로 어깨·엉덩이·무릎 돌리기와 런지, 옆구
리 스트레칭을 하게 했다. 그러고 나서 그는 다른 강습생들에게
팝업하는 법을 보여주었다. 서프보드 데크에 질감이 특이한 검은
색 트랙션 패드traction pad를 붙이고 있던 프랭크가 나를 불렀다.

"다이앤은 그거 안 들어도 돼요. 여기서 사이먼이랑 시작할래요?"

"아, 좋아요."

프랭크에게 대답하고 나를 맡아줄 강사를 향해 돌아섰다. 키가
작고 어깨가 비스듬히 기울어져 있고 머리를 민 사이먼의 새파란
눈동자가 구릿빛으로 그을린 피부에 대비되어 말 그대로 빛나고
있었다. 사이먼이 말했다.

"안녕하세요, 반갑습니다. 프랭크, 어떤 보드 가져갈까?"

사이먼은 '보드'를 '보와드'처럼 발음했는데 어느 지역 사투리
인지는 알 수 없었다. 프랭크의 말투처럼 전형적인 옛날 브루클
린 말씨는 아니고 롱 아일랜드, 보스턴, 저지 쇼어 말씨가 뒤섞인
듯했다.

"저걸로 해."

프랭크가 턱으로 빅 그린 몬스터를 가리키고 나에게 물었다.

"저거 괜찮은 거 맞죠?"

"네, 맞아요. 안정감이 필요하거든요."

나는 고개를 끄덕였다.

사이먼이 11인치 보드를 잡고 훌쩍 어깨에 올리더니 나를 데리

🐾 테일 쪽에 미끄럼을 방지하기 위해 붙이는 패드.

고 파도 쪽으로 들어갔다. 신선한 짠 내음을 맡으며 차가운 회청색 물속으로 다리를 끌며 나아가자 착 달라붙는 네오프렌 슈트에 물이 스미면서 살짝 한기가 돌았다. 하지만 슈트가 제 기능을 하도록 재빨리 몸을 움직였다. 웻슈트는 보통 안쪽의 얇은 층에 체온으로 데워진 물을 가두어 추위를 차단하며, 발포 고무 안의 아주 작은 질소 방울들은 열이 달아나지 못하게 막는다. 내가 서핑을 몇 번 해 봤는지(겨우 네 번!), 어떤 점을 더 연습해야 한다고 생각하는지(전부 다!) 잠깐 이야기를 나누며 걷다가 사이먼이 멈춰 서서 보드를 해안 쪽으로 돌렸다. 파도 몇 개를 타보려고 시도해봤지만—나는 팔을 젓고 사이먼은 밀고—제대로 일어설 수가 없었다.

"음, 좀 볼게요, 다이앤."

사이먼이 이렇게 말하고 다음 파도가 다가올 때 보드 뒤쪽으로 이동했다. 나는 보드에 속도가 붙는 것을 느끼면서 팔에 힘을 가해 가슴을 밀어 올리며 벌떡 일어났지만 쭈그리고 앉아 뒤꿈치에 체중을 싣는 데 그쳤다. 결국 굴러떨어지는 바람에 보드가 허공으로 휙 솟았다가 물 위로 철썩 떨어졌다.

"이게 문제였네요!"

사이먼이 금광을 발견한 사람처럼 들떠서 소리쳤다.

"다이앤은 발가락을 안 움직여요!"

사이먼은 다시 심한 사투리로 말하면서—"다이얀은 발가락을 안 움직여야!"—허공에 주먹질을 하더니 내 쪽으로 몸을 숙였다.

"아시다시피 서핑을 더 잘하는 데 도움이 될 조언을 하는 게 제일인데, 바로 이거였네요! 발가락을 움직이셔야 해요. 팝업할 때 발가락을 노즈 쪽으로 움직이세요."

우리는 다시 시도했고—발가락을 노즈로, 발가락을 노즈로— 결국 성공했다. 나는 일어서서 연두색 데크 위를 딛은 내 검은 슈즈를 내려다보며 파도를 타는 느낌, 보드가 저절로 계속 움직이는 느낌에 경탄했다. 파도가 예고 없이 부서지며 액체 야생마처럼 나를 내던졌다. 차가운 물이 콧속에 차오르고 피부를 왈칵 뒤덮었다. 중저가 장비를 쓰면 이렇게 새로운 물이 안쪽 층으로 갑자기 스며들어 데워진 물을 밀어낼 위험이 있다.

"괜찮아, 정신이 확 드네!"

이렇게 혼잣말하며 물 위로 올라왔다. 짠물을 들이켜 기침이 났고 차가운 것을 먹었을 때처럼 이마가 날카롭게 울렸다. 보드를 다시 잡아 사이먼 쪽으로 끌고 돌아갔을 때는 괜찮아져서 이럭저럭 몇 번 더 파도를 탔지만, 보통 막 일어났을 때나 부서진 파도가 들썩일 때 내가 보드에서 떨어진다는 사실을 깨달았다.

나는 에너지가 사라져가서 사이먼에게 쉬고 싶다고 이야기했다.

"좋아요. 여기서 쉬다가 준비가 되면 다시 해보죠."

사이먼이 대답했다.

"수영장에 다닐 수 있으세요?"

"네, 있어요. 힘을 기르려고 트레이너하고 운동하고 있는데 회사 근처에 있는 센터에서 수영도 해보려고요."

"그거 좋네요. 할 수 있는 만큼 많이 도세요."

사이먼이 눈을 찌푸린 채 나를 보았다. 가늘게 뜬 눈이 햇빛을 받아 오팔색으로 반짝였다.

"수영을 하면 패들링이 좋아지고 체력을 기르는 데 큰 도움이
돼요. 저도 그렇게 하죠. 저는 오리발을 끼우고 최대한 멀리까지
헤엄쳐요. 제가 로커웨이 비치 부근에 사는데요, 거기 주택가 쪽
에서 출발해서 108번가나 116번가까지 갔다가 되돌아오거나, 파
로커웨이의 시내 쪽까지 가요."

"와, 어디 사시는데요?"

"저쪽 87번가요. 주택 단지 뒤쪽이에요."

잽싸게 계산해보았다. 수영장도 아닌 바다에서 대강 3~5킬로
미터를 헤엄친다는 뜻이었다. 철인 3종 경기를 완주하는 것에 맞
먹었다.

"와, 몸이 진짜 좋으시겠어요."

"음, 이제 나이가 많아서 계속 관리해야 해요."

사이먼은 나를 힐끗 보며 다 안다는 듯 씩 웃었다.

"저도 알아요. 제티Jetty에 나온 젊은 힙스터들이 저를 어떻게 보
는지를요. 서핑을 자기들처럼은 못 한다고 생각하죠."

말이 빨라지자 목소리가 점점 커지고 세져서 드럼 소리처럼 들
렸다.

"하지만 저는 지켜보면서 제 타이밍을 기다리죠. 딱 맞는 파도

로커웨이 90번가 쪽 바다를 가리킨다. 근처에 스케이트보드장이
있다. 긴 둑(제티)이 만들어내는 해류를 타고 나아가 파도를 잡기
좋은 곳으로 꼽힌다. 수많은 서퍼가 밀집하는 명소로, 종종 공간
부족으로 인한 다툼이 일어난다고 한다.

를 기다렸다가 젊은 애들은 손도 못 대는 파도를 타는 거예요! 그런데 제티에 가는 건 별로 좋아하진 않아요."

사이먼은 멀리 수평선을 바라보다가 힘을 풀며 말을 이었다.

"너무 사람이 많고, 다들 싸우자는 분위기라서요."

"제티가 어디예요?"

"90번가 쪽 바다예요. 거기가 메인이죠."

밥네 집 바로 근처네. 그쪽 분위기가 사이먼의 말대로 세렝게티 같다면 나는 확실히 거기서 파도를 탈 준비가 되어 있지 않았다. 포식자들이 경계의 눈을 번뜩이며 빙빙 돌고 서로를 평가하면서 나 같은 약한 낙오자를 언제든 물어뜯겠지. 하지만 언젠가는 가보고 싶었다.

"좋은 파도가 오네요. 이제 준비됐어요?"

사이먼이 물었다.

"네, 하지만 이번이 마지막일 것 같아요."

이렇게 대답하고 보드에 엎드려서 사이먼의 신호에 따라 팔을 저으며 파도를 따라잡았다. 나는 다시 한 번 발가락을 노즈 쪽으로 움직여 일어서서 보드가 물을 가르며 나아가는 모습을 지켜보았다. 사이먼이 외치는 소리가 들렸다.

"파도를 타세요! 보드 말고!"

그 말이 맞았다. '보드 위에' 일어서 있는 데 집중한 나머지 '파도 속에' 자리를 잡는 데는 신경 쓰지 않고 있었다. 나는 고개를 들고 파도를 눈으로 좇으며 파도가 해변 쪽으로 가면서 어떻게 펼쳐질지, 어떻게 해야 계속 파도를 탈 수 있을지 궁리했다. 파도는 내가 나아가고 있는 방향으로 기울어진 쐐기 모양이었고, 해안 쪽으로 사선을 그리고 있는 것을 확인했다. 나는 파도를 줄곧 지켜보며 이래저래 자연스럽게 파도를 쭉 따라갔고 모래사장에 거의 다 가서야 뒤로 쓰러져 떨어졌다.

"와, 훨씬 좋아졌어요."

사이먼이 물을 헤치며 왔다. 함께 해변으로 걸어가는 동안 눈앞이 아찔할 정도로 신이 난 내가 웃으며 말했다.

"정말 좋았어요. 그런데 어떻게 한 건지 전혀 모르겠어요."

"회전했어요! 파도에 자리를 잡고 회전한 거예요. 파도를 타려면 바로 그렇게 해야죠."

"좋아요. 그런데 회전은 어떻게 해요? 아까는 그냥 된 거였어요."

"음, 제일 먼저 해야 할 일은 자기가 어디로 가고 있는지 보는 거예요."

사이먼이 보드를 모래 위에 내려놓더니 자세를 잡았다. 다리를 골반 너비만큼 벌리고 무릎은 앞을 향하게 해서 약간 굽히며, 몸통은 옆으로 틀고 두 팔도 편안하게 늘어뜨렸다.

"이렇게 하면 무게 중심을 올바른 곳에 둘 수 있어요. 하지만 조절하는 방법도 배워야 하죠."

사이먼은 한쪽 무릎과 발목을 안쪽 아래로 살짝 뒤틀었다. 굉장히 부자연스럽고 어색한 자세여서 보기만 해도 무릎이 찌르르 아팠다.

"이게 잘되면 발을 엇갈리게 두고 파도 위에서 적당한 자리에 머무를 수 있어요."

사이먼은 여전히 다리를 굽힌 채 옆으로 걸음을 떼더니 한 발을 천천히 다른 발과 엇갈리는 방향으로 놓았다.

"하지만 이건 고급 동작이죠. 먼저 기본을 익힐 거예요."

"알았어요. 다음에는 거기에 집중할게요."

조금 나아갔다고 생각할 때마다 앞으로 갈 길이 한참 더 남았다는 걸 알게 되는군.

우리는 장비가 쌓여 있고 보드가 늘어선 곳까지 걸어왔다. 모래 위에 주저앉아 슈즈를 벗고 윗슈트를 벗겨내기 시작했다. 힘이 쭉 빠졌고 근육이 도통 움직이지 않으려는 걸 보니 곧 아프기 시작할 것 같았다. 하지만 지난 몇 달간 느끼지 못했던 평온과 만족이 찾아왔다. 가슴속의 압력 조절 밸브가 드디어 풀리고, 아직 남아 있던 뜨겁고 쓰라린 상실감이 서서히 빠져나가는 것 같았다.

○○○

한 달쯤 뒤, 나는 해변으로 돌아와 강습이 시작되기를 기다리고 있었다. 그동안 사이먼에게 일대일 강습을 몇 번 더 받고 프랭크의 제안에 따라 단체 강습을 신청했다. 5회 할인권을 구입했기 때문에 요사이 최소 일주일에 한 번 정도는 나올 수 있었다. 롭과 함께 트레이닝도 계속하며 약속대로 더 '폭발적인' 운동도 하게 되었다. 피트니스 업계에서 플라이오메트릭 운동이나 벌리스틱 운동이라고 하는 복합적인 운동도 시작했다. 동작을 연결하는 방식, 메디신 볼이나 케틀벨처럼 무거운 기구를 던지거나 휘두르는지 여부에 따라 이름이 달라졌다. 내 운동 루틴은 스쾃 스러스트 squat thrust로 시작했다. 버피 테스트를 반만 하는 것 같은 운동으로, 스쾃 자세를 취한 뒤 바닥에 손을 짚은 채 점프해 다리를 뒤로 뻗고 플랭크로 들어간다. 다시 점프해 다리를 앞으로 당겨 스쾃 자세로 돌아간 뒤 일어선다. 이 운동은 속근이라고 하는 근섬유를 단련해 힘, 특히 최대한의 힘을 빠르게 끌어내는 능력을 길러주며, 팝업처럼 튀어 오르는 동작을 하는 데 유용하다. 예를 들면 이 근섬유 덕분에 고양이는 제자리에서 싱크대 위로 뛰어오를 수 있고, 세리나 윌리엄스는 시속 200킬로미터에 가까운 속도로 서브를 보내고 라켓을 몇 번 휘두르는 것만으로도 많은 적을 제거할 수 있다.

프랭크가 처음 보는 새 웻슈트를 들고 산책로에서 활기차게 내려왔다. 연한 청록색 무늬가 있는 짙은 남색 슈트, 오렌지색 무늬가 있는 자주색 슈트가 여전히 비닐에 싸여 있었다.

"짧은 슈트예요."

들고 온 슈트들을 모래 위에 늘어놓고 비닐을 벗기며 프랭크가 말했다.

"원하는 색이랑 크기로 고르세요."

나는 남색 10 사이즈를 골라 펼쳐보고 소리를 질렀다.

"세상에, 너무 예뻐요!"

새 슈트는 더 얇긴 해도, 목이 높고 소매가 길며 뒤에 지퍼가 달린 보통 웻슈트처럼 생겼다. 하지만 다리 부분이 짧아서 남성용 사각 팬티 길이만 한 바지가 달린 두꺼운 레오타드 같았다. 이것만 입어도 체온이 충분히 유지될지 조금 의심스러웠지만 어쨌든 얼른 입어보고 싶었다. 프랭크가 말했다.

"마음에 드실 거예요."

이미 마음에 들었다. 좀처럼 협조를 하지 않는 다리 부분이 없으니 입기가 비교할 수 없을 만큼 쉬웠다. 빅 그린 몬스터를 집어든 나는 리시를 잡아 물까지 끌고 갔다. 다른 강습생 대여섯 명이 있었지만 말은 별로 하지 않았다. 다들 스물 언저리로 보였는데 모두 일행인 것 같았다. 물이 발 위로 올라와 다리를 때리자 척추를 따라 찌릿찌릿한 느낌이 올라왔지만 금세 적응했고, 하얗게 부서지는 파도 바로 바깥쪽에 멈춰 곧 보드에 앉았다. 부드럽게 오르내리는 파도와 서쪽으로 향하는 해류의 인력이 느껴졌다. 적어도 그 순간 나는 보드 위에 꽤 안정적으로 걸터앉아 있었다. 몇 강습 전만 해도 있을 수 없었던 일이라는 걸 문득 깨달았다. 강습생들이 주변을 채우자 케빈과 다른 남자가 자리를 잡고 우리를 이끌어서 파도 속으로 들여보냈다. 모두 돌아가며 각 강사들에게서 몇 번 강습을 받았고, 나는 케빈이 혼자 있는 걸 보고 팔을 저어 그쪽으로 다가갔다.

그때 거의 즉시 파도가 왔다. 케빈이 그 속으로 나를 밀면서 소리쳤다.

"일어서요! 서, 서, 서, 서!"

튀어 오르듯 일어서자 발이 재빨리 보드를 치는 리드미컬한 소리가 들렸다. 쿠쿵! 보지 않아도 보드의 올바른 지점을 밟았다는 걸 곧바로 알 수 있었다. 보드가 완벽한 균형감과 안정감 속에서, 물 위에 둥실 뜬 느낌으로 해변을 향해 쏜살같이 나아갔기 때문이다. 파도가 에너지의 흐름을 따라 포말이 부서지는 진회색 바위 둑 쪽으로 나아가는 모습을 보며 모래사장에 다가갈 무렵 나는 사이먼이 하라고 했던 일, 보드 말고 '파도타기'를 실제로 하고 있었다. 내가 바다에서 뻗어 나온 유기체이자 생태계의 진정한 일부가 된 듯한 기적적이고 충격적인 기분에 휩싸였다.

강습생들이 모여 있는 쪽으로 가던 프랭크가 내 바로 앞에 모습을 드러냈다.

"잘하고 있어요, 잘하고 있어."

프랭크는 그렇게 외치며 파도 밑으로 잠수했다.

해안이 가까워져서 보드에서 뛰어내린 나는 빅 그린 몬스터의 리시를 잡고 내 쪽으로 끌어당겼다. 다시 보드에 올라타고 팔을 저어서 프랭크와 함께 있는 케빈 쪽으로 갔다. 케빈이 말했다.

"이제까지 본 것 중에서 최고로 훌륭한 팝업이었어요. 자세가 정말 좋았어요!"

"기분도 정말 좋았어요!"

"무거운 웻슈트를 벗은 덕이에요. 다리에 매여 있던 물의 무게를 다 털어버린 거죠. 10에서 15킬로그램을 더 달고 서핑했던 셈이에요."

프랭크가 말했다. 슈트가 머금은 물 무게가 그렇게 무겁다고 느낀 적은 없었지만 바다에서 맨다리로 있으면서 해방감을 느낀

건 사실이었다. 이번에는 둔하게 버둥대지 않았고 점점 더 편안하고 자유롭게 움직일 수 있었다. 나는 다른 파도를 타고 거의 해안까지 갔다가 팔을 저어 케빈 쪽으로 돌아왔다.

"이번에 혼자서 파도를 잡은 거 아세요?"

케빈이 웃으며 말했다. 연푸른빛 눈동자가 햇빛을 받아 거의 투명하게 보였다.

"정말요? 세상에, 믿기지가 않네요. 진짜로 발전했어요!"

"했고말고요!"

작은 한 걸음을 나아갔을 뿐이지만 커다란 승리처럼 느껴졌다. 혼자 힘으로 파도를 잡을 수 있다면 혼자 힘으로 파도를 탈 수 있다는, 나만의 경험을 발견하고 만들어갈 수 있다는 뜻이다. 내 곁에 서서 언제 가야 하는지 알려주고 어디로 가라고 쿡쿡 찔러줄 사람을 언제까지고 필요로 하지 않아도 된다.

다음 파도에서는 팝업을 하자마자 곧바로 떨어졌다. 다음 번에도, 그다음 번에도 마찬가지였다. 다시 한 번 해보려고 보드로 기어올라가는데 프랭크가 측은하게 보고 있다가 말했다.

"서핑이 그래요. 단순하지만 쉽진 않지요."

정말 그렇네. 동의하며 보드 위에 자리를 잡고 다시 시도하기 위해 마음을 가다듬었다. 육지에서 설명을 듣거나 시범을 볼 때는—가끔은 직접 해볼 때조차도—서핑의 모든 것이 항상 너무나 분명하고 너무나 단순해보인다. 그러나 일단 물속에 들어가면 그 모든 것은 완전히 달라져서 미끌미끌하고 불가사의하고 진이 쭉 빠지는 일이 된다. 몇 번 더 떨어진 뒤에 마침내 파도를 하나 잡아서 해안까지 쭉 타고 갔다. 강습이 끝나려면 아직 10분 혹은 15분쯤 남았지만 지쳐서 발에 감각이 없어졌고 이쯤 해서 깔끔하게 끝내고 싶었다. 나는 물 밖으로 나와 낑낑대며 빅 그린 몬스터를 해변으로 끌어 올린 뒤 모래 위에 앉아 다른 강습생들을 지켜보았다. 그중 전에 본 적 없는 갈색 피부의 여성이 있었다. 남색 스카프 아래로 땋은 머리 두 갈래가 꽁지처럼 나와 있었다. 팔을 저어 파도로 들어간 그가 점프해 일어서서 해안과 거의 평행하게 나아가는 모습은 세상에서 가장 자연스러운 동작처럼 보였다. 흔들림이라고는 없는 멋진 파도타기였다.

그 여성이 해변으로 나와 내 쪽으로 걸어오더니, 보드를 내려놓고 곁에 앉아 리시를 풀었다.

"파도 타실 때 진짜 멋있었어요!"

내가 말했다.

"고생한 덕이죠."

그가 웃으며 대답했다. 고개를 휘휘 흔들자 땋은 머리 끝에서 물이 뚝뚝 떨어졌다.

"고생한 덕이에요. 11월엔 하나도 못 잡았거든요. 12월에도 하나도 못 잡았죠. 3월에 다시 와서 시작했고, 하나도 못 잡았죠. 4월에도 똑같았어요. 그래서 오늘은 기분이 정말 정말 좋아요."

"우와."

내가 말했다. 나라면 그렇게 형편없이 겨울을 보내고도 서핑을 계속할 수 있을까?

"그런데도 뚝심 있게 계속하다니 대단하시네요."

"네, 많이 좌절했죠. 그래도 하길 잘했어요."

"그 느낌 알아요! 저도 오늘은 좀 잘했어요. 반은 이 귀여운 웻 슈트 덕분인 것 같지만요!"

"아, 맞을 거예요. 전신 슈트를 벗으면 낫더라고요."

앉아서 잠시 이야기를 나누는 동안 온몸으로 여유가 퍼져나가는 느낌이 들었다. 긴장이 밀려나가고 모든 섬유 조직이 힘을 푸는 듯했다. 우리는 나머지 강습생들이 마지막으로 파도를 타고 해변으로 올라오는 모습을 지켜보았다. 모두 미소 짓고 크게 웃고 손뼉을 마주 치고, 햇빛은 물 위에서 춤추고 물결은 바위를 휘감았다.

2부

5피트 높이에서
더 차오르는 중이지 Five Feet High and Rising

서핑에 있어 나에게
선택지가 있었다고 생각한 적은 잠깐이라도 없다.
나는 마법에 걸려 서핑에 이끌린 것이다.
– 윌리엄 피네건, 《바바리안 데이즈》

싱어송라이터 조니 캐시가 1959년에 발표한 노래의 제목으로,
어렸을 때 경험한 홍수를 떠올리며 가사를 썼다고 한다.

마침내 로커웨이로

어퍼 이스트 사이드에 자리한 칼라일 호텔 로비의 바에서는 피아노 음악과 평일 초저녁 손님들의 말소리가 조용히 울리고 있었다. 재킷과 목이 높은 드레스를 입은 우아한 커플들, 짙은 색 양복을 입고 넥타이를 맨 전도유망한 무리들, 편안한 듯 섹시해보이도록 철저히 계산한 데이트 의상을 입은 젊은 남녀들. 우리 아버지라면 젠체하는 술집이라고 불렀을 곳이었다.

부유했던 옛 뉴욕이 고스란히 남아 있는 실내는 옛 사진 같은 세피아 색조에 절묘한 정도로 잠겨 있었다. 호박색 조명, 초콜릿색 긴 가죽 의자, 금박을 입힌 천장은 물론, 벽을 뒤덮은 겨자색, 황토색, 연한 청록색 벽화 또한 분위기를 더했다. 어린이 책 〈마들린느〉 시리즈로 유명한 루드비히 베멀먼즈가 1940년대에 그린 그 벽화에는 센트럴 파크에서 코끼리들이 사람들과 스케이트를 타고, 잘 차려입은 토끼들이 동그란 테이블에서 와인을 마시

고, 양산과 지갑을 들고 아기 기린을 데리고 있는 여자 기린에게
남자 기린이 모자를 벗어 인사하는 공상적인 장면이 그려져 있다.

　여전히 추운 늦봄, 나는 거기서 제이라는 옛 친구와 술을 마시
고 있었다. 우리가 처음 만났을 때 나는 2004년 민주당 경선을 취
재하는 중이었고 제이는 전 버몬트 주지사인 하워드 딘의 선거
캠프의 공보 비서였다. 재미와 카리스마를 갖춘 검은 머리의 제
이는 에너지가 흘러넘치고 살짝 장난기가 있어서, 만나면 언제나
《리플리 *The Talented Mr. Ripley*》의 디키 그린리프가 살짝 떠올랐다.
반짝이는 빛이 스며 나와서 그 빛을 받은 나도 세상에서 가장 매
력적이고 멋진 인물이 된 느낌이 들게 하는 사람 말이다. 우리는
늘 함께 다녔다. 그래서 일 년쯤 뒤 제이가 워싱턴을 떠나 빌 클린
턴이 퇴임 후 세운 재단에서 자리를 맡게 되고 금세 에릭과 친해
졌을 때 무척 기뻤다. 우리 모두에게 흥미진진한 시간이었다. 나
는 점점 더 중요한 사안들을 다루며《뉴욕 타임스》의 상사들로부
터 칭찬을 받는 중이었고 에릭과 제이는 빌 클린턴을 둘러싼 세
계적 지도자, 정계 유력자, 유명인, 믿을 수 없을 만큼 대단한 거
부 들과 어울렸다. 제이가 브루클린 우리 집 근처에 아파트를 구
한 뒤에는 우리 집이나 동네에서 정기적으로 함께 한잔하거나 저
녁을 먹었다. 이혼 후에도 제이와 에릭의 사이는 탄탄했다. 나도
전처럼 자주 보지는 않았지만 제이는 에릭과 친하면서도 나와 관
계를 유지하는 데 관심이 있는 소수의 친구들 중 하나였다. 그런

　　선박 부호의 한량 아들. 주인공 리플리는 디키의 행세를 하다가
　결국 그를 살해하고 만다.

데 내가 서핑을 시작하기 전까진 한 번도 말해준 적이 없었지만 제이도 몇 년 전부터 서핑을 해왔다고 한다. 그가 로스앤젤레스로 이사한 이유 중에는 서핑을 더 진지하게 하고 싶은 마음도 있었다. 우리는 이따금 서로 연락했다. 난데없이 우리가 예전에 자주 다니던 곳 어딘가에서 '지금 당장' 만나서 한잔하자는 메시지가 오는 식이었고 나는 대개 나갈 수 있었다. 이번에는 제이가 자신의 고용주인 블룸버그 재단 본부에 정기적으로 얼굴을 비치러 뉴욕에 왔고 우리는 만날 약속을 잡았다.

제이는 동료를 한 명 데려왔다. 솔직 담백하고 명석한, 호감 가는 짙은 금발머리의 젊은 여성이었는데 서핑 이야기가 나오자 조용해졌다. 몬토크에서도 이런 상황을 몇 번 겪었다. 서퍼들이 모이면 어느 틈엔가 쉴 새 없이 서핑 이야기가 이어지고, 대화가 너무 전문적이다 보니 그 정도로 서핑에 빠지지 않은 사람은 배제되는 경향이 있다.

"서핑은 얼마나 자주 해?"

제이가 물었다. 은은한 테이블 램프 불빛에 녹갈색 눈동자가 반짝거렸다. 제이는 평소 즐겨 입던 유행하는 줄무늬 또는 새 그림이 들어간 짧은 스웨터 대신에 흰색 버튼다운 셔츠를 입었지만, 짧게 자른 머리와 세심하게 다듬은 수염은 여느 때와 똑같아 보였다.

"거의 주말마다. 적어도 한 번은 가고 두 번 가기도 해. 아직 강습을 받는 중이지만 조금씩 감을 잡기 시작한 것 같아."

"보드도 샀어?"

"아니, 아직. 웻슈트는 슬슬 살까 하는데 보드는 생각 안 해 봤어."

"보드가 있어야지. 서핑할 거면 자기 장비가 있어야 해."

"보드 비싸잖아. 그런 데 돈을 써도 될지 모르겠어."

내가 대꾸했다.

"천 달러짜리 보드 같은 걸 살 필요는 없지만 중고로 괜찮은 걸 구할 수 있지. 보드가 있으면 나갈 때 훨씬 더 자유로울 거야."

"응, 그럴 것 같아. 그래도 모르겠어."

내 잔의 샴페인에서 거품이 뽀글뽀글 올라오는 모습을 지켜보다가 제이의 동료를 흘깃 보았다. 그를 대화에 끌어들일 방법은 떠오르지 않았지만 서핑 이야기를 멈추고 싶지도 않았다. 제이가 테이블 위에 놓아둔 핸드폰을 보더니 집어 들고 메시지를 입력하기 시작했다. 예전과 다름없었다. 제이와 에릭은 한시도 블랙베리를 놓지 못하고 모든 이메일과 메시지와 전화에 응답하며 힘 있는 분의 갖가지 요구에 자신들의 생활을 맞추려 애썼다.

나도 여러 해 동안 그렇게 살았다. 어떤 결정적인 통화를 하게 될지 모르니 어디에 있든—저녁 요리 중이든, 친구 생일 파티에 있든, 이동 중이든, 손톱 손질을 받는 중이든—전화를 받았다. 내 담당 분야에서 갑자기 뉴스가 터지면 재빨리 기사를 써서 발송하고, 모든 기자의 저녁과 주말 일정을 꿰고 있는 교열 담당자의 질문에 답했다. 하지만 지금 담당 분야에는 재미있는 소식이 적어서—여전히 서비스 산업에 대한 특집 기사들을 쓰는 중이었고 곧 메트로에서 주거용 부동산에 대한 주간 칼럼을 담당하려는 참이었다—내 핸드폰의 사회 참여는 확연히 줄어들었다. 나는 10년 만에 처음으로 대부분의 일을 일터에 두고 내 몸이 있는 곳에 실제로 있을 수 있었다. 이 사실을 깨닫자 마음이 설렜다.

그래서 나는 계속 보드에 대해 주절거렸다. 제이가 적어도 반쯤은 듣고 있다는 걸 알았으니까.

"음, 지금은 집도 좁은 편이라 보드 둘 데가 없어. 어디서 사야 하는지도 모르고."

나는 되는 대로 말을 쏟아냈다.

"물론 아직 많이 배워야 하지만 어쨌든 완전 초보는 아니거든. 그래서 초보자용 보드는 사고 싶지 않아. 앞으로 더 잘 타게 되었을 때도 쓸 수 있는 보드가 좋은데, 서핑 스타일이 어떤지도 잘 모르겠⋯⋯."

"잠깐."

제이가 단호한 목소리로 말을 끊으며 웃음기 없는 얼굴로 나를 응시했다.

"보드를 사서 매일 서핑하지 않으면 좋은 실력은 꿈도 꿀 수 없어."

누가 손가락을 튕기기라도 한 듯, 몸이 확 굳으며 등이 뻣뻣해졌다. 방어적인 짜증이 밀어닥쳐 얼굴이 달아오르는 것이 느껴졌다. **얘는 뭔데 나한테 이래라저래라 하는 거야? 내가 뭘 하고 싶어 하는지도 모르면서.** 나는 이미 기대치를 여러 번 하향 조정해서 더 잘하는 것은 바라지도 않고 그냥 괜찮게 할 수 있는 정도면 좋겠다고 생각하는 중이었다. 그런데 '좋은 실력'이라는 말이 가슴을 찔렀다. 아무리 열심히 연습해도 '좋은 실력'은 여전히 내 손이 미치는 곳 너머에 있을 것 같은 달갑지 않은 느낌을 일깨워주었다.

"글쎄."

밝은 목소리를 유지하려 안간힘을 썼다.

"서핑을 '매일' 할 수 있을 만큼 한가한 때가 올지 모르겠네. 그래도 보드 사는 건 생각해볼게."

제이가 여전히 굳은 얼굴로 나를 보며 말했다.

"들어봐. L. A.에는 서핑한다는 사람이 많아. 그쪽엔 서핑 문화가 있잖아. 서핑 이야기도 정말 많이 해. 인생의 중요한 일부라나. 하지만 실제로 서핑하는 사람은 그렇게 많지 않아. 그쪽으로 이사 가서 진짜로 서핑을 하는 사람들을 만났어. 그 사람들이 그러더라고. '서핑은 굉장해요. 제대로 한다면 말이지만요. 뭐, 교양 삼아 서핑을 할 수도 있겠죠. 하지만 진짜 서핑을 하려면 자기 장비를 갖춰야 해요. 그리고 형편없는 수준은 최대한 빨리 벗어나야죠.' 그 사람들이 나를 진심으로 도와줬어. 거기서 7피트 보드를 사고 그 보드랑 무작정 씨름을 했지. 그러다가 지금 내 버디가 된 전직 프로 서퍼를 만났어. 어느 날 그 사람이랑 서핑을 하는데 나한테 이러는 거야. '제이는 본인 생각보다 실력이 더 좋아요. 그래도 좀 더 큰 보드가 낫겠어요.' 그 사람이 나랑 같이 서핑 용품점에 가서 그 시점에 나한테 맞는 보드를 찾는 걸 도와줬어. 10피트가 맞더라고. 그쪽 서핑 학교에도 뭘 사면 좋을지 도와줄 사람이 있을 거야."

"그럴 수도 있겠다."

짜증이 가셨다. 듣다 보니 제이는 나한테 이래라저래라 하는 게 아니라 새로 얻은 지혜를 나누고 싶어 하는 것 같았다. 더 잘하도록 돕고 싶을 만큼 내 서핑 이야기를 진지하게 받아들이고 있다는 신호였다. 게다가 제이 말이 맞았다. 나는 서퍼로서 더욱 발전한 다음, 더 능숙해지고 어떤 스타일을 따르고 싶은지 더 강한 확신을 얻은 다음 보드를 사겠다는 생각에 사로잡혀 있었다. 보드가 오래 묶어두는 장기 투자 상품이라도 되는 것처럼. 하지만 제이의 제안이 훨씬 더 이치에 맞았다. 지금 나에게 필요한 물건, 강습에 의존하지 않고 내 일정에 맞춰 물에 들어갈 자유를 줄 물건을 구하라는 뜻이었다. 내가 정말로 곧장 보드를 살지는 아직 알 수 없었지만 발전하고 싶다면 보드를 사야 한다는 것, 내 계획보다는 일찍 사야 한다는 사실을 깨달았다.

몇 주 뒤, 나는 로커웨이 해변을 따라 밥의 집으로 걷고 있었다. 초보를 벗어난 사람들과 함께 소규모 그룹 강습을 이미 한 차례 받은 참이었다. 정오 무렵이 되자 날이 무척 맑고 따뜻해서 알록달록한 홀치기염색 해변용 타월—몬토크에 처음 서핑하러 갔을 때 산 기념품이다—을 긴 치마처럼 두르고 맨발로 산책로를 1.6킬로미터쯤 걸어 밥네 집에 가기로 했다. 피시 타코든 밥이 구워줄 무엇이든 어서 먹고 싶다고 생각하며 물을 바라보는데 고요한 기쁨이 느껴졌다. 마음을 달래는 반투명한 청자색 바다 위로 잔잔한 파도가 치고, 어깨와 팔과 다리에 남은 물방울이 내리쬐는 해를 받아 피부에 희끗희끗한 소금기를 남기고 사라졌다.

아번의 작고 깔끔한 집들을 지나자 1960년대에 지은 거대한 아파트 단지들이 나왔다. 서너 블록에 걸쳐 있는 각각의 단지에 13층짜리 황갈색—녹이 슬어 줄무늬가 생겨 있기도 했다—벽돌 건물들이 묵직하게 모여 서 있고 깔끔하게 관리된 잔디밭과 주차 장이 주변을 둘러싸고 있었다. 거대 벽돌 건물들을 지나 오래된 집들과 로커웨이가 뉴욕 최초의 여름 휴양지였던 시절 지어진 방 갈로들이 뒤섞여 있는 구역으로 접어들자 큰길이 보여서 산책로 에서 내려왔다. 대로로 나가서 프로세코를 사갈 생각이었다. 밥이 거의 매주 테라스에서 여는 모임에 갈 때 내가 협찬하곤 하는 음식 중 하나였다. 쇼어 프런트 파크웨이의 교차로를 건너다가 잔디가 자라는 중앙 분리대 대기 공간에 갇혀 신호를 기다리는데, 길 건너편 블록에 뻗어 있는 건물의 오픈 하우스 이벤트에 관한 광고판이 눈에 띄었다. 침실 한두 개짜리 집들이 들어선 현대적인 6층 아파트였다.

어서 밥의 집에 가서 즐거운 시간을 보내고 싶었기에 가던 길을 가야 할 것 같았지만 제이가 한 말이 다시 떠올랐다. *보드를 사서 매일 서핑하지 않으면 좋은 실력은 꿈도 꿀 수 없어.*

지금 나는 베드-스타이에서 이사하려고 매물을 찾는 중이었다. 다시 브라운스톤 주택을 사서 방 하나를 세주고 임대료를 받아 생활비로 쓰는 게 나의 꿈이었다. 나는 마음을 다잡고 완벽한 보금자리를 만드는 데 집중한 나머지 데이트를 하려는 수고는 전혀 들이지 않고 있었다. 확장할 수 있고 영원히 변치 않는 보금자

◆ 이탈리아에서 생산된 스파클링 와인.

리를 가지고 싶은 마음에 사로잡힌 상태였다. 일단 내가 계속 거주하면서 정원을 가꾸고 싶은 욕구를 해소하고 언젠가는 아이도 한둘 품어줄 집 말이다. 최신 기술을 써서 임신을 하든지, 입양을 하든지, 아이가 있는 멋있는 이혼남과 사랑에 빠지든지 할 것이다. 하지만 자그마한 주말 별장도 있다면 좋지 않을까? 지난여름, 재미 삼아 밥네 집이 있는 블록에 집을 구해볼까 생각해봤지만 그때는 실행에 옮길 수 없었다. 집을 사는 것도, 해변 생활도 내능력 밖인 것 같았기 때문이다. 하지만 이번에는 에릭과 함께 살았던 집을 판 돈이 은행에 들어 있었고 진짜 기회가 찾아온 듯한 느낌이 들었다. 나는 회갈색 콘크리트 블록 건물의 커다란 창문과 갈색 창틀, 발코니를 바라보며 햇빛과 바다 전망을 얼마나 잘 살렸을지 상상했다. 동틀 녘에 일어나 테라스에서 보드를 집어 들고 나와서 길을 건너 서핑하러 가는 내 모습을 그려보았다. 집 두 채를 나만의 힘으로 사기는 힘들 것 같았지만 한번 봐둬서 나쁠 일은 없을 테다. 부동산 보러 다니는 사람의 복장은 아니었지만.

나는 타월을 단단히 여미고 발에서 모래를 털어낸 다음 샌들을 신고 건물로 들어갔다. 빳빳한 흰색 블라우스를 입었고 피부가 그을었으며 태도가 상냥한 짧은 갈색 머리 여성이 입구 바로 안에서 신청 용지 다발을 들고 맞이하며 안을 둘러보라고 권했다.

"어떤 아파트를 찾으세요?"

여성이 물었다.

"딱히 찾는 집이 있는 건 아니었는데 밖에서 광고판을 봤어요.

하지만 작은 집이 좋겠네요. 주말에 쓸 예정이고 서핑 예보가 좋다면 가끔 주중에도 올지도 몰라요."

"아, 서핑하시는군요. 서퍼분들이 많이 보러 오세요. 위치가 메인 바다 바로 앞이니까요."

"저는 음, 아직 서퍼까진 아니에요. 아직 배우는 중이죠."

내가 웃으며 말했다. '서퍼'는…… '운동 신경 좋은 사람' 같은 거였다. 아직은 나를 그렇게 부를 수 없었다. 내가 제이의 서핑 친구들이 업신여기는 교양 서퍼는 아니라고 생각했지만 스스로 서퍼라고 할 만큼 잘하는 것 같지도 않았다.

"그러면 2층의 침실 하나인 집을 보여드릴게요. 관심이 있으시면 4층의 침실 두 개짜리도 보시고요. 주차장 이용 권리도 포함되어 있어요."

환하고 탁 트인 로비로 걸어 들어가자 야외용 가구를 갖춘 잘 꾸민 안뜰—쉬고 요리도 할 수 있는 입주자 공용 공간이라고 했다—이 곧장 보였다. 우리는 엘리베이터를 타고 2층으로 올라갔다. 건물은 완공되고 몇 년밖에 지나지 않았다.

"전대차 제한이 없어요. 필요하시면 세를 주시기도 쉬워요."

별 특징 없는 복도를 따라 걸으며 여성이 설명했다.

집에 도착해 문을 열자 빛이 복도로 쏟아져 나왔다. 안으로 들어가서 실눈을 뜨고 벽 하나를 다 차지한 창문 너머 은은하게 빛나는 바다를 바라보는데, "아아아아" 하고 길게 울려 퍼지는 교회 성가대의 노랫소리가 들리는 것만 같았다. 거리는 눈에 들어오지도 않았다. 배의 갑판에 서 있기라도 한 듯, 오로지 바다만 보였다. 내가 외쳤다.

"세상에, 전망이! 바다가 집 안에 들어온 것 같네요."

집은 좁았다. 현관 옆에 거실과 발코니 쪽으로 트인 주방이 있고 한쪽에는 화장실과 욕실이 있었다. 하지만 밝은색 나무 바닥과 스테인리스 가전제품들, 모자이크 유리 타일은 현대적이고 신선하고 해변 느낌이 났다. 내가 여기서 사는 모습이 곧바로 눈앞에 그려졌다.

거실 창 쪽으로 걸어가 발코니로 나가서 길 건너편에 펼쳐진 해변과 메인 바다를 자세히 살펴보았다. 둑이 물 위로 솟아 있고, 한복판의 커다란 노란색 표석에는 공원관리국 로고인 초록색 잎사귀가 그려져 있었다. 검은색 웻슈트를 입은 서퍼 십여 명이 분명 서로를 평가하면서 좋은 자리를 차지하려 다투고 있었다. 오르내리는 물 사이에서 파도를 따라다니는 그들이 검은색 고무 마개처럼 보였다. 나도 언젠가는 저기에 나갈 거야.

집의 나머지 부분도 둘러본 다음 말했다.

"해변 바로 앞인 게 유일한 단점이네요. 거리 소음이랑 차가 많이 다니는 게 좀 신경 쓰여요."

"교통량이 심하게 많은 날은 좀처럼 없어요. 그런데 침실 두 개인 집도 보시면 어때요? 좀 더 위층에 있고 옆길 쪽으로 향해 있어요."

두 층 올라갔을 뿐인데 차이는 놀라웠다. 집이 넓어졌을 뿐 아니라—집에 따로 사무 공간을 둘 수 있다! 손님방을 만들든가!—전망이 높아지니 길게 펼쳐진 반도가 훨씬 멀리까지 보였다. 이 지역이 뻗어 있는 모양새를 좀 더 알아보려고 인터넷에서 찾아봤던 지도와 옛 사진이 생생하게 되살아난 것 같았다. 내가 잘 안다고 생각했던 도시 뉴욕에 전혀 몰랐던 장소와 생활 방식이 존재할 수 있다는 사실에 매료되었다. 이제는 각각의 지역이 어디에 자리하고 어떤 식으로 맞물려 있는지 구별이 되기 시작했다.

최근 알게 된 바에 따르면 반도는 오랫동안 여름 휴가지였다. 유목민에 가까웠던 인디언 레나페Lenape족은 유럽인과 접촉했다는 최초의 확실한 기록이 남아 있는 1524년까지 최소 수백 년 동안 이곳 해변에서 낚시를 하고 굴을 모으며 여름을 보내다가 내륙으로 이동해 작물을 수확하고 겨울 야영지를 찾았다. 17세기에는 유럽인들이 정착지를 세우고 일 년 내내 머물기 시작하면서 반도 전체를 로커웨이, 또는 로커웨이 비치라고 불렀다. 원주민 말로 '우리 종족의 땅'이라는 뜻인 레코와키Reckouwacky의 철자 몇 개를 잘못 썼거나 '웃는 물의 땅'이라는 뜻의 레카나와하하Reckanawahaha가 변형된 것으로 여겨진다. 이주해오는 정착민이 늘어나면서 농장과 사유 토지가 늘어나 마을을 이루었고 여름철 방문객을 위한 호텔, 세주는 건물, 작은 집, 텐트촌까지 무리 지어 생겨났다.

매립지가 건설되며 반도가 넓어지고 길어짐에 따라 인구도 증가하자 여러 지역과 마을에 새로운 이름이 붙었다. 주로 지역의 특성을 묘사하거나 지역을 개발한 지주를 기념하는 이름이었다. 반도 동쪽 끝의 파 로커웨이를 비롯해 시사이드Seaside, 벨 하버, 이곳 사람들은 '브리지Breezy'라고 부르는 브리지 포인트가 그랬다. 내가 서핑 강습을 받았던 아번은 그 지역의 지주였던 레밍턴 버넘Remington Vernam이 수표에 알 버넘R. Vernam이라고 서명한 데에서 유래했다.

비치 하우스Beach House, 즉 내가 둘러보고 있는 건물과 밥네 집은 지금도 로커웨이 비치라는 이름을 간직한 구역, 옛날 지도에서는 홀랜즈Hollands 라고 불리던 반도의 한가운데에 자리하고 있었다. 뉴 암스테르담 식민지를 이끈 마지막 네덜란드인 페터르 스타위베산트가 1656년 조약으로 원주민의 공식 보호자가 된 후, 정착민들이 원주민들로부터 땅을 획득한—사취했다고 할 수도 있겠다—것은 사실이지만 홀랜즈라는 이름은 로커웨이의 네덜란드 식민지 역사와는 아무 관련이 없다. 그 이름은 19세기 중반에 사업으로 성공하여 로커웨이 비치의 약 26만 제곱미터 땅을 구입해 이주한 네덜란드 가문에서 유래한 것이다. 그들은 농사를 짓고 호텔 경영을 하다가 나중에는 학교와 교회, 기차역 설립에 도움을 주었다.

비치 하우스의 4층 발코니에 서자 서쪽 주택가, 로커웨이 파크에 이웃한 지역이 보였다. 산책로를 따라 늘어섰던 레스토랑, 바, 탈의장, 호텔에 한때는 수백만 명의 손님이 몰려왔지만 지금은 문을 닫은 지 오래였다. 장애물 경마, 카지노, 극장, 회전목마, 거대한 롤러코스터 같은 오락 시설들이 바다에서 만까지 퍼져 있었다. 심지어 '재미의 전당Pavilion of Fun'이라는 이름의 대서양을 굽어

보는 거대한 건물도 있었다. 지금 이 지역은 주택가였다. 레스토랑과 가게가 흩어져 있고, 힘든 청소년기를 보내고 있는 아이나 병약한 노인을 위한 건물도 있었다.

약 30분 뒤 프로세코를 사서 마침내 밥의 집에 도착했을 때까지도, 머릿속은 부동산을 사겠다는 야심으로 들끓었다. 나는 브루클린에 거주용 집을, 로커웨이에 주말 별장을 마련하겠다는 목표를 세웠다. 정신 나간 바람이 될 가능성이 충분했지만 이 도시의 태곳적 리듬을 재현한다는 아이디어가 마음에 들었다. 역사를 타고 흐르는 그 리듬에 발맞추어 초기 뉴요커들뿐 아니라 대호황시대Gilded Age의 애스터 가문과 밴더빌트 가문 같은 상류층, 헨리 워즈워스 롱펠로와 워싱턴 어빙과 월트 휘트먼 같은 지식인들, 그리고 보통 사람들 또한 여름이면 무더운 도시를 떠나 이곳으로 순례를 와서 안식을 구했다. 서핑 학교의 프랭크가 서핑을 시작하게 된 계기도 여름 휴가였다. 서핑에 진지하게 빠진 것은 스물한 살 때 일이었지만, 브루클린에서 자란 프랭크는 가족과 함께 매년 여름이면 로커웨이를 찾곤 했다.

밥의 집에 도착해 프로세코를 내려놓은 다음 거의 다 마른 비키니 위에 민소매 원피스를 걸치고 로커웨이 타코로 달려가 내 몫의 식량을 사왔다. 배를 채우고 신이 난 나는 밥과 여느 때처럼 주말을 맞아 놀러온 조시의 아내 아이바와 함께 포치에 앉아 내 잔에 담긴 스파클링 와인에서 거품이 터지듯 아파트에 대한 이야기를 터뜨렸다.

"이런다고 무슨 의미가 있으려나 모르겠어. 그래도 여기에 더 자주 나올 방법이 생기면 정말이지 너무 좋을 것 같아."

내가 말했다.

"괜찮은 생각인 것 같아."

부동산 회사들이 주 고객인 홍보 회사에 다니는 아이바가 의견을 냈다.

"신축 건물이면 세금 감면을 받으니까 매달 들어가는 비용도 적게 들 거야."

"맞아, 그래. 하지만 2, 30년쯤 지나서 감면 기간이 끝나면 어떻게 될지 걱정이야. 그러니까, 어떤 식으로 수입원을 만들면 좋을지 알고 싶어."

밥이 내 말을 받았다.

"음, 아직 한참 남은 이야기잖아. 가지고 있기 버거워지면 언제든 팔 수도 있고."

바로 그때, 밥네 건물의 세입자인 존이 자기 집에서 나왔다. 키가 크고 어깨가 넓은 존은 붉은 기가 도는 갈색 머리를 지녔고 주근깨가 난 얼굴에 금속 테 안경을 썼다. 밥의 집 1층의 뒤쪽 반을 세내어 살고 있었는데 뒤쪽 포치에 따로 출입할 수 있는 입구가 있었다.

"플로터 만들기에 정말 좋은 다크 럼이 있어요. 프로즌 있으면 가져올게요."

존이 밥에게 말하자 밥이 플라스틱 서빙 카트에서 손잡이 달린 큰 물병을 꺼내며 대답했다.

"그거 좋네요! 잠깐만 기다려요."

밥은 계단을 내려가 길을 건너갔다. 존은 포치 뒤쪽으로 사라졌다.

당황한 나는 아이바를 보며 물었다.

"플로터? 프로즌은 또 뭐지?"

"밥은 아마 술을 가지러 갔을 거야."

아이바가 웃으며 대답했다.

몇 분 뒤, 밥이 주차장 건너 3층 건물의 1층에 자리한 바에서 물병을 들고 나와 돌아왔다. 비어 있던 병에 프로즌, 즉 얼린 흰색 칵테일이 꽉 차 있었다.

"피냐 콜라다 사왔어. 이걸로 괜찮으면 좋겠는데."

밥이 계단을 올라오며 말했다.

"그 병에 담아서 그냥 판다고?"

술을 술집 밖으로 아무렇지 않게 들고 나온 사실에 놀라서 물었다. 술집에서 잠깐 길가에 나가 담배를 피울 때 맥주를 들고 나가는 것조차 엄격히 금지된 브루클린이나 맨해튼에서는 상상하기 어려운 일이었다.

"아, 응. 여기선 만날 이래."

밥이 칵테일을 부으며 대답했다. 존이 캐러멜색 럼주 병을 들고 돌아왔다.

"플로터 드실 분?"

"고맙습니다. 하지만 우선 이대로 마셔볼게요."

내가 이렇게 이야기하자 존은 물러서서 자기 잔과 밥의 잔에 럼을 2.5센티미터쯤 부었다. 열대 과일 칵테일을 즐겨 마시는 편은 아니었지만 피냐 콜라다는 수년 동안 몇 번 마셨다. 전에 마셔 봤던 것, 특히 어렸을 때 언니가 만들었던 완벽한 피냐 콜라다의 맛과 비교해보고 싶었다. 언니가 대학에 다닐 때 부모님은 종종 집 뒤쪽의 부부 침실에만 머물 때가 있었다. 그러면 언니는 친구들을 불러서 거실과 주방을 마음대로 썼다. 믹서로 슬러시를 후다닥 잔뜩 만들고 그 상태로 나에게 맛을 보라고 한 다음, 거기에 술을 더한 뒤 포테이토칩과 립톤 양파 수프 소스를 곁들여 내곤 했다. 타바레스Tavares의 음악을 배경 음악으로 틀고 언니와 친구들은 디스코텍으로 향하기 전에 라틴 댄스인 허슬을 연습했다.

피냐 콜라다를 한 모금 마셨다. 맛있었다. 차고 달콤한 코코넛과 파인애플 맛과 함께 어른의 재미를 맛보았던 그 아찔한 밤들이 되살아났다.

"세상에, 정말 맛있어요!"

존이 술병을 들고 나를 보며 눈썹을 찡긋했다.

"정말 안 드실래요? 진짜로 좋은 럼이에요."

존이 악동처럼 씩 웃으며 물었다.

"그럼 마셔야죠."

나는 잔을 내밀었다. 마셔보니 거절했던 내가 어이없었다. 이 좋은 시간이 계속되었으면. 술집과 댄스홀 들이 죄다 문을 닫은 지 수십 년이 지난 뒤에도 여전히 이 땅끝에 스며들어 있는 범법 정신을 즐기고 싶었다. 잔에 따른 럼을 휘저어 한 모금 마시자, 탄설탕의 내음이 코를 가득 채우고 목구멍 너머를 때렸다.

"진짜 진짜 좋은 럼이네요."

저무는 해를 받아 반짝이는 웨일미나의 도자기 모자이크가 내 눈에 아른거렸다.

○○○

"파도가 부서지질 않네요."

어느 맑고 시원한 토요일 아침, 케빈이 말했다. 우리는 웻슈트를 입고 아번의 모래사장에 서서 바다를 훑어보며 서핑 예보가 약속한 파도를 찾고 있었지만 아직 보이지 않았다. 매끄러운 청록색 표면에서는 늘 보던 너울이 가끔씩 불룩 솟아올랐다. 그러나 물 아래에서 컨베이어 벨트를 타고 구르는 통나무처럼 우리 쪽으로 밀려오고 있을 뿐 탈 가치가 있는 파도가 될 만큼 솟아오르지 못하고 결국 해안으로 넘쳐흘렀다. 문제는 너울이나 바람이 아니었다. 너울은 무릎에서 허리 높이까지 오는 제대로 된 파도를 만들어내기에 충분했고, 바람도 육지에서 바다로 약하게 불고 있었다. 그 밖의 다른 결정적 조건, 내가 곧 알게 될 다른 요소가 있었다. 바로 만조였다.

내가 조류의 변화에 대해 아는 것은 달의 주기와 관계가 있다는 사실, 그리고 조류가 높아지면 물이 해변을 집어 삼키고—아버지가 언니를 서프캐스팅 할 때 데려가던 해변처럼 말이다—낮으면 물이 물러나 바닥의 해초들이 드러나고 내륙에 웅덩이가 생

🐚 파도가 부서지는 해변에서 긴 낚싯대를 던져 낚시를 하는 것.

겨서 특이한 조개나 조약돌처럼 매끄러워진 유리 조각을 찾을 수 있다는 사실뿐이었다. 그러나 이제는 파도와 조류의 관계에 대해서도 알게 되었다. 해안에서 얼마나 떨어져 있든 수위가 핵심이므로, 수위에 따라 내 서핑 실력은 좋아질 수도, 나빠질 수도, 완전히 못 쓰게 될 수도 있었다. 대체로 유체 역학 및 마찰과 관계 있는 특성 때문이었다.

깊은 바다에서 움직여 나온 너울이 연안을 감싸는 얕은 곳에 도달해 파도가 생기기 시작하면 물과 바다 밑바닥의 상호 작용이 일어나 진행이 느려지지만, 그 정도가 파도 내부에서 균일한 것은 아니다. 파도 아랫부분은 해저에 더 가까우므로 윗부분보다 속도가 더욱더 느려지며, 물이 얕아질수록 그 영향은 강화된다. 어느 지점, 평균적으로 물 깊이가 파도 높이의 1.3배인 지점에 이르면 파도의 꼭대기가 아랫부분을 앞지르는 바람에 쏟아져 내린다. 파도가 부서진다는 뜻이다. 이날 아침처럼 만조일 때는 물이 너무 깊어서 파도가 정점에 이르지 못하므로, 물이 좀 빠질 때까지 서핑을 할 수가 없었다.

케빈이 말했다.

"일단 나가보죠. 조류가 물러나길 기다리면서 할 수 있는 일이 있어요. 보드로 회전하는 법이나 에티켓 같은 걸 배울 수 있죠."

에티켓이라고? 혼란에 빠진 내 머릿속이 그대로 표정에 드러난 모양이었다. 케빈이 빙긋 웃으며 설명했다.

"다른 사람들과 함께 서핑을 할 때 서로 다치지 않도록 지켜야 할 규칙이 있잖아요. 그 에티켓이에요. 언제 파도로 나가도 되고 언제는 안 되는지, 그런 거죠."

10월 초였다. 지난 몇 달 동안 거의 주말마다 로커웨이로 서핑 강습을 받으러 나왔다. 이제 천방지축 초보라는 느낌은 들지 않았다. 나는 다루기 어려운 11피트짜리 빅 그린 몬스터를 졸업하고 아주 조금 더 잘 다룰 수 있는 10피트짜리 보드로 갈아탔다. 자주 팝업에 성공했고 자리를 제대로 잡으면 파도를 (보드가 아니라) 탔다. 강사가 옆에서 타이밍을 알려주면 이따금 팔을 저어서 스스로 파도 위에 자리를 잡기도 했다. 정기적으로 강습을 받는 얼마 안 되는 여성들—나를 포함해 20대 중반에서 40대 중반까지 대여섯 명이 있었다—과도 친해졌다. 그중 한 명인 재미있고 활력 넘치는 변호사가 자기 머리 색깔처럼 오렌지색에 가까운 귀여운 미니 컨버터블에 우리 몇을 태워 브루클린과 로커웨이를 왕복했고 '로커웨이 서핑 레이디스!'라는 제목으로 단체 이메일을 돌려 서핑 약속을 잡곤 했다. "다들 잘 지내죠! 돌아오는 아름다운 주말에 서핑하러 가는 사람?" 최근 메일은 이랬다.

하지만 파도를 잡는 데 에티켓이 있다는 사실에 잠시 충격을 받았다. 강습 중에 우리는 파도가 치는 한 구역에 넓게 퍼져서 강사가 부르는 대로 한 명씩 가서 파도를 잡았다. 다른 서퍼들이 많을 때는 드물어서 누군가와 부딪칠 일이 없었다. 하지만 그때—**이럴 수가**—깨달았다. 현실의 서핑 세계가 강습 때처럼 차례대로, 세심하게 관리되며 돌아갈 리 없었다. 그러니 누가 언제 파도를 타도 될지에 대해 일반적으로 용인된 기준 같은 것이 당연히 있을 터였다. 내가 아직 거기까지 생각을 못 했을 뿐이었다.

그날 아침 강습생은 다섯 명이었고 우리는 케빈을 따라 물로 들어가 패들링 훈련, 스토로크stroke 하며 앞뒤로 이동하기 등을 몇 차례 돌아가며 했다. 보드 아래 중심 쪽으로 잠수했다가 몸을 있는 힘껏 물 위로 끌어 올리면서 보드는 계속 앞으로 돌진하게 하는 동작도 연습했다. 샤넬 로고의 C자 두 개 모양을 반복해서 그리는 듯한 동작이었다. 등을 젖혀 가슴을 펴고 그룹 맨 앞, 케빈 바로 뒤에서 둑을 목표로 편안하고 매끄럽게 파도를 갈랐다. 탄력이 붙어 유지되는 순간을 느낄 수 있었다. 해는 오래전에 떴지만 아직 낮게 걸려서 금속 조각들이 바다 위를 메운 양 빛이 물 위에서 춤추었다. 물결을 감아 돌며 물장구를 칠 때, 조화 속에서 강해진 느낌이 들었다. 존 F. 케네디 국제공항을 오가는 비행기들이 주기적으로 굉음을 내며 지나갔다. 케빈이 우리를 불러모아 보드에 똑바로 앉으라고 했을 때는 숨도 거의 차지 않았다.

"좋아요. 보드를 회전하는 방법을 배워볼게요. 혼자서 서핑을 하러 나갔을 때는 파도를 똑바로 마주하고 앉아야 어떤 파도가 오는지 볼 수 있겠죠. 그래서 보드를 아주 빨리 돌리는 기술이 중요합니다. 그래야 파도를 놓치지 않을 테니까요."

케빈이 설명했다.

"우선 보드를 한 손으로 잡고 테일 쪽으로 쭉 물러나 앉으세요. 이렇게요."

케빈이 재빨리 엉덩이를 뒤로 움직이자 케빈이 앉은 쪽은 물에

⚘ 팔을 젓는 동작.

잠기고 노즈는 위로 비쭉 솟아올라서 거의 가슴과 평행해졌다.

"이제 보드를 놀리고 싶은 쪽의 반대쪽으로 물속에서 두 다리를 돌립니다."

케빈이 재빨리 돌면서 덧붙였다.

"한 손으로 물을 밀어도 도움이 됩니다."

케빈이 보드를 잡지 않은 손을 물에 넣고 원을 그리자 더 많이 회전했다.

이제 우리가 해볼 차례였다. 케빈이 말했다.

"서로 충분히 간격을 두세요. 우선 기본적인 앉은 자세에서 보드를 회전하는 연습만 해보세요."

우리는 넓게 떨어져 자리를 잡고 회전 연습을 시작했다. 처음에는 한쪽 방향으로 두 다리를 돌릴 때 조화롭게 움직이는 법을 알 수가 없었다. 두 다리를 물에 넣어 돌리면 보드가 도는 게 아니라 기우뚱대며 흔들렸기 때문이다. 반대 방향으로 시도해봤지만 소용없었다. 나는 케빈을 쳐다보며 할 말이 있다는 듯 손을 들고 고개를 저었다. **내가 뭘 잘못하고 있는 거죠?**

케빈이 물을 저어왔다.

"다리를 거품기라고 생각해보세요."

케빈이 손짓으로 움직임을 보여주었다.

"그리고 다리를 하나씩 순서대로 움직여보세요."

케빈의 말대로 하자 갑자기 몸이 돌아갔다. 케빈이 했을 때보다 훨씬 속도가 느리긴 했다.

"그렇게 여러 방법으로 해보세요. 팔을 반대 방향으로 저어보고요. 방향도 바꿔보고……. 자기한테 맞는 느낌을 찾으면 돼요."

몇 분 동안 다른 강습생들과 함께 연습을 계속했다. 다들 천천히 도는 방법을 깨우친 것 같았다. 케빈은 우리에게 보드 뒤쪽에 자리를 잡고 연습해보자고 제안했다.

"기억하세요."

케빈이 다시 시범을 보이며 말했다.

"보드를 잡고, 가능한 한 멀리 뒤로 물러나 앉습니다. 그러면 돌기가 훨씬 쉬워져요."

케빈한테는 쉽겠지. 나는 몸을 낮추고 왼손으로 레일을 잡은 다음 엉덩이를 테일 쪽으로 들어 옮겼다. 하지만 끝에 안착하는 대신 뒤로 더 빠지는 바람에 체중에 보드가 기울면서 나는 물속으로 내동댕이쳐졌고 보드는 위로 떠올랐다. 물 위로 올라와 서투른 내 솜씨에 웃음을 터뜨리는데 다른 강습생 두 명이 나와 똑같은 일을 당하는 게 보였다.

"연습이 좀 필요하겠어요."

여전히 웃으면서 다른 강습생에게 말했다. 길고 새까만 머리와 짙은 갈색 눈을 가진 20대 여성이었다. 우리는 다시 보드로 기어올랐다.

"맞아요. 케빈이 할 때는 다 너무 쉬워 보인다니까요!"

그도 웃었다.

"하지만 해보면 안 그렇죠. 그래도 우리도 할 수 있을 거예요."

"그럼요!"

서핑은 할 수 있는 것이었다. 지금과 같은 조건에서, 적어도 그 바다에서 그 여성들과 함께할 때는 그랬다. 몇 번 시도하고 몇 번 떨어졌는지는 중요하지 않았다. 좌절하고 짜증이 날지도 모르지만 다치지는 않을 것이다. 스키나 스케이트보드를 타는 것처럼 균형을 잡아야 하지만 단단한 표면에서 배우는 스포츠와는 완전히 다르다. 물은 너그럽고, 모두는 성장하고 서로 돕고 즐거운 시간을 보내려고 여기에 있다.

우리는 몇 분 더 앉아서 회전을 연습했고 각자 다양한 정도의 성공을 거두었다. 케빈이 서핑을 시작해도 괜찮을 높이까지 조류수위가 거의 낮아졌다고 말했다.

"여기서 잠깐 쉬면서 에티켓 이야기를 좀 할게요."

케빈의 설명에 따르면 파도의 크레스트crest—정면에서 봤을 때 위쪽 능선이에서 가장 높은 구간—에는 피크peak가 있다. 피크는 파도가 처음으로 부서지기 시작하는 부분으로, 이후 페이스를 가로지르며 부서지는데 이것을 필링peeling이라고 한다. 파도 하나당 서퍼 한 명만 타야 한다. 충돌을 피하고 더 넓게 파도를 즐기기 위해서이다. 피크에 가장 가까이 있는 서퍼가 더 멀리 있는 서퍼들에 비해 우선권을 가진다고 케빈은 말했다. 나에게는 완전히 새로운 개념이었다.

"파도 하나에 서퍼 한 명뿐이라고요?"

내 물음에 케빈이 대답했다.

"거의 그렇죠. 간격이 충분히 멀다면 같은 파도를 탈 수도 있겠지만, 둘 다 충분한 공간을 확보했는지 꼭 확인해야 해요."

"음, 충분히 멀다는 건 어느 정도인가요?"

어느 여성이 물었다.

"최소한 보드 몇 개 길이만큼은 떨어져야 해요. 하지만 아는 서퍼가 아니라면 파도를 공유할 생각은 하지 않는 게 좋아요."

다른 강사가 합류했다. 둥근 얼굴과 통통한 뺨, 어두운 갈색 눈과 검은 곱슬머리를 지닌, 나이스가이 리치라고 알려진 남성이었다. 케빈이 그쪽으로 돌아섰다.

"우리 지난 주말에 브리지에서 같이 파도를 탔죠."

"응, 하지만 우린 늘 같이 타잖아. 게다가 우린 일부러 같이 타는 거고 규칙도 알지. 지난번에 내 쪽으로 갑자기 들어왔던 여자분 기억나?"

리치가 물었다.

"아, 물론이죠. 그 얘기 좀 해주세요."

"제가 서서 파도를 타고 있는데 그 여자분이 갑자기 들어왔어요. 주변 확인을 안 하고 그냥 뛰어들어서 저한테 정말 바싹 붙었죠. 저는 그분을 돌아서 가려고 했는데 결국 그 위로 쓰러지고 말았어요. 그분은 다치지는 않았지만……."

리치가 씩 웃고 말을 이었다.

"그다지 즐거워하지는 않으셨어요."

리치는 좋지 않은 일이 생겨 안타깝지만 자신의 잘못이 아니었고, 잘못된 상황을 바로잡기 위해 해야 할 일을 했다고 확신했다. 케빈이 말했다.

"그러니까 기본적으로 끼어들지 마세요. 만약 실수로 다른 사람이 있는 파도에 들어가버렸다면 팔을 저어 나오면서 사과하세요. 그냥 미안하다고 하면 돼요. 평화를 유지하는 데 큰 도움이 되죠. 대부분의 서퍼들은 그냥 넘어가줄 거예요. 그렇죠, 리치?"

"당연하죠. 그리고 일단 자기 차례를 기다리는 편이 나아요."

○ ○ ○

알아두면 유용한 정보였다. 내가 강사들과 단골 강습생들만 있는 안락하고 질서정연한 울타리 안을 벗어나 모르는 사람들 사이에서 서핑을 하게 된 후로는 더욱 유용했다. 한편 비치 하우스 아파트는 세금 감면을 받더라도 내 예산을 초과하는 물건으로 밝혀졌다. 그래서 브루클린에서 선택지를 찾는 안으로 돌아갔다. 부동산 광고를 샅샅이 훑고, 모델 하우스를 찾아다니고, 대출 중개인과 함께 계산기를 두드리고, 건물 이력을 조사하고, 협상을 벌이고, 점검 비용을 냈지만 결국은 구매를 감행하지 않을 설득력 있는 이유들을 찾아냈다.

나는 네댓 집을 퇴짜놓은 뒤 마침내 포기했다. 나는 내가 잃었다고 생각한 것을 되찾기 위해 미쳐 돌아가고 있었다. 늘 소망했던 진짜 가족의 삶을 꾸릴 수 있는 품위 있고 변치 않는 집을 소유하려 했던 것이다. 내 머릿속에는 언제나 미래에 대한 어떤 이미지가 있었고, 그 상상 속 미래에는 침실 여러 개, 고색창연함, 집에서 키운 농작물, 좋은 공립 학교가 필요했다. 나는 왜인지 그중에서 집을 가장 먼저 손에 넣어야 한다고 고집했다. 이 상상 속 인생의 덫에 속박되어야 한다고 막무가내로 확신하며 삶 자체는 못

본 척했다. '사라, 그러면 이루어질 것이다'라는 말을 혼자서 비이성적으로 어리석게 해석한 것이다.

하지만 사실 그런 인생은 내 손 안에 없었고 곧 손에 들어올 조짐조차 없었다. 연애가 잘될 가망도 없었다. 일을 통해 만났거나 모임에서 만난 거의 모든 남자에게는 이미 임자가 있었고 온라인 만남 시도는 너무나 성과가 없어서 들여다보지도 않게 되었다. 여전히 아이가 갖고 싶었지만 어떻게 해야 하는지, 가능은 한 건지조차 알 수 없었다.

그래서 나는 진지하게 로커웨이에 집중하기로 결정했다. 그곳에서 주말을 보내면 서핑을 꾸준히 할 수 있으니 바로 지금 내가 붙들고 있는 이 일을 조금 더 잘하게 될 것이다. 어머니 생각을 계속했다. 어머니는 생일이나 크리스마스에 우리에게 받은 선물을 절대 쓰지 않고 '좋은 날' 쓰려고 간직하곤 했다. 어머니에게 좋은 날이란 그렇게 훌륭한 물건을 써도 될 만큼 좋은 기회, 기막히게 멋지고 특별한 순간이었다. 아마 대공황 시대에 궁핍한 어린 시절을 보낸 뒤 남은 습관이었을 것이다. 어머니는 실크 스카프, 예쁜 지갑, 우아한 향수 같은 것을 그대로 선반 위나 서랍 속에 고이 간직했다. 어머니가 67세에 돌아가신 뒤, 30대 초반이었던 나는 언니를 도와 어머니의 서랍과 책상을 비우고 여전히 어머니 냄새가 나는 옷과 장신구 들을 상자에 담았다. 어머니가 늘 서랍 속에 넣어두던 진 나테 보디 미스트, 마하 비누와 파우더가 섞인 냄새였다. 한없이 상냥하고 재미있었던 어머니는 나에게 언제나 황홀한 대화 상대였고 성미 거센 식구들 속에서 내가 가라앉지 않게 지탱해주는 부표였다. 어머니를 잃었을 때를 생각하면 아직도 신이 원망스럽다. 유방암 절제 수술의 후유증으로 말하기와 글쓰기를 포함해 평범한 의사 표현 방법을 모두 빼앗긴 어머니는 그 후 11개월 동안 죽음을 향해 다가가며 끔찍한 시간을 보냈다. 어머니 없이 보내야 할 남은 인생을 떠올리자 비참했다. 그런데 어머니의 물건을 상자에 넣을 때는 충격을 받았다. 한 번도 쓰지 않은 예쁜 물건들이 티슈나 포장 비닐에 곱게 싸여 있었다. 머릿속에 그렸지만 살지 못한 삶, 어머니가 기대했지만 결코 오지 않았던 좋은 때는 쓰레기가 되었다.

나는 그렇게 살고 싶지 않다는 걸 이제야 알게 되었다. 미래를 중심으로 현재를 쌓는다 해도 시간이 흘렀을 때 그 미래는 예상과 완전히 다를지도 모르니까. 내 것처럼 느껴지기 시작한 이 동네에 나만의 닻을 내리고 싶었다. 그래서 중개인에게 연락해 매물로 나온 작은 집이 없는지 물었다. 그는 나와 있는 물건이 극히 적지만 한 군데 보여줄 곳이 있다고 했다.

어느 날 아침, 일하러 가기 전 중개인을 만나기 위해 비치 91번가를 걸어 내려가는데 심장이 쿵쿵 뛰기 시작했다. **설마 거긴가?** 전에 한 번 보았던 블록이었다. 서핑 강습을 마치고 밥네 집에 가면서 안 가던 길로 들어섰다가 우연히 극락 같은 곳을 발견했던 것이다. 공동 텃밭 곁에 조르르 늘어서 있는—정원 농사 짓는 서퍼들, 아니면 서핑하는 정원 농사꾼들 사이에서 살 수 있겠다!— 인형의 집 같은 주택 네 채였다. 밥네 집에서 겨우 세 블록, 메인 서핑 장소인 제티에서 반 블록 떨어진 좁은 골목에 자리하고 있었다. **이런 집을 사도 되겠는걸?** 이렇게 생각하며 그곳을 지나쳤던 기억이 났다. 나는 부동산 업자에게 다가가며 숨을 헐떡이지 않으려고 심호흡을 했다. 어쩌면 그 집을 살 수 있을지도 모른다. 업자는 정말로 그 집들 중 하나를 나에게 보여주려는 참이었다.

우리는 골목을 따라 내려갔다. 한쪽에는 미국담쟁이덩굴에 뒤덮인 머리 높이 울타리가 이어졌고 다른 쪽에도 거의 똑같이 생긴 집들이 늘어서 있었다. 모두 2층짜리 더치 콜로니얼 리바이벌 양식의 방갈로로, 거의 백 년은 된 것이 분명했다. 네모난 1층 위에는 박공지붕이 달린 더 작고 특이한 상자 같은 방들이 올라가 있었다. 우리는 세 번째 집에서 멈추었다. 회갈색 비닐 사이딩 벽과 여섯 개의 패널로 이루어진 흰색 현관문 집이었다. 중개인이 말했다.

"자, 여깁니다. 지금 여기 사는 임대인이 있긴 한데 계약을 월별로 해요. 그래서 집은 빈 상태로 받을 수 있을 거예요."

우리는 네 단짜리 콘크리트 계단을 올라가 노크를 했다. 곧장 안에서 개들이 마구 짖는 소리가 터져 나왔다.

"아, 맞다. 개가 있어요."

아담한 체구의 임신한 금발 여성이 문을 열었다.

중개인이 인사를 건네고 집을 봐도 괜찮은지 물었다. 여성이 대답했다.

"들어오세요. 개들은 신경 쓰지 않으셔도 돼요."

> ● 건물 외장을 꾸밀 때 사용하는 가볍고 저렴한 폴리염화 비닐 판재.

집 전체와 폭이 같은 납작한 방으로 들어갔다. 방 저편에 설치된 안전문 너머 공간에서 불협화음이 울려 퍼지고 있었다. 솜털이 보송보송한 흰색 테리어 네 마리가 맹렬하게 울부짖고 뛰어다니면서 꼬리를 흔들고 있었다. 개들은 사납다기보다는 신이 난 분위기였고 안전문 밖으로 나올 수는 없는 것 같아서 나는 중개인을 따라 안으로 들어갔다.

"여기는 원래 포치 같은 거였는데 벽으로 둘렀어요. 이 집의 현관이었던 셈이죠."

중개인이 넓게 확 트인 입구를 지나 생활 공간으로 안내했다. 작고 갑갑하고 벽장, 욕실, 주방을 갖춘 집이었다. 바닥에는 황백색 비닐 장판을 깔았고 벽은 선명한 터키석빛이었으며, 주방 창문 위에는 대문자로 'BON APPÉTIT'라는 문구가 스텐실로 표기되어 있었다. 뒤쪽 공동 텃밭이 내려다보이는 주방 창문 옆에는 오래된 이탈리아식 레스토랑에서 봤을 법한 시골 풍경 그림이 그려져 있었다. 측백나무가 늘어선 시골길이 아치 모양 석조 창틀 너머로 보이는 로커웨이 비치로 구불구불 이어질 것 같았다.

내 취향이 전혀 아니었고 세 식구가 살고 있는 집 안은 어수선한 데다 구조가 비효율적인 것 같았다. 하지만 위층에 있는 침실 두 개를 보기도 전에 나는 이 집에 빠져들었다. 입지와 약 60제곱미터라는 면적이 완벽했다. 오래된 집 특유의 별난 면도 마찬가지였다. 지하실에 집의 기초를 쌓을 때 쓰인, 다듬지 않은 통나무

● '맛있게 드세요'라는 뜻의 프랑스어.

들이 남아 있는 점처럼 말이다. 새 콘크리트 기둥, 단열 처리, 난방 장치 등을 더해 손질한 것은 분명했지만 이 집은 주변의 다른 많은 집과 마찬가지로 일 년 내내 사람이 살도록 지은 집이 아니었다. 그저 여름 한 철을 즐겁게 보내기 위해 지은 집이었다.

나는 매입 신청을 넣었고, 매도인이 받아들였고, 기사를 고용해 집을 점검했고, 이번에는 계약 단계로 넘어갔다. 상황을 재정비해서 평일에 살 집을 어떻게 할지 결정할 때까지는 베드-스타이의 셋집에 머물 계획이었다. 하지만 일단 이 방갈로가 내 소유가 되면 보드를 사서 언제든 물에 들어갈 수 있을 것이다. 진짜 서퍼가 되는 날에 한 걸음 더 가까워질 것이다.

모든 계획이 너무나 짜릿했다. 꿈꾸던 집을 얻게 되다니 어쨌든 운이 좋았다. 나를 그 지역으로 이끈 것은 패니 홀랜드일지도 모른다. 이 동네 이름에 그 집안의 성이 들어가 있으니까. 밥의 집처럼 아마 이 방갈로도 이 지역의 기반을 세운 가문의 땅 위에 자리 잡고 있을 것이다. 1850년대 후반, 패니와 남편 마이클이 이곳으로 이사한 지 얼마 안 되어, 마이클은 아내에게 아홉 아이와 경영해야 할 농장 하나, 호텔 하나를 남기고 세상을 떠났다. 패니는 어떻게든 해냈고 심지어 사업은 번창했다. 한 세기 반 이상이 지난 후, 나는 큰 상실을 겪은 여성이 고통에서 회복하고 스스로 삶을 꾸려 나갔던—게다가 아마 기쁨이 넘치는 나날을 겪었을—땅의 작은 부분을 소유하려 하고 있었다. 그곳이 나만의 '재미의 전당'이 될 것이었다.

SUV 한 대가 코스타리카의 리베리아 공항에서 빠져나와 먼지 이
는 도로를 달렸다. 파릇파릇한 들, 숲이 무성한 골짜기, 보석처럼
빛나는 강을 지나 세 시간 뒤 마침내 해안 소도시 노사라에 도착
했다. 거의 종일 이동했기 때문에 완전히 지쳤다. 새벽 3시에 집
에서 나와 총 일곱 시간 비행을 하고 경유지 마이애미에서는 한
시간 반 동안 대기했으며 오랫동안 운전을 해야 했다. 하지만 서
퍼들이 쓰는 말처럼 '불붙은 상태'이기도 했다. 첫 해외 서핑 여행
을 떠나왔기 때문이다. 일주일을 통째로 열대 지방에서 보내며
오로지 파도만 타는 집중 서핑 캠프에 참가하기로 했다. 이혼 후
에 이탈리아의 코모 호수 근방에서 들었던 사진 강습과 비슷했
다. 결혼 생활 중에는 친구들과 함께하는 일상에서 완전히 벗어
나 개인적인 여가 활동에 깊이 빠져든 적이 전혀 없었다. 이제 시
간은 완전히 내 것이었다.

*

마침내 리조트 서프 심플리Surf Simply에 도착했다. 태평양을 면한 해안 근처, 녹음이 우거진 언덕에 폭 싸인 리조트는 비밀 은신처 같았다. 자그마한 크림색 독채가 여덟 채 있고 그 옆으로 이어진, 돌이 깔린 산책로를 따라가면 야외 수영장, 주방, 휴식 공간을 갖춘 본관이 나왔다. 부채처럼 펄럭이는 뾰족뾰족한 나뭇잎들, 구불구불한 덩굴들, 총천연색 꽃들이 차양처럼 공간 전체를 뒤덮고 있었다.

11월 중순의 토요일이었다. 뉴욕은 살을 엘 듯 추웠지만 우기가 끝나가는 노사라는 따스하고 습해서 한시라도 빨리 무거운 웻슈트 없이 물에 뛰어들고 싶었다. 로커웨이 집의 매입 절차가 여전히 진행 중이었고 나는 가능한 한 빨리 서핑 실력을 키우고 싶어 안달이 났다. 몇 주 뒤에 고질병인 테니스 엘보 수술을 받을 예정이었던 것이다. 원인은 테니스가 아니라 펜을 쥐고 타자를 치며 팔을 반복적으로 혹사했기 때문이었고 수술을 받으면 최소 봄까지는 서핑을 할 수 없었다. 겨우 이뤄낸 발전이 사라질지도 모른다는 두려움이 들었다. 강사와 강습에 너무 의존하고 꾸준히 파도를 타지 못한다는 정체 상태에 빠져 있는 듯한 기분을 떨칠수가 없었다. 혼자 장비를 빌려 연습하기엔 여전히 자신이 너무 없었다.

그러다가 지난여름에야 서핑 캠프의 존재를 알게 되었다. 기자가 아니라 손님으로 다시 몬토킷을 방문했을 때였다. 예전에 몬

---

* 팔 관절과 손목이 무리한 힘을 받아 생기는 염증.

토크에 대한 기사를 써보라고 제안했던 짐과 그의 아내 온딘과 함께 그곳에서 맥주를 마셨다. 우리는 가게 밖, 바 창문 옆 비좁은 공간에 서서 음식과 음료를 나르는 서빙 직원들과 손님들을 피하기 위해 몸을 흔들고 자세를 바꾸고 빙 돌곤 했다. 하늘과 바다가 오렌지색, 진분홍색, 남색 석양에 물들어 불타는 그림으로 변해가는 모습을 지켜보며 서핑 이야기를 했다. 나는 내 발전 상황을 대강 설명하고 얼마나 좌절했는지 털어놓았다. 온딘은 뉴 저지주의 저지 쇼어에서 여름을 보내며 자란 짐이 보드를 사주고 몇 번 강습을 해줘서 서핑을 시작하게 되었다고 했다.

"하지만 서핑을 제대로 배운 건 코스타리카에서 열린 서핑 캠프에 들어갔을 때였어."

온딘이 말을 이었다.

"일주일동안 머물면서 매일 서핑을 하는 건데, 캠프에서 세세하게 분석해서 기술을 집중적으로 가르쳐줘. 새로운 것을 익혀서 돌아올 수 있지."

그렇게 집중 강습을 받을 수 있는 곳이 존재한다는 사실에 놀랐다. 정확히 나에게 필요한 곳 같았다. 로커웨이에서 강습을 받을 때 만난 어느 커플도 코스타리카에 강습을 받으러 간 적이 있다며 서프 심플리가 괜찮았다고 알려주었다. 검색해보니 비용이 만만치 않았지만 가기로 결정했다. 나도 캠프에 가면 온딘처럼 서핑을 '제대로' 배우게 될지도 몰랐다.

다른 강습생과 같이 쓰게 될 침실 두 개짜리 독채에 가방을 내려놓은 다음 후딱 샤워를 하고 나왔다. 달랑대는 덩굴과 하늘거리는 잎새들 아래로 계단을 올라 본관으로 갔다. 언덕 꼭대기에 자리한 본관 1층은 탁 트여서 안뜰과 이어져 있었다. 직원들이 야외 라운지라고 부르는 이곳이 모두가 함께 저녁을 먹을 공간이었다. 개구리와 귀뚜라미와 해 질 녘 정글에 있을 법한 온갖 동물 소리가 마음을 가라앉혔다. 한쪽에 자리한 수영장 가장자리에는 파라솔 테이블과 의자, 쿠션이 푹신한 낮은 긴 의자들이 놓여 있었다. 라운지 한가운데에는 커다란 나무 테이블과 의자, 책장이 있고 벽에는 평면 텔레비전이 걸려 있었다. 설비를 제대로 갖춘 주방에는 와인과 맥주를 쟁여둔 냉장고가 있어서 언제든 꺼내 마실 수 있었다. 그 뒤로 이어진 통로를 따라가면 사무실과 교실, 우리의 일주일 일정을 분필로 써둔 칠판이 나왔다. 본관에서 제공되는 갓 만든 식사, 1일 2회 서핑 강습, 이론 수업, 동영상 리뷰, 옵션으로 요가 수업과 마사지까지, 필요한 거의 모든 것이 포함된 캠프였다.

남자 둘이 이미 테이블 앞에 앉아 있어서 인사를 건네고 냉장고에서 맥주를 꺼내 그들 옆에 앉았다. 둘 다 캐나다인이었는데, 나중에 알고 보니 다른 참가자들도 모두 캐나다 출신이었다. 한 명은 전에도 이 캠프에 참가한 적이 있었고, 다른 한 명은 몇 년 전에 서핑을 시작했지만 작년에 친구들과 타마린도로 여행을 갔다가 본격적으로 사랑에 빠졌다고 했다. 여기서 해안을 따라 두 시간 정도 올라가면 나오는 타마린도는 더 붐비는 서핑 명소로, 모든 수준의 서퍼가 즐길 수 있는 파도와 서핑 학교들, 파티의 도시 같은 분위기가 있었다.

"아, 저 친구는 에번이에요."

둘 중 하나가 모퉁이의 긴 의자에 앉아 노트북 컴퓨터를 들여다보고 있는 팔다리가 긴 남자를 가리키며 덧붙였다.

"여기 온 지 벌써 일주일 됐어요."

"와, 이 주를 통으로! 정말 끝내주겠어요."

내가 감탄하자 에번이 씩 웃으며 답했다.

"네, 여기 훌륭하죠. 하지만 지난 주에는 여기서 하는 인명 구조원 강좌를 들었어요. 이제는 서핑하러 가려고요."

강해 보이는 턱관절, 홈이 팬 턱, 굵은 갈색 머리를 지닌 운동선수처럼 보이는 남자가 걸어와서 자기소개를 했다. 루라는 영국인 남자는 이 리조트의 소유주로, 아내와 함께 리조트를 세웠으나 지금은 갈라섰다고 했다. **삶은 계속되는구나.** 홀로 전진하면서도 열정적이고 행복해 보이는 누군가를 보자 용기가 났다. 다른 여자 두 명도 합류했다. 나와 방을 함께 쓸 캐럴린은 주근깨가 있고 정직해 보이는 얼굴을 가진 밝은 갈색 머리의 젊은 간호사였고 담청색 눈과 흰색에 가까운 금발을 지닌 국립 공원 관리인 제니퍼는 키가 크고 날씬하며 자세가 기이할 만큼 곧았다.

우리는 루의 제안에 따라 테이블에 둘러앉아 각자 자기소개를 하고 한 주의 목표에 대해 이야기했다. 여행 중에 사람을 사귀거나 다른 사람과 방을 같이 쓰는 일로 걱정이 되지는 않았다. 이탈리아에서 사진 강습을 들었을 때나 캘리포니아에서 펠로십을 받았을 때를 돌이켜보면 나는 짜여 있는 환경에 잘 적응했고 새로운 지인도 쉽게 사귈 수 있었다. 하지만 이렇게 호의적이고 규모가 작은 모임에서라도 사람들 앞에서 말을 한다고 생각하니 목이 막히는 기분이 들었다. 나는 무대 공포증을 좀처럼 떨쳐내지 못해서, 정례 직원 회의에서도 목소리가 갈라지거나 손이 심하게 떨려 메모를 하기 어려울 정도였다. 그래서 차분히 천천히 숨 쉬는 데 집중하며 캠프 동료들이 하는 말에 귀를 기울였다. 남자들 중 한 명이 말했다.

"저는 팝업은 괜찮게 해요. 트리밍trimming 턴도 꽤 잘하고요. 그래서 보통 트리밍을 하고 해안선과 나란히 파도를 타요. 하지만 카빙 턴carving turn은 그렇게 잘 못 해요. 그러니까 그걸, 음, 카빙 턴을 연습하고 싶습니다."

남자가 하는 말을 이해할 수 없었다. 트리밍? 카빙? 동영상 트리밍이나 푸드 카빙은 들어본 적 있는데. 나는 강사의 도움을 받아 올바른 각도에서 파도를 잡아 탄 다음 보드를 어느 한 방향에 맞추고 파도 속에 머물거나, 아니면 남자가 했다는 것처럼 해안선과 나란히 파도를 타는 게 다였다. 내가 어찌어찌 회전을 해낸 건 여전히 우연히 얻은 성과였다. 회전 방법은 여전히 몰랐다. **다른 사람들도 다 이렇게 잘하면 나는 어떻게 따라가지?** 에번은 롱보드에서 숏보드로 넘어가려고 연습 중이었다. 힘, 균형, 민첩성이 확연히 좋아야 숏보드로 넘어갈 수 있어서 나는 언제 숏보드를 탈 수 있을지 자신이 없었다. 숏보드는 롱보드보다 볼륨이 작으므로—전문적으로 표현하면 숏보드는 공간을 더 적게 차지한다. 여기서 말하는 공간의 수치는 리터 단위로 표현하며 부력에 상응한다—타는 사람이 더 열심히 노력해야 계속 물을 가르며 나아갈 수 있다. 또한 보드 위에 엎드렸을 때 다리 아래쪽이 테일 밖으로 튀어나오기 때문에 물장구를 쳐서 이동할 수 있는 반면, 팝업할 때 발가락을 디딘 상태에서 뛰어오를 수 없다.

제니퍼는 약 팔 년 동안 가끔씩 서핑을 했지만 산속에서 살다 보니 기술 연습은 별로 하지 못했다.

"그래도 터틀 롤turtle roll은 할 수 있어요."

제니퍼는 그것—그놈의 그것이 뭔지는 몰라도—이 10킬로미터쯤 떨어진 보호 구역에 보금자리를 튼 바다 거북과 소통하기 위한 신비한 주문이라도 되는 것처럼 말했다. 나는 캐럴린의 이야기를 듣고 나서야 안심이 되었다. 캐나다 앨버타주 출신 스노보더인 캐럴린은 서핑 경험이 전혀 없고 배우고 싶은 마음만 가득이었다. 그리고 내 차례가 되었다.

"음, 저는 이제 일 년 좀 넘게 서핑을 하다 말다 했어요. 그런데 강습에서 해본 게 다예요. 그래서 우선 모든 면에서 수준을 좀 올리고 싶고, 집에 돌아갔을 때 혼자 나가서 연습을 해도 괜찮겠다 싶을 만큼 충분히 배우고 싶어요."

"그건 정말 정말 중요해요."

루가 말했다.

"우리는 여러분이 자립하기를 바랍니다. 누가 밀어주지 않아도 파도로 들어갈 수 있게 되면 좋겠어요."

🔖 캐나다 중남부 내륙에 자리한 주.

다음 날 아침 첫 강습에서 루의 말뜻을 알게 되었다. 수영복을 입고 래시 가드라는 가볍고 빨리 마르는 상의를 걸친 우리는 짐을 두는 로커 옆 계단에 모여 코치 두 명을 맞이했다. 금빛이 도는 갈색 머리를 가진, 요가 지도자이기도 한 케리앤은 전직 스타 배구 선수로, 바다가 없는 캘리포니아의 센트럴 밸리에서 자랐다. 입담 좋은 해리는 영국인이며 헝클어진 금발과 밝은 파란색 눈을 지녔다. 둘은 우리가 그날 쓸 보드를 골라주러 왔다.

"평소엔 어떤 보드를 타세요?"

케리앤이 나에게 물으며 로커를 열어, 차려 자세를 취한 듯 질서 정연하게 세워져 있는 보드 20여 개를 보여주었다.

"다양한 크기를 갖추고 있어요."

"주로 10피트 소프트톱 보드를 타요."

"자, 그럼."

케리앤이 가운데에는 세로로 가느다란 노란 선, 그 양쪽에는 청록색 줄무늬가 그려진 겉이 단단한 흰색 보드를 꺼냈다.

"이거 한번 써보실래요? 9-2예요."

9-2는 9피트 2인치라는 뜻이었다.

"좋아요."

미심쩍어하며 보드를 받아드는데 크기에 비해 놀랍도록 가벼웠다.

"하지만 이렇게 짧은 보드는 타본 적이 없어요."

케리엔이 웃었다. 그 보드가 안에 들어 있는 보드 중 가장 길었기 때문이다.

"이게 아무래도 불안하면 언제든 10-2로 바꿔 드릴게요. 하지만 괜찮으실 것 같아요."

단단한 보드는 처음이었다. 보드를 들고 계단을 내려가니 진짜 서퍼가 된 것 같아 조금 감격했다.

우리는 작은 버기카에 연결된 트레일러에 보드를 싣고 나서 옆에 세워진 트럭의 열린 짐칸에 올라갔다. 등을 맞대고 놓인 철제 벤치들에 앉아 짐칸 가장자리를 울타리처럼 둘러싼 막대를 잡았다. 마차 같은 트럭은 비포장도로를 덜컹덜컹 내려가서 굽이를 몇 번 돌고 에메랄드빛 골짜기에 들어앉은 요가원을 지나고 진분홍색과 흰색 꽃이 핀 굵은 덩굴로 덮인 언덕들을 달려 내려갔다. 나는 여느 때처럼 비행기 여행이 선사한 경이로운 마법에 젖어들었다. 어제 아침만 해도 불쾌한 현실을 그대로 담은 오래된 브루클린에서 눈을 떴는데, 지금은 여기 정글 속에서 반쯤 벗고 해변으로 가는 중이었다.

"세상에, 여기 너무 예뻐요."

옆에 앉은 캐럴린에게 말했다.

"정말 예뻐요. 그리고 춥지 않으니까 진짜 좋네요."

캐럴린이 활짝 웃으며 대답했다.

우리는 야자나무와 대나무 덤불이 있는 곳에 도착했다. 자갈 깔린 좁은 길이 탁 트인 곳으로 이어져 있었다. 지저귀며 나는 새들 아래를 지나 보드를 들고 해변으로 걸어갔다. 거친 땅 위를 조심조심 가로지르자 어룽어룽했던 햇빛이 더 곧고 밝게 비쳐 들기 시작했다. 아치처럼 시야를 가리고 있던 나뭇가지와 잎사귀 들이 조리개처럼 열리면서 수평선 위 파란 천 한 조각처럼 보이던 바다가 드넓은 풍경으로 활짝 펼쳐졌다. 모래사장과 물 위로 드러난 바위 너머 너른 바다에서는 파도가 잔잔하게 솟아올랐다가 부서지며 마시멜로처럼 부드러운 거품 띠를 그렸다. 펠리컨 한 무리가 물속에서 까닥거리다가 수면을 스치며 날아갔다.

"와, 경이로워요. 이런 광경은 태어나서 처음이에요."

캐럴린이 말했다.

"황홀하네요."

보드를 모래 위에 놓아두고 워밍업을 한 다음 우리는 두 그룹으로 나뉘었다. 캐럴린과 나는 케리앤 그리고 이 지역 출신이자 호리호리한 몸과 청록색 눈을 가진 티니스라는 여성 강사에게 화이트워터 안쪽에서 강습을 받기로 했다. 나머지 넷은 해리와 다른 강사와 함께 "뒤쪽으로 나간다"면서 파도가 부서지는 곳 너머로 갔다. 나는 화이트워터에서 타는 초보 반으로 쫓겨나서 조금 짜증이 났다. 이미 우리 동네에서는 부서지지 않은 파도를 타고—탄다고!—있는데. 유급당한 아이 같은 기분이 들었다. 하지만 머지않아 내 수준에 딱 맞는 그룹에 들어갔다는 사실이 분명해졌다.

물에 들어가기 전에 케리앤이 캠프에서 가르치는 패들링 방식에 대해 설명했다. 파도가 부서지는 곳으로 가능한 한 가까이 다가가—"그 지점에서 에너지가 가장 크고, 속도 덕분에 더 안정적으로, 더 오래 탈 수 있어요"—타이밍을 보면서, 물이 몰려올 때 천천히 부드럽게 팔을 다섯 번 스트로크한다. 파도가 나에게 도달하면 '파워 패들power paddle'을 3회, 즉 빠르고 강하게 깊이 3회 스트로크를 한다. 드디어 팝업을 시작할 타이밍이지만, 케리앤은 이 순간 가만히 엎드린 채 잠시 기다리면서 물의 리듬을 타고 보드의 역학을 느껴보라고 했다. 초조함이 스쳐 지나갔다. 나는 가능한 한 빨리 일어서고 싶었다. 그러면 조종이며 회전이며 보드 컨트롤과 같이 내가 숙달하고 싶은 기술에 집중할 수 있을 터였다.

바다로 나가려는데 티니스가 발을 들었다 놓지 말고 모래 바닥 위로 발을 끌며 움직이라고 주의를 주었다.

"여긴 노랑가오리가 아주 많거든요."

따뜻한 터키석 빛깔 물에 들어가 패들링의 리듬을 잡자 짜증은 순식간에 녹아 없어졌다. 화이트워터가 보드의 테일을 쳐올리면 몸이 쑥 솟아올랐고 해안을 향해 속도가 나자 휙 미끄러지는 느낌이 들었다. 익숙한 소프트톱 보드를 탈 때와는 달랐다. 소프트톱 보드는 이 보드와 비교하면 느림보였다. 4기통 엔진이 달린 차를 몰다가 V형 8기통 엔진 차로 바꿔 탄 듯, 내 밑에 억눌려 있던 모든 잠재성을 느낄 수 있었다. 가볍고 산뜻하고 반응이 빠른 이 보드는 스스로 빨리 달리고 싶어 하는 것 같았다. 가볍게 떠서 행복해진 나는 이미 발전 중인 듯한 기분이 들었다. 적어도 이제 스스로 화이트워터를 잡는 법을 알고 있었다.

우리는 다시 물 밖으로 나와 다음 연습에 대해 이야기했다. 전날 밤 들었던 트리밍과 카빙 턴을 배울 차례였다. 케리앤의 말에 따르면 파도에는 들어가기 가장 좋은 특정 지점이 있지만, 일단 일어서서 파도를 탄 뒤라면 파도의 변화에 따라 보드를 조종해 다른 지점들로 넘어가면서 파도를 최대한 활용해야 한다. 파도의 위쪽 가장자리, 즉 립 근처의 물은 (마찰과 중력이 작용하는) 아래쪽 물보다 속도가 빠르다. 그러나 파도가 부서지는 (또는 부서지려 하는) 부위 바로 안쪽, 즉 포켓pocket 또는 컬curl이라고 부르는 지점에서는 가장 강력한 에너지가 휘몰아친다. 그 에너지가 바로 파도를 탈 때 필요한 엔진이다. 숙련된 서퍼들이 몸을 활처럼 휘고 회전하는 것은 이 고에너지 영역을 따라잡거나 앞에서 기다렸다가 그 안으로 진입하기 위해서이다.

서퍼들은 이 과업을 수행하기 위해 일반적으로 두 가지 기본 동작을 활용한다. 바로 트리밍과 카빙이다. 트리밍은 파도의 페이스를 가로지르는 동안 보드를 더 섬세하게 조정하는 기술이다. 레일을 물속으로 살짝 기울여 그 방향으로 보드를 잠기게 하기도 한다. 해안 쪽 또는 반대쪽으로 밀어 계속 흐름을 타거나, 립 또는 아래쪽을 향해 기울여 적당한 속력을 얻을 수 있다. 한편 카빙 턴은 더 극적인 기술이다. 방향을 완전히 바꿀 수 있으며 컷백cutback 또는 바텀 턴bottom turn 같은 기술을 쓸 때 필수적이다. 컷백은 크게 도는 동작으로, 이를 활용해 속도가 느린 구역에서 포켓으로 되돌아갈 수 있다. 바텀 턴으로는 수직으로 파도 위를 내려간 뒤 수평으로 이동할 수 있다. 이 기술들을 쓰려면 무게 중심을 테일 쪽으로 옮겨 노즈를 들어 올리며 보드가 회전하게 한 다음 무게 중심을 앞으로 옮겨 다시 속도를 내야 한다.

케리앤이 모래 위에 서프보드 윤곽을 그리고 그 중심을 가로지르는 선 하나를 그은 뒤 선 양쪽에 원을 두 개씩 그렸다. 케리앤이 말했다.

"이 원들을 단추라고 생각해 보세요. 이 단추를 밟으면 무게가 실려요. 앞쪽에 있는 단추를 밟으면……."

케리앤이 손으로 앞쪽 원들을 차례대로 건드리며 말을 이었다.

"그 방향으로 속도가 붙어요. 뒤쪽 단추를 밟으면 속도가 줄어들고요. 핀 바로 위쪽을 밟으면 보드를 완전히 멈출 수도 있어요. 브레이크 같은 거죠."

우리는 이 역학 이론을 보드 위에서 시험해보기로 했다. 그래서 다시 물에 들어가—"잊지 마세요. 발을 끌면서 걸으세요, 끌면서!" 티니스가 외치면서 시범을 보였다—트리밍을 시도했다. 파도를 잡은 다음 줄곧 엎드린 채로 보드를 이쪽저쪽으로 기울여 레일을 물에 살짝 잠기게 하자 보드가 그 방향으로 나아갔다. 여기에 카빙 턴의 원리를 추가해보기로 했다. 한 방향으로 보드를 트리밍한 다음 보드 뒤쪽으로 물러나 노즈가 들리게 했다. 상체를 기울이며 회전한 뒤 다시 보드 앞쪽으로 몸을 움직여 전진했다. 용어는 아직도 헷갈렸지만—둘 다 갈비 구이를 손질할 때 쓰는 말 같았다—내 몸은 물과 보드 사이를 오가며 늘었다 줄었다 하는 에너지의 흐름을 감지한 듯이 요령을 익히고 있었다. 그저 물속에 있기만 해도, 래시 가드로 스며 들어와 피부를 스쳐가는 물과 잔잔한 수면 위에서 반짝이는 햇빛을 느끼기만 해도 좋았지만, 이제 장막이 걷힌 듯한 느낌 또한 맛보았다. 보드를 움직이는 방법과 타이밍, 이유를 좀 더 잘 알게 되었다.

드디어 팝업을 시작할 시간이었다. 해변으로 돌아온 우리는 모래 위에 보드 중심을 나타내는 긴 세로선을 그린 뒤 십자를 여러 개 그어서 뛰어올라 자세를 잡을 때 손과 발을 둘 위치를 표시했다. 한 발을 내딛어야 할 곳에는 가로로 손바닥을 찍었다. 준비가다 되자 케리앤이 캠프에서 기능적 자세라고 부르는 자세를 알려주었다. 보드 중심선을 따라 두 발을 벌려 디디고, 무릎은 굽히되 뒤쪽 무릎이 앞쪽 무릎을 보게 하며 팔은 양쪽 레일 위로 늘어뜨린다. 하지만 초보자는 일명 큰일 보는 자세 또는 방귀벌레 자세가 되기 쉽다. 다리를 넓게 벌려 쭈그리면서 팔은 쭉 펴고 엉덩이를 뒤로 삐죽 내밀게 된다. 그러면 안정적이기는 하지만 재빨리 자세를 바꾸기 어려워서 다리를 움직이거나 팔과 엉덩이를 틀어 회전할 수가 없다. 케리앤은 기능적 자세를 취하면 엉덩이 또는 다리까지 움직여 훨씬 더 쉽고 빠르게 무게 중심을 이동하면서도 보드 위에서 균형을 유지할 수 있다고 했다.

나는 모래밭에서 팝업을 몇 번 연습하다가 내 앞쪽 발이 자꾸만 중심을 딛지 못하고 왼쪽으로 비끼는 것을 눈치챘다. 케리앤이 설명했다.

"발을 꼭 중심에 두세요. 안 그러면 균형을 잡을 수가 없거든요."

그리고 이렇게 덧붙였다.

"일어선 다음에는 더 좋은 자세를 잡기 위해서 발을 움직여도 괜찮아요."

"알겠어요. 해볼게요."

다시 물로 들어가서 파도가 부서지는 지점 바로 안쪽, 임팩트 존impact zone이라고 부르는 구역까지 걸어갔다. 거기서 화이트워터가 생기는 좋은 타이밍을 기다렸다가 그 앞에서 스트로크를 천천히 다섯 번, 이어서 강하고 빠르게 세 번 했다. 팔로 몸을 밀어 올리며 발을 끌어와 보드 위에 일순 일어섰다가 물로 떨어졌다. 나는 일어나서 보드를 되찾은 뒤 다음 화이트워터가 몰려오기를 기다렸다가 다시 시도하고 결국 또 떨어졌다. 시도할수록 떨어지는 횟수도 늘어났다. 나는 주로 왼쪽으로 떨어졌다. 발을 앞에 둘 때 완전히 중심을 밟지 못하는 것이 원인이었다. 바른 위치로 옮기려 해보았지만 발은 조각상이 되어 보드에 철썩 붙기라도 한 듯이 움직이지 않았다. 꼭 몬토크에서 첫 강습을 받았을 때로 돌아간 것 같았다. 그로부터 일 년이 넘게 지났는데 나는 출발선으로 되돌아와 있었다. 강습이 끝날 무렵에는 조금 나아진 것 같았지만 여전히 내가 도달했어야 할 수준에 한참 못 미친 기분이 들었다.

"재미있었어요!"

캐럴린이 해변을 걸어 올라 트럭으로 향하면서 말했다.

"네, 재미있었어요."

나는 머뭇대며 말을 이었다.

"그런데 팝업이 왜 그렇게 잘 안 됐는지 모르겠어요. 보통은 잘 일어설 수 있었거든요."

"장소가 바뀌어서 적응하느라 시간이 좀 걸리는 거 아닐까요?"

대나무 숲 그늘로 들어서며 나는 좀 더 활기차게 대답했다.

"그럴지도요. 아니면 보드가 더 커야 하는지도 모르겠어요. 보통 때 타던 것보다 거의 1피트는 짧거든요."

얼른 샤워를 하고 간식을 먹은 다음 본관으로 돌아온 우리는 요가 스튜디오로도 쓰이는 나무 마루가 깔린 방에 모여 첫 이론 수업을 들었다. 해리가 벽에 지도를 걸고 노사라가 세계에서 가장 서핑에 적합한 장소인 이유를 설명했다. 노사라의 해변 대부분, 특히 우리가 있는 해변은 태평양 쪽으로 튀어나온 코스타리카 서해안을 따라 길게 뻗어 있다. 약 1억 6000만 제곱킬로미터에 달하는 열린 바다에 그대로 노출되어 있는 것이다. 앞을 가로막는 땅덩어리가 없어서 이동해온 너울이 거의 180도에 가까운 호를 그리며 도달한다.

"그래서 남태평양에서 생겨난 폭풍이 질주하면서 타히티에 괴물 같은 파도를 몰아오면⋯⋯."

해리가 열정적으로 말을 이었다.

"며칠 뒤에 이쪽으로 파도가 옵니다. 겨울에 북태평양에서 폭풍의 활동이 강해지면 하와이에 어마어마한 너울이 발생하고 며칠 지나면 이쪽으로 파도가 옵니다. 그리고 허리케인이 빙빙 돌면서 멕시코 해안을 떠나면⋯⋯."

해리는 잠시 멈추더니 목소리를 낮춰 같은 말을 속삭였다.

"이쪽으로 파도가 옵니다."

그러니까 태평양 어디에서든 폭풍 비슷한 것이 일어나면 노사라에 파도가 온다는 뜻이었다. 한 시즌에는 괴물 같은 파도가 해

안에 폭탄 터지듯 몰아칠지 몰라도 다른 시즌에는 고요한 호수와
도 같은 세상의 수많은 서핑 명소와는 다르다는 것이다. 예를 들
어 이름 높은 하와이 오하우의 노스 쇼어는 겨울이면 프로 서퍼
들을 자석처럼 끌어들인다. 주기적으로 생기는 9미터짜리 파도
를 타러온 서퍼들이 넘쳐난다. 반면 여름에는 신입 서퍼들과 수
영을 즐기는 사람들이 평화롭게 뛰노는 바다가 된다.

하지만 기후에는 예측 가능한 일반적인 주기와 패턴이 있는—
아니면 적어도 있었다고 할 수 있다—반면 파도는 파도를 만드는
조건들과 마찬가지로 변덕스럽다. 파도의 발생은 많은 부분이 여
전히 예측과 상상이 불가능하며 미지에 싸여 있다. 서퍼들이 아
마추어 기상 예보관 또는 폭풍 사냥꾼storm chaser이 되고 마는 데
는 이런 이유도 있을 것이다. 이들은 저기압의 위치 변화를 놓치
지 않고, 전 세계 탐지 부표들이 위성을 통해 전송한 대기압, 풍향
및 풍속, 대기와 해수 온도, 파도 에너지 측정치 판독 정보를 받아
언제 어디서 다음 파도를 탈지 궁리한다.

옛날 하와이인들은 좋은 파도를 부르는 의식 중 하나로 나팔꽃
몇 줄기로 물을 치면서, '길고 맹렬한 파도'가 일어나기를 간절히
기도했다. 한편 현대의 기상 예측 체계는 제2차 세계 대전에서 기
원한다. 연합군은 디데이D-Day에 이루어진 노르망디 상륙 작전
등의 해안 공격을 계획할 때 스크립스 연구소의 해양학자들이 보
낸 파도 예측을 고려했다. 서퍼들과 기상학자들은 수십 년 동안
계속해서 그들의 예측을 개선하고 전파했다. 1980년대에는 보기
좋게 요약된 기상 정보를 제공하는 서비스가 캘리포니아 남부에

서 쏟아져 나왔다. 그 선구자 중 하나인 서프라인Surfline은 통화 한 건당 비용을 지불받는 전화 예보 서비스를 시작해, 한 달에 4백만 이상의 페이지 조회수를 자랑하는 온라인 기상 예보 및 멀티미디어 사이트로 성장했다.

서핑 캠프에서는 그런 문제를 신경 쓸 필요가 없었다. 해리와 케리앤이 일기 예보와 다른 선두 웹사이트 매직시위드Magicseaweed의 예측을 샅샅이 살펴보고 그에 맞추어 그날의 일정을 조정했기 때문이다. 우리는 그저 칠판을 확인하고 나오기만 하면 되었다.

점심을 먹은 다음 캐럴린과 나는 숙소로 돌아가 앞쪽 테라스의 콘크리트 바닥에서 팝업을 연습했다. 그리고 다음 서핑 강습 시간에 나는 10-2 보드로 갈아탔다. 하지만 제대로 자세를 잡고 똑바로 서 있는 시간은 여전히 수 초에 지나지 않았다. 케리엔과 티니스가 나를 도와주려고 물 밖으로 불러서 여러 가지 다른 접근법을 보여주었다. 그중 하나는 팝업을 여러 단계로 나누어 하는 것이었다. 네 발로 기듯 엎드려 몸을 들어 올리고, 한 발을 앞으로 내민 다음 엉덩이를 내려 반쯤 앉는다. 다른 다리를 당기면서 일어선 뒤 엉덩이를 흔들어 무게 중심을 앞으로 옮기며 보드에 속력을 붙인다. 이렇게 해보았지만 큰 도움이 되지는 않았다.

도착하기 전에는 일주일 내내 실력을 쌓을 생각에 들떠 있었다. 뉴욕에 돌아가면 마음대로 파도를 잡고 해안선과 나란히 파도를 타면서 로커웨이 강사들을 깜짝 놀라게 해주겠다는 꿈에 젖었다. 그 꿈을 너무너무 이루고 싶었지만 아무리 노력을 기울여도 소용없는 것 같았다. 나는 그냥 잘하는 게 없고 결코 잘하게 되지 못할 것이다. 캐럴린은 매번 일어서는 것처럼 보였고 나머지 넷은 특정 각도에서 팝업을 하는 법, 파도를 타는 법, 파도가 부서져도 계속 서 있는 법을 배우고 있었다. 다들 나보다 어리고 건강했으며 훨씬 더 큰 재미와 성공을 누리는 것 같았다. 강습 중에 찍은 동영상이 그 증거였다. 각자 배우는 기술을 보강하기 위해 해리가 동영상을 돌려보며 모두의 파도 타는 모습을 분석해주었다. 내 것만 빼고. 내가 파도를 탄 횟수가 너무 적어서 카메라에 거의 잡히지 않았기 때문이다. 나는 누가 봐도 이 그룹의 느림보였다. 보드를, 제일 큰 내 보드를 힘겹게 들고 갈 때조차 꼴찌를 도맡았고 항상 보충 훈련이 필요했다. 강습 도중에 모래 위에서 팝업 연습을 하고, 배만큼 큰 특수 소프트톱 보드 위에서 회전 연습을 하고, 강습과 강습 사이에 물속에서 추가 훈련을 했다. 그런데도 여전히 나는 엉망, 진창, 엉망, 진창이었다. 날이면 날마다. 밤에 자려고 누우면 머릿속에서 고장 난 라디오처럼 똑같은 소리가 맴돌았다. **왜 이렇게 안 되는 거야? 다른 사람들은 왜 다 저렇게 쉽게 하는 거지? 내가 이걸 할 수 있기는 할까? 왜 이렇게 늦게 시작했을까?** 서핑은 내 바람대로 이루어지지 않았던 인생의 다른 많은 일과 같았다. 내가 그것을 원한다는 사실을 너무 늦게 깨달았기 때문이다.

○○○

수요일에 나는 쉴 준비가 되어 있었다. 그날은 일정상 휴일이었다. 코치들이 강사 연수를 받으러 가서 강습 일정을 손보는 동안 우리는 자유 시간을 받았다. 잠깐 서핑을 하고 싶다면 보드를 가져가도 괜찮았지만 나는 전신이 욱신거려서—손가락, 발가락까지 아팠다—물속에서 허우적거리는 일은 마지막의 마지막까지 피하고 싶었다. 우리는 리조트 패키지에 포함된 액티비티—집라인, 승마, SUPStand Up Paddle 보드, 마사지—중에 하나를 선택할 수 있었다. 나는 마사지를 택했지만 국립 공원 관리인인 제니퍼가 보트를 타고 운하를 따라 내려가며 지역 동물을 관찰하는 보트 여행을 예약했다고 해서 아침에 제니퍼를 따라가기로 했다.

"제가 새를 좀 좋아해요. 특이하죠?"

제니퍼가 쌍안경을 들고 웃으며 말했다. 가이드는 작은 배에 우리를 태우고 바다에서 구릉 지대와 정글 속으로 수 킬로미터에 걸쳐 구불구불 이어지는 좁은 물길로 들어섰다.

"다양한 종을 많이 볼 수 있으면 정말 좋겠어요."

"와, 저도요. 저는 새 마니아는 아니지만 보게 되면 너무 좋더라고요. 전에 캐나다에서 카약킹을 하다가 흰머리수리를 실제로 본 적이 있는데 숨이 멎는 것 같았어요."

"맞아요, 경이로운 새죠. 새 관찰을 하게 돼서 기뻐요."

제니퍼가 쌍안경을 들어 올리며 대답했다.

우리는 고요 속에서 적막을 깨는 새들의 꽥꽥, 짹짹 소리를 들으며 구름 덮인 하늘이 비치는 잿빛 물 위를 미끄러져 나아갔다. 가끔씩 시야 끄트머리에 움직임이 비쳐 몸을 돌리면, 다리가 막대기 같고 살진 몸통은 강청색 깃털에 덮여 있고 머리에는 노란 빛 줄이 있는 왜가리가 강둑의 진창에 서 있거나, 날개 가장자리가 빨간색인 형광 초록색 앵무가 나무에 앉아 있거나, 새파랗고 까만 작은 생물이 머리 위를 푸득대며 날아가는 것을 보았다.

"아름다워요."

제니퍼가 가끔 중얼거렸다. 계속 쌍안경을 대고 이쪽저쪽을 보고 있었다.

"그저 아름다워요."

갑자기 노란색이 도는 초록 나뭇잎과 흐드러진 라벤더 꽃 사이에서 검은 털이 보송보송하게 난 가는 팔이 흔들리는 게 보였다.

"원숭이가 있어요."

내가 숨을 들이켜며 말했다.

"짖는원숭이예요. 여기선 모노 콘고mono congo라고 부르죠."

가이드가 설명했다. 나는 원숭이가 가지에서 잎을 쥐어뜯는 모습을 지켜보았다. 자그마한 영장류가 아침 먹는 광경을 겨우 몇 미터 떨어진 곳에서 볼 수 있다니, 마술에 걸린 듯 머리가 멍했다. 문명으로부터 완전히 고립된 것은 아니었지만 나는 분명 집에서 아주 멀리 떨어진 야생 속에 있었다.

그날 오후에 여러 명이 오두막에 모였다. 텔레비전에서 서핑 대회 DVD가 재생되는 동안 제니퍼는 서핑 기술에 대한 책을 넘겨 보고 있었다. 나는 에번이 지난주에 들었다는 인명 구조원 강좌에 대해 그와 이야기를 나눴다. 에번이 말했다.

"힘들었어요. 하지만 굉장히 좋았죠. 우리 그룹에 나이 지긋한 여성분도 계셨어요. 종종 들르시고 마지막 날 아침에는 진짜 맛있는 바나나 머핀을 만들어주셨어요. 예순쯤 되셨는데 수업을 아주 잘 따라오셨지요."

"와, 투지가 대단하신 것 같아요. 건강 관리를 정말 잘하시나 봐요."

어렸을 때 하이애니스 해변에서 미국 적십자사 프로그램을 통해 수영을 배웠던 일이 기억났다. 수상 안전, 생존, 구조에 역점을 둔 프로그램이었다. 나는 엎드려 뜨기, 서서 헤엄치며 청바지로 구명조끼 만들기 등, 긴 과정을 통과하고 주니어 인명 구조원이 되었지만 내 훈련은 거기서 끝났다. 거기까지가 내 한계라는 걸 알 수 있었다. 나는 성인 인명 구조원 시험을 치는 언니를 보았다. 언니는 일렁이는 거친 잿빛 파도를 가르며 영원 같은 시간 동안 헤엄을 치고 치고 또 쳐야 했다. 내가 그걸 해낼 수 있을 것 같지 않았다.

"맞아요, 놀라운 분이시죠. 마흔일곱에 서핑을 시작해서 계속하고 계세요. 지금은 숏보드를 타시고요." 에번이 말했다.

나에게도 아직 희망이 있어. 이렇게 생각하며 일어나 맥주를 들었다. 나는 오두막 안을 둘러보며 이런 곳에 올 수 있었던 행운에 감탄했다. 여기서는 모두가 서핑에 푹 빠져서 서핑 문화를 적극적으로 받아들였다. 게다가 아름다운 새들과 짖는원숭이들과 맑고 따뜻한 바다와 내 뜻대로 할 수 있는 일, 배우자나 아이에 대한 의무에 얽매이지 않고 어쨌거나 내가 선택한 활동이 있었다.

맥주를 한 모금 마시자 따끔따끔한 거품이 입 안을 채웠다. 나는 에번과 함께 인명 구조원 강좌를 들은 여성처럼 60대에 숏보드를 탈 수 있을지도 모른다. 아니면 탈 수 없을지도 모른다. 롱보드로 보통 수준까지 올라가서 작은 파도나 중간 크기 파도만 스스로 타게 되는 데 그칠 수도 있다. 그것도 못 할 수 있고. 내가 얼마나 멀리 갈 수 있을지는 모르지만 이 순간 나는 여기에 있었다. 배우고 성장하고 나를 둘러싼 환경을 즐길 기회가 있었다. 지금으로서는 그 정도면 끝내주게 좋았다.

다음 날 오후, 캐럴린과 나는 케리앤을 만나 수영장에서 보드를 타며 기술 강습을 받았다. 배울 기술은 신비의 터틀 롤이었다. 그다음 날은 마지막 서핑 강습일이었고, 케리앤이 내일은 우리가 "뒤쪽으로 나갈" 차례라고 했다. 나는 여전히 일어나는 데 애를 먹고 있었고, 그날 아침에 화이트워터에서 몇 번 조그만 파도를 겨우 탔지만 내가 아웃사이드에서 부서지지 않은 파도—그린 green이라고 부른다—를 탈 수 있을지 자신이 없었다.

"음, 아침에 상황을 봐야겠지만 떠나기 전에 아웃사이드로 나가보는 건 굉장히 좋은 경험이 될 거예요. 어찌 됐든 터틀 롤은 배워두면 좋은 기술이에요." 케리앤이 말했다.

알고 보니 터틀 롤은 롱보드를 타고 패들링을 해서 부서지는 파도를 통과해 아웃사이드로 나가기 위한 기술이었다. 로커웨이에서는 몰라도 큰 문제가 되지 않았다. 하지만 일반적으로는 파도를 잡으려고 애쓰기 전에 우선 아웃사이드로 나가야 한다. 운이 좋다면 보드를 탄 채 수월하게 헤엄쳐가거나 심지어 걸어서도 파도를 넘어갈 수 있다. 하지만 가끔씩, 특히 더 좋은 파도가 오는 중요한 날에는 우르릉거리며 부서지는 포말의 열들을 차례차례 통과해야 한다. 그러다 보면 파도의 위력에 휩쓸려 해안으로 다시 밀려가기 딱 좋다. 그 수라장을 넘어가기 위해 숏보드 사용자는 덕 다이브duck dive—에번이 우리보다 앞서 수영장에서 연습했던 것이다—라는 기술을 쓸 수 있다. 해변에서 다들 하듯이 단순히 부서지는 파도 밑으로 잠수하는 동작처럼 보이지만, 보드의 노즈 부근을 잡고 한쪽 발로 테일을 누르면서 물속으로 잠수한다는 점이 다르다. 그러나 롱보드는 볼륨과 부력이 너무 커서 덕 다이브를 할 수가 없다. 롱보드를 탄 채로는 파도 밑으로 잠수하기가 너무 어려운 것이다. 그래서 케리앤은 덕 다이브 대신 쓸 수 있는 터틀 롤을 설명해주었다. 파도가 이미 부서졌거나 가까이에서 부서지려고 하면 곧장 빠르게 나아가면서 옆으로 돌아 보드를 뒤집고 보드 아래쪽에 매달린다. 위로 덮쳐오는 물을 그대로 노즈로 뚫고 나간 다음 보드를 원래대로 뒤집고 다시 팔을 저어 나아간다.

"원래대로 다시 돌아올 때 보드에 안착하기 쉽도록 회전할 때의 추진력을 이용하면 좋아요. 한번 보여줄게요."

케리앤이 말했다. 물 흐르는 듯한 동작 한 번으로 케리앤은 휙 돌아 보드 아래로 몸을 감추었다가 노즈를 앞으로 밀면서 원상태로 돌아왔다. 그 모든 움직임은 우아하고 강하고 확실했다. 마치 보드와 함께 물속에서 파드되를 추는 듯했다. 내 시도는 매끄럽다고 할 수는 없었지만 어쨌든 나도 쓸 수 있는 서핑 기술이 마침내 하나 생겼다. 헷갈렸지만 어렵지는 않았다. 몇 번 돈 뒤에야 앞으로 나아가게 하려면 내 기준에서 노즈를 뒤로 밀어야 한다는 사

발레에서 두 사람이 추는 춤.

실을 깨달았다. 그렇지만 원래대로 돌아올 때 어느 방향으로 돌아야 추진력을 활용할 수 있는지는 기억하기 힘들었다. 그래도 썩 잘하게 된 느낌이 들었다. 최소한 수영장에서는. 늘 그렇지만, 바다로 나가면 이야기가 완전히 달라진다.

○ ○ ○

캐럴린, 케리앤, 티니스, 나는 깊은 물속에 서 있었다. 보드를 잡고 수평선을 바라보며 패들링을 시작할 순간을 기다리는 중이었다. 늦은 오후, 함께하는 마지막 서핑 강습이었다. 파도는 연이어 다가오다가 솟아올라 뛰어나온 바위들을 겨우 넘으며 부서져 내렸다. 나는 파도를 열둘까지 세다가 멈추고 정말로 갈 수 있는 건지, 새로 배운 터틀 롤 기술을 해낼 수 있을지 고민했다.

"타이밍을 제대로 잡으면 터틀 롤을 할 필요도 없어요. 얼굴 적시지 않고 그냥 팔만 저어 가면 되죠."

아까 케리앤은 이렇게 말했지만 우리 쪽으로 맹렬히 몰아치는 흰 거품을 보니 그 말이 믿기지 않았다.

파도를 넷, 아니 대여섯 보낸 뒤 케리앤이 가라고 하면서 보드에 올라타 팔을 젓기 시작했다. 나도 숨을 들이마시고 뛰어올라 자세를 잡으려 했지만 깊은 물이 걸리적거려 보드 위에 몸이 애매하게 얹히고 말았다. 하반신도 끌어 올리려고 버둥거렸지만 보드 위로 쭉 뻗어 있는 팔은 움직이지 않았고 다리를 허우적거려도 소용없었다. 다시 시도했고 다시 실패했다.

"어서요. 지금 가야 해요."

케리앤이 나를 돌아보며 말했다. 팔짝 뛰면서 몸을 꿈틀꿈틀 비틀어 마침내 보드에 올랐고, 비뚜름한 자세로 고개를 숙인 채 팔로 물을 파내기 시작했다. 그러다가 얼굴을 들자 반투명한 벽이 내 앞 멀지 않은 곳에서 솟아오르는 것이 보였다. 비치는 종이처럼 무척 예쁘고 창백했지만 한없이 위협적인 그 벽이 물마루에서 흰 가루를 뿜어내며 아래로 휘어들기 시작했다. 벽이 무너질 때, 내 쪽으로 휘몰아치는 거품 더미를 향해 팔을 힘차게 저으며 몸을 뒤집고 보드에 매달렸다. 세찬 물결이 머리 위로 지나가자 보드는 잘못 놓인 세탁기처럼 흔들리며 해안 쪽으로 끌려갔다. 보드를 미는 동작을 잊었던 것이다. 나는 몸을 뒤집어 물 위로 올라왔다. 되돌아가려고 해류에 맞서 필사적으로 발을 차자 다시 앞으로 움직이기 시작했지만 또 다른 괴물이 몸을 일으키는 모습이 보였다. 이미 지쳤지만 팔을 휘저어 나아갔고 파도가 내 앞에 펼쳐졌다. 숨을 들이쉬고 재차 몸을 뒤집었다. 이번에는 노즈를 밀어넣는 걸 잊지 않았다. 그러고 나서 수면 위로 다시 떠오른 나는 코로 바닷물을 들이켜고 보드에 매달린 채, 제대로 돌아온 게 맞는지 확인했다. 기침을 하고 숨을 헐떡이며 일이 초쯤 그대로 매달려 있다가 몸을 치켜올리고 팔을 마구 저어 나아가려고 했다.

케리앤이 앞에 나타났다. 그는 팔로 물을 저으면서 한쪽 다리를 굽혀 뒤쪽으로 들어 올리고 있었고, 리시가 그 발목에서 달랑거렸다. 케리앤이 말했다.

"내 리시를 잡아요. 나머지는 내가 끌어줄게요."

케리앤의 리시를 향해 겨우겨우 손을 뻗었지만 케리앤이 앞으로 움직이기 시작하는 바람에 공기와 물만 잡혔다. 마침내 리시를 잡고 매달려 한 팔로 슬슬 물을 젓자 케리앤이 나를 아웃사이드까지 끌고 갔다. 나는 천천히 몸을 당겨 앉아 보드 위에 엎드렸다. 서서히 힘이 돌아와 온몸으로 퍼져나가는 것이 느껴졌다.

"고마워요. 케리앤이 없었으면 여기까지 못 왔을 거예요."

"아주 잘했어요. 타이밍 잡는 건 원래 연습이 좀 필요해요."

용기를 얻고 더 똑바로 앉았다. 나도 이제 아웃사이드로 나왔다. 머리는 젖었고 끌어줄 사람도 필요했지만 마침내 다른 모두와 함께 수평선을 바라보며 파도를 기다리고 있었다.

"잡아도 될 만큼 경사가 충분할까요?"

몇 분 뒤, 케리앤이 질문했다. 우리는 피크가 솟아올라 우리 쪽으로 밀려오는 모습을 지켜보고 있었다. 나는 혼란에 빠졌다. 부서지지 않은 파도를 판단하기에는 경험이 너무 적어서 뭐라 말할 수 없었다. 나는 파도의 경사면과 두툼한 립을 보며 아닌 것 같다고 생각했다.

"음, 아닐까요?"

"맞아요, 아니에요."

케리앤이 대답했다. 우리는 줄곧 앉아서 몇 초 사이에 오묘하게 빛나는 유백색 물결이 희망처럼 솟아올라 터키석과 산호와 크림 빛깔로 빛나는 모습을 바라보았다. 다음 파도도 비슷하게 변했고 역시 잡아탈 만큼 가파르지는 않았다.

"도세요."

케리앤이 날카로운 낯선 목소리로 지시했다. 흉골 아래가 두근 거렸다. 파도가 오는 게 틀림없었다.

"패들링 시작하세요."

일주일 내내 노력한 대로 유연성과 리듬을 유지하려고 애쓰면 서 하나, 둘, 셋, 넷, 다섯을 세며 팔을 저은 다음, 팔을 물속 깊이 뻗어 온 힘을 다해 물을 끌어당기며 힘차게 세 번 파워 패들을 했 다. 그러자 갑자기 파도 위에 올라와 있었다. 보드의 노즈 끝이 금 빛과 푸른빛이 어우러지며 움푹 파인 곳으로 향했고 테일은 그 어떤 때보다 높이 들린 느낌이었다. 양쪽 레일을 잡고 페이스를 따라 아래로, 아래로, 아래로 내려오는데 나를 둘러싼 물이 으르 렁대며 포효하다가 굉음을 냈다. 나는 숨을 깊이 들이쉬고 큰 소 리로 팝업 단계를 차례차례 읊었다.

"네 발로 엎드려, 발 내밀어, 일어서, 엉덩이 당겨, 팔 뒤로."

순식간에 나는 일어서서 파도를 타고 해안을 향해 쌩 달리고 있었다. 처음에는 대포알을 탄 것 같았지만 곧 착한 마녀 글린다* 처럼 유리 비눗방울을 타고 떠 있는 것 같았다. 시간이 느려지고 공간이 열리고 갑자기 귀마개라도 낀 듯 물소리마저 잦아들었다. 막 지려는 해가 모든 것을 호박색과 복숭아색과 분홍색으로 물들 였다. 해안의 야자수와 대나무 숲 쪽으로 쭉 나아가는 동안 곧 멈 추게 될 거라고 짐작했다. 하지만 그렇지 않았다. 보드는 앞으로, 앞으로, 앞으로 흔들림 없이 매끄럽게 나아갈 뿐이었다. 파도가

● 《오즈의 마법사》의 등장인물.

부서질 때 살짝 밀리는 느낌이 들었지만, 나는 계속 서서 울퉁불통한 화이트워터로 서서히 들어섰다. 일주일 내내 강습을 받았던 화이트워터는 이제 친숙했다. 그대로 해안으로 미끄러진 나는 보드에서 내려와 허리를 굽혀 보드를 집어 들고 마침내 숨을 돌렸다. 몸을 돌리자 케리앤이 물장구를 치며 내 쪽으로 질주해오는 모습이 보였다. 케리앤은 계속 곁에 머물며 내가 초조해할 때조차도 인내심과 결단력을 결코 잃지 않았다.

"굉장했어요! 너무 자랑스러워요!"

우리는 물속에서 껴안고 팔짝팔짝 뛰었다. **너무 자랑스러워요.** 내 삶에서 나에게 이 말을 해준 사람은 아주 오랫동안 없었다. 어머니도, 배우자도, 물론 칭찬에 인색했던 아버지도 해주지 않았다. 가슴이 먹먹하고 목이 막히고 눈물이 흘러 뺨을 적신 바닷물과 뒤섞였다. 바로 그렇게, 나도 내가 자랑스러웠다. 그 많은 실패와 좌절을 끝까지 견뎌낸 내가, 결과보다 경험에 집중하는 법을 알아낸 내가, 나 자신에 대한 믿음을 되찾은 내가 자랑스러웠다. 나는 힘겹게―봄에 로커웨이에서 만났던 여성처럼 힘겹게―발전을 얻어냈고 그건 내가, 얼마나 많은 시간과 노력이 들지 모르지만, 언젠가는 정말로 서퍼가 될 수 있다는 뜻이었다.

구름 한 점 없는 하늘 아래, 금속처럼 반짝이는 선명한 푸른빛 바다가 내 밑에 펼쳐져 있었다. 추워서 뿌예진 지하철 창 너머로 보아도 어찌나 또렷하고 생생한지 색을 따로 입힌 옛날 영화 같았다. 나는 덜컹거리며 브로드 채널의 철교를 건너 로커웨이로 향하는 열차를 타고 있었다. 1월 말을 앞둔 어느 토요일 오후, 일주일 전에 해변 방갈로를 매입하는 절차가 마무리되었지만 아직 그곳에서 밤을 보낸 적은 한 번도 없었다. 일단 가구가 전혀 없어서 침낭과 깔개를 가져가기로 했다. 캘리포니아의 대학에서 펠로십을 받았을 때, 지질학과 학생 및 교수 들과 데스 밸리로 연구 여행을 가려고 마련한 장비였다. 텐트 밖 황야에서 바람이 윙윙대고 코요테가 울부짖는데도 나는 놀랍도록 깊이 잠들었다. 그래서 로커웨이 비치 집의 흰 비닐 장판 바닥에서 자더라도 이 침구가 있으면 괜찮을 거라고 생각했다.

배낭을 기차 문에 기대어놓은 채 서 있는데 건너편에 있는 남자가 나를 바라보는 느낌이 들었다. 빈 쇼핑 카트에 의지해 선 남자는 올리브색과 빨간색이 섞인 두꺼운 타탄 울 재킷과 추운 날씨에는 너무 얇아 보이는 낡은 검은색 면바지를 입고 있었다. 숱적은 검은 머리는 이마에 달라붙어 번들거렸고 턱선을 따라 수염이 까칠하게 나 있었으며, 튀어나온 눈은 충혈되어 있었지만 눈동자는 저 아래 물처럼 파랬다. 남자는 위협적이지도 친절하지도 않아 보였다. 그저 좀 울적한 것 같기도 했고, 기차가 흔들려서인지, 술을 마셔서인지, 둘 다인지는 모르지만 비틀거리고 있었다.

"이봐요."

남자가 불렀다. 목소리가 걸걸했다.

"해변에 뭐 캠핑 같은 거 하러 가요?"

남자는 내가 에스프레소 주전자, 커피, 다른 장비 몇 가지와 함께 토트백에 던져 넣은 침구를 가리키며 말했다.

"밖이 얼어 죽게 추운데."

나는 웃었다.

"아니에요. 집을 막 샀는데 가구가 없어서요. 그래서 이걸 깔고 잘 거예요."

뭐 하는 거야? 모르는 사람한테 내 얘기를 왜 해? 갑자기 이런 말이 나를 사로잡았다. 내가 1970년대에 받았던 가정 교육의 피해망상 망령이 귓가에 대고 속삭이는 것 같았다. 그때는 지하철에서 낯선 사람이 말을 걸면 실제로 궁지에 빠질 가능성이 높았다. 이 남자가 나를 궁지에 빠뜨릴 가능성은 아주 낮아 보였지만, 그래도 내가 지하철 안을 훑으며 빠져나갈 길을 찾는 대신 대꾸를 하고 있다는 사실에 놀랐다.

"음, 잘해보쇼."

남자가 콧방귀를 뀌었다. 반도 쪽으로 내려가기 시작한 열차가 만에 말뚝들을 박고 그 위에 지은 오래된 방갈로들을 지나쳤다.

"나는 떠날 거예요. 극장을 없애버려 가지고 술 마시는 것밖에 할 일이 없거든."

남자의 목소리가 점점 더 커졌다.

"더는 못 참겠어. 내일 저지로 이사 갈 거요."

"영화 볼 데가 정말 한 군데도 없어요?"

"없어요. 로커웨이에는 없어요. 무언가를 할 수 있는 곳이 한 군데도 없어요. 아까 술밖에 못 마신다고 했잖아요. 그러니까 떠나야지."

로커웨이가 대체 어떻길래? 이런 생각을 하는데 열차가 내가 내릴 역에 서서히 멈췄다.

"저도 잘되시길 바랄게요."

이렇게 말하며 가방을 챙겨 문으로 향했다. 문이 열리고 얼음처럼 찬 바람이 얼굴을 때리는 순간, 그렇게 많이 오고서도 내가 이 동네를 거의 모른다는 사실을 깨달았다. 제대로 가본 곳은 서핑 강습을 한 바다와 밥네 집이 전부였으면서 굳이 로커웨이를 고집하며 그냥 뛰어들었다. 게다가 완전히 로커웨이로 이주할 생각은 없으면서, 이제는 잠깐 다녀가는 동안에 여기서 할 일이 없을까 봐 초조해하고 있었다.

추위를 뚫고 터덜터덜 걸어 내 집이 있는 동네에 이르자 그런 느낌은 서서히 사라졌다. 해변 위로 펼쳐진 하늘과 블록 끝 산책로의 철제 난간이 '어서 오세요'라고 쓰인 현관 매트처럼 이리 오라고 손짓하는 것 같았다. 식료품은 가져오지 않았지만 냉동고에는 풋콩 한 봉지가, 냉장고에는 브루클린 라거 여섯 캔 묶음이 들어 있었다. 계약을 마무리하는 날 전 집주인이 건네주는 걸 깜빡한 열쇠를 받으러 갔더니 집들이 선물로 준 것이었다.

나는 집 안으로 들어가 가방을 내려놓고 난방을 켰다. 코트를 입은 채 맥주를 한 캔 꺼낸 뒤 거실 한복판에 누군가가 두고 간 검은색 접이식 의자에 앉자, 현관 옆 밝은 파란색 벽에 여전히 붙어 있는 개들의 하얀 솜털과 전에는 눈치채지 못했던 작은 해변 그림들이 눈에 들어왔다. 파도 위의 서퍼, 야자수와 태양, 비치 볼, 파라솔, 양동이, 삽, 비치 샌들 한 켤레가 현관문 옆 창문들 사이에 띄엄띄엄 그려져 있었다. 이 집에서는 제로부터 시작할 것이다. 부모님 집에서 독립해 첫 아파트를 얻은 이래 일곱 집을 거쳤다. 첫 아파트는 브루클린 번화가 철길 옆에 자리한 곧 무너질 듯한 건물이었다. 아버지는 길 건너편의 생선 가게와 세탁소 옆에 포르노 극장이 있다는 사실보다 거기가 뉴욕 외곽이라는 사실에 더 경악했다. 내가 아버지가 절대로 발을 들여놓지 않을 동네로 이사한다는 사실을 알게 되었을 때 아버지는 크게 화를 냈다. "다이앤, 뉴욕으로 오는 전 세계 사람들은 맨해튼에 살러 오는 거다. 브루클린이 아니고." 수십 년에 걸쳐 내가 선택한 지역은 이런저런 이유로 점점 더 뉴욕 중심에서 멀어졌고, 회사에서 거의 30킬로미터는 떨어진 이곳이 그중 가장 멀었다. 내가 스스로 발견하고 결정한 유일한 곳이기도 했다. 남자친구, 남편, 가족의 조언은 전혀 받지 않았다. 이곳은 베드-스타이의 집과 다르게 꾸미고 싶었지만—해변이 느껴지는 트인 공간으로 만들면서 주변에 감도는 오래된 공장 분위기를 아주 약간 더할 것이다—크게 뭘 바꾸기 전에 일 년은 기다릴 생각이었다. 그래도 가능한 한 많은 벽을 철거하고 바닥에 앉을 수 있도록 비닐 장판을 마룻바닥으로 바꾸고 싶은 것만은 확실했으므로, 이 개조만큼은 당장 진행하기로 결심했다.

맥주를 한 모금 마시고 코트를 벗은 뒤 줄자와 메모지를 꺼내 평면도를 구상하기 시작했다. 좀 이따가 동네 피자 가게에 피자나 사러 가야겠다고 생각했다. 조리 도구가 하나도 없었기 때문이다. 모든 방을 돌아다니며 치수를 재고 평면도를 그려보고 침대는 어디에 놓을까, 벽장을 어떻게 활용할까, 어디에 서프보드를 넣어둘까 상상했다. 나는 아래층으로 내려와 가방에서 망치와 쇠지레를 꺼내 원래 집의 정면이었던 곳에 세워진 칸막이 벽 중 하나로 다가갔다. 칸막이 벽을 모두 없애고 싶었지만 제대로 달려들기 전에 이 벽들이 하중을 지탱하는지 알아내야 했다. 나는 주택 개·보수를 몇 번 감독해봤다. 철거나 건축을 직접 경험한 적은 많지 않지만, 이혼 후에 브루클린의 주택에 세줄 방을 만드느라 골조 아닌 부분에 손을 댄 적이 있었다. 그때 나는 수납장을 밤늦게까지 지긋지긋할 만큼 사포로 문지르고 밑칠을 하고 비구름이나 라쿤 퍼 같은 회색 톤으로 칠했다. DIY 건축 서적을 보고 욕실 석고 벽에 난 가로 60센티미터, 세로 90센티미터쯤 되는 뚫린 부분을 메웠다.

여기에 오기 며칠 전에 인터넷에서 하중 지탱 골조가 무엇인지 찾아보았다. 그 이미지를 떠올리며, 거실 쪽으로 튀어나온 모서리 근처 벽에 구멍을 뚫기 시작했다. 망치에 달린 톱니를 움직여 청록색 벽면에 가로선을 그은 다음 쇠지레를 써서 석고 덩어리를 뜯어냈다. 쉬운 일은 아니었지만—대형 망치를 쓰면 더 나았을 것이다—15분쯤 뒤, 나는 땀을 흘리며 내부 구조를 볼 수 있을 만큼 큰 구멍을 내는 데 성공했다.

그것은 하중을 지탱하는 벽이었다. **젠장.** 나는 벽 두 개를 내 손으로 들어낼 수 있을지도 모른다고 기대하고 있었다. 벽이 없으면 어떤 공간이 될지 보고 싶기도 했지만 더 큰 이유는 빨리 시작하고 싶어서, 어서 나만의 공간을 만들고 싶어서 안달이 났기 때문이었다. 지난 사 년 동안 나는 붕 뜬 느낌으로 살아왔다. 큰 공간에서 살다가, 타운하우스를 팔지 않으려고 그 안에 만든 여러 작은 셋집 중 하나로 이사했다가, 캘리포니아에 갔다가, 베드-스타이로 옮겼다. 내 인생이 원래 갔어야 할 어딘가로부터 임시 격리된 느낌이 들었고, 나는 그저 삶을 시작하고 싶었다.

힘을 썼더니 피곤해져서 위쪽 침실 중 하나로 올라가 바닥에 앉았다. 벽에는 마음이 편안해지는 복숭아 그림이 그려져 있었고, 공동 텃밭이 내려다보이는 창문 위에는 'GOODNIGHT, MY LOVE, GOODNIGHT, MY EVERYTHING'이라는 문구가 스텐실로 찍혀 있었다. **이 집에서는 어떤 일을 겪게 될까?** 울적하면서도 들뜬 마음으로 스스로에게 물었다. 저물어가는 해에 하얀 바닥까지 불타는 듯 짙은 오렌지색으로 물들었다. 여기서 잘 자라고 인사를 건넬 사랑을 찾게 될까? 아니면 혼자 하루를 마감하게 될까? 아니면 캘리포니아에서 저널리즘 펠로십을 받았을 때 나보다 어린 남자 동료 중 하나가 던졌던 말처럼 "연인을 줄곧 갈아 치우면서 다시는 정착하지 않는 멋진 노부인"이 될까? **뭐가 되든 무슨 상관이야.** 속으로 눈을 흘기며 생각했다. 그 말을 직접 들었을 때도 '노부인'이라는 말에 움찔하면서 똑같은 행동을 했다. 나에겐 꾸밀 집과 꾸준히 맞붙을 스포츠가 있다. 나머지는 나중에 생각해도 된다.

○○○

"안녕하세요! 이웃분이시죠?"

집으로 이어지는 골목을 따라 걷는데 울타리 뒤에서 굵은 목소리가 들려왔다. 비바람에 바랜 키 큰 나무 말뚝들과 아직 움이 트지 않은 미국담쟁이 덩굴에 가려 누구인지 보이지 않았다.

"정말 이사 오시는 건지 계속 궁금했어요!"

현관 계단까지 가서 울타리가 가슴 높이로 낮아지는 쪽을 보자 이 지역 억양이 느껴지는 커다랗고 깊은 목소리의 주인이 모습을 드러냈다. 키가 크고 어깨가 넓은 중년 남성이 개 세 마리를 데리고 있었다. 땅딸막한 검은색 래브라도레트리버, 홀쭉한 황갈색 믹스, 딱 봐도 대장인 네모진 흰색 테리어였다. 남자가 말했다.

"저는 버디라고 해요. 저희 누나가 그 집에 살았죠."

"아, 정말요?"

"네, 근데 옛날이야기예요. 지금은 플로리다로 내려갔어요."

"잘됐네요! 그 집에 사세요?"

내가 남자 뒤에 우뚝 서 있는 하얀색 3층 집을 가리키며 물었다. 개들은 콘크리트 마당을 돌아다니며, 비비 꼬인 큰 나뭇가지가 가운데에서 솟아나와 있고 방충망을 쳐놓은 우리 주변에서 코를 킁킁거렸다.

"네, 이 집에서 자랐어요. 엄마랑 공동 소유죠."

"와, 로커웨이 토박이시네요. 아, 저는 다이앤이에요. 만나서 반가워요."

나는 현관 앞 계단으로 돌아서며 덧붙였다.

"분명 여기저기서 마주치게 될 거예요."

때는 4월 중순이었고 나는 방갈로로 완전히 이사하려는 중이었다. 비닐 장판 위에서 야영을 고작 몇 번 하고 푸른색 마스킹 테이프로 대강 방 구조를 표시해둔 뒤에 갑작스레 내린 결정이었다. 근처에 편의 시설이 많이 부족하다는 사실은 금세 알게 되었지만 열차에서 만난 남자가 말했듯이 떠나야 할 정도로 아무것도 없지는 않았다. 예쁘고 작은 술집이나 와인 바나 고급 식품점이나 커피 전문점 같은 건 많지 않아도 모퉁이에는 제법 모양새를 갖춘 식료품점과 생선 가게가, 몇 블록 떨어진 곳에는 나에게 딱 적당한 슈퍼마켓, 약국, 할인점, 주류 판매점이 있었다. 그러니 브루클린에서 익숙하게 느껴온 작은 동네다운 매력이 없다 한들 무슨 상관인가? 출근길에 유기농 모닝 글로리 머핀과 샷을 추가한 코르타도를 사거나 밤에 퇴근하다가 미트볼 한 그릇과 프로세코 한 잔을 해치울 곳은 없었지만 꼭 필요한 것은 다 있었다. 나는 어쨌든 매일 맨해튼으로 갔다가 돌아왔다. 베드-스타이와 맨해튼 미드타운을 오가며 통근했을 때도 출발에서 도착까지 족히 한 시간은 걸렸다. 그러니 15분에서 20분쯤 더 걸린다고 해서 대단히 나빠질 것은 없었다. 그 대가로 한 달 생활비가 줄어들고 해변 옆에서 살게 된 것이다. 출근 전 아침에 서핑 강습을 들을 수 있을지도 모른다. 게다가 밥네 집이 가까우니 친구까지 딸린 집을 갖게 된 셈이다. 나는 내 가구가 그렇게 많은 줄 몰랐다. 이혼 후에 안 쓰게 된 가구는 케이프 코드에 있는 부모님 집에 보관해두었고 거실 가구 세트는 친구에게 주었다. 그런데도 책이며 매트리스며 온갖 가구와 선반, 조리 도구, 옷, 침구, 큰 옷장, 책상을 짐 나르는 사람들이 하루 종일 옮겼다. 그중 무겁고 단단한 책상은 어머니가 공립 학교에서 버리려고 할 때 구해다준 물건이었다.

나는 새집에 선반을 달고—문이 따로 없는 인더스트리얼 스타일의 철제 선반이었다—전 거주자가 침실에 남기고 간 막대에 옷을 좀 걸었다. 이 방은 일하는 서재 겸 손님 방으로 만들 계획이었다. 큰 옷장들은 침실로 쓸 위층 방까지 계단을 통해 올릴 수가 없어서 거실에 두었고, 점점 늘어나는 필요 물품 목록에 옷을 대신 수납할 서랍장과 옷걸이를 추가했다. 초저녁 무렵에는 임시 거실

 사과, 당근 등을 넣어 황색을 띠는 머핀.
 에스프레소에 따뜻한 우유를 소량 더한 커피.

이 대강 완성되었다. 필요한 가구를 구입하고 인테리어 업자가 공사를 시작할 때까지 충분히 버틸 수 있을 정도였다. 에너지가 떨어져서 피자 가게에서 피자를 사다 먹었고, 마룻바닥에 깐 매트리스에 이불을 덮고 베개를 끌어와서 푹 잤다.

다음 날 아침, 침실 창으로 비쳐 드는 햇빛 속에서 눈을 떴다. 잠깐 내가 어디 있는 건지 혼란스러웠다. 매트리스에서 굴러 나와 침실과 주방에 쌓여 있는 뜯지 않은 상자들을 뒤져 커피와 에스프레소 포트를 발굴한 뒤 크림을 끼얹은 커피 한 잔을 만들었다. 진짜 해변 생활의 첫날이었고 바다가 어떤 느낌인지 보고 싶었다. 나는 커피를 들고 맨발로 해안 산책로를 걷기로 결심했다. 신발 없이 다녀도 될 만큼 따뜻한 날씨는 아니었지만 그냥, 그럴 수 있으니까. 차가워서 따끔따끔한 발바닥으로 집 밖의 골목 끝까지 갔는데 버디와 마주쳤다.

"뭐 마셔요? 카푸치노?"

버디가 내 컵을 넘겨다보며 물었다.

"비슷한 거요. 에스프레소에 크림을 쬐금 넣은 거예요."

"맛있을 것 같은데요. 가끔 카푸치노를 마시고 싶은데 이 근처에는 파는 데가 없어요."

"제가 아침에 활동할 수 있게 해주는 유일한 것이 커피라니까요. 저는 지금 물 보러 가는 길이었어요."

"저도 아까 개들이랑 내려갔다 왔어요. 파도가 없더라고요."

"아, 그래요? 서핑하세요?"

"아, 아뇨, 이제는 안 해요. 몇 년 전에 그만뒀죠. 무릎이 버티질 못해서요. 그래도 젊었을 땐 서핑하러 안 간 데가 없어요. 여기도 그렇고 하와이, 캘리포니아, 푸에르토 리코 같은 데요. 심지어 몇 년씩 살기도 하면서 큰 파도를 다 탔어요. 페이스가 6미터, 7미터씩 되는 파도였어요."

"와, 나도 언젠가는 저만큼 타겠지 했던 것보다 훨씬 더 큰데요."

내가 웃으며 말을 이었다.

"전 아직 배우는 중이에요. 자세를 제대로 잡으면 그렇게 엉망은 아닌데 그것도 아등바등해야 겨우 되네요."

"연습하면 돼요. 엎드린 상태에서 빨리 팔을 펴서 몸을 들어 올리고 발을 몸 아래로 끌어당기세요. 무릎을 꿇으라거나 하는 허튼소리는 절대 듣지 마시고."

흰 테리어가 짖으면서 집 저편에서 뛰어다녔다.

"엔조, 그만!"

버디가 몸을 돌려 개를 쫓아갔다. 나머지 두 마리도 뒤를 따랐다.

"또 봐요."

인사하고 해안 산책로 쪽으로 향했다. 해변 입구 바로 아래, 아담한 스케이트보드장을 지나서 계단을 오르자 벽돌과 콘크리트로 만든 꼭대기 계단참 너머로 바닥에 나무를 깐 산책로가 쭉 이어졌다. **내가 정말로 여기에 살게 되다니.** 소금기 어린 공기를 들이마시고 뺨에 와닿는 따스한 햇살을 느끼며, 물고기를 잡으려고 잠수하는 가마우지들과 머리 위로 솟구치는 갈매기들을 지켜보았다. 그러다가 사실은 파도가 있다는 사실을 알아차렸다. 버디 기준에는 파도가 아닐지도 모르겠지만 무릎 높이 정도에서 깨끗하게 부서지는 파도였다. 서핑하기에 훌륭한 날 같았다.

○○○

몇 주 뒤, 나는 아번에서 열리는 그룹 강습에 참가했다. 다른 강습생들처럼 보드 위에서 해변을 향한 채 파도가 오기를 기다리며, 케빈과 다른 강사 비니에게 집에 대해 수다를 떨고 있었다.

"정말 여기에 집을 사신 거예요? 좋네요. 잘하셨어요! 어디예요?"

비니가 물었다.

"공동 텃밭 쪽에 조그만 방갈로들 있잖아요. 거기예요."

"버디네 집 있는 데요?"

케빈이 물었다.

"네, 네, 바로 거기요. 버디랑 이웃이에요."

"이야, 굉장하네요!"

비니가 이렇게 말하면서 케빈 쪽을 보았다.

"이번 여름에 거기서 사람들에게 서핑 홍보 좀 해야겠어요. 다이앤이 데려오면 되겠네요. '에이, 에이, 다이앤의 파도가 옵니다!'"

"네, 그거 좋겠네요. 하지만 여러분이 파도가 일어나게 만들어야죠."

내가 웃으며 대답했다. 비니가 고개를 끄덕이며 받았다.

"네, 맞아요. 파도를 일으켜야죠. 파도 말인데, 지금 하나 오고 있어요. 이거 타고 돌아오면 이야기 하나 해 드릴게요."

뒤에서 피크가 솟아오르는 걸 보고 패들링을 시작하면서 탈 수 있을지 가늠해보았다. 파도를 타려면 파도가 나에게 이르렀을 때 속도를 맞춰야 했고, 그러려면 두 배로 힘을 내야 한다는 걸 깨달았다. 나는 파도를 잡았고 일어서서 거의 모래사장까지 파도를 타고 나아갔다. 점점 자신감이 붙었지만 혼자 물에 들어갈 수 없다는 사실에 더 조급해졌다. 나만의 보드가 필요했다.

다시 팔을 저어 나아갔을 때 비니가 와서 알려주었다.

"옛날에 말이죠, 버디는 파도의 왕이었어요. 제티에서 버디가 좋아하는 파도가 오면 다들 그게 버디 파도인 걸 알고 아무도 나서지 않았어요. 그냥 다들 그렇게 했죠. 그런데 어느 날 어떤 남자가 나타나서 버디가 타려는 파도를 가로챘어요. 그랬더니 버디가 다음 파도를 타고 그 남자를 따라잡아서 후려쳤어요. 계속 보드를 탄 채로요. 대체 어떻게 한·건지 모르겠어요."

"말도 안 돼요! 다른 파도를 타고 따라잡았다는 것도 이해가 안 되는데, 서핑을 하면서 균형을 잡고 주먹을 날렸다고요?"

"네, 버디는 차원이 달랐어요."

로커웨이와 툭하면 난투가 벌어지던 이곳의 거친 서핑 문화를 상징하는 듯한 이야기였다. 전반적으로 고립되고 경제적으로 쇠퇴한 반도의 상황과 60, 70, 80년대에 로커웨이가 뉴욕시로부터 부당한 대우를 받았다는 인식이 그러한 문화 형성에 영향을 미쳤을 것이다. 초기에 반도의 예비 서퍼들은 다리미판이든 나무판자든 탈 수 있는 것은 무엇이든 탔다. 그러다가 소수의 지역 주민들이 웨스트 코스트West Coast의 동지들처럼 보드를 제작하기 시작했다. 하지만 서핑이라는 스포츠는 엄밀히 말해 불법이었다. 19세기 뉴욕주 법은 인명 구조원이 근무하고 있지 않을 경우 물에 들어가는 것은 물론, 해변에 가는 것조차 금했고, 인명 구조원이 있을 때도 수영하는 사람들을 보호하기 위해 구조원들이 서핑을 금지했다. 그래도 법망을 피해 서핑을 할 수 있었고, 벌금 딱지를 발부하는 당국의 끊임없는 위협은 서퍼들의 저항심을 돋우었다. 게다가 이스트 코스트에서 서핑을 하려면 겨울에 얼락 말락 하는 물을 견딜 수 있는 체질도 필요했다. 특히 네오프렌 웻슈트가 널리 보급되기 전에 서퍼들은 스웨터, 보온 내의, 잠수 장비 등을 활용해 만든 단열 대책에 의존했다. 로커웨이는 흔히 떠올리는 평범한 해변 마을이 아니었으며, 하와이의 알로하 정신aloha spirit 이나 캘리포니아의 흥겨운 분위기도 없었다. "우리는 사랑과 평화 같은 멋진 것엔 관심 없었어요." 버디는 2010년에 발표된 다큐멘터리 영화 〈같은 태양의 그림자들Shadows of the Same Sun〉에서 이렇게 말했다. "그런 건 얼른 확실히 박살내 드리죠."

많은 서핑 명소에 악명 높은, 이른바 조정자들regulators이 존재한다. 이들은 일반적인 예절과 라인업lineup에서의 서열 준수를 강요한다. 장소에 따라서는 다양한 위협 전략이 사용되기도 한다. 보드를 부수거나 타이어를 찢거나 규칙을 어기는 사람 앞에 공격

꽃 하와이 문화의 핵심을 이루는 정신으로, 이성과 감성의 조화, 상호 존중, 애정을 중시한다.
꽃 서퍼들이 파도를 잡으려고 대기하는 곳.

적으로 끼어들거나 모래사장 또는 주차장에서 주먹다짐을 하기도 한다. 서핑의 인기가 높아지고 좋은 파도가 치는 곳에 사람이 몰리면서 캘리포니아주 팔로스 베르데스의 화려한 루나다만Luna-da Bay 같은 곳에는 경비원이 생겼다. 경비원들은 '우리 파도'로 점찍은 파도를 외부에서 온 사람들이 타려고 시도하지도 못하게 했고—이를 '로컬리즘localism'이라고도 한다—관광객들이 물에 들어가지 못하게 돌을 던져 공격했다.

수세기에 걸쳐 서핑은 지역 문화를 강하게 반영하는 방향으로 진화했다. 잉카 제국 이전의 페루와 15세기 서아프리카에서도 사람들이 다양한 탈것, 즉 배나 널판, 통나무, 갈대 묶음 등을 활용해 파도를 탔다는 증거가 있다. 하지만 현대 글로벌 스포츠인 서핑은 '파도 미끄럼'이라는 뜻을 가진 활동인 헤에 날루he'e nalu에서 왔다. 하와이에 정착한 폴리네시아인들이 하던 이 놀이는 곧 국민적 취미가 되었다. 옛날 방식의 서핑은 카누 또는 길이 1.5미터에서 6미터, 무게 70킬로그램 정도인 두꺼운 나무판자를 타는 것이었다. 올로olo라고 하는 가장 긴 종류는 주로 왕족이 사용했고 보통 사람들은 알라이아alaia라고 하는 짧은 보드를 탔다.

이 지방에 온 서구의 탐험가와 선교사 들은 헤에 날루를 하는 사람들의 황홀한 움직임에 매혹되었다. 1777년, 제임스 쿡 선장의 배에 탔던 외과의는 타히티에서 부서지는 파도를 따라 카누를 젓는 남자를 보고 이렇게 썼다. "너무나 빠르고 매끄럽게 바다에 실려가는 그 남자는 지극한 쾌감을 느끼는 중이라고 결론을 내릴 수밖에 없었다."

거의 백 년 뒤, 하와이의 역사가 케펠리노 케아우오칼라니는 11월은 제도의 높은 파도가 파도 타는 이들을 해안으로 유혹하는 달로, 농부들이 할 일을 간단히 내던지고 보드를 들고 바다로 간다고 썼다. "일에 대한 생각은 죄다 사라지고 파도 탈 생각만 남는다." "아내가, 아이가, 온 가족이 배를 곯을지도 모르지만 가장은 신경 쓰지 않는다." 역사가는 이렇게 덧붙인다. "온종일 오로지 파도만 탈 뿐이다."

서구 세계와의 접촉은 천연두 같은 낯선 질병이 원주민 사회를 완전히 파괴했던 것처럼 서핑도 말살할 뻔했다. 열정적인 선교사들이 1800년대에 서핑을 금했던 것이다. 그러나 20세기가 가까워졌을 때 서양인들은 해수욕이라는 새로운 유희에 반해 수수한 복장으로 해수욕을 즐겼다. 1890년 《스크리브너스 매거진 Scribner's Magazine》에 실린 긴 기사는 대유행이 롱 아일랜드를 휩쓸고 있다고 보도하며, 남성이 혼자 또는 여성 파트너와 함께 파도에서 놀 때 어떻게 해야 하는지에 대한 설명을 그림과 함께 실었다. 당시에는 조언으로 여겨질 만한 내용이었다. "여성에게 머리카락을 젖게 만들지 않겠다는 약속은 직접적으로도 암시적으로도 절대 하지 말라." 더필드 오스본은 이렇게 썼다. "무엇보다도 당신이 말한 그대로 움직여야 한다는 사실을 그녀에게 강조하라. 소심함이나 자신감 부족, 가장 나쁘게는 발작적인 두려움 때문에 일순 멈칫할 경우, 또는 당신에게서 벗어나거나 도망치려고 시도할 경우 재난을 불러일으킬 뿐이라고 힘주어 말해야 한다. 그 재난은 혼자일 때 닥치면 불쾌하며 수치스럽고, 여럿이 있을 때는 세 배로 불쾌하고 수치스럽다."

비슷한 시기에 등장한 마크 트웨인과 잭 런던 등, 대담하고 낭만적인 모험 소설 작가들은 하와이를 여행하고 서핑에 대한 글을 써서 서핑 부활―대체로 와이키키의 아우트리거 카누 클럽Outrigger Canoe Club이 중심이 되었다―에 불을 댕겼고 미국 본토에 서핑을 유행시키는 데 일조했다.

올림픽 수영 경기를 세 번 제패한 와이키키 해변 소년 듀크 카하나모쿠는 세계적인 서핑 홍보 대사가 되어 지구 곳곳에서 시범을 보였고, 조지 프리스라는 하와이계 아일랜드인 서퍼와 함께 오스트레일리아와 캘리포니아주에 특히 강력한 뿌리를 내리게 된 서핑 문화의 씨를 뿌렸다. 카하나모쿠는 1912년에 로커웨이를 방문하기도 했다. 내가 사는 집이 완성되기 일 년 전이었다. 그는 비치 38번가 근처에 모인 군중을 위해 수영을 하고 보드 없이 파도를 타는 보디서핑body-surfing도 선보였을 거라고 한다. 그 시절에는 펜실베이니아역과 월 스트리트에서 통근 열차로 단 35분이면 반도까지 올 수 있었고, 에지먼트 클럽 호텔처럼 웅장한 궁전 같은 시설들이 객실을 제공하거나 전용 해수욕 해변이 딸린 독채를 빌려주었다. 카하나모쿠가 보드를 탔는지는 확실하지 않지만―지역 풍문에 따르면 탔다고 하지만 타지 않았다는 사람들도 있다―이 시기 여행 중에 들른 애틀랜틱 시티의 영스 밀리언 달러 피어Young's Million Dollar Pier에서는 파도를 탔다는 증거가 있다. 형

🏄 근대 서핑의 창시자. 세계를 여행하며 서핑을 알렸다.

제가 만들어준 무게 34킬로그램, 길이 9피트의 단단한 삼나무 보드를 호놀룰루로부터 배로 실어와 사용했다.

어느 쪽이 사실이든 서핑은 로커웨이 그리고 로커웨이와 가까운 롱 아일랜드의 여러 동네에서 서서히 발전했다. (다른 많은 업적을 이루었을 뿐 아니라) 속이 빈 보드 디자인을 발명해 서프보드를 혁신한 위스콘신 출신의 서퍼 톰 블레이크가 1934년, 존스 비치를 방문해서 인명 구조원들과 함께 파도를 타고 그들에게 자신이 설계한 보드를 소개했다. 한편 제2차 세계 대전과 한국 전쟁 중에 캘리포니아와 하와이에 주둔했던 군인들이 1940년대 말부터 점차 돌아왔다. 주둔지에서 타는 법을 배운 롱보드와 함께였다. 1960년대에 반도는 셰이퍼shaper들과 누구나 탐내는 브랜드를 스폰서로 끌어오는 재능 있는 서퍼들이 모이는 곳이었다. 그 브랜드 중 하나이자 캘리포니아주에 기반을 둔 호비Hobie는 의심할 여지 없이 미국 서핑의 중심이 되었다.

당시 로커웨이 반도에는 서핑 학교 같은 것이 없었다. 버디를 예로 들면 그는 서핑을 사실상 어깨 너머로 조금씩 배웠다. "어린 애였을 때부터 그냥 항상 물속에 있었어요. 늘 수영을 하면서 형들이나 아저씨들이 서핑하는 걸 구경했죠. 어떻게 하면 저렇게 할 수 있을지 궁리해보곤 했어요. 그러다가 마침내 내 보드가 생겼죠. 하지만 언제나 제일 잘 타는 사람들을 지켜보고 배우려고 했어요." 버디는 내게 이렇게 말했다. 더 좋은 파도가 치는 곳은 거의

<hr>

보드를 설계하고 제작하는 사람.

4킬로미터쯤 떨어져 있어서 무거운 롱보드를 들고 매일 거기까지 걸어갔다고 했다. 나중에 버디는 몇몇 서퍼 친구와 함께 인명 구조원이 되었다. "우리가 조류나 거센 파도 때문에 경고해도 들은 척도 않고 까부는 사람들이 있었죠. 그리고 나갔다가 발목이 잡혀서 못 돌아오는 거예요." 버디는 웃으며 고개를 절레절레 저었다. "그러면 거기서 발버둥을 치게 잠깐 놔둬요. 아시죠, 그래야 다음엔 좀 주의할 테니까요. 좀 이따가 나가서 구조해왔지요. 하지만 내가 있던 해변에서 익사한 사람은 아무도 없었어요."

서핑은 이스트 코스트를 따라 계속 성장했다. 롱 아일랜드, 그리고 남동부의 노스 캐롤라이나와 사우스 캐롤라이나에서 플로리다까지가 특히 발전한 지역이었지만 로커웨이도 그에 포함되었다. 1967년, 지역 대표들은 수영복을 입은 로커웨이 서핑 클럽의 대표단—푸른색 새틴 재킷을 유니폼으로 삼아 활동한 열정적인 젊은이들—과 함께 시청으로 가 안전한 서핑 구역 부족에 대해 항의했다. 그에 대한 응답으로 공원관리국은 해안선을 따라 세 구간을 서핑 구역으로 지정했다. 아번과 로커웨이 파크 구역은 기본적으로 해 뜰 때부터 해 질 때까지, 열 블록 길이인 벨 하버 구역은 아침 6시부터 9시까지 서핑이 가능했다. 당시 국장이었던 오거스트 헤크셰르는 조부의 이름을 물려받은 부유한 기업가이자 부동산 개발업자, 금융가였다. 그는 어느 여름 주말에 반도를 방문해 지역 사회 구성원들을 만나보고 다음과 같이 발표했다. "서퍼들은 예의 바른 사람들이며 그들 중에는 매력적인 젊은이들이 분명히 상당수 있습니다." 또한 이렇게 말했다. "이 합법적이고 대단히 아름다운 최신 스포츠를 즐길 수 있는 곳을 찾는 것은 나의 일입니다."

하지만 서퍼들과 당국 사이의 화해 무드는 일시적이었다. 서핑 구역은 어느 시점엔가 해제되었고 반도의 경제가 쇠퇴함에 따라 서핑의 기세도 사그라들었다. 2차 대전 이후 저렴한 항공 여행과 자가용 붐이 일고 고속 도로가 곳곳으로 뻗어 나가면서 뉴욕에서 더 먼 곳으로 나가 여름 휴가나 주말을 보낼 수 있게 되자, 로커웨이의 관광 시즌 숙소나 오락 시설에 대한 수요는 줄어들었다. 다수의 중산층 및 부유층 관광객과 주민 들이 교외에 정착하면서 로커웨이의 오래된 방갈로들과 방을 빌려주던 주택들은 사실상 복지로 제공되는 임시 숙소가 되었다. 시는 수준 미달의 주거 구역들에 시가를 웃도는 임대료를 지불하고, 뉴욕 다른 지역의 빈민가 정리와 재개발 계획 탓에 쫓겨난 가난한 거주자들을 살게 했다. 그러다가 결국은 빈민가 정리에 따라 황폐해진 방갈로와 셋집 구역마저 철거되었다. 그 자리에는 보조금을 주는 공공 아파트나 요양원이 들어서기도 했고, 수십 년 동안 개발 예정인 드넓은 공터로 남기도 했다. 아번 바이 더 시가 그런 곳이었다가 개발되었다. 베트남전 징병과 만연한 마약 중독도 서핑에 대한 관심을 억누르는 데 한몫했다. 2010년에 발표된 다큐멘터리 〈우리의 하와이*Our Hawaii*〉에서 로커웨이의 한 주민은 헤로인에 대해 이렇게 말한다. "거기에 빠진 사람이 많았어요. 그리고 해변을 떠나 사라졌지요."

그러나 1990년대 후반과 2000년대 초, 반도에 신세대 서퍼들이 밀어닥치기 시작했다. 그들 중 다수는 브루클린과 맨해튼 번화가에 사는 창작 활동가들로, 남아 있던 방갈로들을 빌려 서핑용 공동 주택으로 개조했다. 사람들은 그곳에 보드와 웻슈트를 보관하거나 거기서 샤워를 하고 강습 후에 모임을 열기도 했다. 사람들이 몰려들자 60년대에 로커웨이 비치 서핑 클럽의 "매력적인 젊은이들" 중 하나였던 스티브라는 로커웨이 출신 남성이 2004년에 두 아들과 함께 보더스Boarders라는 가게를 92번가에 열었다. 그들과 소수의 서퍼들, 바다와 해양 레저를 보호하고 장려하는 변호 단체인 서프라이더 재단Surfrider Foundation이 시와 주에 로비를 벌여 공식 서핑 구역을 제정함으로써 서핑은 다시 합법이 되고 모두가 더 안전해졌다. 2005년, 공원관리국은 90번가쪽 제티를 서핑 전용 구역으로 지정했고, 제티가 대단한 인기를 누리자 이 년 뒤 69번가에 두 번째 전용 구역을 지정했다. 내가 아번에서 강습을 받았던 곳이다. 규정에 따르면 인명 구조원이 근무 중이고 수영하는 사람들이 다른 구역에 있을 때, 이 구역들은 서핑용이다. 그런데 보드가 있으면 다른 때에 어디서든 파도를 타도 합법이 되었다. 보드는 이제 허가 받은 부양 장치로 간주된 것이다. 어떤 이들에게는 이 모든 변화가 재앙이었다. 이곳이 숨은 명소에 가깝던 시기가 끝나고 쿡kook, 즉 서핑 규범을 모르거나 존중하지 않는 사람들이 넘쳐나기 시작했다. 하지만 이곳 신참인 나로서는 다 좋았다. 당국 몰래 돌아다니지 않아도 되고 난폭한 파도 지킴이들을 피해 다니지 않아도 되었으니까.

○○○

이사하고 몇 주 뒤 어느 주말 아침, 밖에서 들려오는 활기찬 말소리에 눈을 떴다. 내용을 분명히 알아들을 수는 없었지만 대화 중인 남자들에게는 토론 주제가 무엇이었든 간에 각각 확고한 의견이 있는 게 분명했다.

"스크램블드 에그에는 그게 최고라고" 하는 말. "아니, 좋은 과일 향이 좀 더해질 뿐이잖아?"라는 대꾸. 그 뒤로 이어지는 말, "그랬다간 내장이 활활 탈걸!"

핫 소스! 여러 층과 침실을 세주고 있는 버디네 집에 사는 남자들이 핫 소스에 대해 이야기하는 중이었다.

나는 커피를 내리고 뒤쪽 공동 텃밭으로 나갔다. 이웃인 메리 앤이 몇몇 다른 여자와 함께 앉아서 해를 쬐고 있었다. 우리 옆집에 사는 메리 앤과 남편 댄, 그리고 반대쪽 옆집에 사는 부부가 있어서 나는 이미 운이 좋았다. 우리는 모두 다닥다닥 붙어 살기 때문에 옆집 사람이 시끄럽거나 성미가 고약하거나 제정신이 아니라면 그야말로 재앙일 것이다. 모두 도시에서는 이런저런 식으로 겪은 적 있는 일이다. 하지만 자녀를 둔 이 부부들은 건전하고 친근하며 예술과 책을 좋아하는 사람들이었다. 그들은 나를 그 작은 동네의 일원으로 받아들여주었다.

자리를 잡고 앉아 인사한 다음 처음 만난 두 여자에게 내 소개를 했다. 한 명은 댄의 대학 친구의 아내였다. 다른 한 명인 키바는 서핑 구역 지정에 힘쓴 사람들 중 하나이자 공동 텃밭을 조직한 팀이라는 남자와 사귀는 중이었다. 둘은 91번가 건너편에 있는 더치 콜로니얼 양식의 거대한 빨간 건물에서 함께 살았고, 팀은 건물 주인을 도와 건물 보수와 관리를 했다.

"아, 요전에 팀에게 메일을 보냈어요. 뒤쪽 텃밭을 가꾸고 싶어서 계획을 좀 짜보려고요. 그런데 아직 연락을 못 받았어요."

내가 말했다.

"분명히 곧 연락할 거예요. 하지만 공동 텃밭 첫 모임에 그냥 나오셔도 돼요. 몇 주 뒤에 열릴 거예요."

머리와 눈은 검고 몸이 아담한 키바가 장난스럽게 웃으며 말했다.

"벌써 알지도 모르지만, 키바가 정말 귀여운 서핑 비키니를 만든답니다. 그건 사야 해요."

메리 앤이 말했다. 내가 소리쳤다.

"와, 꼭 보고 싶어요!"

"언제 한번 들르세요."

키바가 말하는데 텃밭에 있던 갈색 얼룩무늬 아기 고양이가 키바 뒤에 있는 울타리를 따라 달려 사라졌다.

"집에 있는 제 작업실에 산더미처럼 있어요. 나중에 서핑 시즌이 되면 보더스에서 팔고 싶어요."

"서핑 슈트는 어떻게 만들게 되었어요?"

내가 물었다.

"어느 날 물에 나갔는데, 파도를 타러 갈지 비키니를 지킬지 고민이 됐죠. 바로 그때 결심했어요. 여자들이, 실제 사이즈 여자들이요, 그러니까 엉덩이와 가슴과 굴곡이 있는 여자들이 다시는 그런 고민을 하지 않아도 될 방법을 찾고 말겠다고요."

"무슨 말인지 알겠어요. 작년에 코스타리카에 갔을 때 처음으로 웻슈트 없이 서핑을 했거든요. 그때 비키니가 벗겨질까 봐 허리 위로 엄청 높게 올라오는 비키니 하의를 입었죠. 음, 복고풍 스타 느낌으로 세련돼 보일 거라고 생각했지만, 가끔씩 그냥 할머니 팬티 입은 느낌이 들더라고요."

내가 웃으며 말을 이었다.

"하지만 손바닥만 한 수영복을 입은 여자애들을 보면 저게 어떻게 붙어 있나 싶었어요."

키바가 다 안다는 듯이 웃었다.

"아, 다 제자리에 붙여두는 방법이 있죠. 비결을 알아요."

그들과 좀 더 어울리며 여자들끼리의 수다 속에서 몸을 녹였고, 이웃에게서 서핑 슈트를 산다는 생각에 매우 황홀해졌다. 로커웨이에는 고급스러운 작은 바나 치즈 가게가 없는 대신 멋진 물건을 만드는 재미난 사람들이 그 빈자리를 메워주는 것 같았다.

그날 오후, 보드를 살 생각으로 서핑 용품점까지 걸어갔다. 제조사, 형태, 크기를 두고 이랬다저랬다 하다가 코스타리카에서 썼던 보드 브랜드인 NSP의 9피트 6인치 에폭시 모델로 정했다. 서핑 강습이나 대여용으로 많이 사용되는 중급 보드가 내 수준에 필요한 안정성을 제공하면서도, 기술을 익혀서 헤매는 초보에서 중급 서퍼로 넘어가는 데 필요한 특징들을 갖춘 것 같았다. 고급 보드나 주문 제작 보드를 갖기에는 확실히 아직 일렀지만 집에서 눈에 잘 띄는 자리에 보관하게 될 것 같아 보기에도 좋았으면 했다. 내가 고른 보드의 색깔은 집의 테마로 삼으려는 도시적 해변 분위기와 잘 어울렸고, 위치를 잡는 데 도움이 될 중심선도 있었다.

가게에 도착했다. 자그마한 가게 정면 쇼윈도 안에는 해변 복장을 입은 흰색 스티로폼 상반신 마네킹 셋이 늘어서 있었다. 안에는 온갖 장비가 빼곡했다. 웻슈트, 보드용 반바지, 비키니, 티셔츠가 사방을 둘러싼 선반에 걸려 있었다. 부기보드, 서프보드, 스케이트보드 등의 보드들은 벽을 따라 늘어서 있었다. 리시, 스케이드보드 트럭, 서프 왁스 덩어리, 자외선 차단 스틱, 신비로운 튜브와 병이 유리 카운터 아래 선반에 빼곡했다. 안에서 일하는 젊은 남자에게 내가 찾고 있는 보드를 설명했다.

"스티브랑 이야기하셔야겠어요. 저보다 도움이 될 거예요. 제가 불러올게요."

몇 분 뒤 스티브가 카운터로 왔다. 청바지와 목 부분이 둥글게 파인 흰색 긴팔 티셔츠를 입은 스티브는 부스스한 흰머리에 비해 젊어 보였다. 나는 9-6 보드를 생각하고 있지만 로커웨이에서 이걸로 괜찮을지 알고 싶다고 말했다.

"좋은 보드예요. 잘 뜨고, 오래가죠. 서핑을 시작하시는 거면 특히 더 좋고, 한동안은 이 모델이 잘 맞으실 거예요. 그런데 이 보드는 9-6이 없어요. 9-2 다음에 10-2가 나오죠."

엎드린 채 타는 서프보드.
보드의 판과 바퀴를 이어주는 부품.

"분명히 9-6이 있었어요."

갑자기 뱃속에서 의구심이 꿈틀거리긴 했지만 이렇게 대답했다.

"웹사이트에서 찾아봤거든요."

스티브가 카운터 아래로 손을 뻗어 카탈로그를 꺼내더니 가는 금속 테 돋보기안경을 썼다. 그러고 나서 책장을 팔락팔락 넘기다가 멈추고 훑어보았다.

"흠."

스티브가 안경 너머로 나를 보며 말했다.

"정말 그러네요. 올해 새로 나온 게 분명해요."

스티브는 다시 그 페이지로 돌아가 고개를 끄덕이며 설명을 읽기 시작했다.

"9-2와 10-2 사이, 편안한 징검돌이 될 신제품 9-6은 최신 성능을 갖춘 롱보드로……."

스티브가 말끝을 늘이며 계속 읽었다.

"멋진 바텀 턴부터 오랜 시간 안정적인 노즈 라이딩까지 모두 가능합니다."

스티브가 카탈로그를 덮고 줄곧 고개를 끄덕이며 다시 안경 너머로 나를 보았다.

"훌륭한 보드 같네요. 하나 주문해 드리죠. 열흘쯤 걸립니다."

○○○

5월의 어느 훈훈한 주말, 쇼핑몰에서 조리 기구와 주방 수납장을 본 뒤 차를 몰고 돌아가는 길이었다. 리노베이션 공사가 시작되었고 모든 것을 곧 주문해야 해서 언니에게 주었던 SUV를 이사했을 때 되찾아왔다. 업자들은 칸막이 벽들을 부숴 없앴고 대신에 비싸고 거대한 들보를 댄 뒤 가장자리에는 기둥을 세워 2층을 지탱하게 했으며 마루의 흰색 비닐 장판은 걷어버렸다. 새 가구 일부가 도착했다. 편안하고 멋들어진 흰색 잉글리시 롤암 소파, 노란기 도는 연초록과 크림색의 임스 유리 섬유 의자들, 팔걸이가 없고 터프팅 장식이 된 긴 흰색 의자를 들였다. 커피 테이블은 딱따구리가 파낸 나무 구멍을 그대로 살린 재생 목재 상판과 철로 만들어졌다. 집의 기능성이 좀 더 강화된 느낌이었지만 변화는 여전히 진행 중이었다. 주문한 바닥 마감재인 넓고 긴 연한 회색 오크 마룻널의 준비가 늦어져서, 나는 내부 바닥재인 끈적끈적한 합판 위에 골판지를 놓아 만든 섬과 길 위에서 살고 있었다.

라디오에서 나오는 고티에의 〈내가 알았던 누구Somebody That I Used to Know〉를 따라 부르며 모퉁이를 돌아 우리 블록으로 들어갔지만 주차 공간이 꽉 차 있었고 우리 집 쪽 길에는 불법 주차된 차들까지 있었다. 블록을 따라 내려가는데 믿을 수 없는 광경이 펼쳐졌다. 접이식 의자와 파라솔과 홀라후프를 든 해수욕객 무리가 줄지어 지나가는 동안, 잠자리 날개 같은 비치가운이 산들바

● 1800년대 영국에서 유행했던 소파. 등받이에 쿠션이 없고, 팔걸이는 살짝 굽고 낮으며, 앉는 부분이 깊숙이 들어가 있다.
● 가죽을 다이아몬드 모양이 나오도록 누비고 교차점에 버튼을 단 장식.

람에 나부끼고 챙 넓은 밀짚모자들이 사람들 머리 위아래를 오르내렸다. 밥네 집 바깥쪽 큰 주차장에는 자리가 있을 것 같아 한 바퀴 빙 돌았다. 그곳에도 행운은 없었다. 나는 다시 우리 집 블록으로 돌아오며 누군가가 차를 뺏기를 바랐다. 아무도 빼지 않았다. **젠장, 이 많은 사람이 대체 다 어디서 온 거야?** 거리를 굽이굽이 따라가며 주차 자리마다 쏙쏙 들어찬 차가 한낮의 햇살 속에서 반짝이는 걸 보니 점점 억울함이 솟구쳤다. **오늘 아침에 알에서 깨어나기라도 했나.** 나는 눈으로 불타는 칼날을 쏘듯이 당일치기 관광객들, 이른바 DFD*들을 노려보았다. **해맑게 나타나서 우리 주차장을 차지했다가 떠나는 인간들. 여기서 살려고 노력도 안 하고, 통근 열차며 불편한 생활 문제는 신경도 안 쓰지. 자기들이 아주 잘난 줄 알아!**

나는 갑자기 생각을 멈추고 웃음을 터뜨렸다.

"음, 오래 안 걸렸네."

큰 소리로 혼잣말을 했다. 여기 집으로 이사 온 지 두 달도 채 되지 않았고 심지어 마루도 제대로 깔지 않은 주제에 오래 산 토박이처럼 벌써 분개하고 있었다. 전에 밥네 집에서 조시가 해변 근처 주차장이 다 차면 간다고 한 곳이 마침내 떠올랐고, 거기에 자리가 있었다. 나중에 서핑 용품점의 스티브가 다른 곳을 몇 군데 더 알려주었다. 하지만 나를 포함해 해안 근처에 사는 사람들이 여름 관광객들에 대해 쉽게 품고 마는 복잡한 감정에 나는 충격을 받았다. 여름철에 이 동네로 몰려드는 관광객은 경제적·문

* 'down for the day'의 머리글자로, 당일치기 관광객들을 가리킨다.

234

화적 활력을 불어넣는 구명줄인 동시에 부족한 자원을 두고 싸워야 하는 경쟁자였다.

"슈비Shoobies로군."

어느 화창한 오후, 나를 만나러 온 《7 데이스》 시절의 친구 조너선이 말했다. 조너선은 사우스 저지의 해변 도시에서 자랐다.

"그런 사람들을 슈비라고 불렀어. 필라델피아 같은 데서 기차를 타고 왔는데 점심을 구두 상자에 넣어 왔거든."

놀러온 사람들을 가리키는 별명은 지역마다 있었고 비난의 낙인을 찍는 지점도 저마다 달랐다. 캘리포니아주에서는 '내지인' 또는 햇볕에 타지 않아 유령 같다며 '캐스퍼'라고 불렀다. 뉴 잉글랜드에서 관광객들은 '먼 데 사람'이나 '콘 먹는 사람들', 아니면 그냥 '여름 사람들'이었다.

로커웨이에서는 DFD뿐만 아니라 소위 힙스터—젊고 수염을 길렀으며 문신이 있고 바짝 말랐다—부류도 업신여김의 대상이 되었다. 이들은 브루클린, 특히 윌리엄스버그에서 왔다. 오래 산 주민들은 로커웨이에 잘못된 것이 있으면 그게 무엇이든 힙스터 탓을 했다. 어느 날 나는 모퉁이 식품점 밖에 모여 있는 남자들 곁을 지나쳤다. 그중 한 명이 자주 몇몇 남자와 함께 커피나 탄산 음료를 마시면서 지역 스포츠 팀의 전망이나 이번 복권 당첨 금액

구두 상자는 영어로 '슈박스(shoebox)'이다.
1939년에 그림책으로 등장한 꼬마 유령 캐릭터. 이 캐릭터를 주인공으로 텔레비전 애니메이션과 영화가 만들어졌고 우리나라에서도 90년대에 인기를 끌었다.

과 자기가 찍은 번호 이야기를 하는 걸 들은 적이 있었다. 그 남자가 자기 컵 안에 대고 조용히 말했다.

"저것 좀 봐라. 망할 힙스터들."

몇 주 뒤, 뜻밖에 출고가 늦어진 내 보드가 마침내 도착했다. 흥분한 나는 서핑 용품점까지 말 그대로 뛰어갔다. 카운터를 지키던 남자가 포장을 뜯어 배송 중에 상처가 나지 않았는지 확인시켜주고 패드를 댄 접이식 사다리 같은 받침대에 올려놓았다. 훌륭해보였다. 내 눈에는. 전체적으로 깨끗한 흰색이었고, 밝은 파란색 외곽선에 둘러싸인 중심선은 오렌지색에서 노란색으로 서서히 변해가는 색을 띠고 있었으며, 이 중심선 양쪽에 넓은 세로줄이 그려져 있었다. 남자가 핀을 다는 법을 보여주었다. 이 보드의 핀은 2+1이라고 하는 구성인데, 테일 근처 가운데 홈에 큰 핀을 끼우고 사이드바이트sidebite라고 하는 작은 핀 두 개를 그 양쪽에 고정하는 식이었다. 그리고 나서 그는 큰 핀을 노즈 쪽 또는 테일 쪽으로 조정하는 법을 알려주었다.

"이걸 이렇게 저렇게 만져보면서 어느 쪽이 좋은지 알아보셔야 해요. 노즈 쪽으로 조정하면 더 느슨한 느낌이 들면서 기동성이 높아지고, 테일 쪽으로 조정하면 안정감이 더 있어요."

남자가 말했다.

"그러면 뒤쪽으로 쭉 밀어주세요."

"네. 그런데 그렇게 밀면 회전이 잘 안 될지도 몰라요."

이어서 남자가 나 대신 왁스를 바르기 시작했다. 베이스 왁스 올리는 법을 처음부터 보여주고, 데크에서 발이 미끄러지지 않도

록 수온에 따라 달리 사용하는 왁스를 발라 도드라진 무늬를 만
드는 법을 설명했다.

"제가 다 해 드릴까요, 아니면 마무리는 직접 하실래요?"

남자가 물었다.

"오오, 제가 해보고 싶어요! 제 첫 보드니까요."

"네, 그러세요."

남자가 카운터 밑에서 겨울용 왁스 상자를 하나 꺼내 베이스
왁스와 함께 건네주었다.

신나는 마음을 주체하지 못하며 보드와 왁스를 가지고 집으로
돌아왔다. 벌써 키바에게서 비키니도 샀고 온라인으로 귀여운 반
바지도 사두었으니, 제티로 갈 준비는 다 끝난 것 같았다.

보드를 들고 집 안으로 들어가면서 9-6이 정확히 얼마나 큰지
실감했다. 벽에 똑바로 기대어놓을 계획이었지만 천장 높이가
8피트밖에 되지 않아서 불가능했다. 예상하지 못한 사태였다. 보
드로 거실 여기저기를 들이받으며 적당하고 안정적인 각도로 놓
아둘 곳을 찾았지만 쉽지 않았다. 결국 포기하고 지하실로 내려
가는 계단의 층계참에 보드를 놓아두었다.

안전한 장소를 찾고 만족한 나는 첫 보드로 첫 서핑을 시도할
꿈에 부풀어 말 그대로 팔짝팔짝 뛰어 바다로 가보았다. 그러나
바다에 도착했을 때, 심장이 툭 떨어졌다. 바다는 지저분했다. 작
은 흰 파도만 표면에서 일렁일 뿐, 괜찮은 파도는 거의 보이지 않
았다. 사람은 남자 한 명뿐이었고 그 사람이 잡을 파도도 딱히 없
었다. 이 기분 나쁜 바다에서 마법처럼 제대로 된 파도가 일어나

길 바라며 잠시 지켜보았다. 마침내 모양 잡힌 파도가 하나 일어났다. 남자가 그 파도를 잡아 탔지만 곧 물 밖으로 나오더니 해변에서 계단을 올라왔다.

"바다는 어땠어요? 거칠어 보이던데요."

내가 남자에게 물었다.

"네."

남자가 빙긋 웃으며 대답하고 넘실대는 바다를 돌아보았다. 내가 뻔하디 뻔한 말을 했지만 친절하게도 지적하지 않았다.

"정말 거칠었어요."

"제가 막 첫 보드를 샀거든요. 타보고 싶어서 죽겠어요. 탈 수 있을지 모르겠지만요."

남자는 다시 바다를 보고 나를 올려다보더니 미소 지었다.

"더 좋은 날을 기다리세요. 그때가 더 재미있을 거예요."

그다음 주, 나는 매일 새벽에 일어나 아침 커피를 내린 뒤 맨발로 산책로를 걸어 기회를 엿보러 갔고, 매번 기회를 잡을 수 없는 이유가 발견되었다. 하루는 물이 너무 잔잔했다. 다른 날은 파도가 지저분했다. 다음 날은 너무 컸다. 또 다른 날은 사람이 너무 많았다.

어느 날 아침, 한 남자와 마주쳤다. 해가 떠오를 때 커피를 들고 서퍼들 구경하기를 반복하는 동안 몇 번이고 본 남자였다. 남자의 이름은 토미였고, 맨해튼으로 출근하기 전에 바다와 서퍼들을 보러 오는 걸 좋아한다고 했다. 그는 여기서 자랐고 더 젊었을 때는 서핑을 했지만 이사를 가며 그만두었다. 지금은 다시 돌아와 어머니 집 근처, 바다를 내려다보는 거대한 벽돌 협동조합 아파트 중 하나에서 살고 있으며 서핑을 다시 시작했다.

"자, 보세요."

토미가 입을 열었다. 수평선을 따라 파도가 일기 시작하자 몇몇 서퍼가 몸을 돌려 팔을 저으려 했다.

"이쪽에 있는 남자를 잘 보세요. 저 사람은 저 파도를 못 잡을 거예요."

토미가 가리킨 쪽을 보자 나도 많이 겪었던 일이 그 서퍼에게 일어나고 있었다. 남자는 파도를 놓쳤고, 파도는 그를 내버려둔 채 밀려가고 말았다.

"저렇게 될지 어떻게 알았어요?"

내가 물었다.

"저 사람한테 같은 일이 세 번 벌어졌거든요. 그런데도 계속 같은 자리에서 시도했다가 놓치고 있어요. 조정을 해야 하는데 말이죠. 특히 막 시작한 사람이라면요. 계속 파도를 놓칠 때는 약간 안쪽으로 이동해야 해요. 자꾸 펄링pearling을 하게 되면, 아시죠, 노즈부터 잠기는 거요, 약간 바깥쪽으로 이동해야 하고요. 하지만 사람들은 한번 자리를 잡으면 계속 거기에 눌러앉아요."

토미가 관찰에 나를 끼워주어서 고마웠지만 내가 물에 들어가지 않았던 많은 이유 중 하나가 바로 사람들의 시선이었다. 여기저기서 보는 눈이 너무 많았다. 나는 지금 이 사람들과 함께 살고 있었다. 관찰당하고 평가를 받고, 뭐가 뭔지도 모르면서 바다에 나온 여자, 일어나지도 못하는 여자로 영영 취급되고 싶지 않았다.

하지만 친구 제이가 말했던, 서핑을 안 하는 서퍼가 되고 싶지도 않았다. 스스로 서퍼라는 이름은 달았지만 실제로는 파도를 타지 않는 사람들 말이다. 그래서 그다음 주, 나는 아번에 가기로 결심했다. 거기에도 지켜보는 사람들이 있겠지만 경험상 너무 많지는 않았고, 있다 해도 내 이웃이 아니었다.

그런데 내 SUV는 보드를 편안하게 실을 만큼 길지 않다는 걸 알게 되었다. 그래도 의자를 접고 보드를 대각선으로 살살 넣어 노즈를 조수석 대시보드에 올리면 운전석으로 비집고 들어가 문과 창문에 기대서 차를 몰 수 있었다. 이 방법은 문제의 소지가 있었고 아마도 불법일 거라는 느낌—겨우 운전대를 돌릴 수 있었고 오른쪽은 사실상 보이지 않았다—이 확실히 들었지만 짧은 거리니까 천천히 가면 될 것 같았다.

나는 사고 없이 도착했고, 프랭크네 교실의 강사 및 강습생 팀과 거리를 유지하려 애쓰며 팔을 저어 나갔다. 꽤 괜찮은 시간이었다. 보드는 땅에서 옮길 때는 불편했지만 일단 물에 들어가자 굉장했다. 잘 떴고, 속도가 붙자 패들링도 쉬웠다. 처음에는 화이트워터 안에서 놀다가 아웃사이드로 나가 부서지지 않은 파도를 타보았다. 잡은 횟수보다 놓친 횟수가 많았지만 그건 분명히 내 잘못이었지 보드 탓이 아니었다. 보드는 내 바람에 꼭 들어맞는 편안하고 안정적인 보드였다. 약간 너무 안정적이긴 했지만. 내가 핀을 뒤로 쭉 밀어 달라고 했을 때 서핑 용품점 남자가 한 말이 맞았다. 회전을 하고 싶으면 조정이 필요했다.

차를 몰고 집으로 돌아오는데 비틀린 자세 때문에 목, 팔, 등에 쥐가 날 것 같았다. **진짜 바보 같다.** 서핑을 이렇게 하는 건 아무래도 아니었다. 삶을 확 뒤집어엎어서 몇 걸음만 가면 반도의 서핑 중심지가 나오는 동네로 이사했으면서도, 나는 지금 차 안에서 꽈배기처럼 비비 꼬인 채 나와 다른 사람들을 불필요한 위험에 내놓고 있었다. 자의식 과잉을 극복하고 제티에서 시도해야 했다.

이다음 서핑 가능한 날에 시도하기로 결심했지만 그런 날은 다음 주말이 되어서야 찾아왔다. 그날 아침, 지하실로 내려가는 층계참에서 보드를 꺼내 왁스를 바른 다음 보드를 들고 낑낑대며 골목을 걸어 내려갔다. 데크는 땅 쪽으로 기울었고 레일이 엉덩이로 파고들었다. 버디가 인도에 서서 아마도 새들 먹으라고 남은 쌀알을 뿌리고 있었다. 그가 서프보드를 가리키며 말했다.

"보드를 제일 편하게 드는 방법은 데크를 몸통에 붙이고 핀이 앞으로 가게 해서 옆구리에 끼는 거예요. 보드란 게 물리적으로 그렇게 끼게 되어 있어요."

"알았어요, 그렇게 해볼게요."

나는 어색하게 보드를 돌렸다.

"가운데 폭이 너무 넓어서 꽉 잡기가 어려워요."

보드를 이 팔 저 팔로 옮기고, 노즈나 테일을 바닥과 계단에 통통 부딪치며 산책로를 지났다. **언젠가는 잘 드는 법을 알게 될 거야.** 하지만 그 언젠가가 오늘은 아닌 것 같았다.

● 이와 반대로, 보드 뒷면을 몸통에 붙이고 핀이 뒤로 가게 해서 옆구리에 끼기도 한다.

바다를 내다보니 돌로 된 둑 근처에 모여 있는 서퍼들이 눈에 띄었다. 둑은 서핑 구역 동쪽 끝을 표시하는 기능을 했다. 제티는 이스트 코스트의 많은 서핑 장소와 같은 종류의 '비치 브레이크' 였다. 해안선을 따라, 혹은 얕은 바닥을 따라 생긴 샌드 바 위로 파도가 일어나는 바다라는 뜻이다. 로커웨이에 있는 둑은 돌제라고 하는 보호용 구조물인데, 침식을 늦추는 데 도움이 되도록 해안선에서 튀어나와 있다. 돌제가 있으면 모래가 쌓여 피크가 쉽게 만들어지고, 운이 좋은 날에는 파도에 배럴barrel이라고 하는 빈 터널 같은 공간도 생긴다. 그 안으로 미끄러져 들어갈 수 있지만 쉬운 일은 아니다.

비치 브레이크는 보통 바닥이 모래밭이어서 포인트 브레이크 point break나 리프 브레이크reef break 같은 다른 대표적인 서핑 장소 들보다 편하게 느껴질 수 있다. 하지만 예상할 수 없기는 마찬가지다. 폭풍이나 인공적인 모래 보충으로 해저 윤곽이 완전히 달라져서 파도가 죽거나 해안이 보기와 달리 위험해질 수 있기 때문이다. 그럴 때는 파도가 클로즈 아웃close out해서, 즉 페이스를 따라 한꺼번에 무너지기도 쉬워서 타기가 불가능하지는 않지만 어려워진다.

비치 브레이크의 주된 이점은 파도가 보통 해안 가까이에서 최고조에 달하므로 파도를 잡기 위해 아주 멀리까지 팔을 저어 가지 않아도 된다는 점이다. 한편 포인트 브레이크에서는 파도 하나를 아주 오랫동안 탈 수도 있다. 예를 들어, 남태평양 해안에 위치한 페루의 치카마Chicama 마을의 서핑 장소에서는 파도가 생기는 지점부터 부두까지 수 킬로미터 떨어져 있기 때문에 보드를 조종하는 다리가 터질 것같이 힘들어진다. 이러한 포인트 브레이크의 파도는 어느 한 지점, 또는 곳을 감싸며 생겨난 다음에 후미나 만의 해안선에서 휘어졌다가 안쪽에서 부서진다.

한편 리프 브레이크의 파도는 바닷속 산맥이나, 주로 해안 멀리 깊은 물속에 자리한 산호 가까이에서 생겨나므로 거기까지 한참 오랫동안 보드를 저어 가거나 심지어 배를 타고 가기도 한다. 그 보상으로 서퍼들은 움푹 들어가 완벽하게 부서지는 파도를 만날 수 있다. 둥글게 말리는 궁극의 파도들이 거의 기계적인 패턴으로 생성되므로, 팝업 지점이 분명히 눈에 들어오고 깊숙이 흐르는 물길을 따라 팔을 저어 피크가 있는 곳으로 복귀할 수 있다. 대신 발을 헛디뎌 수면 아래 날카로운 산호초에 베이면 엄청난 대가를 치러야 한다는 위험이 도사리고 있다.

하지만 어떤 유형의 바다이든 물속 지형을 보면 파도가 생겨나 정점에 올랐다가 무너지는 지점과 방식은 물론 주된 방향, 다시 말해 해안을 바라보고 있는 서퍼 기준에서 파도가 왼쪽, 오른쪽 중 어디로 무너지는지도 예측할 수 있다. 파도는 해안에 부딪혀 흐름을 만드는데, 로커웨이에서 우세하게 일어나는 흐름인 '연안 표류longshore drift'는 동쪽에서 서쪽으로 이동하며 바위와 모래를 옮겨 둑을 만든다. 다들 둑 쪽에서 파도를 잡으려는 이유가 바로 그것이다. 만들어진 둑 덕에 더 크고 균형 잡히고 오래가고 흔들림 없으면서 대체로 레프트left인 파도가 일어나며, 더 크고 더 분명하고 예측 가능한 피크가 생겼다가 내리막을 이루며 구조물에서 서쪽으로 멀어져간다. 하지만 서쪽으로 한 블록 정도 더 떨어진 지점에 '스틱'이라고 부르는 삐죽삐죽한 나무 골조—예전에 있었던 나무 방파제의 뼈대다—가 둑과 평행하게 튀어나와 있어 그쪽에도 모래가 쌓였다. 거기서도 다른 피크를 찾을 수 있다는 뜻이다. 동쪽만큼 좋진 않고 아마 그만큼 자주 일어나지도 않겠지만 적어도 붐비지는 않는다.

둑에 몰려 있는 사람들이 파도타기를 마치는 곳으로부터 한참 떨어진 쪽까지 가서 피크가 생길 법한 지점을 골랐다. 파도를 몇 번 잡아보려다가 놓쳤다. 파도가 보드 아래로 흘러가 그대로 해안으로 나아가는 느낌이었다. 토미가 한 말을 떠올렸다. *계속 파도를 놓칠 때는 약간 안쪽으로 이동해야 해요. 자꾸 펄링을 하게 되면 약간 바깥쪽으로 이동해야 하고요.* 조금 안쪽으로 움직였지만 또 놓쳤다. 그래서 그냥 잠시 앉아 파도가 샌드 바에서 솟아올라 내 쪽으로 몰려오는 모습을 지켜보며 어디서 파도를 잡을지, 어떻게 해야 아무도 방해하지 않으면서 스틱에도 돌진하지 않을지 궁리했다. 적어도 지금은 곧바로 나아가도 되겠다고 생각하며 대강 파도 한복판을 향해 팔을 저었다. 수평선만 뚫어지게 보고 있어서 남자의 목소리를 들은 뒤에야 내가 다른 서퍼 근처까지 다

왼쪽으로 무너져가는 파도. '라이트(right)'는 오른쪽으로 무너져가는 파도를 가리킨다.

가간 걸 깨달았다.

"이봐요."

남자가 날카롭게 불렀다. 나는 몸을 돌렸다. 언젠가 아침에 해안 산책로에서 봤던 남자였다. 그는 바다에 지역 주민들을 존중하지 않는 외부인들이 넘쳐나는 상황에 대해 어떻게 생각하는지 다른 남자에게 말하고 있었다. "우린 바다를 지켜야 해. 어떻게 해서든지. 그러니까 내가 그 사람들을 막을 거야. 싸움을 걸면 받아야지. 난 그런 거 신경 안 써." 그러더니 잠시 말을 멈췄다. "건강보험이 살아날 때까지만 기다릴 거야."

흰색 래시 가드와 어두운 색 반바지를 입은 그는 내 것보다 훨씬 작은 보드에 앉아 있었다.

"화내려는 건 아니고요. 태도가 좋으신 것 같네요."

"아, 음, 고맙습니다."

"잘 들으세요. 훨씬 더 바깥쪽에 앉아야 해요, 나처럼. 그리고 더 세게, 더 일찍 저어요. 그 큰 보드를 나아가게 하려면 시간이 좀 더 걸리겠는데."

"아, 네, 그럴 것 같아요."

"그리고 피크 쪽에 더 가까이 가야 해요. 나 있는 쪽으로요."

"네, 해볼게요. 그런데 방해가 될 것 같아서요."

"그건 걱정 마요. 나는 알아서 들어갈 테니까. 이다음 파도를 타보지 그래요? 그냥 열심히 저어요."

"고마워요."

나는 허우적대며 보드를 돌리고 데크에 엎드렸다. 팔을 깊이 저었지만 전혀 움직이지 않는 느낌이었다.

"계속 저어요."

남자가 소리를 질렀다. 그 말대로 하자 갑자기 테일이 들리며 보드가 앞으로 미끄러지기 시작했다. 허둥지둥 일어나서 해안 쪽으로 미끄러지듯이 나아가며 내가 사는 블록—바로 우리 동네!—이 해변에서부터 펼쳐져 있는 모습을 지켜보았다. 기쁨이 가득 차올랐다.

팔을 저어 남자 쪽으로 돌아가 도와줘서 고맙다고 인사했다.

"이제 알 것 같아요?"

남자가 물었다.

"음, 다는 아니지만 좀 더 잘 알게 됐어요."

"잘됐네요. 자, 나는 이다음 걸 탈게요. 재밌게 타세요."

나는 한 시간쯤 머무르며 파도를 잡기도 하고 놓치기도 하고, 아주 많이 그냥 보내며 리듬을 읽어보기도 했다. 물에서 나가자 토미가 산책로 위에 서 있었다.

"안녕하세요. 드디어 나왔네요!"

토미가 웃으며 말을 건넸다.

"네, 드디어 나왔어요. 아주 잘되진 않았지만요. 여전히 고민할 문제가 많아요."

"잘하고 있어요. 파도를 더 타보기만 하면 돼요."

그 말이 턱에 꽂힌 어퍼컷처럼 나를 후려쳤다. 고개가 휙 돌아가는 느낌이었다. 하지만 얻어맞고 기절하는 대신 정신이 확 들었다. 나는 충분히 열심히 하지 않고 있었다. 무엇보다 물에 충분

246

히 자주 들어가지 않았고, 들어간 뒤에도 충분히 많은 파도를 잡지 않았다. 조심해서 그런 것도 있었다. 한정된 체력과 힘을 잘못된 파도에 낭비했다가는 적당한 파도가 왔을 때 하나도 남아 있지 않을 것 같았다. 하지만 더 큰 이유는 자신감이 부족하고 최선을 다하지 않았기 때문이었다. 분명 로커웨이까지 오긴 했지만 끝까지 가지는 않았다. 내가 상상했던 서퍼의 이상향을 실현하는 데 필요한 수많은 단계를 밟고 있지 않았다.

내가 아무리 일찍 일어나서 물을 보러 나와도 항상 다른 사람들이, 심지어 해도 뜨기 전에 일어나 맨해튼이나 브루클린에서 온 사람들이 이미 나와 있었다. 아침에 출근하다가 보드를 끼고 해변으로 내려가는 사람들과 마주치면 질투심이 밀려들었다. 또다시 늦잠을 잤거나 너무 꾸물거렸거나 일을 일찍 끝내고 연습을 하지 못한 나 자신에게 짜증이 났다. 사무실에 앉아서는 날씨와 조류를 확인하고, 라이브 영상으로 파도를 보고, A선 열차 시간표를 훑어보고, 집에 가서 웻슈트를 입고 보드를 계단참에서 꺼내 조류가 너무 멀리 물러가거나 너무 높아지거나 해가 지기 전에 물에 들어갈 수 있을지 궁리했다. **서핑을 더 하려면 뭘 어떻게 해야 하지?** 답답한 마음으로 스스로에게 물었지만 이미 답을 알고 있었다. 생활 리듬을 다시 짜고, 더 일찍 일어나고, 일정을 틀림없이 지켜야 한다. 한마디로, 수련이 필요했다. 통근 시간에 흔들리는 열차 안에서 아무리 오래 서핑 자세를 연습한다 한들 물에서 보드를 타고 타고 또 타는 것에는 비할 수 없다. 프랭크 말대로였다. *단순하지만 쉽진 않지요.* 나는 더 많은 파도를 타야 했다.

○○○

어느 날 아침 집 밖에 서서 버디와 수다를 떨다가 버디가 푸에르
토 리코 이야기를 꺼냈다. 로커웨이 사람들이 그쪽에 많이 갔으
며, 버디는 거기서 잠시 살았다고 했다. 그러고 나서 서핑하러 갔
던 온갖 서핑 장소들과 거기서 본 온갖 부상을 묘사했다. ("불알이
잘려나간 남자를 봤어요." 버디는 잠시 멈추고 속삭이듯 목소리를 낮
췄다. "글쎄, 잘려나갔다니까요. 부서지는 파도를 넘었는데 보드가
남자한테 박혔어요. 말 그대로 박혔어요. 정확히 두 다리 사이에.")
나는 지명들에 깜짝 놀랐다. 샌디 비치Sandy Beach, 테이블 톱Table
Top, 인디케이터스Indicators, 마리아스Maria's 같은 별 특징 없는 이름
도 있었지만, 가스 챔버스Gas Chambers처럼 거부감이 확 드는 이름
도 있었다. 서핑 장소의 이름은 흔히 위치(시 스트리트C Street), 두
드러지는 실제 특징(트레스 팔마스Tres Palmas), 자주 찾는 사람들
(올드 맨스Old Man's)을 반영한다. 한편 전 세계의 이름이 무서운
서핑 명소 대부분에 그런 으스스한 이름이 붙은 분명한 이유가
있다. 오스트레일리아의 사이클롭스Cyclops, 북캘리포니아의 고스

모래 해변.
테이블 윗면.
지표.
마리아의 것.
가스실.
세 야자나무.
거인족 키클롭스.

트 트리Ghost Tree, 남캘리포니아의 본야즈Boneyards, 남아프리카의 던전스Dungeons, 마우이Maui의 조스Jaws, '해골의 땅' 또는 '머리 자르기'라는 뜻인 타히티의 테아후포오Teahupo'o. 현지인들 사이에서 브로크 넥 비치Broke Neck Beach로 알려진 보디서핑 명소도 그렇다.

이런 장소에는 대부분 독특하고 위험한 파도가 친다. 거인 같은 파도는 뛰어난 서퍼의 기술과 훈련 정도를 모든 면에서 시험하며 심지어 생명을 앗아가기도 한다. 힘, 민첩성, 집중력, 파도에 대한 지식, 정신력, 직관력, 바다에 대한 감각이 시험대에 오른다. 그 대가로 서퍼가 얻을 수 있는 것은 섹스보다 좋다고 묘사되는 흥분이다.

선두적인 빅웨이브 서핑big-wave surfing 전문가이자 프로 리그 대회에서 여성의 상금을 남성과 동일 수준으로 올리는 로비 활동에 힘을 보태 성공시킨 케알라 케널리는 그 감각을 자연 그대로의 힘과 합일되는 느낌, 지각 능력이 실제로 초인적으로 변하는 느낌이라고 묘사했다. 그는 말리부에서 열린 TEDx 강연에서 이렇게 말했다. "시각이 정확한 지점에 집중되고, 촉각이 한껏 확장되어 파도의 물방울 하나하나를 느끼며 파도가 어떻게 움직일지 예측할 수 있게 됩니다. 그 순간 세상 모든 것과 연결된 느낌이 들고, 파도 밖으로 튀어오르는 몇 초 동안은 우주의 지배자가 된 것

유령 나무.
묘지 또는 폐차장.
지하 감옥.
부러진 목 해변.
전용 보드를 사용해 높이 6.2m 이상의 파도를 타는 서핑.

같아요."

빅웨이브 서핑의 대가 레어드 해밀턴이 조종하는 제트 스키를 타고 마우이의 조스에서 파도를 탄 수전 케이시는 자신의 책 《파도 *The Wave*》에 이렇게 썼다. "이제까지 했던, 보았던, 겪었던 그 무엇도 이렇게나 살아 있다는 느낌을 주지 못했다."

내가 서핑을 하면서 그런 강렬한 무언가를 느끼는 일은 결코 없을 것이다. 나도 안다. 10미터, 15미터, 30미터씩 되는 파도에 도전한다는 상상을 하기조차 어려울 만큼 너무 늦게 서핑을 시작했다는 것을. 거대한 파도는 엄청난 에너지를 품고 있어서 액체라기보다는 콘크리트에 가깝다. 보드에서 떨어져 거의 수직에 가까운 파도 표면에서 튕겨 나와 물에 삼켜지는 서퍼들의 영상을 본 적이 있다. 몇 미터가 아니라 아파트 몇 층 높이라고 표현해야 하는 파도를 내가 노릴 필요는 전혀 없다.

그래도 괜찮다. 그런 거인 사냥꾼들은 대단하고 좀 부럽기도 하지만 나에게는 서핑의 끝까지 추구할 투지도, 근성도 없었다. 내가 더 타야 할 파도는 무릎에서 허리 높이면 충분하다. 언젠가는 어깨나 머리 높이가 될지도 모르지만.

○ ○ ○

어느 안개 낀 일요일, 해가 막 진 뒤에 골목을 지나 집으로 돌아왔다. 길 위로 드리운 무성한 미국담쟁이 덩굴이 이웃집 현관 불빛을 받아 환하게 떠올랐고 주위에서는 귀뚜라미 소리가 울렸다.

댄과 메리 앤의 집 앞에서 파티가 열리고 있었다. 십여 명이 앞쪽 테라스에 둘러서 있거나 계단에 앉거나 인도에 나와 있었다. 댄이 일어나서 내 쪽으로 다가왔다.

"아, 미안해요. 어쩌다 보니 파티를 열게 되었어요. 다이앤도 참석 환영이에요."

"걱정 마세요. 그리고 고맙지만 오늘은 그냥 들어갈게요. 내일 일찍 출근해야 하거든요."

"알았어요. 마음 바뀌면 언제든지 와요."

나는 우리 집 현관 입구로 돌아섰다.

"다이애애애애앤!"

댄의 친구인 커트라는 남자가 맥주 캔을 머리 위로 든 채 소리쳤다.

"다이앤도 와야 돼요!"

나는 잠깐 고민하다가 제안을 받아들이기로 결정했다. 내일 피곤할 수도 있지만 복잡하거나 중요한 일거리는 없으니까.

"알았어요, 금방 갈게요. 짐만 두고 맥주 가지고 나올게요."

나는 돌아와 커트와 수다를 떨었다. 다부진 몸의 커트는 열정적인 서퍼이자 윈드서퍼이고 쉽게 웃음을 터뜨렸다. 물에서 나를 몇 번 도와준 적도 있었다. 커트는 예전에 하와이에 살면서 밤에 친구들과 서핑과 작살 낚시를 하고 서핑을 가르치며 생계를 꾸렸다고 한다. 커트가 얘기했다.

"강습생 누구든지 파도 위에 서서 신난 모습을 보면 그렇게 재미있을 수가 없더라고요. 그냥 '대단해요!'라고 하게 돼요."

계단 옆에 앉아 우리 이야기를 들은 어떤 여자가 웃으면서 끼어들었다.

"맞아요. 정말 대단하죠."

호주 억양이 약간 섞여 있었다. 우리는 각자 자기소개를 했다. 밝은 갈색 웨이브 머리, 높은 광대뼈, 큰 갈색 눈을 가진 꿈같이 아름다운 미인은 다비나라고 했다. 다비나는 호주 멜버른에서 자라 영국 잉글랜드와 브루클린에서 살다가 로커웨이 우리 블록에 있는 아파트로 이사했다.

"그럼 어렸을 때도 서핑을 했겠네요."

내가 물었다. 다비나가 웃으며 답했다.

"아뇨, 여기 이사 와서 시작했어요. 상어가 너무 무서웠거든요."

"어, 호주에서는 서핑이 필수인 줄 알았어요!"

"맞아요, 그렇게 생각할 수 있죠. 저도 부모님과 배는 타곤 했지만 물속에 완전히 들어가는 건 좋아하지 않았어요. 아시다시피 해마다 물리는 사람이 나오거든요. 여긴 그렇게 나쁘지 않은 것 같아요."

다비나는 내가 어떤 여정을 거쳐 로커웨이까지 오게 됐는지 물었고, 이혼 이야기를 하자 팔을 뻗어 내 어깨에 손을 올렸다.

"오오, 역사가 있으시네요."

세상에서 가장 경이로운 이야기라도 들은 듯한 분위기였다.

커트가 나를 잡아줘서 기뻤다. 로커웨이에서 보내는 여름이 예전 대학 시절과 비슷하다는 느낌이 들기 시작했다. 밥네 집 포치, 산책로, 커다란 마당이 되곤 하는 이웃집 옆길들이 그랬다. 항상 어딘가에서 무언가가 열리는 중이었고, 다들 비슷한 이유로 로커웨이에 왔기 때문에 사람을 만나기도 쉬웠다. 우리는 서핑이 불러서, 바다가 당겨서, 로커웨이의 다듬어지지 않은 묘한 평화로움이 좋아서 이곳에 왔다.

한여름 어느 주말에 나는 산책로를 걸어 올라가면서 몸을 시원하게 드러낸 형형색색 수영복들의 향연에 감탄하고 있었다. 맨가슴과 엉덩이, 힘준 가슴 근육, 문신, 피어싱, 어처구니없을 만큼 굽이 높은 샌들, 속옷만큼 짧은 반바지, 포크파이 햇, 분홍색이나 초록색이나 새까만 색으로 염색한 머리가 끝없이 이어졌다. 나는 밥네 집 근처 테이크아웃 음식점에 바닷가재롤과 맥주를 사러 가는 길이었다. 로커웨이 비치와 로커웨이 파크 사이 산책로에 전쟁 전 지어진 벽돌 창고 세 동이 띄엄띄엄 늘어서 있었다. 그곳에 식도락가 서퍼들이 로커웨이 타코에 이어 고르고 고른, 흔히 생각하는 평균적인 바닷가 노점들보다 훨씬 다양한 음식 및 음료를 파는 가게들이 들어와 있었다.

커다란 휴대용 시디플레이어에서 흘러나오는 재즈 곡조에 맞춰 콘트라베이스를 연주하는 사이먼 옆을 지났다. 사이먼은 아번에서 나를 가르친 프랭크네 서핑 강사로, 나에게 '발가락을 노즈로'를 알려준 사람이지만, 팬이 꽤 많은 재능 있는 음악가라는 사실도 알게 되었다. 그는 도시 번화가 클럽의 터줏대감인 사이먼 앤드 더 바 시니스터스Simon and the Bar Sinisters라는 소란스러운 평크-로커빌리 밴드를 수십 년간 이끌었고, 로커웨이에서는 가끔 재즈 트리오나 콰르텟, 슈퍼톤스Supertones라는 서프록 밴드의 일원으로 연주를 했다. 이 동네에는 비슷한 사람이 많았다. 먹고살기 위해 부업을 몇 개씩 뛰지만 여기 살면서 서핑을 하기 위해 일의 유연성은 확보한다. 게으름뱅이니 쓸모없는 놈팡이니 하는 고정관념과는 정반대로, 서퍼들은 사실 내가 이제까지 만난 사람들 중 가장 열심히 일하고 치열하고 야심만만한 사람들에 속했다. 그저 마음속 깊은 곳에서 추구하는 야심의 대상이 돈이 아니라 파도일 뿐이었다.

바닷가재롤과 맥주를 들고 야외 테라스로 나갔더니 피크닉 테이블 앞에 다비나가 앉아 있었다. 나는 다비나와 조금 친해졌다. 맨해튼 미드타운까지 가는 더 비싼 급행 버스를 타러 갔다가 몇 번 마주친 적이 있었다. 그러던 어느 날 아침, 우리는 딱 붙어서 조용조용 이야기를 나눴다. 이른 아침 버스 탑승자들의 암묵의 규칙, 조용히 해야 한다는 룰을 깨서는 안 되었기 때문이다. 다비나는 몇 주 뒤 결혼식에 참석하러 샌디에고에 갈 예정이었는데, 크레이그스리스트Craigslist에서 발견한 중고 보드를 거기 가서 사올 생각이었다. 그래서 비교적 저렴하게 보드를 실을 수 있는 항공사를 선택했다고 했다.

🍂 로커빌리는 1950년대 미국에 등장한 음악 장르로, 로큰롤과 컨트리 음악 요소가 결합되어 있다. 펑크-로커빌리는 여기에 펑크 요소가 가미된 것이다.
🍃 미국의 지역 정보 교환 및 중고 거래 사이트.

"이번에도 거기 가서 서핑을 할 수 있을지는 모르겠어."

다비나가 스마트폰으로 광고를 찾아 보여주며 말했다.

"지난번엔 정말 재밌었거든. 파도가 끝내줬어. 레프트는 별로 없었지만."

"아, 맞다, 다비나는 구피였지."

"응, 그래서 늘 레프트가 좋아."

구피, 즉 오른발을 앞으로 내밀고 파도를 타는 사람들은 주로 왼쪽으로 부서지는 파도를 선호하고, 왼발을 내밀고 타는 레귤러는 오른쪽으로 부서지는 파도를 선호한다. 이는 백사이드backside, 즉 파도를 뒤에 두기보다 프런트사이드frontside, 즉 파도를 마주 보며 타는 것이 편하기 때문이다. 파도를 마주 보면 어깨 너머로 볼 때보다 더 잘 보이므로, 어디로 가야 할지 예상하기 더 쉽다는 점이 여러 이유 중 하나이다.

나는 레귤러인데도 항상 레프트를 선호했기 때문에 웃으면서 말했다.

"나는 그냥 레프트에 익숙해진 것 같아. 로커웨이 파도는 다 레프트잖아. 그래서 레프트가 있었어?"

"응, 주차장에 있던 사람들한테 물어봤어. '제가 레프트를 타고 싶은데 어디 있는지 아세요?'라고 했던가?"

다비나가 웃으면서 말을 이었다.

"그 사람들이 도와준 덕에 아주 즐거운 시간을 보냈어."

"나는 못 물어볼 것 같아. 아직도 너무 부끄러워!"

"음, 나는 모험을 너무 좋아할 뿐이야. 알잖아, 찾아다니는 건 정말 재밌어."

그 말을 듣고 나는 생각했다. 당연한 일이지. 다비나는 멋지고 매력적이니까. 이런 미인이 레프트를 찾는다는데 어떤 남자가 안 도와주겠어?

나에게 다비나 같은 모험심은 없었지만 그런 정신을 좋아했기 때문에—다비나는 사려 깊고 함께 있으면 재미있었다—그가 앉아 있는 가게들 근처 테이블로 다가갔다.

"여기 앉아도 돼?"

"그럼, 당연하지! 얼른 앉아."

다비나가 대답했다. 나는 맞은편 벤치에 자리를 잡고 맥주 잔을 들어올렸다.

"건배."

그러자 다비나도 로제 와인 컵을 들었다.

"오늘 어땠어? 아침에 서핑하러 갔어?"

다비나가 물었다.

"갔어!"

"어땠어?"

"괜찮았어. 처음부터 끝까지 파도를 두 번이나 탔어. 놀랍지."

"와, 죽이는데."

다비나가 10대 소년들을 따라 하듯 고개를 흔들었다.

"응, 끝내줬지."

나도 장단을 맞췄다. 우리 둘 다 웃음을 터뜨렸다.

"정말로 다 재미있었어. 딱 한 번만 잘 타도 그걸로 행복할 때가 있잖아. 다비나는? 오늘 나갔어?"

"응, 나갔어. 아침에 일찍 그레그랑 브랜던이랑 다녀왔지."

다비나가 룸메이트와 지역 주민인 다른 서퍼 이름을 꺼냈다.

"둘 다 정말 잘 타서 나도 더 잘하고 싶다는 자극을 받아. 언제 꼭 같이 가자."

"지금 실력으론 너무 겁날 것 같아. 하지만 자신감이 좀 더 붙으면 제티로 갈게."

"그래, 준비되면 아무 때나 와. 언젠가는 로커웨이 밖으로도 나가보고 싶어. 알지? 어딘가에 있을 멋진 비밀 장소를 찾으러 모험을 떠나고 싶어."

"와, 재밌을 것 같아. 그런 곳이 아직 남아 있을까?"

"있지 않을까? 모를 일이지. 리노베이션 공사는 어떻게 돼가?"

"거의 끝났어! 그렇게 보이진 않지만. 마룻널 더미가 여기저기 쌓여 있거든. 마루를 깔기도 전에 이렇게 사는 데 익숙해지게 생겼어. 하지만 다 깔기만 하면, 아마 몇 주 안에는 될 건데, 굽도리를 대고 페인트를 칠할 수 있고, 그러면 끝이야! 빨리 보고 싶어 죽겠어!"

입구 쪽 칸막이 벽을 없앴더니 안이 얼마나 탁 트였는지 두 배는 넓어진 것 같다고 이야기했다. 공간을 전부 하나로 틀 수는 없었지만 어쨌든 잘 해결되었다. 거실로 들어서면 뒤쪽 창, 계단, 내가 직접 흰 페인트를 낡은 느낌이 나게 칠한 4인용 원형 테이블이 한눈에 보인다. 하지만 주방 나머지 부분은 벽에 가려져 있다.

테라스 자리에서 한 남자가 어슬렁대는 것을 눈치챘다. 4, 50대처럼 보이는 그는 밝은 갈색 머리의 위쪽을 세우고 뒷머리는 목 뒤로 늘어뜨려 짧은 멀릿 스타일로 꾸몄고, 검은색 바지와 흰 버튼다운 셔츠를 입었으며 가느다란 검은색 넥타이를 맸다.

"세상에, 저기 저 남자, 로드 스튜어트인가 봐."

내 말에 다비나가 돌아보았다가 다시 바로 앉았다. 만면에 띤 웃음이 춤추듯 즐거운 눈빛을 자아냈다.

"아, 그냥 로드 스튜어트를 무지무지 좋아하는 사람이야. 맨날 저렇게 입어."

"정말? 존경하는 사람을 따라하는, 뭐 그런 건가?"

"응, 바로 그거야. 아주아주 열성적인 팬이지. 로커웨이 로드라고 불러. 본명은 뭔지 몰라."

"여긴 정말이지 캐릭터 있는 곳이네."

내가 활짝 웃으며 말했다.

○○○

한 달쯤 뒤, 다시 몬토크를 방문해 긴 주말을 보내고 있었다. 직장 동료 한 명과 함께 해변으로 짧은 휴가를 와서 비치컴버에 묵는 중이었다. 우리는 목요일에 차로 출발했다. 나는 몬토크에서 맞이하는 첫날 아침에 받을 서핑 강습을 예약해놓았다. 몬토크에 처음 왔던 날 이후 이 년 동안 내 삶이 얼마나 많이 바뀌었는지 돌

● 1960년대에 데뷔한 영국의 록 가수이자 작곡가.

아보았다. 구불구불한 길을 따라 혼자 차를 몰고 처음으로 디치 플레인스에 가서 바다를 보았을 때는 앞으로 무슨 일이 기다리고 있을지 전혀 알 수 없었다. 지금 나는 집이 있고 몰두할 것이 있고 10대 이후로 가장 잘 움직이는—보드 위에서는 고군분투하지만—몸이 있고 친구 관계도 새롭게 넓어지고 있었다. 결혼 생활이 끝난 뒤로 사귀게 된 첫 친구들이었다. 로커웨이는 내가 기대했던 것보다 충만한 경험을 주었고, 앞으로 또 무엇을 가져다줄지 마음이 설레었다.

해변에 도착했을 때 처음 느낀 감정은 두려움이었다. 파도는 크고 조류 수위는 높아 보였다. 다시 말해, 아웃사이드까지 나가려면 더 오래 팔을 저어 임팩트 존, 즉 파도가 부서지는 지대를 넘어가야 한다는 뜻이었다. 하지만 지난번에 왔을 때와 마찬가지로 나는 보드—빅 그린 몬스터보다 날씬한 11피트 소프트톱이었다—위에 앉아서 강사의 구불구불한 금발을 바라보며 뒤따라 통과하는 데 성공했다. 강습은 순조로웠다. 파도는 실제로 내가 주로 타던 것보다 커서 거의 가슴 높이까지 왔지만, 로커웨이의 파도와 달리 더 두껍고 더 쐐기 모양에 가까웠다. 부서지기 한참 전부터 페이스가 솟아올라 있다가 우리가 있는 구역을 가로지르며 부드럽게 부서졌다. 우리 동네에서는 파도가 불쑥 솟았다가 모래 위에서 한꺼번에 무너지며 나를 휩쓸어가는 느낌이 든다.

패들링을 시작할 때를 알려주고 보드 각도를 잡도록 도와준 강사의 코치 덕분에 거의 매번 파도를 잡고 일어설 수 있었다. 그래도 내가 서핑을 아주 끔찍하게 못하는 건 아닌가 봐. 나는 파도 속으로 들어가 뛰어올라 일어섰고 페이스를 가로질러 내려가며 속도를 냈다. 갑자기 평소보다 더 멀리까지 나아가고 있다는 걸 깨달았다. 파도가 부서지거나 가속도가 줄어서 보드에서 떨어지는 지점을 지나 있었다. 내가 뭘 다르게 했는지, 아니면 파도에 특별한 점이 있었던 건지 모르겠지만, 장관을 이루었던 코스타리카의 바다에서만큼 오랫동안 파도를 탔다. 내가 쌩 앞으로 나아가는데, 한 남자가 내 진로를 가로질러 팔을 저으며 아직 남은 파도를 향해 가려는 것이 보였다. 그가 나를 보길래 나도 돌아보며 '그러지 마세요'라고 말하듯 고개를 옆으로 까딱했다. 우리는 잠시 눈길을 맞추었고, 남자는 뒤로 물러나 내가 다음 구간으로 넘어갈 수 있게 비켜주었다. 이때 나는 완전히 다른 파도를 잡는 것이나 거의 마찬가지인 경험을 했다.

며칠 뒤, 코리스웨이브 서핑 교실의 크리스틴에게서 이메일을 받았다. 내가 강습을 받았던 날, 그 지역 사진 작가가 내 사진을 찍었다는 내용이었다. 그 작가의 웹사이트에 들어갔다가 믿을 수 없는 사진을 보았다. 내가 서프보드 위에서 파도를 타고 있었다. 굉장히 우아하거나 품위 있는 자세는 아니었지만 어쨌든 파도를 타고 있었다. 그것은 증거였다! 내가 항상 엉망진창은 아니라는 증거, 가끔은 진짜 서핑처럼 보이는 무언가를 할 수 있다는 증거였다. 사진을 몇 장 사서 페이스북에 올리고, 항상 볼 수 있도록 출력해서 냉장고에 붙여두었다. **나도 가끔은 서핑을 할 수 있어.** 사진들을 보며 생각했다. 잊지 않게 해줄 메시지가, 파도를 더 많이 타도록 노력하게 해줄 작은 자극이 로커웨이에서는 언제나 필요했다.

○ ○ ○

여름이 끝나갈 무렵, 번화가의 음식점에서 쇠고기와 검은콩, 치즈가 든 아레파를 잔뜩 먹고 산책로를 따라 뒤뚱뒤뚱 집으로 돌아가는 길이었다. 90번가 근처까지 왔는데 핸드폰을 들고 바다를 향해 서 있는 무리가 눈에 띄었다. 그들이 보는 쪽을 눈으로 좇았지만 평소와 다른 것은 없어 보였다. 드넓게 펼쳐진 바다가 반짝이고 있었고 수평선 위로는 어슴푸레 큰 선박 몇 척, 옆으로는 뉴저지 해안선이 보일 뿐이었다. 가던 길을 가려는데 무언가가 눈길을 끌었다. 다시 돌아서자 사파이어처럼 파란 바다에서 분수처럼 뿜어져 올라가는 거대한 물줄기가 보였고, 잠시 후 어마어마하게 큰 짙은 회청색 등성이가 수면 위로 아치를 그리며 솟아올랐다가 잠수함처럼 사라졌다. 엄청나게 커다란 생명체가 물 위로 모습을 드러냈을 때, 나는 숨이 막히는 듯했다. 비행선 같은 몸체에서 주둥이가 삐죽 튀어나와 있고, 커다란 입은 가위처럼 활짝 벌어졌다. 영원을 불어넣는 풀무처럼 부풀어 오른 목구멍에서 바닷물이 줄줄 흘러내렸다. 주변의 모든 것이 난쟁이처럼 작아 보였다. 모여든 사람들이 탄성―오오, 아아, 우와, 이럴 수가―을 내뱉는 가운데, 그것은 입을 탁 다물고 물속 깊이 사라졌다. 검은 구멍처럼 남은 흔적만이 그것이 그 자리에 있었다는 증거였다.

"고래다. 세상에, 고래였어."

🐾 남미 북부에서 즐겨 먹는 빵.

나는 꺅 소리를 질렀다. 온몸이 떨렸다. 거대 생물의 힘과 크기 앞에서 우러나온 경외심에 저절로 비명이 새어나왔다. 경이롭고 아찔했다. 바로 여기, 뉴욕의 다섯 개 자치구 안에, 상상할 수 있는 가장 인공적인 환경과 가장 자연적인 환경 사이의 기묘한 완충 지대에서, 나는 혹등고래가 뛰어오르는 모습을 본 것이다.

정신을 가다듬고 바다를 지켜보며 집으로 걸어가는데 공동 텃밭에서 키바와 나눴던 대화가 떠올랐다. 로커웨이가 얼마나 경이로운지, 이곳에 사는 우리는 얼마나 운이 좋은지에 대한 이야기였다.

"이렇게 자연 가까이에서 자연의 일부라는 걸 느끼면서 살 수 있다니 정말 멋져요. 여기서는 이 공간에, 이 공간의 리듬에 주의를 기울여야 해요. 그러니까 이런 곳에선······."

키바가 내 생각을 읽은 듯 말을 받아 마무리했다.

"이런 곳에선 날씨가 정말 중요하죠."

집을 사고 구 개월 뒤인 10월 둘째 주에 마침내 리노베이션 공사
가 완공을 맞이했다. 연한 색 오크 마루는 제대로 깔자 너무나 아
름다웠고, 나는 크림빛이 도는 부드러운 흰색 페인트로 굽도리와
벽을 칠했다. 가구, 수납장, 조리대, 가전 기기가 모두 제자리를
찾았다. 이 차분하고 연한 무채색을 배경으로, 색감이 바다 유리
처럼 다채롭고 무서울 만치 비싼 보호시크boho-chic 풍 쿠션과 거실
용 모포 들이 놓였다. 정확히 내가 원했던 그 느낌이었다. 깔끔하
고 탁 트인 해변 분위기였고, 젖은 웻슈트를 입은 채 앉을 곳과 누
워서 책을 읽고 TV를 보고 낮잠을 잘 곳이 있었다. 남은 일은 마
무리 작업 몇 가지뿐이었다. 그중 하나인 침실에 벽장 설치하기
를 실행하기 위해 업자에게 전화를 걸었고 업자는 다음 주에 들

　　● 보헤미안과 히피 스타일의 영향을 받아 개성적이면서도
　　세련됨을 추구한 패션.

르겠다고 했다.

그때는 몰랐다. 하지만 5600킬로미터 이상 떨어진 아프리카 서부 해안에서 그 시기의 전형적인 몇몇 기상 변화가 시작되고 있었다. 아직 대서양에서 허리케인이 발생하는 시즌이었다. 이 시즌은 6월 초에 시작해 11월 말에 끝나며 매 시즌 평균 여섯 개의 허리케인이 발생한다. 그중 미국으로 오는 것은 두 개도 되지 않는다. 달리 말해, 미국 이스트 코스트의 서퍼들은 열대 폭풍우가 유발할 수 있는 최악의 물리적 파괴는 피하면서 갈망하던 강력하고 거대한 파도를 얻을 수 있다는 뜻이다. 폭풍은 계속되는 순환에서 비롯된다. 사하라 사막의 뜨겁고 건조한 대기가 남쪽으로 내려가 기니만Gulf of Guinea을 둘러싼 숲 지대의 시원하고 축축한 대기와 충돌하면 아프리카 편동 제트기류African easterly jet라고 하는 불안정한 강풍대가 생겨나 동쪽에서 서쪽으로 이동한다. 이 불안정한 대기, 즉 열대 요란은 넘실넘실 이동하면서 열대 파동이라고 하는 남북으로 길게 뻗은 습한 저기압을 형성한다. 열대 파동은 소나기와 뇌우에 이어 마지막에는 공기가 중심에서 깔때기 모양으로 순환하는 것이 특징인 열대 저압부를 생성할 수 있다. 열대 저압부는 열대 저기압, 열대 폭풍, 허리케인으로 발전할 수 있는데 풍속과 피해를 가할 수 있는 위력 정도에 따라 종류가 정의되고 등급이 매겨진다. 아프리카 서쪽 끝 카보 베르데 공화국 근처에서는 미국 대륙에 영향을 미치는 주요 허리케인으로 발달 가능한 전형적인 파동이 연중 며칠에 한 번씩 일어나지만, 허리케인 발달에 필요한 조건이 무르익는 시기는 일반적으로 여름부터 가을까지이다.

당시 시점에서 2012년은 비교적 대기 활동이 활발한 해였다. 큰 폭풍 하나가 아니라 베릴Beryl, 데비Debby, 어네스토Ernesto, 헬렌 Helene, 아이작Isaac 등, 치명적인 허리케인 여러 개가 카리브해와 북아메리카 동부를 휘몰아치고 지나갔다. 그날, 10월 11일 목요일, 표준적인 열대 파동 하나가 서사하라 해안에서 대서양을 건너기 시작했다. 다음 날, 열대 파동은 상층 기압골이라고 하는 차가운 상층 대기 내 기압이 한층 더 낮은 구역으로 들어갔고, 하늘 높이 끌려 올라가 소나기와 폭풍우를 뿌렸다. 하지만 이 불안정한 대기는 약하고 흐트러진 상태로 떠돌아다니며 바람과 다른 힘에 뒤흔들리는 바람에 걱정할 만한 무언가로 발달하지 않았다. 일주일 넘게 어떤 기상 관계자도 주의를 기울이지 않았다.

열대 파동이 아프리카에서 출발하고 나서 사흘쯤 흐른 일요일 오후 4시경, 나는 로커웨이 비치 서프 클럽이 자리한 넓은 콘크리트 마당으로 뛰어들었다. 마당에는 벤치와 테이블이 놓여 있고, 한쪽을 가르는 담에는 '죽은 자들의 날'에 어울릴 법한 형형색색의 거대한 해골 벽화가 그려져 있었으며 'LIVE SURF DIE'라고 쓰인 플래카드가 걸려 있었다. 담 안쪽에는 스케이트보드와 가방을 만들거나 여타 창작 활동을 하는 사람들의 작업실과 바가 자리했

🌸 10월말부터 11월초까지 죽은 사람을 기리는 멕시코의 주요 명절. 해골 모형으로 제단을 꾸미고 얼굴에 해골 분장을 한 사람들이 거리를 행진한다.
🌸 '살고 서핑하고 죽고'라는 의미.

다. 마당 뒤쪽에는 야외 샤워장과 대여용 보드가 보관된 로커들이 늘어서 있었다.

맑고 상쾌한 완벽한 가을날이었고, 다비나가 주최한 여성 서핑 워크숍을 기다리는 사람들이 이미 가득했다. 여러 달에 걸쳐 나는 이 모임에 더 깊이 발을 담그게 되었다. 정식 멤버라고 할 수는 없었지만 편안하게 모일 수 있는 정도였다.

서핑 학교에서 리바라는 친구를 사귀었다. 키가 아담하고 귀여운 여성으로 성격이 매서웠다. 검은 머리는 곱슬거렸고 눈은 반짝이는 초록색이었다. 기자인 리바는 해외에 살았던 적이 있고 이스트 코스트에서 보낸 어린 시절에는 춤추기와 요트 타기를, 어른이 되어서는 요가와 무술을 꾸준히 했다. 서핑에는 항상 관심이 있었지만 몇 년 전에야 파나마 여행 중에 배우기 시작했고 이후 계속해왔다. 리바는 최근에 결별을 겪었고 그래서 우리는 점점 친해졌다. 버디가 되어 함께 파도를 타고, 짝이 되어 로커웨이와 뉴욕 서핑계에 녹아들어갔다. 리바는 브루클린에 살았고 보드를 사서 보더스에 보관해두었기 때문에, 우리는 주말과 퇴근 후에 서핑 약속을 잡았고 자유 서핑이나 강습이 끝난 뒤 동네에서 자주 함께 맥주를 마셨다. 리바 덕분에 나는 시내 서핑 모임에 관심을 갖게 되었다. 몇 주 전에는 브루클린에서 열린 서핑 영화 축제를 함께 보러갔다. 즐거운 저녁이었고―로커웨이 밖에서 출근 복장으로 만난 적이 몇 번 없었다―뉴욕 서핑계의 규모와 활기에 감탄했으며, 다양한 서핑 영화가 많아서 놀랐다. 영화에서는 서핑을 집채만 한 파도 위에서 전문가들이 극도로 수준 높은 기술을 선보이는 경기로만 묘사할 줄 알았는데. 〈쿡의 낙원*Kook Paradise*〉이라는, 디치 플레인스에 몰려오는 여름 관광객들을 조롱하는 내용의 정말 우스운 풍자 다큐멘터리도 보았다. 상영 중간에 우리는 브랜던을 만났다. 긴 곱슬머리를 한 브랜던은 롱 아일랜드 출신의 장난꾸러기로, 서프 클럽의 공동 설립자 중 한 명이었다. 리바와 나는 브랜던을 제티에서 몇 번 봤다. 한번은 그가 몸을 휙 돌리더니 아무것도 없어 보이는데 패들링을 시작했다. 그때 뒤에서 마술처럼 파도가 치솟았고, 눈 깜짝할 사이에 일어난 브랜던은 해안선을 따라 물결을 타고 나아갔다. 우아하게 낮춘 여유로운 자세, 몸 가까이에서 팔꿈치를 굽히고 마치 우주의 힘과 교감하는 마법사처럼 뻗은 손.

"우와, 저 사람 정말 잘하네. 아까 팝업 봤어?"

내가 말했다.

"응, 고양이 같았어."

지금 브랜던과 다비나는 여성의 교육과 라이프스타일에 중점을 둔 라바 걸 서프Lava Girl Surf라는 회사 설립을 함께 준비하는 중이었고, 이 워크숍은 그 회사의 첫 번째 큰 행사였다. 차트와 그래프가 준비된 프레젠테이션 구역이 행사장을 둘러싸고 있었고, 기상 데이터 해석, 피트니스 트레이닝, 보드와 핀 디자인, 서프보드 수리 관련 강의 장비들도 거기에 늘어서 있었다. 한쪽 구석에 놓인 테이블에는 수프, 샌드위치, 샐러드가 마련되어 있었고 담 안쪽 바도 영업 중이었다. 나는 여기에 더 일찍 오려고 했지만 내 집에 감탄하고 기뻐하느라 시간 가는 줄 모르고 있었다. 완벽하게 아늑한 쉼터를 꾸몄다는 흥분이 쉽사리 가라앉지 않았다. 서핑 강습이 끝난 뒤 한숨 돌릴 수도, 친구들과 모임을 가질 수도, 그림을 그릴 수도, 깜빡 잠들곤 하는 긴 의자에 누워 그냥 빈둥댈 수도 있었다. 인생의 신나는 새로운 국면으로, 내가 스스로 만들어낸 새 장으로 풍덩 뛰어들 준비가 된 듯했다.

등록을 하고 입장료를 냈다.

"자, 여기. 다이앤은 3그룹이야."

다비나가 미소를 지으며 번호가 쓰인 종이 한 장과 표를 하나 건네고 참여 방법을 설명했다.

"이 표로 무료 음료를 마실 수 있어. 그리고 그룹 사람들이랑 같이 프레젠테이션을 하나씩 들어봐. 지금 3그룹에 누가 와 있는지 모르겠네."

다비나가 주위를 둘러보았다.

"아, 하지만 보고 싶은 게 있으면 따로 가서 봐도 돼. 저기 어디에 리바가 와 있을걸. 그룹 찾는 건 걱정 말고. 나중에 또 얘기하자. 영상 찍으러 다시 가야 해서."

나는 무료 맥주를 받고 돌아가 서핑 기상 예보 코너에서 리바를 찾았다. 우리가 인사하는 동안, 사람들 대부분이 로커웨이 최고의 여성 서퍼로 꼽는 시본이 발표를 마쳤다. 다양한 색깔의 지도와 차트를 해독해서 발달하며 다가오는 폭풍이 로커웨이의 파도에 미치는 영향을 이해하는 법에 대한 내용이었다. 선명한 분홍색 비키니와 딱 붙는 검은색 청바지를 입고 하얀 별 무늬 남색 스웨터를 걸친 시본은 긴 합판 게시판에 붙여둔 인쇄물을 따라

걸으며 적외선 열 지도처럼 보이는 다이어그램들에 대해 설명했
다. 중심에 자리한 눈에서 바람이 달팽이 집처럼 소용돌이쳐 나
올 때 다양한 속도의 바람을 색깔별로 표시한 그림이었다. 이 폭
풍에서 비롯된 너울이 여러 방향으로 이동하다가 크거나 작거나
거친 상태로 해안에 도달한다.

"좋은 파도가 있을지 없을지 스스로 판단할 수 있다면 좋겠죠.
특히 앞으로 며칠간 로커웨이에 올 수 없다면요."

시몬이 말했다. 길고 곧은 금발이 산들바람에 흩날렸고, 눈은
어마어마하게 큰 검은색 선글라스에 가려져 있었다.

"아시겠지만 상황은 변할 수 있어요. 하지만 상태를 확인해서
주중에 정말 좋은 날이 있다는 걸 미리 알 수 있다면 저는 이삼일
자리를 비우겠다고 직장에 말할 거예요."

시몬이 씩 웃으며 덧붙였다.

"그래야 저를 찾지 않을 테니까요."

브랜던이 1950년대 응원 대회에서 봤을 법한 메가폰을 입에
대고 다음 코너로 이동할 시간이라고 안내했다. 리바와 나는 서프
보드 수리를 배우러 갔다. 마당을 가로질러 걷는데 다비나가 소프
트슈를 추는 브랜던을 촬영하는 모습이 언뜻 보였다. 거리를 걷
다가도 난데없이 그 춤을 추는 것이 브랜던의 가벼운 댄스 일과
였다.

"기상 예보 강의를 너무 조금밖에 못 들어서 속상해. 무슨 내용

✹ 징이 박히지 않은 신발을 신고 추는 탭댄스.

인지 잘 이해됐어?"

내가 리바에게 물었다.

"전부 다는 아니고 띄엄띄엄. 요트 탄 적이 있어서 조금은 알아들었는데 처음 듣는 얘기가 많았어. 그렇지만 우리가 딱히 전문가가 될 필욘 없잖아. 서프라인이나 스웰인포Swellinfo에 들어가면 언제나 예보를 볼 수 있으니까."

리바가 말했다.

"맞아, 그래도 되지. 하지만 나 혼자서도 좀 더 알 수 있으면 좋겠어."

워크숍 몇 가지를 더 들은 뒤, 지는 해 속에서 발표자 중 한 명과 이야기를 나누었다. 브리짓이라는 열정적인 여성으로, 층지게 자른 밝은 갈색 머리, 멋진 이목구비, 운동선수처럼 강단 있는 몸이 인상적이었다. 서핑을 어떻게 시작했는지 묻자 브리짓은 항상 운동을 좋아했지만 어른이 되어서야 서핑을 시작했다고 대답했다. 남편도 서핑을 통해 만났고 지금은 만 쪽에 있는 집에서 고양이 네 마리와 함께 살고 있단다.

"나는 언제나, 정말 언제나 그렇게 믿었어요."

브리짓이 가까이 몸을 기울이고 내 눈을 똑바로 보며 말했다.

"진심으로 좋아하는 일을 하세요. 그러면 그 일에 어울리는 사람들을 삶 속에 불러들일 수 있어요. 나머지 다른 건 다 알아서 제자리를 찾을 거예요."

○ ○ ○

그 후로 두 주 동안, 열대 파동은 서사하라에서 시작된 여정을 이어가며 많은 일을 벌였고 그중 얼마간은 예상을 벗어났다. 파동은 대서양 중부에서 며칠 머무르다가 둘로 갈라져 하나는 북쪽인 포르투갈의 아조레스 제도로 향했다. 다른 하나는 서쪽 카리브해로 향했고 따뜻한 깊은 바다에서 발달에 필요한 연료를 가득 얻었다. 10월 21일 일요일쯤, 이 파동은 나선형으로 소용돌이치는 확연한 열대 저기압으로 발달했지만 국립 기상국 예보관들은 유럽의 예측 모형을 묵살했다. 그 모형에 따르면 열대 저기압은 거대한 규모로 커져 미국 동부 연안을 향해 계속 내륙으로 나아갈 가능성이 있었다. 원래 이러한 저기압들은 수온이 낮은 대서양을 지나고 나면 항상 세력이 약해져 다시 바다로 물러나곤 하는데도 말이다.

그러나 며칠이 지나는 사이, 불안정한 대기는 열대 저압부 18호가 되었다가 열대 폭풍 샌디Sandy가 되었다. 마침내 1급 허리케인이 된 샌디는 자메이카와 쿠바를 쓸고 지나간 뒤 2급, 3급으로 더욱 강해지게 된다. 이후 증기를 잃어 속도를 늦추다가도 때때로 세력 범위를 넓히며 바하마에서 부풀어오른 다음 플로리다로 나아간다. 몇 가지 비정상적인 상황이 일어나 샌디는 더욱 강해졌다. 버뮤다 고기압이라는 반영구적 고기압이 보통은 미국의 이스트 코스트로 접근하는 폭풍을 격퇴하는데, 이 고기압의 위치가 바뀐 탓에 사실상 진공 상태가 생성되었고 대서양 중부 위쪽으로 모든 것이 빨려들어갔다. 제트 기류도 다른 양상을 보였다. 이 기류는 강력하지만 정처 없이 이동하는 바람의 떼로, 상층 대기에서 지구를 돌며 버뮤다 고기압을 지나는 무엇이든지 해안으로부터 쫓아내는데, 이번에는 그 힘이 동쪽이 아닌 북쪽을 밀어붙였다. 그리고 일부 지역에서 해수면 온도가 평소보다 약 삼 도 높았던 것도 샌디가 계속 발달한 원인이 되었다.

10월 25일 목요일, 폭풍으로 인해 자메이카에서는 수천 명이 피난소에 거주했고 푸에르토 리코와 도미니카에서는 주민들이 홍수에 잠긴 집에서 탈출했으며 여러 명이 사망했다. 아이티는 2010년 지진과 연이은 열대 폭풍으로 입은 피해를 복구하는 중이었으나 또다시 수십 만 명이 숨지거나 집을 잃었고 콜레라가 되살아날 위기에 놓였다. 속도를 늦춘 샌디는 이제 재난을 부르는 중요한 문제가 되어 신문 머리기사와 방송에 등장했고, 플로리다와 바하마에 열대 폭풍 주의보와 경계 경보가 내렸으며, 샌디가 북동부로 접근해 미국 중서부에서부터 이동 중인 북극 한랭 기류와 충돌할 가능성이 있다는 합의가 도출되었다.

뉴욕시 공무원들은 해안 비상 계획을 발동했으나 상황을 지켜보자는 정체 상태에 빠진 듯, 어떤 대피 명령도 내리지 않았다. "이스트 코스트 전체에 걸쳐 대단히 많은 비가 올 것입니다. 플로리다 남부에는 그럴 것이 확실하고, 그런 다음에 올라올 겁니다." 블룸버그 시장은 기자 회견에서 이렇게 말했다. "만일 이 폭풍우가 오하이오 밸리에서 오는 다른 폭풍과 합류한다면 정말로 이상한 날씨가 될 가능성이 있습니다. 눈이나 아주 큰 비나 강풍 같은 것이 찾아오는 날씨 말입니다. 반면 그대로 바다로 나갈 수도 있다고 하지만 확실하지는 않습니다."

같은 날, 정부 예보관이 샌디에게 새 이름을 붙였고 미디어가 즉시 그 이름을 덥석 물었다. 프랑켄스톰Frankenstorm이라는 이름이었다. 누군가가 트위터에 '@TheFrankenstorm'이라는 계정을 만들고 트윗을 썼다. "나는 살.아.있.다. I'm ALIVE"라고.

다음 날 샌디는 강해졌다가 약해지면서 바하마를 휘젓고 지나갔고, 샌디가 움직이면서 사나운 돌풍의 영향 범위는 확대되었다. 뉴스에는 모순되는 내용이 가득했다. 파괴적인 무언가가 반드시 오겠지만 정확히 무엇이 어디에 올지는 여전히 의문이었다. 결국 그렇게까지 나쁘지는 않을 수도 있다는 뜻 같았다.

그래서 토요일 로커웨이에서, 나는 모래주머니를 구하러 다니거나 값나가는 물건들을 지하실에서 꺼내거나 창문에 널빤지를 대는 대신, 해변에서 리바를 만나 매년 열리는 핼러윈 서핑 대회와 '90번 가의 악몽'이라는 이름이 붙은 뒤풀이 파티에 참가할 준비를 하고 있었다. 웻슈트 위에 의상을 덧입거나 웻슈트에 장식을 붙이고 서핑을 하는 대회였는데, 가을에 산 슈트가 회색이라 벅스 버니로 분장하면 어떨지 잠깐 생각했다. 가슴에 하얀 털 비슷한 것을 붙이고 부츠 위에 북실북실한 슬리퍼를 덧신고 장갑 위에 벙어리장갑을 덧끼고 입에 당근을 물면 될 것 같았다. 그래서 고무로 만든 토끼 코까지 샀지만 막판에 겁이 났다. 이 복장으로

．

❧ 워너브라더스의 애니메이션 〈루니 툰〉의 말썽꾸러기 토끼.

정말 서핑을 할 수 있을지, 그 자리에 어울릴지 걱정스러웠다.

해변으로 가다가 브랜던과 마주쳤다. 그는 왕관을 쓰고 흰 수염을 달고 청록색 담요를 걸치고 자기 집 포치에 서 있었다. 내가 물었다.

"포세이돈이에요?"

"바다의 왕 넵튠이죠! 다이앤도 대회에서 서핑할 거예요? 벌써 다들 나와 있어요."

"아뇨. 뭐 입을까 아이디어는 있었는데 필요한 걸 결국 다 못 챙겼어요."

"에이, 같이해요! 별로 상관없어요. 음, 다비나는 나한테 이 담요 한 장을 둘러주고 벨트를 매주더니 '자, 이게 의상이야!'라고 하던데요. 이렇게 입고 서핑을 할 수 있을지나 모르겠어요. 하지만 재밌겠죠."

"내년에 할게요. 올해는 보기만 하고요."

"좋아요. 그래도 뒤풀이 파티에는 꼭 와요. 클럽에서 해요."

"물론이죠!"

계속 걸어가 제티 근처 산책로에서 리바를 발견했다. 대회 참가자들이 등록을 하고 있었다. 양철 나무꾼, 예수, 고릴라, 〈시계태엽 오렌지〉의 알렉스가 눈에 띄었다.

"세상에, 웬일이야. 이 사람들 진심이네." 내가 말했다.

"그러게. 대단하지? 예수님이 분명 한 명은 넘게 있어."

리바가 웃음을 터뜨렸다.

우리는 해변으로 내려가 바다를 더 가까이서 보았다. 파도가 거칠게 일렁이는 회갈색 바다에서 분장한 서퍼 십여 명이 웻슈트에 덧입은 망토며 튜닉이며 점프슈트 무게를 주체하지 못해 엉망으로 허우적대며 웃고 있었다. 이런 기회를 놓치다니 갑자기 속이 쓰렸다. 브랜던 말이 맞았다. 이건 전혀 진지한 행사가 아니었지만 진지하게 재미있어 보였다.

갑자기 줄스가 뛰어들어왔다. 줄스는 키가 크고 마른 검은 머리 여성으로 밥네 집에 세 들어 살던 존이 몇 블록 떨어진 바다 가까운 곳에 아파트를 사서 나간 뒤 그 방을 빌려 여름 동안 살고 있었다. 줄스가 열띤 목소리로 말했다.

"정말 대단하지 않아?"

우리는 함께 서서 바다를 살폈다. 내가 이제껏 본 적 없는, 격렬하게 창의적이고 재미에 온몸을 바친 사람들이 난무하고 있었다. 아침마다 산책로에서 마주치곤 했던 토미도 있었다. 뱀파이어처럼 차려입고 서핑할 때 자주 쓰던 빨간색 헬멧으로 마무리한 그가 파도를 스치고 지나가자 검은색 망토가 뒤로 펄럭였다. 댄네 집 포치 파티에서 나를 환영해주었던 커트도 물속에서 웃고 있었다. 누더기가 된 젖은 헐크 티셔츠는 둘둘 말리거나 배배 꼬였고 다리에 듬뿍 바른 초록색 크림은 반쯤 씻겨 나갔다. 여성 서핑 워크숍에서 마지막으로 보았던 브리짓도 있었다. 도로시가 입었던 드레스를 입고 노란 벽돌 무늬 보드를 타고 있었는데, 이상하리만치 진짜 도로시가 노란 벽돌 길을 걸어 제티의 마법사를 만나러 온 것처럼 보였다. 그때 긴 수염을 달고 실크해트를 쓰고 연미복을 입은 서퍼가 바위 쪽으로 나아가며 게티즈버그 연설문을 읽으려는 듯 두루마리를 펼치는 광경이 보였다.

"에이브러햄 링컨!" 줄스가 외쳤다.

"우와, 저렇게도 서핑을 할 수 있네."

리바가 말했다. 서핑이 가능했다. 그는 천천히 완벽하게 균형을 잡아서 똑바로 서더니 종이 위아래를 잡아 든 채 매끄럽게 파도를 타고 내려왔다. 움직이는 보드 위에 저렇게 여유롭게 서서 가만히 버티는 것 이상의 동작을 할 수 있으려면 뭘 어떻게 해야 할지 가늠할 수조차 없었다. 하지만 나도 하고 싶었다.

몇 시간 뒤, 리바와 나는 몇몇 사람이 간단히 '스폿'이라고들 부르는 서프 클럽에서 손에 맥주를 든 채 여전히 "정말 멋졌어"와 "너무 재밌어서 믿을 수가 없어"를 연발하고 있었다. 그렇게 마당에 있는데 리바가 폭풍이 걱정되느냐고 물으면서 말을 이었다.

"상황이 나쁠 수도 있을 것 같아."

"나도 들었어. 하지만 나쁘지 않을 수도 있잖아. 어떻게 생각해야 할지 잘 모르겠어. 홍수가 나거나 정전이 될 수도 있으니 지하실에 뭔가를 해둬야 할 것 같긴 해. 하지만 그냥 바다로 갈지도 모른다잖아."

우리는 다음 날 브루클린에서 만나 〈체이싱 매버릭스*Chasing Mavericks*〉를 볼 계획이었다. 실화를 바탕으로 한 이 영화는, 10대 소년이 차갑고 변덕스러운 거대한 파도, 매버릭스에서 서핑을 하기 위해 고향 산타 크루즈에서 해안을 따라 올라가는 이야기를 담았다.

"내일 브루클린에 오는 거 괜찮겠어? 적어도 차를 높은 지대에 올려놓을 수 있긴 해."

리바가 물었다.

"아, 그거 좋은 생각이네. 하지만 갈 수 있을 것 같지 않아."

다음 날 나가는 대신에 폭풍에 대비해야 한다는 생각이 들었다.

스폿에서는 커져가는 위협이 우리 쪽으로 다가오고 있다는 것을, 말 그대로 바로 수평선 너머까지 왔다는 사실을 결코 알 수 없었다. 우리는 축제 분위기에 젖은 시끌벅적한 사람들에 둘러싸여 있었다. 로커웨이에 살거나 브루클린에서 온 참가자들과 다른 서퍼들 십여 명은 모두 복숭아빛 석양에 잠겨 있었다. 우리는 마이크와 이야기를 나눴다. 친절하고 잘생긴 마이크는 그루초처럼 큰 코 아래에 콧수염을 기르고 안경을 썼다. 우리 블록의 대형 임대 서프 하우스에 살면서 항상 흔쾌히 파도를 공유했고, 브루클린의 프로스펙트 파크에서 얼티밋 프리스비 하기를 정말 좋아한다며 한번 해보라고 권하기도 했다. 라이언도 보았다. 라이언은 자기 집과 공동 텃밭에서 홉을 재배한 뒤 다른 이웃과 함께 창고에서 맥주를 양조했다. 나는 이 사람들이 다 좋았다. 그들에 대해 아직 잘 아는 건 아니지만 내가 아는 부분들이 좋았다. 그런데 그들의 직업이 무엇인지는 거의 모른다는 사실을 깨달았다. 맨해튼이나 브루클린에서는 직업이라는 특징이 사람의 본질을 규정했고 대

배우와 작가 등으로도 활동한 미국의 코미디언 그루초 마크스를 가리킨다. 짙은 눈썹과 안경, 콧수염이 특징이다.
숙박을 하면서 서핑도 즐길 수 있는 숙소.
두 팀으로 나누어 얇은 플라스틱 원반을 던져 주고받으며 펼치는 경기.

단히 무거운 사회적 무게를 지녔다. 나는 바로 가면서 이런 생각을 했다. 남다른 열정을 통해, 집세를 내기 위해 하는 일이 아니라 내 의지로 선택한 행동을 통해 사람들과 연결되다니 멋진 일이라고.

하늘이 점점 어두워지자 바깥의 가로등이 켜지고 통근 열차가 머리 위에서 느릿느릿 달렸다. 데드 엑시스Dead Exs라는 얼터너티브 블루스 펑크 밴드가 막 공연을 시작하려는 참이었고, 이제는 맨가슴에 털이 북실북실한 초록색 조끼만 걸치고 청바지를 입고 뿔 달린 바이킹 투구를 쓴 브랜던이 바가 자리한 창고 건물 위에 올라가 호박 등 여러 개에 불을 붙였다. 공포 영화 제목처럼 뾰족뾰족 길게 조각된 틈으로 하나의 단어가 빛났다. '샌디'였다.

○ ○ ○ ·

파티가 끝나고 겨우 몇 시간 뒤, 허리케인의 눈은 수백 킬로미터 전진해 노스 캐롤라이나의 해터러스곶Cape Hatteras에 이르렀다. 거의 천 킬로미터 반경에 걸쳐 강풍이 휘몰아치고 9미터에 가까운 파도가 밀려왔다.

일요일 아침 일어났을 때 폭풍이 닥쳐온다는 데에 더는 의심의 여지가 없었지만 정확히 어디로 올지, 피해 정도가 평범히 나쁠지 재난급일지는 여전히 알 수 없었다. 기상 예보는 이제 '폭풍 해일surge'이라는 불길한 용어에 초점을 맞추었다. 그랬다. 돌풍으로 인한 피해가 있고 비도 좀 올 테지만, 가장 걱정스러운 점은 폭풍으로 인해 해수면이 평소보다 훨씬 더 높아져 바닷물이 해안으로 밀려드는 현상이었다. 게다가 곧 떠오를 보름달과 샌디의 접근이 맞물리는 바람에 문제가 악화했다. 일반적으로 만월에는 조류 높이가 평소보다 20퍼센트가량 높아지는데 샌디가 월요일 밤 만조 때 도착할 것으로 보였다.

브루클린 번화가에 자리한 비상사태 관리국의 지휘 본부에서 시장은 로커웨이 같은 저지대 주민의 강제 대피 명령을 발표했고 그날 밤 다리, 터널, 교통로를 차단할 수 있다고 경고했다. 일요일인데도 블룸버그 시장이 지휘 본부에 있다는 사실은—주말이면 전용기를 타고 뉴욕 밖으로 날아가길 좋아하는 남자였다—상황이 대단히 심각해질지 모른다는 신호였지만, 나는 계속 집에 머물기로 했다. 지난해 허리케인 아이린Irene이 왔을 때가 기억났다. 당국은 교통로를 폐쇄하고 35만 명 이상의 주민에게 대피 명령을 내렸으며 예상되는 강풍과 홍수 피해를 방지하기 위해 로워맨해튼 지역의 전력을 차단할 수 있다고 경고했다. 나는 베드-스타이의 아파트에서 창문이 바람에 깨질까 봐 혼자 걱정에 시달리며, 깨진 유리 조각을 피할 수 있다고 판단한 유일한 곳인 복도 양끝에 안락의자를 하나씩 가져다놓고 불편한 자세로 앉아 거의 밤을 새웠다. 아이린은 실제로 몇몇 주에 치명적이고 값비싼 상처를 남겼지만, 뉴욕에는 전반적으로 큰일이 없었고 공무원들은 과잉 행동을 한 것처럼 보였다.

"아이린은 아무것도 아니었어요."

월요일 아침, 버디가 자기 집 마당에서 말했다. 그는 쓰레기통

들을 지하실로 옮기고 밖에 있던 화분 몇 개를 나르는 중이었다.

"도나Donna야말로 허리케인이었죠. 그땐 바닷물이 만을 넘어왔어요. 도나가 들이닥쳤을 때 내가 다섯 살이었나 여섯 살이었나…… 집 사이를 헤엄쳐 다녔던 기억이 나요."

버디가 웃으면서 개구리헤엄 흉내를 냈다.

"그랬는데 샌디가 온다고 피난을 갈 리가 있나요."

그렇게 느끼는 사람은 버디만이 아니었다. 옆집의 댄과 메리, 골목 끝 집의 가족, 길 건너에 사는 팀과 키바, 모퉁이에 사는 밥까지 이웃 대부분이 집을 지키고 있었다. 밥은 태풍을 중계하려고 NY1에서 가져온 장비의 작은 크기에 감탄했다.

"〈겟 스마트Get Smart〉 같아. 그냥 여행 가방처럼 생겼는데 이 가방 하나에 스튜디오가 통째로 들어 있다고."

올지도 모르는 사태에 대비해 아직 별로 준비하지 못한 나는 물자를 비축하기 위해 상점가로 가려고 차를 몰았다. 그다지 오래 기다리지 않고 양초와 생수 몇 병, 조리할 필요가 없는 음식을 좀 살 수 있기를 바랐다. 하지만 상점가 쪽으로 차를 돌리는 대신에 물가를 따라가며 차를 대고 멈출 곳을 찾고 있었다. 트랙터 빔 tractor beam 이 나를 바다로 끌어당기기라도 하는 듯했다.

이러면 안 된다. 너는 시간을 낭비하고 있어. 아직 아무 준비도 안

2008년에 개봉한 미국의 코미디 첩보 영화.
떨어져 있는 물체를 끌어당기는 광선을 가리킨다. SF 소설에 처음 등장한 개념이며 영화 〈스타워즈〉와 〈스타트렉〉 시리즈에 나오는 견인 광선이 유명하다.

됐잖니. 아버지가 했던 말, 또는 내가 내면화한 아버지의 목소리가 들렸다. 무절제한 행동을 했다고, 규칙을 지키지 않았다고, 아버지가 원하는 대로의 내가 되지 않았다고 아버지는 늘 꾸짖었다. 그 말이 사실이라는 건 알았지만 거기에 귀를 기울일 수가 없었다. 나는 바다에서 무슨 일이 일어나는지 알고 싶었다. 아니, 알아야 했다. 마치 내가 하늘, 파도, 바람의 방향이 어떨지 예측해서 실제로 폭풍이 오는 과정을 관찰할 수 있기라도 한 것처럼. 나는 이미 날씨의 변덕에 삶을 걸었다. 이제부터 펼쳐질 드라마를 놓치지 않을 것이다.

69번가에 멈추었다. 상황은 위쪽과 똑같아 보였다. 거대한 야수 같은 파도가 둑을 난쟁이처럼 보이게 만들며 해안으로 끊임없이 들이닥쳤다. 솟아오른 잿빛 마루가 너무나 차갑고 단단한 바람에 바다가 액체보다 단단한 물질로 이루어진 산맥처럼 보였다. 파도는 차례차례 겹치다시피 치솟았다가 부서지면서 천둥 같은 소리를 내며 바위를 덮쳤다. 메스꺼운 칙칙한 녹색을 띤 가장자리가 거품과 물보라가 되어 공기 중에 흩뿌려지면서 부글대는 바다 위를 짙은 구름처럼 떠돌았다.

나는 돌무더기가 뒹굴고 여기저기 움푹 팬 구불구불한 길을 지나 번화가 쪽으로 차를 몰았다. 7, 80년대에 양 옆의 잡초 밭에서는 들개들과 작은 사냥감들이 돌아다녔다. 〈우리의 하와이〉에서 한 노인은 예전에 거기서 엽총으로 토끼와 꿩을 사냥하는 남자를 봤다고 했다. 오래되어 아스팔트가 다 상한 공터로 들어가 몇 안 되는 다른 차들 옆에 주차하고 산책로로 올라갔다. 여기는 구세대의 중심지였던 곳으로, 버디와 그 친구들이 서핑하러 오곤 했다. 일행이 한숨 돌리며 깨진 유리 조각을 피해 주삿바늘을 쓰는 동안 한 명은 항상 차에서 망을 보고 있어야 했다.

몇 안 되는 서퍼들이 나와 있었다. 물은 주택가 쪽 바다에서보다 더 까맣고 심상치 않아 검은색 웨트슈트와 거의 구별할 수가 없었다. 더 길고 더 뾰족하게 남서쪽으로 튀어나와 있는 둑은 작은 만을 이룬 것처럼 보였다. 그곳에서 파도는 더 크고 더 가파르고 더 강력한 무언가로 압축되었다. 그 커다란 파도들이 부서져서 해변으로 밀어닥친 뒤에 다시 급격히 물러나면 자욱한 물보라가 일어났다. 어느 누구도 파도 하나 잡지 못했다. 그저 팔을 젓고 회전하며 철썩이는 파도에서 도망치려 할 뿐이었다. 산책로에서 나와 임시 주차장을 지나는데, 숏보드를 땅에 내려놓고 차에서 수건을 꺼내는 웻슈트 차림의 남자와 마주쳤다.

"안녕하세요. 어땠어요?"

내가 다가가며 물었다.

"괜찮았던 것 같아요. 아마도."

남자가 싸늘한 눈초리로 나를 흘겨보며 대답했다.

"여기 이사 온 지 얼마 안 돼서요, 이번이 첫 허리케인이에요. 이런 파도를 탈 수 있을 만큼 서핑을 잘하지는 못하지만, 다양한 파도를 보고 감을 잡고 싶어서 나왔어요. 집은 90번가 근처라서 보통은 거기나 아번에서 파도를 타요."

"아아."

남자가 말하면서 미소를 짓자 푸른 눈이 커지고 뺨이 부풀어오르며 인상이 완전히 달라졌다. 내가 이곳에 살 정도로 서핑에 헌신하는 사람이라는 이유로 세상이 갑자기 새로워진 것 같았다.

"음, 보통 여기는 서핑하기 좋은 곳이 아니에요. 크기가 적당한 너울이 있고 북풍이나 북서풍이 부는 밀물일 때 괜찮죠. 하지만 지금은 동쪽 너울이 워낙 커서 가능했어요. 확실히 거칠긴 해요. 바람 영향이 정말 큰데요, 그래도 몇 번 잘 탔어요. 하지만 평소라면 주택가 쪽에서 탈 거예요. 심지어 그쪽에 살고 있다면요. 여기 시내 쪽이 더 좋을 때는 흔하지 않아요."

"아, 그렇군요. 음, 고맙습니다. 붙잡아서 죄송해요. 웻슈트가 젖어서 얼른 벗고 싶으실 텐데."

"네, 그건 확실히 그래요. 조심하시고 잘 들어가세요."

시간을 지체하고 있었고—거의 오후 2시였다—태풍이 더 일찍 접근할 수도 있었기 때문에 가야 한다는 걸 알았다. 우리 동네로 돌아가는 길에 아번에 있는 스톱 앤드 숍으로 방향을 돌렸다. 라디오 뉴스를 듣는데 초조함에 가슴이 두근거리기 시작했다. 조소벨 박사가 1010 WINS 에서 폭풍의 위력이 내일 오후나 밤에 최고조에 달할 것이며 돌풍의 속도는 시속 95에서 130킬로미터에 이를 것이라고 예보했다. 비를 동반한 돌풍은 상당한 수목 손상과 넓은 지역에 걸친 정전, 홍수 피해를 일으키기에 충분했다. 그러나 가장 우려되는 것은 바람의 강도와 방향이었다. 바람이 대

* 뉴욕시, 뉴 저지, 롱 아일랜드에서 청취 가능한 민간 라디오 방송국.

서양과 롱 아일랜드 해협의 물을 해안으로 밀어 올릴 수 있기 때문이었다. 박사가 말했다.

"넓은 지역에 걸쳐 상당한 규모의 심각한 침수가 우려됩니다. 롱 아일랜드 남부 해안, 로커웨이, 코니 아일랜드, 저지 쇼어, 스태튼 아일랜드, 로워 맨해튼, 허드슨강 상류도 마찬가지입니다. 이 지역 중 다수에서 허리케인 아이린 때보다 심각한 침수 및 각종 피해가 발생할 것으로 예상됩니다."

슈퍼마켓의 비상 물품은 동나고 있었지만 물 몇 통과 참치 통조림, 성냥, 안식일 초를 살 수 있었다. 그러고 나서 차를 몰고 돌아와 물건을 집 안으로 들고 들어왔다. 짐을 푸는데 문 두드리는 소리가 들렸다. 키바였다. 모자를 쓰고 무거운 재킷으로 몸을 감싼 키바가 집 앞 계단에 서서 말했다.

"다이앤, 괜찮으면 내일 우리 집에 있어도 된다고 알려주러 왔어. 우리 집이 지대가 더 높잖아. 딸은 브루클린에 있는 자기 아빠 집에 갈 거야. 그러니까 딸 방에서 자면 돼."

"아, 정말 고마워. 하지만 괜찮을 것 같아."

"알았어. 그래도 마음 바뀌면 언제든지 와."

키바가 미소를 짓고 몸을 돌려 골목을 내려갔다.

키바의 제안에 감동했지만 불안해지기도 했다. 정말 그렇게까지 안 좋아지려나? 아이린 때보다 나쁠지도 몰라.

뉴욕주 롱 아일랜드와 본토 사이의 해협.
유대교에서 안식일을 맞이하기 위해 금요일에 해 지기 전에 켜는 초.

나는 걱정을 털고 짐을 마저 푼 다음 카메라를 들고 잠깐 주변을 둘러보러 나갔다. 90번가로 가니 해변에서 멀리 떨어진 바다 위에 서프보드를 띄우고 앉아 있는 몇 사람이 보였다. 파도가 롤러코스터를 타고 수평선을 들이받으려는 듯 나타났다 사라지며 우르릉 몰아치자 작은 검은 얼룩들이 골에서 마루로 오르락내리락했다. 산책로에 서 있는 몇몇 다른 사람과 함께 나는 한 남자가 둑을 따라 팔을 저으며 해안 대부분을 뒤덮은 화이트워터를 뚫고 나아가려는 모습을 보았다. 겨자색을 띤 바닷물은 부글부글 요동치고 있었다. 보통 둑 주변은 이안류에 휩쓸려 아웃사이드로 빠르게 돌진할 수 있는 곳이었다. 하지만 물의 벽이 몰려오더니 해저의 샌드 바 위쪽에서 솟아올랐다가 더는 에너지를 품지 못하고 힘이 다한 근육처럼 떨렸다. 그러고는 새총처럼 아래로 쏟아져 천둥 같은 소리를 내며 수면에 부딪혔고, 거품이 산을 이루어 서퍼의 모습을 가렸다. 다시 나타날 때마다 남자는 아웃사이드로 더 나아가지 못한 데다 둑에서 점점 더 멀어졌다. 폭풍 도중과 이후에 나타나는 강한 연안 조류 때문에 옆으로 밀려난 것이다.

"나라면 이런 날엔 절대 바다에 안 나가요. 해류가 장난이 아니니까요."

옆에 서 있던 남자가 말했다. 내가 말을 받았다.

"맞아요. 정신이 하나도 없어 보이는데요. 저러고 싶어서 저러는 거면 모를까, 대단히 재미있어 보이지도 않아요."

그 서퍼는 이번 시도는 일단 포기했는지 해안 쪽으로 몸을 돌려 돌아오고 있었다. 그때 해안에서 수십 미터 떨어진 파도 꼭대기에서 어두운 색깔의 작은 혹이 튀어나온 것이 눈에 띄었다. 누군가가 그 파도 속으로 팔을 저어 나아간 것이다. 남자가 일어섰지만 4.5미터는 되어 보이는 파도 속에서 작은 막대 인간처럼 보였다. 잠시 우주가 정지 버튼을 누른 것처럼 모든 것이 멈추었다. 부서지기 직전 최고조에 오른 파도가 허공으로 솟구친 기이한 10억 분의 1초 동안 서퍼는 정상에 가만히 떠 있었다. 나는 숨을 멈추었다. 갑자기 모든 움직임이 재개되었다. 파도가 말려들기 시작했고 남자는 페이스로 내려오더니 휘돌며 부서지는 물바다 사이에서 길을 찾아내 두 블록 너머 나무 골조 쪽으로 총알처럼 질주했다.

이윽고 파도타기를 마친 남자가 해안으로 향하자—둑으로 돌아가서 다시 물을 헤치고 나아갈 생각인 게 틀림없었다—나를 포함해 구경하던 몇몇 사람에게서 함성이 터져 나왔다. 억눌렀던 긴장과 대단한 서핑을 본 흥분을 한꺼번에 발산했다. 괴물 같은 파도를 쏜살같이 가로지르는 남자의 모습은 장관이었다. 내가 하고 싶은 마음은 조금도 들지 않았다. 나는 실력이 아무리 좋아진대도 이런 상황에서 절대로 저 바깥에 나가지 않을 것이다. 하지만 저렇게 서핑을 하려면 무엇이 필요한지 알 것 같았고 그 점에 경탄했다.

해변 중앙 입구까지 몇 블록을 걸었다. 주차장에는 벌써 TV 중계차들이 와 있었고 기자들이 바다 앞에서 방송 중이었다. 산책로에는 경찰차들이 서 있고 경찰들이 서퍼들을 물에서 나오게 하고 있었다. 해가 막 져서 구름 낀 하늘에 으스스한 푸른빛이 감돌자 갑자기 거대한 LED 컴퓨터 모니터 아래에 놓인 듯했다. 밥네 집 앞 거리를 따라 모두 10대, 15대쯤 되는 시영 버스가 늘어서 있었다. 가까이 다가가니 포치에 나와 있는 밥이 보였다. 밥은 준비를 모두 갖추고 촬영 감독과 기자 들을 자기 집에 묵게 할 예정이었다.

"이 버스에는 다 누가 타는 거야? 내 주변에는 떠난다는 사람이 거의 없던데."

내가 물었다.

"아마 요양원 같은 곳 대피용일 거야. 하지만 어디로 데려갈 생각인지는 모르겠어."

나는 맥주 여섯 개 묶음을 하나 사려고 맥주 가게로 갔다. 주인인 필이 물었다.

"어때요? 대비는 다 했어요?"

"모르겠어요. 다 했길 바라야죠."

뒤쪽으로 가서 내가 좋아하는 IPA 맥주를 찾아 카운터로 가져갔다. 필이 건장한 손님과 이야기 중이었다.

"저도 잘 모르겠네요. 여기에 얼마나 나쁜 일이 닥칠지 상상하기가 어려워요."

필이 말했다. 남자가 말을 받았다.

"여기요? 정말로 어떨진 전혀 알 수 없죠. 그렇게 나쁜 일이 벌어지지는 않을지도 몰라요. 그래도 한 가지는 말할 수 있어요. 브로드 채널 있잖아요?"

남자가 버드 라이트 상자를 팔 아래에 끼고, 로커웨이와 본토

사이의 지대가 낮은 섬 이야기를 꺼냈다.

"브로드 채널은 물에 잠길 겁니다."

○ ○ ○

그날 밤부터 아침에 걸쳐, 이 시점에는 1급이었던 허리케인이 멕시코 만류의 따뜻한 물 위를 따라 이동했다. 멕시코 만류는 멕시코만과 카리브해에서 출발해 북아메리카 동쪽 해안을 따라 올라가 유럽 쪽으로 향하는 강력한 대서양 해류이다. 샌디는 바다 쪽에서 해안선과 평행하게 약 800킬로미터를 이동하다가 버지니아에 접근했다. 중심 풍속이 시속 약 160킬로미터에 달하며 시속 약 65~80킬로미터의 돌풍을 일으키는 2급 허리케인으로 강해진 샌디는 왼쪽으로 방향을 틀고 뉴 저지와 뉴욕을 향하기 시작했다. 악몽 같은 시나리오가 현실이 되고 있었다. 샌디는 이제 중서부를 휩쓸고 지나간 한랭 기류와 상호 작용하면서, 약해져가던 열대 폭풍에서 기상학자들이 온대 저기압이라고 부르는 것으로 변형되는 중이었고, 북동풍과 마찬가지로 냉기에서 새로운 힘을 얻고 있었다.

예전에 서핑 용품점의 스티브가 여름에 DFD가 주차 공간을 다 차지하면 가보라고 했던 외진 주차장에 차를 가져다놓아야겠다고 생각하며 잠에서 깼다. 하지만 가보니 주차장이 꽉 차 있어서 이 블록에서 가장 지대가 높다고 하는 팀과 키바네 집 밖에 차를 세웠다.

집 쪽으로 돌아오자 당황한 기색의 댄이 바퀴 달린 여행 가방을 가지고 자기 집 앞 테라스에 나와 있었다. 집에 머물 계획이었지만 아내와 젖먹이 딸과 함께 피난하기로 결정했단다.

"정말 여기 있고 싶어요. 하지만 책임감 있는 행동을 해야 해서요."

나는 무사하길 빌어주고 안으로 들어갔다. 안절부절못하다가 카메라를 들고 산책로로 향했다. 특별히 불길한 조짐은 하나도 보이지 않았다. 더 강해진 바람이 살을 에듯 스웨터와 방수 재킷 틈으로 불어왔고 머리카락이 머리 위로 휘말려 올라갔다. 하늘을 가득 메운 두툼한 잿빛 구름에서 비가 부슬부슬 떨어졌지만 북동부의 가을에 아주 드문 날씨는 아니었다. 그러나 산책로에 도착해 해변을 내려다보았을 때 가슴이 졸아드는 것 같았다. 지난해 아이린 때문에 소실된 모래를 육군 공병대가 최근에야 보충해두었는데, 그 모래가 거의 다 사라지고 없었다. 여전히 숯처럼 검고 위협적인 파도가 솟아올랐다가 해안으로 폭발하듯 무너져 산책로 아래까지 몰려오고 있었다. 조수 수위는 낮아지는 중이었다. 저녁에 두 번째 만조가 온 동안 샌디가 들이닥치면 어떻게 될까? 주변을 둘러보다가 웨일미나가, 로커웨이 비치에 온 사람들을 맞아주는 고래 도자기 타일 동상이 물웅덩이 안에 들어앉아 있는 것을 발견했다. **홍수 최전방이구나. 적어도 웨일미나는 원래 살던 곳에 들어갔네.**

주차장을 건너 밥네 집 포치를 지났다. 밥은 카메라 앞에 서서 태풍 소식을 중계하고 있었다. 집으로 돌아가며 내가 대충 그러모은 빈약한 비상 물자에 대해 찬찬히 생각했다. 이걸로 괜찮을까? 나는 할인점 한 곳에서 건전지로 불이 켜지는 LED 초 여섯 개 묶음의 마지막 재고를 잽싸게 구입해놓았고, 아이린 때 정전이 올 것을 예상해서 마련했던 비싼 손전등과 무섭게 생긴 단파 라디오도 발굴해두었다. 집에는 물, 맥주, 참치, 초와 더불어 땅콩 버터, 크래커, 커피, 크림, 위스키가 있었다. 다른 생에서라면 집세를 모금하기 위해 밤샘 파티를 열 때 쓸 수 있을 듯한 재료들이었다. 2003년 이스트 코스트에 어마어마한 규모의 정전 사태가 일어나 미국 몇 개 주와 캐나다 온타리오주의 수천만 명이 전기를 사용하지 못하게 된 적이 있다. 만약 내가 그때 그렇게 자주 냉장고를 열지 않았더라면 식품들의 찬기가 하루는 충분히 갔을 테고 그 후에는 밖에 꺼내둬도 괜찮았을지 모른다.

뉴스를 잠깐 봤다. 바로 만 건너, 존 F. 케네디 국제공항 주변 지역은 이미 침수되었고, 애틀랜틱 시티 일부 지역은 물이 약 2.5미터 높이까지 차올랐으며 블룸버그 시장은 상황이 "몹시 빠르게 악화되고 있다"고 설명했다. 기상 캐스터들은 그날 저녁 파도의 높이가 3.4미터에 이를 것으로 예상했다. 그 정도면 아이린 때보다 훨씬 높았다. 설사 내가 지금 떠나고 싶어도 다리가 막혀서 그럴 수 없었다. "진퇴양난의 상황입니다." 블룸버그는 기자 회견에서 나 같은 침수 예상 지역 주민들에게 이렇게 말했다. "대피했어야 했습니다. 하지만 그러기에는 너무 위험해지고 있습니다."

내가 할 수 있는 일이 별로 없어서 텔레비전을 끄고 바쁘게 집안을 정리한 다음 방금 만든 페이스북 앨범에 사진을 올렸다. 앨범 이름은 '허리케인 샌디: 방갈로에서 맞는 첫 폭풍'이었다. 초저녁, 그렇게나 걱정한 보름달이 떴는데 구름에 가려 벌써 밖이 어두웠다. 몇 시간 내에 만조가 찾아오고 바로 그즈음 샌디가 상륙할 터였다.

나는 위층 서재에 앉아 대형 뷰카메라에 끼울 4×5 크기의 필름을 주문하고 있었다. 뷰카메라는 큰 소리가 나고 필름이 필요하며 커다란 후드 아래로 들어가 초점을 맞춰야 하는 구식 기계였다. 이혼 후 처음으로 기쁨을 맛보게 해주었던 취미를 되살리고 싶어서 이 카메라를 다시 써보기로 했다. 그래서 그날 일찍 지하실에 있는 물건들을 뒤져서 카메라와 렌즈를 찾아내 내가 좋아하는 부츠들—섹시하고 비싼 디자이너 브랜드의 힐로, 싱글인 나에게 잘 어울릴 것 같았던 나쁜 여자 느낌을 강렬하게 풍겼다—과 함께 지하실 내 허리 높이의 시멘트 옹벽 위에 올려놓았다. 집 하단을 둘러싸며 모래를 막아주는 이 옹벽은 이제껏 누구도 파내는 수고를 하지 않았다. 필름 주문을 마쳤을 무렵, 둔탁하게 울리는 소리와 함께 사람들의 외침과 공동 텃밭 울타리의 쇠사슬이 쩔거덕거리는 소리가 들렸다. 창밖을 내다보자 노란 가로등 불빛 속에서 우리 블록 쪽으로 밀려오기 시작한 물과 차를 뜰 안으로 옮기려는 사람이 보였다.

내가 차를 세워둔 길 건너를 보자 물이 내 SUV의 휠 캡 부근까지 차올라 찰랑거리는 모습이 보였다.

"세상에, 잠기고 있어."

나는 큰 소리로 이렇게 말했고 갑자기 조마조마해졌다. 선반에서 디지털 카메라를 꺼내와 창문에 기대어 사진을 몇 장 찍었다. 물이 차오르는 과정을 실제로 볼 수 있을 것 같았다. 이제 물은 타이어 반 정도 높이에 닿을락 말락 했고 우르릉 소리가 커지고 있었다. 금이 쩍 가는 소리, 물이 흐르다가 쏟아져 들어오는 소리가 분명히 들렸다.

지하실이 잠기겠어. 이 생각이 들자마자 카메라를 내려놓고 콸콸 소리가 나는 쪽으로 달려 내려갔다. 물이 벽을 따라 보일러 쪽으로 폭포처럼 쏟아지고 있었다. 토대 일부로도 새어 들어왔는지 크롤스페이스의 모래를 헤치고 콸콸 흘러 옹벽 위로 쏟아져 내리더니 지하실 콘크리트 바닥 위에서 큰 소리를 내며 세차게 튀어 올랐다. 나는 계단 위에서 몇 번 발을 구르다가 그 순간을 기록해야 한다는 의무감에 사로잡혀 카메라를 가지러 위층으로 달려 올라갔다. 돌아왔을 때 수위는 두 배가 되었고 물결치며 더 높아지고 있었다. 홍수 피해 뉴스에서 수재민들이 "물이 너무 빨리 차올랐습니다"라고 하던 말들이 머릿속을 스치며 불안함에 머리가 멍해졌다. 이제 그 말이 무슨 뜻인지 정확히 알 수 있었다.

얼어붙은 채 서 있는 동안 수위는 계속 높아졌고 콰르르 물이 밀려드는 소리가 귓속을 가득 채웠다.

"여긴 어떻게 되는 거지?"

나는 중얼거렸다. 만조는 아직 몇 시간 뒤였다. **얼마나 높아질까? 집이 다 잠길까?** 현기증이 지나가자 두려움과 함께 입 안에

1층 바닥 밑의 좁은 빈 공간으로, 여기에 배관 등을 설치한다.

쇠 맛이 감돌았다. 지붕 위에 갇힌 허리케인 카트리나Katrina 피해자들의 모습이 떠올랐다. 지붕까지 올라갈 수는 있을까? 카트리나는 8월에 발생했고 지금은 10월 말이었다. 체온이 떨어져서 죽는 건 아닐까?

여기서 나가야 해. 밥네 집으로 가기로 했다. 그 집은 층수도, 지대도 더 높고, 다른 사람들도 있을 것이고, 음식과 물과 발전기가 있을 것이다. 소용돌이치는 물이 지하실 밖으로 넘쳐흐를 위기인데 혼자 어둠 속에서 밤을 보낸다니 말도 안 되는 일이었다. 사진을 몇 장 찍은 다음 가스와 전기—물과 조합이 좋지 않을 게 분명했다—를 끊어야 할지도 모른다는 생각이 들었지만 가지고 나갈 짐을 꾸리는 것이 우선이었다. 나는 제정신이 아닌 채 위층으로 뛰어올라가 손가방을 찾았다. 노트북 컴퓨터, LED 초, 핸드폰, 칫솔, 손전등을 가방에 채워 넣었다. 방수 장비라고는 산 적이 없었기 때문에 가진 것들로 가장 튼튼해 보이는 복장을 갖췄다. 정강이까지 오는 굽 없는 검은색 가죽 부츠와 모자가 달린 경량 오리털 코트. 가방을 문 옆에 두고 방 안을 둘러보며 더 가져가야 할 것이 있는지 살폈다. 쌓여 있는 DVD에 눈길이 멈췄다. **서핑 영화!** DVD 몇 장을 우겨 넣었다. 이 모든 일이 펼쳐지기를 기다리는 동안 노트북 컴퓨터로 영화를 볼 수 있을 것이다.

손전등을 들고 쿵쿵거리며 지하실로 돌아갔더니 물이 아래쪽 몇 계단 위까지 차올라 찰랑대고 있었다. 천장이 갑자기 파이프와 레버와 끈이 얽힌 실뜨기 놀이처럼 보였고, 어느 쪽이 가스로 연결되는지 알아낼 시간이 없었다. 가스는 내버려둔 채 전기만 차단하기로 결정하고 중앙 차단기의 스위치를 내렸다. 손전등을 켜고 위로 올라가 현관으로 갔다.

문을 열었을 때 상황이 내 생각보다 훨씬 더 나쁘다는 사실을 깨달았다. 바람이 울부짖으며 나무들 사이로 휘몰아쳤고, 소용돌이치는 물이 우리 집 계단 위로 밀려왔다. **이렇게 하는 게 맞을까?** 밖으로 나가 문을 잠그고 추위와 어둠과 비를 응시했다. 틀렸을지도 모른다. 하지만 돌아갈 수는 없었다. 혼자 갇힌다는 생각을 견딜 수가 없었다. 나는 한 발을 들고 내려앉았거나 끊어진 전선이 없는지 주위를 살핀 다음, 숨을 깊게 들이마시며 눈을 꽉 감고 발을 물에 담갔다. 순식간에 부츠를 채우고 청바지를 적신 물이 충격적일 만큼 차가워서 눈이 확 뜨이고 폐가 공기로 가득 찼다. 하지만 적어도 감전되어 죽지는 않았다. 나는 골목을 따라 내려가 길 쪽으로 느릿느릿 걸었다. 무릎 높이였다가 허벅지까지 올라오는 물을 헤치고 산책로에 도착하자, 넘쳐흐르는 혼돈 상태의 바다가 갈수록 시끄러워졌다. 모든 것에 전기가 흐르는 듯이 느껴진 이유는 아마 허리케인이 내뿜는 순수한 에너지 때문이었을 테지만 나는 그 어느 때보다도 신경을 곤두세웠다. 치직 치직, 탁탁 하고 튀는 소리가 났다. 사물들의 테두리에서 불꽃이 튀며 번쩍였다. 눈앞의 광경과 온갖 상념이 불타는 화살처럼 머릿속을 관통했다.

전신주 근처에서 소용돌이치는 거품, 우리 블록과 밥의 집으로 이어지는 모퉁이를 휩쓸어가는 물결, 바람에 의해 구부러진 '주차 금지' 표지판과 이웃들 마당의 하얀색 PVC 울타리를 보자 길

한복판에 있는 편이 더 안전할 것 같았다. 하지만 보도의 갓돌에서 발을 떼자마자 강한 힘이 나를 후려쳐 제대로 서 있을 수조차 없었다. 그 순간 분명한 사실을 깨닫고 충격에 빠졌다. **여기서 죽을 수도 있겠어.** 나는 빠르게 흐르는 물속에 있었고, 그대로 휩쓸려 머리부터 전신주에 들이받거나 봉제 인형처럼 이리저리 휘둘리다가 익사할지도 몰랐다. 뒤로 물러난 나는 주차된 차 옆으로 몸을 피한 다음 두려움에 어쩔 줄 모르며 말없이 그냥 서 있었다. 온몸이 마비되고 발이 땅에 붙은 느낌이었다. 푹 젖은 패잔병이 되어 집으로 돌아가고 싶지도, 혼자 밖에서 견디고 싶지도 않았지만 밤의 집까지 갈 수 있을 것 같지도 않았다. **어떻게 해야 할지 모르겠어.**

내 이름을 부르는 가느다란 여자 목소리가 들려왔다. 울부짖는 폭풍 속에서 거의 유령 소리처럼 떠도는 목소리였다. 키바였다. 키바가 자기 집 포치에서 나를 부르고 있었다.

"다이앤, 다이앤, 기다려."

키바의 목소리는 북새통 속에서 겨우 들려왔다.

키바가 포치 뒤쪽으로 가서 몸을 숙이더니 주변을 더듬었다. 다시 일어섰을 때 손에는 장대가 들려 있었다. 계단을 몇 걸음 내려와 난간을 감싸듯 몸을 기대며 깊이 숙인 키바가 내 쪽으로 장대를 뻗었다.

차들 사이에서 몇 걸음 걸어나왔다가 허벅지까지 휘몰아치는 물결에 균형을 잃을 뻔했다. 길을 중간쯤 건넜을 때 멈춰 서서 자세를 단단히 하고 힘을 끌어모았다. 두세 걸음만 걸으면 장대에 손이 닿을 것이다. *코어를 써요.* 트레이너 롭이 자주 했던 충고가 머릿속을 스쳤다. 공기를 들이마시고 복근에 힘을 주고 다시 키바 쪽으로 몸을 밀었다. 그때 시야 구석에 나를 향해 돌진해오는 쓰레기통이 비쳤다. 공업용 갈색 플라스틱은 날뛰는 물과 거의 구별이 되지 않았다.

"조심해!"

키바가 소리쳤을 때 몸을 휙 돌려 겨우 피했다. 한 발, 또 한 발 내밀어 손을 뻗자 장대 끝이 잡혔고 계단을 통과해 집으로 올라 갔다.

"세상에, 고마워."

안심한 나는 쓰러지다시피 하며 키바를 껴안고 속삭였다.

20분 뒤, 나는 키바의 요가 바지와 양말 차림으로 거실 긴 의자에 앉아 무릎에 따뜻한 파스타와 브로콜리가 든 그릇을 올려놓고 있었다. 내가 말했다.

"키바가 나와 있지 않았더라면 어떻게 됐을지 몰라. 이제까지 구조를 받아본 적이 한 번도 없거든."

"그 방법이 통해서 너무너무 다행이야. 뉴스에서 그럴 때 어떻게 해야 하는지 봤어. 그리고 우리 집 바깥 어딘가에 장대가 있다는 걸 알고 있었지."

키바가 환히 웃으며 말했다. 키바의 남자친구 팀이 지하실에서 모습을 드러냈다. 푸른 눈이 평소보다 더 크고 밝았다.

"아래쪽에 물이 8센티미터 정도밖에 안 찼어. 믿을 수가 없는걸."

팀이 고개를 저었다. 그때 전기가 나갔다.

우리는 초를 몇 개 켜고 상황이 얼마나 더 나빠질지 이야기를 이어갔다. 팀과 키바는 폭풍을 두려워하지 않는 것 같았고, 등유 난로와 손전등과 양초로 보아 발생 가능한 재난에 잘 대비한 듯 했다. 물건을 만들어 생계를 꾸리고 야영을 하고 서핑을 하는 이 강인한 사람들은 무슨 일이 닥쳐도 대처할 능력이 있어 보였다. 무엇이든 할 수 있게 해주는 두 사람의 마법 가루가 나에게도 묻어오길 바랐다.

다음에 무슨 일이 닥칠지 전혀 알 수 없었고 어떻게 대처해야 할지는 더더욱 알 수 없었다. 하지만 바닷가 생활에서 마주할 수 있는 가장 냉혹한 상황 중 하나가 우리에게 닥쳤음을 깨달았다. 그렇게나 커다란 흥분, 평화, 기쁨을 가져다주던 바다가 우리 집 토대를 부수고 들어와 내가 제 발로 걸어나가도록 내쫓았다. 남은 물건들이 다 멀쩡할지 의문이었다.

체리색 벽에 일렁이는 호박색 촛불 빛을 보며 집이 물에 잠겼거나 무너졌거나 떠내려가는 끔찍한 상상을 털어냈다. 내가 사랑하고 집착했던 새 마루와 가구와 골동품이 수리할 수 없을 만큼 푹 젖는다. 전기도, 난방도, 온수도 끊긴다. 복구할 돈은 없다. 안락한 브루클린을 버리고 이 위태로운 반도에 온 것이, 희한한 작은 방갈로를 집으로 바꾸는 데 여윳돈을 다 써버린 것이 엄청나게 경솔한 실수는 아니었을지 고민하기 시작했다. 하지만 상념에 너무 깊이 빠져들기 전에 밖에서 빛이 번쩍이고 쇠 긁는 소리가 나더니 자동차 경보 장치가 울렸다. 우리는 포치로 달려나갔다. 건물 위층에 사는 서핑 강사, '수염 난 마이크'로 통하는 남자가 함께 나왔다. 물결치는 강이 원래 길이었다는 것을 겨우 알아볼 수 있었고, 세단과 SUV 들이 한데 뒤엉켜 번쩍이며 뻑뻑 소리를 냈다. 그중에는 내 차도 있었다.

"저런, 저거 버디 차 같아요."

내 뒤에서 누군가가 말했다.

"네, 맞아요. 제 차를 들이받았네요."

내가 대답했다. 이상하게 침착한 기분이었다.

"세상에, 저게 다이앤 차예요?"

팀이 물었다.

"네. 그래도 크게 부서진 것 같진 않은데요."

어쨌든 차는 여전히 전반적으로 멀쩡해 보였다. 아침이면 괜찮아질지도 모른다. 하지만 지금은 아침을 걱정할 때가 아니었다. 어디로 봐도 더 큰 문제들이 눈앞에 닥쳐 있었다.

우리는 잠시 침묵 속에 서 있었다. 그때 뒤에 서 있던 수염 난 마이크가 가만히 말했다.

"여러분……, 산책로예요."

마이크를 돌아보았다가 그의 시선을 따라 해변 쪽으로 눈을 돌렸다. 잠시 후 눈이 어둠에 적응하자 마이크가 말했던 것이 보였고 그 순간 신음이 터져나왔다. 산책로 반 블록 구간 정도—나무와 콘크리트와 철로 이루어진 수 톤에 달하는 구조물, 반도에 사는 우리 모두를 이어주는 연결 통로, 지역의 물리적·사회적 등뼈—가 분리되어 쓸려오고 있었다. 가로등과 벤치, 휘었지만 온전한 표지판들도 함께였다.

"브랜던인데, 서프보드로 문을 가로막아서 버티고 있대요."

마이크가 말했다. 아직 작동하는 그의 핸드폰이 광대뼈와 검은 수염을 푸른빛으로 비추었다. 모퉁이에 자리한 브랜던의 아파트에는 바다가 내려다보이는 커다란 통유리 미닫이문이 있었다. 이 무렵 겨우 3킬로미터쯤 떨어진 곳에서는 9미터 높이의 성난 바다가 집들을 부서뜨리고 있었던 것이다. 마이크가 고개를 저었다.

"큰일이네요."

우리는 눈앞의 광경에 겁을 먹고 다시 안으로 들어갔다.

"만조까지 얼마나 남았을까요?"

내가 물었다.

"이제 얼마 안 남았어요. 실은 지금이 바로 만조인 것 같아요."

팀이 말했다.

"아, 그렇군요. 그럼 여기서 훨씬 더 나빠지진 않겠네요, 그렇죠?"

"그럼, 분명 괜찮을 거야."

키바가 대답하고 말을 이었다.

"내 생각엔 얼른 자러 가는 게 좋겠어. 우리가 할 수 있는 일은 없고, 내일은 힘을 써야 할 테니까."

"정말 그렇네."

나는 가방을 집었다.

"우리 딸 방을 보여줄게."

키바가 말했다. 10대 청소년인 키바의 딸은 여름에 가끔 팀이 서핑 강습에 데려와서 본 적이 있었다.

키바를 따라 방으로 갔더니 갑자기 기운이 쭉 빠졌다. 물은 여전히 바다에서 거리로 흐르는 중이었고, 가방에서 핸드폰을 꺼내고 침대에 눕자 공기가 얼마나 무겁고 축축해졌는지 느낄 수 있었다. 가장 어려운 고비는 넘겼다는 생각이 들었다. 어디까지 피해를 입었을지는 내일 아침 일어나봐야 알겠지만, 우리는 일어날 것이고 함께 있을 것이다. 나는 내 사람들의 보살핌 안에 아늑히 자리 잡고 있었다. 바다의 처분에 몸을 맡긴 우리 모두는 이 머나먼 반도에서의 삶에 애착을 품은 나머지, 우리의 존재 자체를 위협할 만큼 파괴적인 격렬함에도 불구하고 여기 남았다. 죽어가는 핸드폰 전파의 마지막 힘으로 어퍼 웨스트 사이드에 안전하게 머무르고 있는 언니에게 잘 있다고 메시지를 보낸 다음, 핸드폰을 의자 위에 놓았다. 그 옆에 놓인 보라색 반짝이 매니큐어 병이 내가 기절하듯 잠에 빠지기 전 마지막으로 본 것이었다.

3부

돔 아래에서Under the Dome

맛 좋은 파도, 끝내주는 흥분,
필요한 건 그게 다야.
나는 그걸로 좋아.

— 제프 스피콜리Jeff Spicoli, 〈리치몬드 연애 소동Fast Times at Ridgemont High〉

1982년 개봉한 하이틴 영화 〈리치몬드 연애 소동〉에서 숀 펜이
연기한 등장 인물로, 항상 취해 있는 서퍼.

아침이었다. 눈을 감고 있었지만, 잠과 각성 사이의 진득진득한 경계를 헤엄쳐 건너는 동안에도 빛을 느낄 수 있었다. 여기가 어디인지, 왜 몸이 차가운 금속판 아래 깔린 듯 무거운지 알 수 없었다. 눈을 뜨고 주변을 둘러보자 눈동자에 초점이 돌아오며 낯선 방이 보였다. 반쯤 뿌연 유리창 너머로 은빛 구름이 쏜살같이 흘러가는 하늘이 보였다. **어젯밤 일은 현실이었구나.** 습기가 꽉 들어찬 공기를 마시고 축축한 침구 위에 겨우 일어나 앉으면서 생각했다. **꿈이 아니었어.**

의자 위에 놓인 핸드폰과 뭔가 어울리지 않게 번쩍번쩍 빛나는 매니큐어 병이 보였다. 핸드폰을 들고 신호가 잡히지 않는 걸 확인했다. 핸드폰을 가방에 넣고 거실로 내려갔다. 거실은 붉은색 망사 커튼을 통과해 부드러워진 새날의 빛에 잠겨 있었다. 사방이 고요했다. 지구가 끝내 모든 분노를 토해내고 이제는 기진맥진한 것 같았다.

　욕실로 가서 아직 덜 마른 청바지와 질척이는 부츠를 욕조에서 꺼냈다. 주변에 아무도 없는 것 같았지만—모두 밖에 나갔는지 아직 자고 있는지 짐작이 가지 않았다—우리 집을 보러 가고 싶었다. 키바가 운동화를 빌려줘서 그것을 신고 내 코트를 찾아 입고 복도로 걸어갔다. 초조함과 두려움과 아드레날린으로 들끓는 뱃속을 느끼며 현관문을 열고 포치로 걸어나갔다. 기이하게 아름다운, 흐릿한 빛이 감도는 안개 낀 아침이었다. 건너편을 보고 전신에 왈칵 차오르는 안도감을 느꼈다. 집이, 이웃집들과 함께, 여전히 서 있었던 것이다. 눈을 감고 숨을 크게 내쉬자 긴 호흡과 함께 긴장이 조금 빠져나갔고 높게 움츠러들었던 어깨도 힘이 빠져 내려갔다. 눈을 뜨고 집 외의 다른 모든 것을 살펴보았다. 물은 거의 다 빠졌고 차도와 인도를 두툼하게 덮은 모래만 남아 있었다. 삐딱한 모래 언덕이며 위가 평평한 모래 산이 생겨났고, 그것들의 둘레와 사이에는 물론, 모래들을 관통하기도 하며 웅덩이가 파였고 개울이 흘렀다. 아무렇게나 엉킨 자동차의 행렬이 길 한복판까지 침범하고 있었다. 차들은 서로 들이받기도 하고, 블록 거의 끝까지 늘어져 있는 긴 산책로 잔해에 깔려 있기도 했다. 나는 이 모든 광경을 현실감 없이 받아들였다. 피해가 너무 어마어마해서 가늠이 되지 않았다. 바로잡으려면 얼마나 걸릴지 알 수 없는 규모였다. 계단을 내려가 내 차를 흘끗 봤다. 뒤쪽 끝이 모래가 깔린 인도 위에 올라가 있었다. 아주 많이 상한 것 같진 않았다. 침수되었다가 물이 빠진 걸 제외하면. 앞자리 컵 홀더에 물이 꽉 차 있었다.

모래 언덕들 사이를 돌며 우리 집으로 이어지는 골목 쪽으로 길을 건넜다. 가까이 가보니 보도에 모래와 이파리와 나뭇가지가 널려 있고, 바깥에 잘 간수해둔 화분들이 사라진 것 말고는 똑같아 보였다. 포도주 양조 통을 반 잘라 만든 크고 무거운 화분이었는데. 집 앞에 서서 현관 계단 위쪽에 난, 집을 수평으로 가로지르는 더러운 선을 바라보았다. 흘수선, 즉 물이 차올랐던 높이를 알려주는 선임을 어렴풋이 짐작할 수 있었다. 물이 안으로 스며들었는지는 알 수 없었다.

계단을 올라 열쇠를 돌린 다음 숨죽이며 문을 밀었다. 처음에는 안에서 무언가가 막고 있는 듯이 열리지 않았다. **맙소사, 가구가 죄다 문 쪽으로 쓰러졌나?** 균형을 잡고 무게를 실어 힘껏 밀자 밀리는 느낌이 들었다. 안을 살짝 들여다보고 다시금 안도했다. 모든 것이 내가 나올 때와 똑같았고, 입구 쪽 바닥에 검은 얼룩이 있을 뿐 물의 흔적은 없었다. 안으로 들어가서 가방을 조심조심 내려놓았다. 소란을 피우면 더 큰 피해를 면하게 해준 마법의 주문이 깨질 것 같았다. 나는 지하실 문 쪽으로 걸어갔다. 문을 열고 계단 아래를 들여다보았다.

여기 있었군. 1층에서 이어지는 계단의 아래쪽을 덮고 있는 거무스름한 물과 그 위로 수십 센티미터 정도 젖어 있는 석고 벽을 보며 생각했다. 이 물을 어떻게 빼내지? 목구멍으로 치솟는 혼란과 공포에 몸이 떨려서 침을 꿀꺽 삼키며 감정을 내리눌렀다. 방법을 찾아야겠지만 지금 당장은 아니었다. 계단을 몇 걸음 내려가 몸을 숙이고 지하실을 들여다보자 금속성 냄새가 풍겨왔다. 검은 물은 거의 천장까지, 벽 단열재에 생긴 젖은 선 바로 아래까지 차 있었다. 그 밑에 모든 것, 크롤스페이스의 모래, 배전함, 보일러, 온수기, 러그, 램프, 옷, 침구, 뷰카메라, 지하실에 가져다둔 나도 모를 온갖 물건이 잠겨 있었다. 받침대에서 밀려 나와 계단 근처에 둥둥 떠 있는 서프보드만 빼고. **최소한 서프보드는 괜찮을 거야. 젖으라고 만든 물건이니까.** 이런 생각을 하는데, 내부가 원래 그래야 하는 것보다 환하다는 사실을 문득 깨달았다. 지하실 어딘가에서 빛이 들어오고 있었다. **구멍이 났나?** 의아해하면서 몸을 돌려 위로 올라왔다. 밖으로 나와 집 옆으로 돌아가자 문제의 구멍이 보였다. 3미터 정도 뚫리며 부서진 토대의 콘크리트 덩어리가 바로 안쪽에 쌓여 있었다. 내가 쩍 하고 금 가는 소리를 들었을 때 집에 물이 들어오기 시작했던 것이다. 지하실은 활짝 열려 비바람은 물론 마음만 먹으면 온갖 생물이 들어올 수 있었다.

다시 안으로 들어와서 구멍을 덮을 것이 있는지 고민했다. 금방이라도 길고양이나 너구리, 설치류와 함께 살게 될까 봐 걱정이었다. 수도를 틀어보았다. 물이 나온다는 건 화장실 물이 내려간다는 뜻이었다. **휴, 최소한 화장실은 있군.**

옷을 갈아입고 집 안을 몇 바퀴 돌면서 위층 침실과 서재는 물론, 거실과 주방도 조사했다. 다 내 상상이 아닌지, 몽유병이나 정신 해리 장애로 집이 전반적으로 멀쩡해 보이는 환상을 보고 있는 건 아닌지 확인하려고 나를 꼬집었다. 마침내 눈 앞의 광경이 현실이라는 데 만족한 나는 디지털 카메라를 들고 밖으로 나갔다. 밥과 밥네 집이 이 폭풍을 어떻게 버텼는지 보러 가고 싶었을 뿐 아니라 바다가 어떻게 되었는지, 이 지역을 어떻게 바꿔놓았는지도 보고 싶었다.

길을 따라 천천히 바다 쪽으로 가는데 기울어진 산책로에서 눈을 뗄 수가 없었다. 부서진 널판의 삐죽삐죽한 가장자리, 직접 만든 '해변에 쓰레기를 버리지 마시오' 스텐실 표지판, 쓰러진 가로등, 리치 앨런Richie Allen이라고 쓰인 흰 표지판을 지났다. 우리 동네에서 해변으로 들어가는 거리 이름인 '리치 앨런'은 911 때 목숨을 잃은 소방관이자 서퍼를 기리기 위해 붙여졌다. 모퉁이에 이르자 산책로의 또 다른 구간이 한쪽 끝이 허공에 들린 채, 횡단보도를 따라 누워 있었다. 왔던 길을 되돌아가서 제자리를 벗어난 산책로 주변을 돌아보니 왜 한쪽 끝이 들려 있는지 알 수 있었다. 소방차처럼 새빨간 미니가 밑에 끼어 있었기 때문이다.

아주 춥지는 않았지만 여전히 바람이 불었고, 구름이 흩어지기 시작해 예쁜 파란 하늘이 드러났다. 공원 도로를 좀 걷다가 멈춰 주위를 둘러보았다. 파괴 범위에 머리가 멍해졌다. 내 눈에 보이는 산책로 전체가 사라졌다. 바다가 밀어닥쳐 산책로가 통째로 지지대에서 뜯겨 나갔고, 콘크리트 기둥들만 해안을 따라 스톤헨지처럼 늘어서 있었다. 산책로 일부는 길을 따라 늘어선 집들 옆에 처박혔다. 공원 도로 위 어느 집의 토대에서는 가로등이 삐죽 튀어나와 있었다. 내 앞에는 모래 산이 쌓여 있었고 신호등들이

BMW 그룹의 브랜드 미니의 소형 자동차.

이상한 각도로 걸려 바람에 흔들렸다. 스케이트보드장은 돌무더기가 되었다.

"아, 미치겠다."

해변으로 걸었다. 바다에서는 여전히 거품이 부글댔고, 파도는 사방팔방으로 솟아올랐다가 무너져 사라졌다. 만조가 다 물러가지는 않았지만 비바람이 바닷가를 텅 비워 해변이 좀 더 드러난 것처럼 느껴졌다. 허리케인이 쓸고 간 넓은 땅 위에 옹이가 진 나뭇가지, 흰 철망 울타리, 비닐 봉지, 콘크리트 덩어리, 구부러진 철근만 나뒹굴었다.

우리 동네 쪽 입구로 걸어갔다. 거기에는 계단과 콘크리트 계단참이 폐허가 된 신전처럼 남아 있었다. 누군가가 막대에 매어 잔해 사이에 끼워 놓은 너덜너덜한 미국 국기가 흔들리면서도 쓰러지지 않고 휘날렸다. 그 깃발이 이 순간 로커웨이를 가장 정확히 보여주는 상징이기를 바랐다. 폐허가 되었으나 패하지는 않았다는 상징. 계단을 올라 반도를 멀리까지 살피자, 87번가 근처까지 이르는 산책로가 뜯겨 나갔지만 그 너머, 돌로 된 둑 너머에서는 비교적 손상되지 않은 채 그대로 남아 있는 것이 보였다. **남은 부분은 그렇게 엉망이 아닐지도 몰라.**

계단을 내려와 밥네 집으로 걸어가며 생각했다. **이때 밖에 나와 있지 않아서 정말 다행이야.** 샌디가 들이닥친 바다에 휩쓸려온 집채만 한 콘크리트 덩어리에 으깨지는 내 모습을 상상했다. 발밑의 땅조차 알아볼 수가 없었다. 드넓게 펼쳐진 모래 사이사이로, 괴물 같은 존재가 아래에서 탈출을 시도하기라도 한 듯 금이 가고 튀어나온 콘크리트 보도가 드러나 있었다.

밥네 집이 있는 거리와 큰 주차장이 가까워지자 왠지 허전한 느낌이 들었지만 이유가 무엇인지 깨닫는 데 잠깐 시간이 걸렸다. 웨일미나가 없었다. 웨일미나가 센트럴 파크 동물원에 있던 시절, 나를 포함해 어린이들은 대대로 그 크게 벌린 입 속으로 달려들었고, 도자기 타일에 뒤덮인 몸으로 다시 태어난 뒤에는 해변에 온 사람들을 환영하는 등대가 되었다. 남은 것은 동상을 둘러싸고 있던 불그스름한 통나무 울타리뿐이었고, 그마저도 물의 힘에 옆구리가 찌그러졌다.

주차장 역시 폐허였다. 주차장보다 훨씬 긴 산책로 구간과 금속 난간들이 서로 겹쳐 쌓여 있고, 그 사이에 차들이 샌드위치처럼 끼어 있었다. 재난. 이건 말 그대로 재난이었다.

그러나 밥네 집은 재난을 당하지 않았다. 지하실 창문이 깨진 걸 보니 물이 들어갔겠지만 건물 나머지 부분은 언제나처럼 크고 당당하게 서 있었고 포치도 손상되지 않은 것 같았다. 문을 두드렸는데 대답이 없어서 그냥 안으로 들어가 위로 올라갔다.

"별일 없었어? 밤에 집은 괜찮았고?"

위층으로 올라가자 밥이 인사하며 포옹하고 물었다.

"응, 지하실에 물이 꽉 차고 토대에 구멍이 났지만 그것 말고는 멀쩡해. 정말, 정말 운이 좋았어. 여긴 어때? 안은 괜찮아 보이는데."

"어, 여기도 마찬가지야. 지하실이 침수됐지만 거기뿐이야. 어젯밤은 난리도 아니었지. 주차장이 다 잠긴 영상을 찍었고 물이 계단 위까지 찼어. 이 집이 대단해. 정말 잘 버텨줬어. 하지만 우린 진짜로 운이 좋았던 거야. 브리지 쪽 소식 들었어?"

"아니, 아직 아무 얘기도 못 들었어."

"불이 아주 크게 나서 주택이 많이 탔어. 몇 채인지는 우리도 아직 몰라. 로커웨이 파크에서도 화재가 몇 건 일어났고."

"거짓말! 불이 났다고? 천지가 다 물인데 어떻게 불이 나?"

"모를 일이지. 어쨌든 끔찍했어. 홍수 때문에 소방관들이 접근할 수가 없어서."

"세상에, 어떻게 그런 일이⋯⋯."

"맞아, 상상하기도 어렵지. 배고파? 먹을 건 산더미처럼 많아."

"아니, 지금은 괜찮아. 고마워. 기운이 탈탈 털린 느낌이네."

밥이 웃었다.

"무슨 느낌인지 알아. 다들 보도하러 나갔는데 나중에 돌아올 거야. 나도 다시 일을 해야 하지만 괜찮으면 밤에 여기 와서 자도 돼. 발전기가 있어서 적어도 불은 켤 수 있거든."

"그거 좋은 생각이다. 고마워. 이따가 침낭을 가지고 올게."

상황이 얼마나 나쁜지 살펴보려고 잠시 주변을 돌아다녔다. 상점가의 대로와 주차장은 호수나 다름없었고 뽑힌 나무나 굽은 전신주가 군데군데 튀어나와 있었다. 우리 집에서 한 블록 떨어진 곳에서는 반으로 부러진 전신주가 머리 위 전선들에 매달려 위태롭게 달랑거렸다. 전기가 금방 복구되기는 어려우리라는 예감이 들었다.

몇 시간 뒤 우리 집이 있는 거리로 돌아오자 팀과 키바가 공동 텃밭 입구에 화로를 놓고 대화 중이었다. 포치에 배급소를 차리고 캠핑용 스토브를 설치해서 공동 조리 구역을 만들자는 이야기였다.

"다들 아직 멀쩡한 음식을 분명히 가지고 있을 거야. 우린 칠리 요리, 수프, 스튜를 만들 수 있어. 누구나 몸을 데울 수 있게 불을 계속 피우자."

"멋진 생각이야."

내가 말했다. 비록 보탬이 될 음식은 많지 않았지만. 참치와 토마토 통조림은 좀 있었는데 생고기나 채소는 없었다.

"뭐가 있는지 보고 키바네 집 포치에 가져다놓을게."

블록 아래쪽에 늘어선 단층 방갈로들 중 한군데에서 사는 검은 머리의 젊은 여성이 조금 떨어진 곳을 멍하니 바라보고 있는 모습을 발견했다. 그쪽으로 가서 어떤지 물었다.

"별로예요, 안 좋아요."

"얼마나 심하게 침수됐어요?"

"완전히요. 전부 다."

여자가 눈을 내리깔고 고개를 저었다. 그러고 나서 얼굴을 들더니 어깨를 으쓱했다.

"이게 전 재산이에요."

여자가 입고 있는 회색 운동복과 얇은 흰색 캔버스 운동화를 가리키며 말했다.

"아, 저런, 큰일이네요. 뭐 필요한 거 있어요? 따뜻한 옷 같은 거요."

"아뇨, 괜찮아요. 고맙습니다. 오늘 밤에는 아빠 집에 가려고요. 그다음엔……."

그가 말을 멈추고 다시 아래를 보더니 고개를 저었다. 다시는 이곳으로 돌아오지 않을 것 같았다.

내 곁에서 대화가 이어졌다. 팀의 정보에 따르면 청소 도구가 필요했다. 몇 블록 떨어진 만 쪽의 하수 처리장이 침수되었다고 한다. 우리를 푹 적신 물이 어떤 물인지 모를 일이었다. 누군가가 발전기와 펌프를 가지고 있는 사람을 안다고 해서 곧 지하실들의 배수를 시작할 수 있을 듯했다. 나는 나무 둥치에 앉아 불의 온기를 느끼며 거리를 멍하니 바라봤다. **이건 실제 재난이야.** 모래와 돌 무더기가 다시 시야에 들어왔다. **적십자사에서 나와서 물과 모포를 줘야 하는 거 아냐?**

내일은 올지도 모르겠다. 나는 일어서서 집으로 갔다. 금세 어두워질 것 같으니 어서 움직여야 했다. 나는 침낭과 배낭과 손전등을 챙겼다.

"몸조심하세요."

불가를 지나는데 누군가가 소리쳤다.

"고마워요. 몸조심하세요."

내가 대답했다. 나도 잘 모르겠지만 어쩐지 안전할 거라는 느낌이 들었다.

허리케인이 지나가고 며칠 뒤, 주방에 있는데 형광 녹색 조끼를 입고 안전모를 쓴 남자가 집 뒤로 돌아가는 모습이 눈에 들어왔다. 뒤로 나가보니 남자는 태풍 여파가 이어지는 동안 가스 계량기에 설치했던 걸쇠를 풀고 있었다. 그는 자신이 서부에서 왔으며, 이 지역 가스 및 전기 회사들의 시스템 복구를 도와주러 온 많은 기술자 중 하나라고 했다. 남자의 말에 따르면 가스 공급망은 무사하지만 가스관이 손상된 곳이 없는지 기술자들이 집집마다 돌아다니며 확인하는 중이었다.

"여긴 다 정리됐습니다. 몇 분 뒤면 가스가 다시 나올 거예요."

"너무 잘됐네요."

남자를 껴안아주고 싶은 충동을 억누르며 대답했다.

"고맙습니다. 생활이 굉장히 달라지겠어요."

에스프레소. 에스프레소를 만들어서 마실 수 있어. 고맙고 들뜬 마음에 눈물마저 차올랐다. 집으로 다시 들어가 포트에 물과 커피 가루를 넣었다. 가스레인지를 켜자 푸른색 불꽃 고리가 확 피어올랐고 반가워서 펄쩍 뛸 뻔했다. 일상을 다시 밝혀줄 필라멘트, 나를 예전 생활과 다시 이어줄 실낱 같은 연결 고리가 여기 있었다. 포트를 불에 올리고 밖으로 나갔다. 냉장고에서 꺼낸 식품 몇 가지를 넣어둔 상자로 가서 크림을 꺼내 코를 대고 킁킁대니 신선한 냄새가 났다. 지하실엔 여전히 물이 수십 센티미터나 차 있고 전기도, 난방도, 온수도 아직 쓸 수 없었지만 별로 중요하지 않았다. 평소처럼 김이 오르는 아침 커피가 든 컵이 곧 내 손에 들어오게 될 테니까. 친숙한 절차와 맛과 향에 잠시나마 모든 것이 제자리로 돌아간 느낌이었다.

커피를 들고 밖으로 나와 불가에 둘러앉은 이웃들 틈에 끼었다. 우리 모두의 아침 일과가 된 이 모임에서 전날과 밤을 어떻게 보냈는지 서로 확인하고 어떤 도움을 받을 수 있는지 정보를 교환했다. 버디가 오늘 밤 이 블록 사람들을 위해 저녁 식사를 준비하겠다고 말하는 중이었다.

"재료가 상하기 전에 다 요리해야겠어요. 돼지 갈비도 있고 소시지도 있고 햄버거도 있고, 이것저것 다 있어요. 텃밭에 마지막 토마토들도 있고요. 그것도 다 쓸게요."

"아, 팀이랑 키바네 집 포치에 토마토 통조림을 몇 개 뒀으니까 필요하면 그것도 쓰세요."

"아니에요, 괜찮을 것 같아요. 토마토가 너무 많아서 다 뭘로 만들어야 할지 모를 지경이거든요."

나는 그날 오후에 맨해튼으로 갈 계획이라 버디의 저녁 식사에는 참석할 수 없었다. 교통편이 많지는 않았지만—홍수로 반도를 연결하는 열차 선로가 망가졌고, 버스는 잘해야 가끔 다녔다—어퍼 웨스트 사이드까지 태워주겠다는 이웃들이 있었다. 나는 그곳에서 언니와 함께 며칠을 보낼 생각이었다. 장화며 배터리 같은 사고 싶은 물건들이 있었고, 그중에서도 껴입을 따뜻한 옷이 간절했다. 아직 심하게 춥지는 않았지만 기온이 떨어질 거라는 이야기가 돌았고, 다음 주에는 북동풍이 눈을 몰아올 가능성도 있어서 난방 없이 추위를 이겨낼 준비를 하고 싶었다. 나는 서프 클럽에 가려고 우리 블록을 올라오는 브랜던을 보았다. 서프 클럽은 브랜던과 다비나, 다른 몇 사람의 노력으로 구호 물자를 수집해 나눠주는 구호 센터로 탈바꿈했다. 거기서 자원 봉사 활동을 하는 줄스가 나와 밥과 함께 의심했던 대로 브랜던과 다비나가 사귀고 있음을 확인했다. "엉덩이 토닥거리는 걸 봤어." 줄스가 이렇게 보고했다.

일어서서 브랜던에게 인사를 한 다음 맨해튼에서 돌아올 때 가져오면 좋을 만한 게 무엇일지 물었다.

"따뜻한 옷과 담요예요. 플리스 비슷한 거면 좋을 것 같아요. 곧 추워질 테니까요."

"찾아볼게요. 다른 건요? 브랜던은 필요한 거 없어요?"

브랜던은 잠시 생각했다. 그러더니 눈을 크게 뜨며 외쳤다.

"양말요! 마른 양말!"

"그건 확실히 사올 수 있죠!"

"고마워요."

브랜던이 가려고 몸을 돌렸다가 다시 나를 보며 고개를 기울였다. 그리고 활짝 웃으며 말했다.

"여전히 웃고 있네요. 다이앤은 여전히 웃고 있어요."

나는 웃고 있었다. 지금 나는 재난이 닥친 범위와 피해에 대해 더 분명히 알게 되었고, 훨씬 더 나쁜 상황이 올 수 있었다는 생각에 심지어 운이 좋은 편이라고 느꼈다. 브리지에서는 백 채가 넘는 집이, 벨 하버에서는 십여 채가 전소되었지만 기적적으로 그로 인한 사망자는 없었다. 반도 서쪽 끝에 자리한 브리지에는 산책로도, 해안을 따라 늘어선 집들도 없었다. 하지만 폭풍이 정면을 뜯어가고 지지대며 벽을 쓸어가는 바람에 집들은 무너지거나 실내가 드러난 채 삐딱하게 서 있었다. 층수가 높은 공공 주택에서는 난방과 온수를 쓸 수 없는 것은 물론, 정전으로 엘리베이터가 멈추고 물도 나오지 않아서 장애인과 노인 거주자 들이 화장실을 쓰지 못하고 신선 식품과 생활 필수품도 공급받지 못한 채 갇혀 있었다.

초토화된 곳은 로커웨이만이 아니었다. 뉴욕시와 주 내의 다른 지역도 비슷하게 침수되어, 사람들이 집에 갇히거나 침수된 동네를 떠나 대피했다. 스태튼 아일랜드의 어느 집에서는 익사한 아버지와 아들이 서로를 꼭 붙잡은 채 발견되었다. 또한 엄마와 함께 있던 두 살과 네 살 남자아이들이 밀려온 물에 휩쓸려 떠내려갔고, 며칠 뒤 수색대가 아이들의 시신을 발견했다. 우리 집 아래 동네에서 살던 남자가 심장 마비로 사망했다는 이야기를 들었지만, 그를 제외하면 우리 집 근처에 사는 사람은 거의 다 살아남았다. 적십자회 사람들은 여전히 나타나지 않았으나—적어도 나는 보지 못했다—오큐파이 샌디Occupy Sandy나 팀 루비콘Team Rubicon 같은 단체들이 조직적인 지원을 펼치기 시작해 반도 전역에 물품 및 식품 배급 센터를 세웠다. 남성 시크 교도 그룹들은 다양한 거리로 나와 피해자들을 위해 샌드위치가 가득한 접이식 테이블을 마련했다. 퀸스의 롱 아일랜드 시티에 자리한 현대 미술관 모마 PS1의 당시 관장, 클라우스 비센바흐는 반도의 만 쪽에 주말 별장을 소유하고 있었는데, 뉴욕의 많은 다른 지역이 복구되며 변화를 보이는 반면 로커웨이는 거의 주목받지 못하고 있다는 사실을 인지한 후 행동에 뛰어들었다. 관장은 샌디로 거처를 잃은 모든 사람에게 미술관을 대피소로 제공했고, 상당한 수의 트위터 팔로워들에게 상황을 폭풍처럼 전파했으며, 예술계 인맥을 동원해 힘을 쓰도록 하고, 마이클 스타이프와 마돈나 같은 유명인들을 포함한 자원 활동단을 조직해 피해 지역으로 보냈다. 리바가 거기에 협력해서 종종 차를 빌려 나가거나 단체와 함께 돌아왔다. 도움을 주려고 나타난 모든 사람을 적절히 관리하느라 서프 클럽에는 일이 어마어마하게 많다고 브랜던이 말했다. "여름 내내 바다와 클럽에서 봤던 사람들이 다 왔어요. 브루클린과 맨해튼에 사

허리케인 샌디 피해자를 돕기 위해 조직된 구호 단체. 월 스트리트 점거 시위에서 탄생한 여러 오큐파이 운동 단체 중 하나였다.
재난 구호 활동을 전문적으로 펼치는 국제 비정부 기구.

는 서퍼들 다요." 그 사람들을 힙스터라고 경멸하는 말이 더는 들리지 않았다. 그들은 이제 '헬프스터helpsters'였다.

계속 웃을 이유는 수없이 많다고 생각했다. 내가 밤에 묵고 있는 밥의 집에는 이웃들, 친구들, 기자들, 촬영 감독들이 끝없이 찾아왔다. 음식과 쉴 곳과 내 안부를 물어주는 사람들이 곁에 있었다. 게다가 이제는 에스프레소까지 있었다.

며칠 뒤, 나는 길에 서서 내 차를 응시하고 있었다. 환한 아침이었고 회복된 느낌이 들었지만, 완전히 기운을 차렸거나 편안해진 것은 아니었다. 어퍼 웨스트 사이드에서 한숨 돌리며 언니와 함께 짧지만 대단히 즐거운 시간을 보냈다. 언니는 갑자기 서핑과 사랑에 빠져 로커웨이로 이사한 나를 이해하고 지지해주었고, 내가 위험할 수도 있는 스포츠에 매달리는 것에 대한 걱정조차 드러내지 않았다. 우리는 아주 다른 삶을 살았지만, 나와 함께 케이프 코드에서 신나는 여름들을 보낸 적이 있는 언니 역시 해변에 매력을 느꼈다.

나는 맨해튼으로 피신한 동안 언니가 베푸는 풍성한 친절과 보살핌, 뜨거운 물 샤워, 레스토랑에서의 저녁 식사, 집에서 만든 요리를 한껏 누렸다. 나를 돌봐주는 가족 옆에 있으면서 재난과 거리를 두자, 폭풍 속에 머무르기로 했던 내 결정이 얼마나 어리석었는지 이해가 되기 시작했다. 어떻게든 살아 남긴 했지만, 나중에 집을 수리할 때를 대비해 어디가 손상됐는지 정확히 알려고 거기에 남아 있을 필요는 없었다. 게다가 일단 침수가 시작되자 상황을 개선하기 위해 내가 할 수 있는 일은 하나도 없었다. 무모하고 이기적이었다는 걸 깨달았다. 나를 걱정하는 사람들을 걱정시키고 말았다.

그와 동시에, 어린 시절 썼던 침실의 에어 매트리스에서 한두 밤을 자고 사무실에서 시간을 보내자, 문명을 맛보며 느낀 고마움만큼 무기력도 찾아왔다. 마치 〈매트릭스*The Matrix*〉 밖으로 나온 사람처럼 눈가리개가 떨어져 나가고 진짜 세계를 본 듯한 감각이 있었다. 서로 지지하고 공감하지만 저 밖에서 무슨 일이 일어나고 있는지 모르는 몽유병자들. 이제 나는 그들 사이에 속하지 않았다. 끊기지 않은 인터넷을 활용해 FEMA에 재난 구호 신청서를 전송했다. 관리청은 과거의 몇몇 재해 때보다 샌디 피해에 빨리 대응하며 관례적인 주택 검사 없이 보조금을 사전 승인해주고 있었다. 다시 말해 검사관이 와서 내가 정말 보조금이 필요한지 판단하기 전에 정부가 내 계좌로 곧장 현금을 지급한다는 뜻이었다. 하지만 이 뒤에 폭풍의 흔적이 없는 지역에 머무를 수는 없다는 생각이 들었다. 나는 로커웨이에, 처리해야 할 잔해가 있는 곳에 있어야 했다.

그래서 다시 차를 얻어 타고, 떠날 때와는 정반대의 감정을 느끼며, 피해를 입지 않은 구역—언제나처럼 장엄하고 매력적이고 낭만적인 뉴욕 자치구들의 마천루 협곡과 작은 동네 들—을 나와 돌무더기 잔해 속으로 돌아왔다. 그래도 차가 하워드 비치에서 다리를 넘어 자메이카만 야생 동물 보호 지구로 진입했을 때는

◦ 미국의 연방 재난 관리청.

언제나처럼 심장이 부풀어 올랐다. 짠 내음, 펼쳐진 바다, 주변을 둘러싼 탁 트인 대기가 집이 가까워진다고 신호를 보냈다. 심지어 보호 지구를 지나 브로드 채널을 통과했을 때도 이 느낌은 지속되었다. 이곳 몇몇 집의 포치에는 도둑에게 총을 쏘겠다거나 잡히면 십자가에 매달겠다는 내용을 손으로 쓴 위협적인 표지판이 걸려 있었고, 폭풍 때 밧줄이 풀려 계류장에서 튀어나온 배들은 여전히 중앙 분리대를 따라 놓여 있었으며, 공무원 무리가 긴급 차량과 조명탄과 손전등으로 교통 안내를 하고 있었다.

다시 돌아온 로커웨이는 여전히 재해 지역 같았지만, 위생국과 육군 공병대가 눈에 띄는 진전을 이룩했다. 도로를 덮었던 모래가 어느 정도 치워져 블록 끝 쪽에 쌓였고 모래 산은 점점 커지는 중이었다. 차들은 구석에 대강이나마 나란히 세워졌다. 보험 회사는 내 차를 폐차해야 한다고 선언했다. 차가 한번 침수되면 수리해도 너무 위험하니, 내가 간직하고 싶은 물건을 꺼내면 사람을 보내 차를 치우게 하겠다고 했다. 기증하려고 가져다두었던 책 한 상자 외에 중요한 물건은 없는 것 같았다. 차의 반대편으로 넘어가서 살펴봤을 때 산산조각 난 뒤쪽 유리를 발견했다. 얼마 전까지만 해도 멀쩡했던 것 같았다는 생각이 들었지만 내가 눈치채지 못했을 뿐일지도 몰랐다.

안에 있던 책 상자는 푹 젖어 못쓰게 되었다. 앞쪽으로 걸어가 차 안을 들여다보고, 앞뒤 좌석과 도어 포켓을 확인했다. 마지막으로 살펴본 조수석 쪽 수납 공간에서, 캘리포니아에서 펠로십을 받았을 때 집까지 먼 길 운전하며 들으라고 음악을 좋아하는 몇

몇 친구가 선곡해 만들어준 음악 시디들이 나왔다. 그 여정은 싱글 여성으로서 나 자신을 책임지기 위한 통과 의례이기도 했다. 이 시디들에는 R&B, 디스코, 록, 컨트리 등 다양한 장르의 음악이 가득 들어 있어서 그냥 몇 시간이고 틀어놓기만 하면 되었다.

시디를 들여다보다가 그 길 위에서 특히 기분이 이상하고 고독했던 시간이 떠올랐다. 네바다 사막의 유령 도시를 지날 때였다. 거기에 멈춰서 몇 시간 동안 사진을 찍었다. 건조한 황무지 여기저기에 버려진 채굴 장비들, 반쯤 무너진 집들, 녹슨 스쿨버스들이 흩어져 있었다. 그 풍경에 기이하게 뒤섞여 있는 열망과 좌절을 뷰카메라로 포착하고 싶었다. 먼지와 풀이 바람에 날리는 가운데, 삼각대 다리를 관목 덤불 속에 세우다가 전갈을 깜짝 놀라게 했다. 그 작디 작은 생물이 성이 나서 먼지 사이로 종종거리며 가시 돋친 꼬리를 과시하는 모습을 보고, 더 가까이에 손을 두었다면 쉽사리 쏘일 수 있었다는 사실을 깨달았다. 제대로 모르는 환경에 침입할 때 나는 완전히 취약하다는 사실도. 어떤 못된 부랑자가 내 길을 가로막았다면 나는 스스로를 방어하지 못했을 것이다. 전갈 앞에서, 메시 슈즈를 신은 내 발 주위로 금세 모여든 불개미 무리 앞에서 나는 마찬가지로 무력했다.

하지만 두렵지는 않았다. 내가 하는 활동에는 무언가 의미가 있다고 느꼈고, 그곳에서 "그만둬! 하지 마! 넌 이런 일을 할 수 있는 사람이 아니야"라고 속삭이는 목소리를 마침내 모두 무시했다. 그 목소리가 평생 동안 나를 괴롭혀왔다는 걸 그때 알았던 것이다. 그 유령 도시에서 창조력의 장이 펼쳐지는 느낌을 받았다. 내 상상력을 사로잡고 즐거움을 주는 무언가를 안전하게 추구할 수 있는 보호막이었다. 아무것도 없는 머나먼 곳 한복판에서 나를 해칠 궁리를 하는 사람은 아무도 없다는 확신이 들었다. 케이프 코드의 집에서 내가 문턱 너머 매달려 있는 거미가 너무 무서워 밖으로 나가지 못할 때면 아버지가 무시하듯 했던 말이 떠올랐다. "거미는 너 신경도 안 쓴다."

나는 미끈미끈한 갈색 막에 덮여 있는 시디를 내려다보았다. 갈색 막은 범람했던 물속에 들어 있던 온갖 것—처리 전의 하수, 기름, 휘발유, 화학 물질, 세척 방법을 짐작도 못 하겠는 기타 독성 물질들—이 남긴 퇴적물이었다. 문득 로커웨이에서도 똑같이 보호받고 있다고 느끼고 있음을 깨달았다. 어쩌면 오히려 나를 기른 우리 집 양육 방식 때문일지도 모르고—어린 시절의 혼돈을 주로 폭풍이 지나가길 기다리듯 버텨내며 살아남았다—아니면 여기서 일이 잘 풀릴 거라고 느끼게 만드는 다른 무언가 때문일지도 모른다. 어느 쪽이든 나는 시디를 차에 남겨두었다.

길을 건넜을 때 가족과 함께 수십 년 동안 이곳에 산 이웃 노인과 마주쳤다.

"차 뒤 봤어요?"

"네, 폭풍이 지나간 날 아침에도 유리가 깨져 있었는지 기억이 잘 안 나요."

"안 깨져 있었어요. 군대가 그랬지. 험비를 후진시키다가 곧장

다양한 기능을 장착한 미국군의 전술 차량.

322

들이받았어요."

노인이 말했다.

"험비요? 진짜요?"

"진짜예요. 군인들이 험비를 타고 작업하러 왔다가 당신 차 유리를 부쉈다니까."

"아, 그랬군요. 청소 작업 때문에 우리가 죽어나가겠어요."

내가 웃으며 말을 이었다.

"그래도 괜찮아요. 보험사에서 처리해줄 테니까요."

"그거 다행이구먼."

"네, 정말 도움이 됐죠. 하지만 그 차가 그리울 거예요. 같이 많은 일을 헤쳐 나왔거든요."

다시 집 안으로 들어가 지하실을 청소할 준비를 시작했다. 내가 집을 비운 며칠 사이 지하실의 물은 거의 다 빠졌고 남은 모든 것은 진흙에 뒤덮여 있었다. 아직 토대에 뚫린 구멍을 메워야 했지만 곰팡이 걱정은 하지 않아도 된다는 이야기를 들었다. 기온이 너무 낮아서 곰팡이는 피지 않을 거라나. 해가 구멍과 계단을 통해 아래까지 비치는데도 너무 어두워서 진흙 무더기의 정체를 구별할 수 없었다. 손전등으로는 부족했기 때문에 캘리포니아에서 썼던 집게 달린 자전거 전조등 대여섯 개를 찾아내 새 건전지를 넣은 뒤 지하실에 빙 둘러 설치했다. 완벽하진 않았지만 쓸 만했다.

안을 둘러보자 갑자기 숨이 턱 막히는 느낌이 들었다. 해야 할 일이 많아도 너무 많았다. 어디서부터 시작할지, 뭘 두고 뭘 버릴지 정할 수가 없었다. 업소용 큰 통에 든 친환경 세척제, 타이벡 방진복, 팀과 키바네 포치에서 가져온 고무장갑이 있었지만 준비는 이것뿐이라서 기가 죽었다.

신선한 공기를 마시면 집중력이 높아지고 일에 달려들 에너지를 모으는 데 도움이 될 것 같아 다시 올라와서 밖으로 나갔다. 여기 산다고 하기엔 전체적으로 너무 깨끗하고 눈이 반짝이는 젊은이 십여 명이 우리 블록을 따라 내려오고 있었다. 그들 중 밝은색 짧은 머리 남자와 어두운색 짧은 머리 남자가 다가왔다.

"저희가 도울 만한 일이 있나요?"

둘 중 하나가 물었다. 내가 대답했다.

"지하실을 치우려는 중이에요. 가구며 옷이며 러그며 쓰고 남은 건축 자재며, 아래쪽에 뭐가 많아요. 물은 겨우 다 빠졌는데 지금은 진흙탕이네요."

"아, 저희가 도와 드릴 수 있어요."

둘 중 하나가 웃으며 말했다.

"정말요? 청소 도구나 삽 같은 게 하나도 없는데요."

"물건을 위로 꺼내놓는 정도는 할 수 있을 거예요. 저희는 모마 사람들과 같이 왔어요. 뭐든 도와 드리려고요."

"와, 고맙습니다. 정말 좋은 일 하시네요. 들어오세요."

나는 둘을 집으로 이어지는 골목으로 이끌었다.

"정말 괜찮으시겠어요? 총체적 난국이에요."

❖ 화학 기업인 듀폰사가 개발한 고밀도 폴리에틸렌 부직포 소재의 상품명.

"그럼요. 괜찮을 거예요."

한 명이 활기차게 대답했다.

"그렇다면 좋아요."

이렇게 말하고 둘을 우리 집의 지하 수렁으로 데려가기 위해 몸을 돌렸다.

"살리고 싶은 물건은 거의 없어요. 그러니까 그냥 다 길가로 꺼내면 될 것 같아요."

"잘됐네요. 여기서부터 시작해서 안쪽으로 들어갈게요."

하나씩 하나씩, 우리는 질척한 진흙 뭉텅이를 차례차례 들고 계단을 올라와 길에 내놓았다. 필요 없는 조명과 수건과 담요. 몇 년 동안 입지 않은 재킷들. 교체할 필요가 있을 때 쓰려고 보관해둔 마룻널. 전 주인들이 시멘트 바닥에 던져두고 간 러그 더미. 할머니에게 받았지만 활용할 방법을 한 번도 찾지 못했던 마호가니 잡지꽂이. 어딘가에 발이 걸려 휘청거린 나는 순간 비닐 봉지 안에 든 무언가를 밟아서 터뜨린 듯한 느낌을 받았다. 아래를 내려다보니 흰색 페인트 팩이 터져서 내 다리와 바닥에 페인트가 잔뜩 튀어 있었다. 몇 주 전에 도장공들이 쓰고 남은 페인트였다. 이 페인트가 지하실을 뒤덮었어도 그나마 최악의 도장 재료는 아니었겠다고 생각하며 페인트가 뚝뚝 떨어지는 팩을 들고 길가로 나와 점점 높아져가는 더미 위에 두었다. 주위를 보자 모두 똑같이 산 쌓기를 하는 중이었다. 시커멓게 얼룩진 매트리스, 젖은 단열재와 벽판, 파이프와 코트와 의자와 부서진 도자기가 쌓였다.

다시 아래로 내려가자 우리 집 도우미 중 한 명이 내가 좋아하는 부츠 두 켤레를 들고 있었다. 둘 다 내 키를 188센티미터 가까이 커지게 만드는 굵고 높은 굽이 달린, 무릎 바로 아래까지 올라오는 가죽 롱부츠였다.

"이건 어떻게 할까요? 진짜로 버리실 거예요?"

그가 물었다.

잠시 생각이 필요했다. 하나는 매끄럽게 빛나는 회갈색 가죽 부츠로, 세련된 웨스턴풍 무늬가 들어가 있었다. 다른 검은색 부츠는 거친 스타일로, 두껍고 멋진 칼집이 발 부분에 장착되어 있고 옆쪽에는 무거운 은색 지퍼가 달려 있었다. 챙이 비죽 나온 가죽 바이커 햇과 징 박힌 초커를 함께 착용해야 할 것 같은 디자인이었다. 둘 다 무척 좋아하는 부츠였다. 이혼 생활에 필수라고 상상한 온갖 망나니짓을 하겠다는 결의를 담아 꽤 비싼 돈을 주고 구입했다. 부츠에 어울리는 의상을 마련해서 차려입고 집 안을 돌아다니기도 했고, 한 번은 사진을 찍어 내 첫 SNS 프로필 사진으로 쓰기도 했다. 하지만 둘 중 어느 것도 신고 집 밖으로 나갈 만큼 뻔뻔하진 못했다. 침실 거울에 비친 내 평소 모습을 보면 도저히 용기를 낼 수가 없었다. 이제는 확실히 이 신발들이 필요하지 않았다.

청소가 끝날 때까지 내가 버리지 않기로 한 물건은 서프보드와 뷰카메라뿐이었다. 과거의 삶이 남긴 짐을 이렇게 치워버리자, 태풍에 굴복했지만 그 대가로 한없이 가벼워지게 된 기분이 들어 좋았다. 진흙투성이가 된 두 도우미도 활짝 웃으며 나와 함께 밖으로 나왔다. 그들은 할 수 있는 일을 다 하고도, 더 도울 일이 있는지 물었다.

"아뇨, 아니요, 없어요. 너무 잘해주셨어요. 믿을 수 없을 만큼 많은 일을 해주셨네요."

다시 집 안으로 들어가 점검했다. 우리가 오간 경로를 따라 거실에 진흙이 꽤 많이 떨어져 있었다. 진흙을 닦아내고 덮개든 깔개든 가져다 덮어서 지하실 복구 다음 단계에 생길 수 있는 피해를 막아야 했다. 갑자기 뒤쪽 바깥에서 흥분해 소리치는 아이 목소리가 들렸다.

"레니, 이것 봐! 그대로 있어!"

주방 창문으로 밖을 내다봤다. 옆집의 아홉 살 난 첫째 비비안이 일곱 살 난 남동생과 함께 크고 작은 나무에서 나무로 뛰어다니며 남아 있는 식물을 하나하나 살피고 있었다. 아이들의 엄마 수전이 말하길, 집이 날아가지 않았다고 아무리 말해도 비비안이 믿지 않아서 오늘 처음으로 직접 집을 보러 왔다고 한다.

"봐, 레니! 그대로 있어."

비비안은 외치고 또 외쳤다.

"그리고 이것도!"

봐! 봐! 봐!

○○○

며칠 뒤, 나는 밥네 집 앞 주차장에 나와 있었다. 그곳은 구호 활동과 서비스 복구 센터가 되어 있었다. 누군가가 대로에 충전소를 만들어두자 사람들이 항상 빙 둘러서서 빈 포트를 차지하려고 아옹다옹했고, 전기·가스·수도 공사들의 트레일러가 와서 서비스 복구에 대한 정보를 고객들에게 전했다. 천막 밑에 만든 단상에서 공무원들이 전달 사항을 발표했고 긴 접이식 테이블 위에는 뒤엉킨 운동복 상의와 담요 더미, 빵 봉지, 통조림이 빼곡히 놓여 있었다. 좋은 의도로 기부를 받은 마구잡이 쓰레기였다.

그 무렵 나는 《뉴욕 타임스》의 비즈니스 면에 실릴 대체 에너지에 대한 기사 작성을 맡고 있었는데, 태양 에너지가 재난 시에 얼마나 유용한지 (또한 얼마나 무용한지) 논하는 내용이었다. 취재를 위해 벨 하버까지 3, 4킬로미터를 터덜터덜 걸어가 지붕에 태양 전지 판을 설치한 집주인들을 인터뷰했다. 어떤 때는 내가 맨해튼 정찰 작전이라도 수행하는 느낌이었다. 사무실에서 하루를 보낸 다음 물품과 식료품을 짊어지고, 붐비는 기차와 버스와 알 수 없는 시간표에 따라 운행되는 특별 셔틀버스에 끊임없이 시달리며 기나긴 여정을 거쳐 집에 돌아왔다. 밤에 으스스한 공항 주차장이나 철교 밑에서 체감상 한 시간은 될 것 같은 시간 동안, 마찬가지로 간절히 집에 가고 싶은 군중과 함께 추위에 떤 일도 여러 번이었다. 하지만 나는 메트로도 거들고 있었기 때문에 몇몇 공기업이 주차장에서 여는 기자 회견을 내가 취재하기로 했다. 주민들이 도움을 받을 수 있는 방법에 대한 최신 정보를 제공하는 자리였다.

대변인이 허리케인 피해자는 온라인이나 팩스로 복구를 신청할 수 있다고 설명했을 때 나는 폭발하고 말았다.

"전기가 없는데 어떻게요?"

분노를 내뱉듯 소리를 지르자 군중 속에서 다른 사람들도 외치기 시작했다. 곤혹스러운 상황 속에서 탈진, 분노, 탈진을 거듭했고 이제 더는 견딜 수 없었다. 나는 지난 수년간 《뉴욕 타임스》를 대표하는 사람으로서 보여주려고 노력했던 직업 의식과 예의를 모두 잊었다.

"아니, 진짜, 무슨 얘기를 하는 거예요? 망할 전기가 없는데 어떻게 팩스를 보내고 인터넷을 써요?"

저 사람은 그저 자기 할 일을 하고 있을 뿐임을 알면서도 멈출 수가 없었다. 누를 수 없는 화가 뜨겁게 차올라서 머리가 터질 지경이었다. 아무도 책임을 지지 않는 것 같았다. 아무도 제대로 조정하지 못하는 것 같았다. 위기는 그들의 능력을 넘어섰다.

분노를 터뜨리고 기진맥진한 나는 밥네 집으로 돌아가 위층에 틀어박혀서, 줄곧 씩씩대며 짧은 메일을 써서 편집자에게 보냈다. 다시 아래층으로 내려오자 서프 클럽에서 봉사 활동을 마친 줄스가 유니클로의 긴팔 내복 상하의를 한 무더기 들고 돌아와 있었다.

"잔뜩 있더라구. 그래서 좀 집어왔지. 우리 다 입을 수 있을 것 같아서 사이즈도 다양하게 골라왔어."

줄스는 손난로들도 가져왔다. 신기한 알갱이가 든 팩을 장갑이나 신발 안에 넣으면 몇 시간 동안 열기가 지속되는 물건이었다.

분노가 몸에서 빠져나가는 느낌이 들었다. 줄스의 사려 깊은 마음이 스며들어 흐르는 분노를 잠근 것 같았다. 다시 한 번 누군가의 관대함이 베푼 혜택을 누렸다. 나는 운이 좋은 쪽에 속한다. 그 사실을 계속 되새겨야 한다.

○○○○

얼마 뒤, 페리를 타고 사무실에서 집으로 돌아오는 길이었다. 페리가 월 스트리트와 밥네 집에서 열 블록 떨어진 곳에 임시로 만들어진 부두 사이를 왕복하기 시작했다. 엄청나게 편리하진 않았지만 페리는 괜찮은 탈것이었고 반도 쪽 선로가 아직 복구되지 않은 A선 열차의 적절한 대체재였다. 아침이면 밥이나 다비나나 우연히 만난 다른 누군가와 함께 부두로 걸어갔고, 대체로 밤에는 여전히 운행 시각이 오락가락하는 지하철과 버스를 갈아타고 퇴근했다. 부두에서부터 혼자 걷고 싶지 않았기 때문이다. 어둠이 내리면 지구 멸망 후처럼 아무도 다니지 않는 곳이었다. 그러나 오늘은 시간이 일러서 뉴욕에서 미끄러져 나온 페리가 브루클린과 코니 아일랜드의 유원지를 지나는 풍경을 바라보며 맥주를 홀짝였을 때도 여전히 환했다. 앞으로 나아갈수록 불 켜진 건물들이 줄어들고 있음을 깨달았다.

　로커웨이에 도착했을 때는 땅거미가 졌고, 꽤 많은 사람이 나와 함께 시내를 걷고 있어서 걸어도 안전할 것 같았다. 15분쯤 뒤 밥네 집 근처 주차장을 가로지르기 시작했다. 나는 여전히 밥네 집에서 돌아가며 근무하는 NY1 직원들과 함께 밤을 보내고 있었다. 고개를 들었을 때 눈에 들어온 광경에 발을 멈추었다. 집이 어렴풋이 보였다. 물고기 비늘 같은 하얀 지붕널이 석양빛을 받아 장미 꽃잎 같은 분홍색으로 물들고 하늘에는 푸르스름한 연보라 색이 감도는데, 집의 모든 창문이 따스한 노란색으로 빛나고 있었다. 빛! 밥의 집 모든 방에 불이 들어와 있었다! 그 자리에 못 박힌 듯 서서 복받치는 감정에 푹 젖었다. 이렇게 아름다운 광경은 처음 보는 듯했다. 제일 위층 어느 방에서 무언가가 깜빡이며 돌고 있었다. 천장에 달린 팬의 그림자 같았다.

집 안으로 들어가 위층에서 밥을 만났다.

"불이 다시 들어왔네! 축하해."

기쁨이 넘쳐서 밥을 껴안았다.

"맞아, 최고야."

밥이 활짝 웃자 얼굴 전체가 환해졌다.

"진짜 신난다. 그리고 잊고 있었는데, 다이앤 방에 전기 온도 조절기가 있어. 난방이 된다는 뜻이지!"

"세상에, 너무 좋다. 거기서 잘래? 여긴 밥네 집이잖아."

"아니, 아니, 괜찮아. 계속 거기 써."

"정말?"

"물론이지. 따뜻하게 하고 있어."

"아, 고마워. 그런데 침실 천장에 팬이 있어? 길에서 그림자가 보이던데."

밥이 웃더니 고개를 저으며 대답했다.

"아니. 그거 나였어. 팔짝팔짝 뛰는 나."

"거짓말!"

나는 배를 잡고 웃었다.

"아, 흥분할 만해. 우리 집도 곧 전기가 다시 들어올 것 같아. 이번 달 안에 올 수 있다는 전기 기사하고 겨우 연락이 됐거든. 일정이 꽉 찼대."

"그렇더라. 그리고 다들 현금으로 달라고 하지."

"맞아. 미드타운 은행 사람들은 내가 도박꾼이거나 마약 중독자이거나 거래상인 줄 알 거야. 한 번에 수천 달러씩 인출하는데 항상 고액지폐라서 부피도 크지 않고, 담당 직원도 매번 같은 사람인 것 같거든. 심지어 한번은 그 사람이 나한테 방문하기 며칠 전에 미리 알려주면 좋겠다고까지 했어. 백 달러 지폐가 항상 그렇게 많이 준비되어 있진 않다고."

"너무 웃기다."

"그렇지? 게다가 당연한 얘기지만, 집까지 오다가 강도를 만나서 털릴까 봐 매번 무서워 죽겠어. 다들 여기 사람들이 FEMA에서 받은 돈을 집에 쌓아두고 있는 줄 알잖아."

그즈음 복구 작업이 대대적으로 진행되는 중이어서 밥네 집 밖 주차장은 영원히 계속되는 괴상한 테일게이트 파티tailgate party 회장 같았다. 전국에서 모여든 구호 단체, 비영리 기구, 대학생 들이 난방이 되는 큰 텐트 안에서 교대로 음식을 제공했다. 샌드위치일 때도, 최대한 따뜻하게 데운 식사일 때도 있었다. 길을 몇 블록만 걷다보면 항상 누군가가 다가와 무언가—음식, 따뜻한 옷, 담

주차장 같은 넓은 장소에 모여 차의 뒷문이나 트렁크 문을 열어 둔 채 차 안팎에 차린 음식을 함께 먹고 마시며 즐기는 모임.

332

요, 물, 배터리 등—를 주겠다고 제안했다. 전기·가스·수도 회사들이 트레일러를 위쪽 동네, 116번가 근처로 옮긴 바람에 거기까지 걸어가 전력 회사에서 신청 서류를 받았다. 자격 있는 전기 기사가 우리 집 배선을 바꾸고 배전함을 다시 설치한 다음 서명을 해주어서 그 서류를 가지고 한 번 더 트레일러로 갔다. 그날이나 다음 날 전력이 회복될 거라고 했다.

마침내 시스템이 작동했고, 추수감사절 다음 날 드디어 불이 들어왔다. 집에 전기가 들어온 것이 거의 한 달 만이어서 황홀할 정도였다. 단순히 기계들이 다시 작동해서가 아니라 이제 필요한 일을 전부 하면서 앞으로 나아갈 수 있겠다는 기분이 들었기 때문이다. 제습기를 돌릴 수도, 청소 업체를 불러 지하실 곰팡이를 처리할 수도 있다. 시에서 운영하는 래피드 리페어스Rapid Repairs라는 프로그램을 통해 고장난 보일러와 온수기를 교체해 달라고 신청해두었지만, 이제 그 전까지 침실에서 전기 히터를 쓸 수 있으니 집에 있는 담요를 전부 가져다 덮고 코트를 입은 채 자지 않아도 괜찮았다.

며칠 뒤 저녁, 뜰에서 빛나는 잉걸불 곁에 앉아 있는데 남자 목소리가 들렸다.

"저기요."

실체 없이 속삭이는 목소리만 계속 들려오고 목소리의 주인은

허리케인 샌디로 집에서 난방, 전기, 온수를 사용할 수 없게 된 사람들에게 긴급 수리 서비스를 무상으로 제공한 정부 프로그램. 2013년 3월까지 운영되었다.

보이지 않았다.

"저기요, 저기요……. 서프보드 필요하세요?"

일어나서 주변을 유심히 살핀 뒤에야 목소리의 주인을 알아보았다. 키가 커서 흐느적거리는, 우리 집 길 건너에 사는 새카만 머리의 남자로, 어렸을 때 버디와 같은 블록에 살았다고 했다. 남자가 무슨 생각인지 잘 알 수 없었지만 그쪽으로 다가갔다.

"고마워요. 하지만 이미 하나 있어요."

"음, 하나 더 갖고 싶으시면, 해변에 잔뜩 놓여 있으니까 말이지요. 오늘 인명 구조원 초소를 철거했으니까 틀림없이 거기 있을 거예요. 누가 와서 들고 가겠죠."

"아, 그렇겠네요. 아니면 그냥 쓰레기가 되든가요. 저도 한번 가볼까 봐요."

잠시 후 나는 해변으로 향했다. 어둠 속에서 모래 언덕들을 돌아 잠깐 걷자 다른 쓰레기와 돌무더기 옆에 듬성듬성 쌓여 있는 보드들이 나왔다. 꽤 낡아 보이는 숏보드가 몇 개 있었고 밝은색 롱보드도 하나 있었다. 내 것보다 더 짧고 좁고 날씬해서 더 기동성이 좋아 보이는 보드, 다시 말해 내 다음 보드로 딱 좋아 보이는 롱보드였다. 그 보드를 가지고 돌아와 거실 바닥에 내려놓았다. 크림색이 도는 흰색 보드로, 가는 황갈색 스트링거 선이 앞면을 가로질렀다. 스트링거는 보드 가운데에 들어가는 좁은 판으로, 전통적으로 나무로 만들며 보드에 강도와 경도를 더한다. 노즈 근처에는 돌고래 다섯 마리가 조금씩 겹쳐져 반원을 그리고 있는 파란색과 검은색 로고가 있었다. 보드를 뒤집어보았다. 투명한 코팅 아래에 연필로 일련 번호와 크기를 써놓았다. 길이 9피트, 넓이는 22와 4분의 1인치, 두께는 2와 4분의 3인치였다. 제시 페르난데스라는 셰이퍼 이름도 쓰여 있었다. 노즈와 테일 쪽 가장자리에는 구멍이 생겨서 소재가 드러나 있었다. 구멍을 막기 전에는 이 보드를 탈 수 없다는 뜻이었다. 보드 안에 물이 스며들면 무거워지고 코어가 상해 서서히 부식될 수 있기 때문이다.

내가 고칠 수 있어. 서프보드의 상처를 보며 생각했다. 보드 손상에 대해 알고 있으니까. 폭풍이 오기 직전, 서프 클럽의 여성 워크숍에서 발표를 들었을 때 퍼티를 사용해 보드를 수리하는 꼼수를 배웠다. 아주 좋아 보이는 방법은 아니었지만―발표한 남자도 뇌세포에 해로운 가연성 충전제, 코팅 액, 유리 섬유를 사용하는 더 적극적이고 오래가는 기술에 비하면 이 방법은 효율적이지만 "엉터리"라고 표현했다―효과는 있을 것이다. 보드가 무엇으로 만들어졌는지 알아내서 적합한 물품을 찾기만 하면 되었다. 폴리에스터 수지 모델(때로는 그냥 유리 섬유 모델이라고도 한다)과 폴리스타이렌 폼 모델(때로는 그냥 에폭시 수지 모델이라고도 한다)은 재료의 화학적 성질 때문에 수지를 호환해서 쓸 수가 없다. 혹시 손상 부위를 고정시키려고 엉뚱한 물품을 쓰면 보드 내부가 녹아내릴 수 있다.

보드는 폴리에스터 수지 모델이고 웨이브 라이딩 비이클스Wave Riding Vehicles라는 회사 제품으로 밝혀졌다. 줄여서 WRV라고도 하며, 버지니아 비치에 본사를 두고 1960년대에 생산을 시작한 유명한 브랜드였다. 그리하여 어느 날 저녁에 철물점에서 적합한 퍼티 튜브를 찾아낸 나는, 손상된 부위에서 부서진 폼 부스러기와 깨진 유리 섬유와 모래를 제거했다. 퍼티를 한 조각, 한 조각 떼어 풍선껌처럼 말랑해질 때까지 주물러서 구멍을 메운 뒤 불거져나온 부분을 깎아내고 최선을 다해 매끈하게 다듬었다. 내가 기어이 수리한 부분은 끔찍해 보였지만—테일과 노즈에 석고 덩어리를 덕지덕지 바른 것 같았다—어쨌든 신이 났다. 언젠가는 팬 상처를 보수하는 방법을 제대로 배워서 좀 더 셰이퍼처럼 고칠 수 있을 것이다. 그렇지만 일단 이 보드가 물을 견딜 수 있고 서핑 준비가 된 상태인 것은 확실했다.

12월 초 내 생일날 아침에, 키바가 코어워머core-warmer라며 만들어준 네오프렌 원피스 수영복과 모자 달린 소매 없는 조끼, 웻슈트, 슈즈, 장갑을 착용한 다음 보드를 들고 해변으로 내려갔다. 폭풍이 지나간 뒤 처음 오는 바다였고—모두가 재난으로 고통받던 초기에는 바다에 가는 것이 옳지 않은 일 같았다—왠지 뻣뻣한 방한복을 껴입은 아이 같은 기분이 들었다. 영상 15도가 넘는 놀랍도록 따뜻하고 맑은 날이었지만, 물 온도는 10도 언저리여서 차가웠기에 가을부터 겨울까지 입으려고 새로 장만한 웻슈트만으로는 충분히 따뜻하지 않았다.

물속으로 걸어 들어가자 얼음장 같은 물이 발, 발목, 종아리, 무릎, 허벅지를 적시며 올라왔지만 곧 몸이 더워질 것을 알았다. 나는 보드 위로 올라 팔을 저으면서, 돌고래 로고와 노즈의 퍼티 덩어리를 내려다보았다. 더 가볍고 기동성 있게 나아가는 느낌을 받았다. 새 보드는 평소에 타던 보드에 비해 볼륨이 작아서 균형을 유지하며 앞으로 나아가기가 훨씬 더 힘들다는 사실은 알고 있었다. 원래 보드가 6인치 더 길고 조금 더 넓고 중간 부분도 0.5인치 이상 두꺼웠다. 미묘한 수치지만 실제로 탔을 때는 어마어마한 차이가 난다. 익숙해지려면 시간이 좀 걸릴 것이다.

서핑을 처음 시작했을 때처럼 몸을 똑바로 세우려고 애쓰면서 잠시 앉아 있었다. 햇빛에 반짝이는 바다를 바라보며, 이렇게 날이 훈훈했던 생일이 있었는지 떠올려봤지만 기억나지 않았다. 허벅지 높이 파도들이 일어났다가 부서져 해안으로 몰려가는 모습을 지켜보다가 빙 돌아서 몇 번 잡아보았다. 이 단계는 많이 어렵지 않았다. 평소보다 팔을 열심히 저어야 했지만 보드가 자석에 이끌리듯이 파도에 끌려갔다. 일어서는 것은 또 다른 이야기였다. 이 보드는 실수에 훨씬 더 엄격해서 몇 번이고 나를 물속으로 던져버렸다. 하지만 마침내 맞는 자리를 딛고 서자 하늘의 계시가 내린 듯 보드가 날아가려 했다. 나는 몇 번 더 파도를 탄 다음 배고프고 행복하고 지친 채 집으로 돌아왔다.

웻슈트를 벗은 뒤 샤워하면서 물에 헹구었다. 이것이 마지막 찬물 스펀지 목욕이 되길 바라며 몸을 덜덜 떨었다. 래피드 리페어스 사람들이 오늘 새 보일러와 온수기를 가져와 설치해줄 예정이어서, 방문을 놓치지 않으려고 주방 탁자에 일거리를 펼쳤다. 수리 팀은 다양한 업체 사람들로 꾸려졌고, 프리랜서 기술자들로 이루어진 방랑자 무리처럼 느슨하게 조직되어 일했다. 어느 날 느닷없이 걸려온 전화를 받고 무엇이든 필요한 일을 부탁할 수도 있고, 수리 팀이 갑자기 찾아와 문을 두드렸다가 사람이 없으면 어려움에 처한 다음 집으로 넘어가기도 한다. 일주일쯤 전에 만나서 우리 집 문제를 해결해주기로 했던 기사는 다른 지역으로 보내져서 다시 오지 못했다. 어제는 또 다른 사람들이 갑자기 아침 일찍 나타나 전에 쓰던 기기들을 치워주고 오늘 오후에 다시 오기로 약속했다.

그날 저녁 브루클린에서 생일 축하 술자리를 가질 계획이었지만—나와 다른 친구의 합동 생일 파티였다—해가 지기 시작하자 거기에 가지 못할 것이 확실해졌다. 어둑어둑해질 무렵에 래피드 리페어스 사람들이 도착해 설치를 마쳐, 10월 말 이후 처음으로 내 집에서 뜨거운 물 샤워를 할 수 있게 해주었다. 친구들이 보고 싶었지만 그래도 다 괜찮았다. 마흔여덟은 위대하게 시작되었다는 느낌이 들었으니까.

새해의 로커웨이는 여전히 원래 모습과는 많이 달랐지만 큰 진전을 맞이했다. 위생국이 육군 공병대, FEMA와 함께 수십만 톤의 돌무더기를 제이콥 리스 파크와 스태튼 아일랜드의 프레시 킬스로 운반해 치웠다. 거의 모든 가정의 기본적인 공공 서비스가 복구되었고, 우리 동네 슈퍼마켓은 다시 열리지 않았지만 H선 셔틀 열차가 반도를 위아래로 왕복해서 아번에 있는 스톱 앤드 숍에 갈 수 있게 되었다. 서프 클럽도 구호 센터 역할을 마치게 되어 브랜던과 그의 파트너는 담장을 부수고—남아 있는 플라스터보드와 단열재를 벗겨내는 일을 도왔는데, 허리케인이 가고 삼 개월이 지났건만 여전히 젖어 있었다—클럽을 새롭게 구상하는 데 집중할 수 있었다. 지역 센터와 회의실로서의 역할은 얼마간 이어갈 것이지만, 이제 제작 공방은 들이지 않고 바 겸 행사장 기능을 키우면서 서프보드 보관소와 상설 식료품 배급소를 확장할 예정이었다.

그즈음 밥, 존, 줄스와 나는 영화의 밤을 다시 열기로 결정했다. 허리케인이 오기 전에 밥네 집에서 열곤 했던 편안한 모임을 재개해서 우리 모두가 여전히 느끼는 스트레스를 해소하자는 의도였다. 영화의 밤은 〈조니 스타카토Johnny Staccato〉 시리즈를 한두 편 보는 것으로 시작하곤 했다. 1959년부터 1960년까지 방영된 그 울적한 분위기의 양식화된 텔레비전 시리즈에서는 존 캐서베티스가 맨해튼 그리니치 빌리지의 재즈 클럽에서 부업으로 탐정 노릇을 하며 피아노를 치는 재즈 피아니스트 역할로 나온다. 다음에는 영화를 한 편 봤다. 로커웨이가 주제이거나 배경으로 나오는 영화를 보기도 했다. 다큐멘터리 〈로커웨이의 방갈로The Bungalows of Rockaway〉나 프랭크 시나트라가 아번의 모래사장에서 용의자를 추격하며 엎치락뒤치락하는 〈형사The Detective〉 같은 영화였다. 켄 번스의 금주법에 관한 삼부작 다큐멘터리처럼 우리 중 누가 우연히 가지고 있는 영상을 보기도 했다. 하지만 그 다큐멘터리는 도입부만 함께 보았다. 밀주 영상을 계속 보았더니 음주 욕구가 솟구쳐서 다들 취해버렸기 때문이다.

이번에는 나, 밥, 존만 서재에 모여 에드워드 번스가 감독한 〈치즈 케익 블랙 커피No Looking Back〉를 보았다. 노동자들이 주로 사는 바닷가 도시가 배경인데 로커웨이에서 촬영되었고 우리 블록도 나왔다. 허리케인이 오기 전의 로커웨이가 기록된 영상 중 가장 멋들어진 영상일 것 같았다. 비 온 뒤나 새벽녘의 텅 빈 동네, 짙은 회색과 백랍빛에 잠겨 반짝이는 도로, 헤링본 무늬로 짜인 산책로의 나무널 바닥이 불그스름하게 물드는 광경. 내가 느낀 것을 밥이 그대로 입 밖에 낸 순간, 가슴이 메고 눈물이 차올랐다.

"와, 세상에, 로커웨이가 정말 아름답다."

"그래, 맞아."

내가 갈라진 목소리로 가까스로 대답했다.

"정말 아름다워."

밥이 다시 한 번 말했다. 그리고 우리는 모두 말없이 앉아, 비에 젖어 반들대는 거리와 바다를 따라 늘어선 집들을 한 장면 한 장면 눈에 담았다. 머릿속에 생생히 떠오른 질문 하나는 누구도 소리 내어 말할 수 없었고 하고 싶지도 않았다. 언젠가 저 모습을 되찾을 수 있을까?

맑고 시원한 어느 토요일 아침, 에메랄드빛 풀밭이 우리 주변에서 수 킬로미터 떨어진 곳까지 펼쳐져 있었다. 나는 캘리포니아 주 서노마Sonoma의 길가 작은 식당의 야외 테이블에서 전남편 에릭과 함께 아침을 먹고 있었다. 캘리포니아의 식당은 다 이런 건지, 이곳 역시 멋을 냈지만 금방이라도 주저앉을 듯한 외관에서 짐작할 수 있는 것보다 몇 단계 수준 높은 음식을 냈다. 전날 밤 여기로 날아온 나는 샌프란시스코의 베이 지역에 한 주 내내 머물며 대체 에너지 기사를 취재할 예정이었고, 다음 날 차를 몰고 해안을 따라 올라가 서핑할 계획도 세웠다. 에릭은 밴쿠버에서 몇 년 지낸 뒤 샌프란시스코의 비영리 단체에 자리를 얻었고 서노마에 자리한 주말 별장을 샀다. 나는 이혼 뒤 육 개월 동안 에릭과 연락을 끊었다. 고요한 시기가 필요하다고 에릭에게 전했다. 더는 우리가 함께가 아니라는 사실을 완전히 받아들이기 위해 잠시 전혀 연락하지 말고 지내자고 했다. 하지만 그 뒤로는 이메일을 주고받았고, 거의 정기적으로 전화를 해 근황을 확인했고, 에릭이 뉴욕에 왔을 때는 종종 만나기도 하면서 친하게 지냈다. 수년에 걸쳐 우리는 진정한 우정을 지키고 유지하는 데, 심지어 즐기는 데 어떻게든 성공했다.

그날 아침 에릭이 차를 가지고 호텔로 데리러 와서, 시가지 바로 바깥 도로 옆에 아늑히 자리 잡은 식당으로 갔다. 근처의 파릇파릇한 언덕 위로 포도밭과 스파와 리조트가 굽이굽이 이어졌다. 에릭은 자신이 늘 살고 싶었던 삶에 더 가까이 다가갔다고 했다. 지역에서 생산한 훌륭한 음식과 와인, 눈부신 자연 경관, 자전거 도로, 하이킹 코스에 둘러싸인 삶이었다. 그는 행복해 보였고—나와 함께 살았을 때보다 덜 날카롭고 현재에 더 집중했으며 아이폰을 내버려두는 능력이 좋아졌다—북부 캘리포니아 사람이 다 되었다. 플립플롭 샌들, 청바지, 초경량 다운 점퍼, 수염이 그 증거였다.

"음, 당신은 항상 더 자연 가까이 살고 싶어 했잖아. 당신도 그렇고, 버팔로 출신 친구들 중 남자들은 거의 다 결국 서쪽에 자리 잡은 것도 재밌네."

내가 말했다.

"그렇지. 어쨌든 이해는 되지만 좀 이상하긴 해."

에릭이 대답했다. 그의 크고 둥근 눈은 주변의 잔디만큼 초록빛이었다.

"로커웨이는 어때?"

"난리도 아니야. 우리 집은 멀쩡해."

에릭에게 우리 집 토대에 난 구멍을 막고 청소 업체가 지하실 곰팡이를 처리한 이야기를 들려주었다.

"전몰 장병 추모일까지는 산책로를 얼마간 수리할 거래. 가게들을 운영하려고. 그래서 밤이고 낮이고 공사 중이지. 아크등에 굴착기에 말뚝 박는 차에."

나는 쌩쌩 지나가는 차들과 그 너머에 있는 푸릇한 봄빛을 띤 언덕을 바라보았다.

"와, 그거 끔찍하네."

"응, 끔찍해. 뭐, 가게들이 열리는 건 반갑지만 말 그대로 밤새도록 쿵쾅쿵쾅하거든. 아침에 일어나서 보면 거의 매일 벽에 걸린 그림이 다 비뚤어져 있을 정도라니까."

그 주 후반, 나는 안개를 헤치고 굽이진 퍼시픽 코스트 하이웨이를 따라가며 길 아래로 희미하게 펼쳐진 강철빛 바다와 삐죽삐죽한 절벽을 잠깐씩 눈에 담고 있었다. 샌프란시스코에서 퍼시피카로 가는 중이었다. 샌프란시스코 남쪽으로 30분 정도 가면 나오는 퍼시피카는 서핑 명소이고, 그 옆에 로커웨이 비치라는 곳이 하나 또 있다. 나는 퍼시피카에서 서핑 강습을 받기로 했다. 이미 며칠 전에도 볼리나스에서 만족스러운 강습을 한 차례 받았다. 샌프란시스코에서 북서쪽으로 한 시간 걸리는 곳에 있는 볼리나스는 뮤어 우즈Muir Woods와 포인트 레이스 국립 해안 공원

사이에 자리하고 있다. 이 도시에 대해서는 잘 모르지만 이 부근 지역에 대해서는 알고 있었다. 에릭 부모님의 재혼으로 친척이 된 아주머니가 볼리나스에서 만을 따라 겨우 몇 킬로미터 가면 나오는 스틴슨 비치에 집을 가지고 있어서 에릭과 함께 방문한 적이 있었다. 아주머니는 인생을 즐기고 좋은 음식과 와인에 대한 사랑을 아낌없이 나누시는 분이었다. 샌프란시스코에 있는 아파트와 스틴슨 비치의 집 사이, 꼬불꼬불 겹나는 2차선 고속 도로 위로 차를 모는 운전 실력도 언제나 인상적이었다. 여기에는 급커브와 골짜기 위로 솟구쳤다가 바다 쪽으로 고꾸라져 앞이 안 보이는 고갯길이 가득했다. 그 길을 오갈 때면 나는 신경 쇠약 상태가 되어 눈을 가늘게 뜨고 장엄하지만 위험천만한 풍경을 하나하나 주시했다. 반면 아주머니는 한결같은 침착함을 유지하며 핸들에 가만히 손을 올린 채, 집 근처 길고양이를 돌본 일부터 오페라의 젊은 가수들에게 조언을 건넨 이야기까지, 최근 일어난 모든 일에 대해 수다를 떨었다.

이번에는 내가 그 길을 직접 운전해 볼리나스에 다녀와야 했다. 두려움을 삼키고, 나는 완벽한 실력을 갖춘 운전자이며—어쨌든 미국을 멀쩡히 횡단했으니까—이런 것 때문에 하고 싶은 일을 영원히 못 하면서 살 순 없다고 스스로에게 일렀다. 몇 번쯤 내 뒤로 차들이 줄줄이 늘어선 것을 보았을 때는 대피로로 빠져 멈춰야 했다. 솔직히 운전을 쉴 수 있어 감사한 마음이었다. 하지만 어쨌든 나는 해냈다. 남편이 있었다면 이런 일은 엄두도 내지 못했을 것이다.

서노마에서는 에릭과 멋진 하루를 보냈다. 에릭의 생활을 살짝 엿보았고, 함께 만난 에릭의 여자친구는 좋은 사람이었으며, 둘 사이의 편안한 애정 표현이 보기 좋았다. 내가 우리 사이를 정말로 잊었다는 것을 실감했다. 비록 그때의 친밀감과 동지애는 너무나 그리웠지만 내가 얼마나 많이 변했는지도, 그 변화에서 서핑이 얼마나 많은 자리를 차지하는지도 알고 있었다. 내가 갑자기 용맹한 전사가 되어 세상을 헤쳐나가 운명을 거머쥐었다고 한다면 그건 다 허튼소리이다. 수줍고 말주변 없고 불안한 나는 여전히 같은 나로 인해 괴로워한다. 달라진 점은 서핑을 향한 의욕, 더 나아지려고 노력하는 동시에 노력하지 않을 때도 자책하지 않으려는 의지 덕분에 일단 해볼 수 있게 되었다는 것이다. 나는 밖으로 나가 탐험하고 직접 부딪쳐서 장소와 사람을 경험하게 되었다. 사진 역시 처음으로 그런 기회를 주었다. 그러나 사진 찍기는 주변에 머무르며 기록하는 일이어서, 내 경우에는 그 장소의 일부가 되고 다른 사람과 무언가를 공유하는 데 큰 도움이 되지 않았다. 기분 좋은 파도타기, 수평선 위로 튀어 오르는 돌고래들, 어디선가 갑자기 솟아오른 힘차고 거대한 파도 같은 것을.

마침내 내가 서퍼가 되어가는 느낌이었다. 서핑이 아니었으면 가지 않았을 곳을 여행하고, 때로는 내가 다룰 수 있는 파도를 찾아 울퉁불퉁 팬 비포장 도로를 겁에 질려 운전하기도 한다. 저 밖으로 나가 두려움과 싸우고 모험과 무모함 사이에서 줄타기를 하며 옳은 균형을 찾으려 애쓰고 있었다.

바로 지난달에 푸에르토 리코에서 그런 줄타기를 하다가 잘못된 쪽으로 몇 번 떨어졌다. 브랜던, 다비나, 리바를 포함해 로커웨이에서 사귄 친구들과 함께 휴가를 떠났을 때였다. 하루는 아침에 브랜던과 함께 물속에 앉아 있었는데, 브랜던이 갑자기 몸을 돌려 아웃사이드를 향해 패들링을 시작했다. 몇 초 뒤 그 이유를 알게 되었다. 반짝이는 청록빛 벽이 수평선에서 빠르게 솟아오르고 있었고 피크가 이제까지 왔던 어떤 파도의 피크보다도 높았다. 나는 보드에 엎드려 그 파도를 향해 나아갔지만 꼭대기를 넘을 자신이 없었다. 가까이 다가갈수록 어떻게 해야 할지 알 수가 없었다. 터틀을 해야 하나? 뒤로 돌아 앞으로 쭉 나아간 다음 화이트워터를 잡을까? 뒤로 돌아 테일 쪽에 앉아서 나를 덮치고 지나가길 기다리는 건? 계속 가? 수많은 선택지 속에서 갈피를 잡지 못하고, 실행 가능한 방법 중 최악의 선택을 했다. 그 자리에 얼어붙었던 것이다. 벽이 점점 높아져 내 쪽으로 휘어지는 모습을 올려다보았다. 파도 꼭대기에서 흰 포말이 침처럼 튀어 한없이 가볍게 내 머리 위를 맴돌았다. 물마루에서 브랜던이 나타나 바로 페이스로 내려오려다가 나를 보고 몸을 물렸고 그의 입은 소리 없이 '오'를 외쳤다. "조심해!"라는 뜻이었다. 브랜던은 뒤로 사라졌고 립이 앞으로 접혀 들기 시작했으며 나는 어떻게든 뚫고 나갈 수 있길 바라면서 다시 패들링을 시작했다. 그러고 나서 보드를 부여잡은 채 몸을 뒤집었고 그대로 소용돌이의 도가니에서 휘둘리다가 빠져나왔다. 계속 보드를 붙든 채 몸을 일으켜 쭈그려 앉은 나는 자신이 뇌산호가 울퉁불퉁 튀어나온 해저보다 겨우 90센티미터 높은 바다 위에 떠 있으며 유리 같은 푸른 벽이 또다시 다가오고 있다는 사실을 깨달았다. **아웃사이드로 가야 해.** 이렇게 생각했지만 리시가 보이지 않는 무언가에 엉켜서 움직일 수가 없었다. 반쯤 혼이 나가서 파도를 한 번 보고 리시를 봤다가 다시 파도를 보았다. 파도가 거의 내 쪽까지 왔지만 빠져나갈 수가 없었다. 나는 숨을 깊이 들이쉰 다음 한 손으로 보드를 붙든 채 몸을 숙이고 다른 팔로 머리를 감쌌다. 파도가 사방에서 부서지면서 보드가 휙 딸려갔고 나는 빙글빙글 돌았다. 물속에서 눈을 뜨자 보드가 가까이에 떠 있는 듯한 느낌이 들었지만 정확히 어디에 있는지는 보이지 않았다. 요동치는 물속에서 햇빛과 물방울과 거품이 보였고 가슴 위로 단단한 압력이 느껴졌다. 나는 무슨 상황이든 헤쳐나갈 수 있다고 생각했고 익사가 진심으로 두렵지는 않았지만, 내리누르는 힘의 역학을 인식했다. 파도의 힘은 사람을 내리눌러 물속에 가두며, 큰 파도의 힘은 목숨까지 앗아갈 수 있다.

갑자기 압력이 사라져서 위로 올라오자 보드가 수면에서 깐닥거리는 것이 보였지만 다른 파도가 오고 있었다. 이번에는 너무 늦기 전에 가까스로 리시를 풀고 괴물보다 앞서 팔을 저어 나갔다. 파도가 내 뒤에서 천둥 소리를 내며 부서지자 화이트워터의 힘이 나를 해안까지 확 밀었다.

바다에서 뜻대로 움직이기 위해 배워야 할 것이 여전히 아주 많다는 사실을 깨달았다. 작은 파도가 부서질 때는 그 밑에 쭈그리고 앉아 있어도 뒷덜미에 물벼락을 맞는 수준으로 끝난다. 나는 로커웨이에서 자주 그렇게 했다. 그러나 더 큰 파도는 뼈를 부러뜨릴 정도의 힘을 지닌 경우가 흔하다. 다른 모든 조건이 같을 때, 바다에서 치는 파도의 힘은 파도가 커짐에 따라 기하급수적으로 강해진다. 기본적으로 제곱의 힘을 발휘한다. 내가 시도했던 가장 높은 파도인 약 180센티미터의 파도는 90센티미터의 파도보다 두 배가 아니라 네 배 강하고, 270센티미터 파도는 90센티미터 파도보다 세 배가 아니라 아홉 배 더 큰 힘을 품고 있다는 뜻이다.

사람들이 큰 파도를 타다가, 또는 잘못된 지점에서 큰 파도를 타다가 사지가 부러지거나 몸에 산호가 박히거나 마비되거나 사망하는 이유는 바로 이렇다. 어마어마한 힘에 붙들려 산호초로 던져지거나 어둠 속에 처박힌 뒤 너무 오랜 시간 빠져나오지 못하면 사고가 일어나고 마는 것이다. 근본적으로 유압식 기계와 같은 원리이고 그런 기계 밑에서 서핑할 생각은 절대로 없었지만 더 잘 대처하는 법은 연습해야 했다.

푸에르토 리코에서와는 달리 캘리포니아에서의 서핑은 이제까지 사고 없이 이어졌다. 볼리나스까지 떨면서 운전해온 상을 받는 기분이었다. 현지 사람들은 볼리나스를 사수하는 데 혈안이 되어, 당국이 결정적인 갈림길에 길 안내 표지판을 설치하는 족족 치워버렸다. 험준한 산에 둘러싸인 바다는 아름다웠고, 길고 은은하게 밀려오는 파도는 로커웨이의 파도보다 넘기 쉬웠다. 볼리나스에서는 일어서서 발 위치를 옮겨 자세를 미세하게 조정할 시간이 있었던 데다 오래 파도를 타기까지 했다. 그 부분적인 이유는 해안이 남쪽을 향해 있고 해안선이 옴폭하게 들어가 있어서 바람과 큰 너울을 막아주기 때문이다. 하지만 주된 이유는 북아메리카의 태평양 쪽 해안으로 대서양 쪽 것보다 더욱 큰 파도가 더 꾸준하게 들어오기 때문이다. 볼리나스처럼 초보에게 친절한 바다도, 초심자부터 전문가까지 즐길 수 있는 샌 오노프레San On-ofre도 그러하다.

이런 현상의 원인은 대부분의 비열대 기상 현상이 서쪽에서 동쪽으로 이동하면서 태평양 쪽 해안에 더 일관된 너울을 일으킨다는 사실에서 비롯된다. 게다가 그렇게 발생한 너울은 발생지로부터 더 먼 거리를 이동해 웨스트 코스트의 대륙붕에 도달하는 경향이 있다. 웨스트 코스트의 대륙붕은 이스트 코스트의 것보다 좁다. 즉, 서쪽의 파도가 더 많은 에너지를 가지고 깊은 물에서 더 갑작스럽게 솟아오르므로 더 커다란 형태를 띠며 더 강한 힘을 만들어낸다는 뜻이다. 파도의 모양과 질도 더 좋은 경우가 많다. 더 오래 더 지속적으로 파도를 탈 수 있게 해주는 곳, 즉 바다 쪽으로 튀어나온 땅덩어리 같은 영구적인 구조물이 대단히 많기 때문이다.

이렇게 한껏 파도타기를 즐기며 여행 막바지에 이르렀고, 숙소가 있던 샌프란시스코에서 가까운 퍼시피카에서 마지막으로 강습을 받기로 했다. 볼리나스와는 대조적으로 퍼시피카는 가기도 쉽고 찾기도 쉬웠으며, 퍼시피카 스테이트 비치의 남쪽에는 타코 벨 체인점이 있었다. 모든 타코 벨 지점 중에 가장 전망이 좋은 매장일 것이다. 길이가 1.6킬로미터에 달하고 북서쪽을 향해 있으며, 초승달 모양의 작은 만 양 끝에 솟은 절벽이 바람을 막아주는 이곳은 얕은 바다 밑에 돌과 바위가 흩어져 있는 비치 브레이크였다. 파도가 작고 물렁대기도 하고, 길고 매끄럽기도 해서 초심자와 그 위 수준에 적합하다고 알려져 있다. 나는 타코 벨, 슈퍼마켓, 커피숍과 서핑 용품점이 있는 상점가 근처 주차장에 도착해 주변에 옹기종기 모여 있는 남자, 여자, 10대 들 사이로 나아갔다. 다들 웻슈트를 벗거나 차 위에 장비를 동여매거나 옆구리에 보드를 끼고 해변으로 달려가는 중이었다.

20분쯤 뒤, 검은 머리의 젊은 남성 강사를 만났다. 몇 도시 떨어진 곳에서 버스를 타고 오느라 늦었다고 했다. 우리는 내 서핑 이력에 대해 이야기를 나누고 필수 코스인 모래 위 팝업 연습을 거친 다음 은빛 하늘 아래로 펼쳐진 차가운 짙은 청록색 바다로 향했다.

나는 왼쪽을 보았다. 바다 쪽으로 튀어나온 높은 지대가 보였다. 아래쪽에는 집들이 자리하고 위는 나무로 뒤덮인 그곳은 가파른 벽처럼 만을 보호하며 곶 역할을 하고 있었다. 서퍼들이 만 끄트머리와 약간 안쪽에 옹기종기 모여서 파도를 잡고 있었다. 그들은 부서지는 파도를 타고 만을 가로질러 멀리까지 나아갔다. 하지만 해안 가까이의 해저 지형을 따라 수평선을 가로지르며 부서지는 파도도 있었다. 우리는 그쪽으로 가기로 했다.

"지금은 여기 안쪽에서 상황을 보죠."

강사가 이렇게 말하며 나를 바위투성이 물속으로 이끌었다.

"제가 필요하다고 판단한 때가 아니면 밀어 드리진 않을 거예요. 그런데 바위들이 있을 때는 보드에서 조심해서 내려오세요.

제 버디가 어제 보드에서 내려오다가 발목이 부러졌어요. 두 달 정도는 물에 들어오면 안 된대요."

"네, 몸을 수평으로 젖혀 떨어지는 건 잘해요. 지금 제가 아는 멈추는 방법이 그것밖에 없거든요."

"훌륭해요. 다만 정말 수평으로 떨어져야 한다는 걸 명심하세요."

파도를 몇 번 시험해봤는데 제대로 모양 잡힌 파도가 별로 없었고 쐐기 모양보다는 화이트워터에 가까웠다. 나는 좀처럼 일어서질 못했다. 보드를 끌며 조심스레 강사에게로 다가갔다.

"바로 이거예요. 모래 위에선 잘하는데 물속에선 팝업이 여전히 불안정해요."

"아, 물속에서는 항상 모든 게 달라지죠. 하지만 제가 늘 하는 말은 턱을 무릎으로 치는 것만 생각하시라는 거예요."

강사가 웃으며 말했다.

한 번도 들어본 적 없는 방식이었지만 다음 번 파도를 잡을 때 시도해봤는데 효과가 있었다. 나는 일어서서 타코 벨과 형형색색의 웻슈트를 입고 해변에서 쉬는 서퍼들을 바라보며 파도를 탔고, 앞으로 나아갈수록 개와 함께 산책하는 사람들이 가까워졌다. 해안 근처의 발목 부러뜨리는 바위들이 가까워지자 수평으로 몸을 젖혀 뒤쪽으로 떨어졌다가, 리시를 잡아 보드를 내 쪽으로 끌어당긴 뒤 원래 있던 곳으로 돌아갔다.

"대단했어요. 고마워요!"

"저도 왜인지는 모르겠는데, 그렇게 생각하면 일어설 때 도움이 되더라고요."

남은 강습 시간에도 과연 도움이 되었다. 발가락은 노즈로, 무릎은 턱으로. 이런 생각에 키득키득 웃으며 차에 올랐다. 몸은 축축했고 모래투성이였으며, 홀가분했고 벌써 조금 쑤셨다. 팝업에 대한 사고방식은 아주 다양했고, 팝업을 잘할 수 있다는 방법도 아주 많았다. 팔로 상체를 밀어 올리는 동시에 발가락을 떼어내 단숨에 뛰어오르는 법이 있다. 또는 상체를 밀어 올리고 한 발을 쑥 내밀어 디딘 뒤 다른 쪽 발을 끌어온다. 아니면 상체를 밀어 올리고 먼저 뒤쪽 발로 자리를 잡은 다음 앞쪽 발을 내딛는다. 팝업에 대해 더는 생각할 필요가 없도록 한 가지 방식에 어서 정착하고 싶었다. 탄탄하고 재빠른 팝업을 익혀 더 크고 빠른 파도에 도전하고 싶었다. 로커웨이의 서핑 강사 케빈이 들려준 이야기가 떠올랐다. 케빈이 본 사람 중에 가장 복잡하고 희한하게 팝업을 하는 노인이 있었다. 단계가 많고 도중에 무릎도 꿇었지만 그 사람에겐 그 방법이 통했다. 케빈이 말했다.

"일어서지는 방법이 일어서는 방법이에요."

한 달 뒤, 나는 다른 일로 샌프란시스코에 또다시 출장을 왔다. 샌프란시스코는 대체 에너지 개발의 중추 같은 지역이어서 업계를 이끄는 혁신적인 기업들이 다수 자리하고 있기 때문이다. 나에게는 운 좋은 일이었다. 전날에 완전히 태양 에너지로만 동력을 얻는 경비행기로 미국을 횡단하려는 활동에 대한 기사 보도를 하나 마쳤다. 오늘 밤 야간 항공편으로 집에 돌아갈 예정이었기에 호텔 체크아웃을 한 다음, 보드를 대여해 혼자 서핑을 해보려고 퍼시피카로 갔다.

"수영복 예쁘네요. 벗겨지지 않나요?"

주차장에서 웻슈트를 끌어 올리고 있는데 한 여자가 내 비키니에 대해 물었다.

"잘 모르겠어요. 웻슈트 안에만 입어봤거든요. 하지만 서핑용으로 나왔으니까 벗겨지진 않을 것 같아요. 칼라베라Calavera 거예요."

"아, 좋네요. 거기 수영복은 온라인으로만 보고 가게에선 본 적이 없는데 아주 괜찮아 보였어요. 저도 한번 입어봐야겠네요. 바다에서 봐요."

여자는 이렇게 말하고 해변 쪽으로 갔다.

물에 들어가자 그가 다른 여자와 함께 바다로 높이 튀어나온 절벽 근처의 꽤 먼 아웃사이드에 줄곧 앉아 있는 모습이 보였다. 바다와 맞닿은 절벽의 모퉁이로부터 가까운 지점이었다. 나는 이전에 강습을 받았던 안쪽 부근에 머물며 파도를 찾아 나갈 더 좋은 기회를 엿보고 있었다. 작은 파도를 두세 번 잡아 탔는데, 파도를 탄 것뿐 아니라 제대로 읽어냈다는 사실이 짜릿했다. 그때 아웃사이드에서 모여드는 더 큰 파도가 보였다. 가파른 피크가 절벽처럼 솟아올랐고 내 쪽으로 숄더shoulder라고 불리는 길고 완만한 경사를 이루고 있었다. 파도가 솟아오르는 방식과 해안으로 향하는 각도로 보아, 내가 있는 곳에서 파도를 잡아도 꽤 탈 수 있을 것 같았다. 팔을 젓자 테일이 들리는 느낌이 들었다. 좋은 신호였다! 하지만 오른쪽을 힐끗 보니, 주차장에서 만났던 친구가 이미 그 파도에 타서 내 쪽으로 빠르게 다가오고 있었다. 나는 물러나야 했다. 그 뒤 안쪽에서 작지만 괜찮은 파도를 몇 번 더 잡은 다음 또 다른 큰 파도의 숄더를 노렸지만 다시 양보해야만 했다. 세 번째 시도에서도 그가 쏜살같이 질주해왔지만, 내가 물러나기 전에 나를 보고 가서 파도를 잡으라고 손짓하더니 몸을 돌려 물마루를 넘어 파도 뒤로 사라졌다. 나는 그 파도를 잡고 휘청이며 재빨리 일어서서 딱 필요한 만큼만 방향을 틀어 해안선과 나란히 날듯이 나아갔다. 파도의 빠른 부분을 탄 것이 아니었는데도 이 파도는 안쪽에서 솟았던 작은 파도들보다 훨씬 더 강하고 빨랐다.

나는 보드에서 뛰어내리며 파도타기를 마쳤다. 보드를 끌어와서 다시 저어 나갔다. 여자와 친구는 같은 지점에 있었다. 어떻게든 감사를 표하고 싶어서 여자가 뒤돌아보기를 바라며 줄곧 그쪽을 쳐다보았다. 그쪽까지 저어 가서 고맙다고 해야 할까도 싶었다. 하지만 그날은 혼자 바다로 나가서 바다와 리듬을 맞추는 나만의 방법을 찾은 일만으로도 감당하기 벅찼다.

샌프란시스코로 운전해 돌아가면서 말을 걸 기회를 차버린 것을 자책했다. 그 여자와 친구가 조언을 해줬을지도 모르는데. 적어도 어디에 자리를 잡아야 하는지 알려주고, 파도 잡는 걸 도와주거나 내가 무언가를 잘했을 때 격려해주었을지도 모른다. 여성들은 그런 식으로 서로를 돕곤 한다. 여성들이 바다에서 보여주는 관대함은 알로하 정신의 깊은 뜻과 맞닿아 있다. 호의와 베푸는 정신을 뜻하는 알로하의 어원은 나눔과 현재라는 뜻의 알로alo,

기쁨을 주는 애정 또는 기쁨이라는 뜻의 오하oha, 삶, 삶의 에너지, 호흡이라는 뜻의 하ha로 볼 수 있다. 다른 방식으로 의미를 조합할 수도 있지만, 문자 그대로 해석하면 '지금 이 순간 삶의 에너지를 기쁘게 나누는 것', '기쁘게 공유하는 삶'이라고 할 수 있겠다. 여성들만 알로하를 실천하는 것은 아니다. 로커웨이에서 만났던 남성들도 명백히 자기 몫인 파도를 나에게 양보하거나, 어디에 자리를 잡고 언제 출발해서 얼마나 열심히 패들링을 해야 하는지 조언하곤 했다. 그러나 나의 얼마 안 되는 경험에 따르면 바다에 남자가 많을 때는 좋은 자리와 우위를 두고 싸우느라 알로하 정신이 표준도 주류도 아닌 반면, 여자들이 주변에 많을 때는 그쪽이 주류였다. 전반적으로 따뜻하고 서로 보살피고 즐겁고 재미있는 경험이 더 많았다. "어떤 서핑 장소가 현지인 한정이라고 할 때는 언제나 현지 남자들 한정이라는 뜻이죠." 2009년 발표된 다큐멘터리 〈여성과 파도The Women and the Waves〉에서 샌타바버라 출신의 10대 레이철 해리스는 웃으며 이렇게 말했다. "여자들은 너네 집으로 가라는 말 안 해요."

몇 시간 뒤, 나는 샌프란시스코의 미션Mission에 있는 작은 술집의 야외 테이블에 앉아 있었다. 발가락 사이에 여전히 모래가 끼어 있었지만 기분 좋게 나른한 느낌을 즐기며, 청정 에너지 기금에서 일하는 친구 무라트와 함께 늦은 점심을 먹는 중이었다. 무라트가 서핑은 어떻게 되어가는지 물어서 늘 하던 말—전보단 낫지만 느릿느릿 어설프게 실력이 느는 중이야—을 주워섬겼다.

"강습을 받을 때나 로커웨이 밖에서는 훨씬 더 잘되는 느낌이야.

가끔씩 꽤 괜찮게 파도를 탈 수 있지만 꾸준히 유지하질 못하네."

"음, 바다에 얼마나 자주 가?"

"일주일에 두 번 정도야. 운 좋으면 세 번 가고."

"일주일에 두세 번이면 많이 가봐야 절반도 못 간다는 뜻이네."

무라트가 이 이야기를 어떻게 풀어가려는지 느낄 수 있었다. 금융업에 종사하는 그는 퍼센티지로 말하고 있었지만, 거의 이년 전에 제이가 칼라일 호텔에서 했던 이야기와 맥락이 같았다. *보드를 사서 매일 서핑하지 않으면 좋은 실력은 꿈도 꿀 수 없어.*

맞는 말이지. 이렇게 생각하며 프로세코를 한 모금 마시고 밖을 바라보았다. 작은 아파트들과 거리에 다닥다닥 붙어 늘어선 연립주택들, 붉은 벽돌과 석회석으로 지은 뒤 화사한 색들로 칠한 빅토리아 양식 주택들이 보였다. 다시 무라트에게로 눈길을 돌렸다.

그는 머린Marin에서 한 달에 한 번 받는 명상 댄스 강좌를 통해 만난 친구 이야기를 시작했다. 볼리나스에 사는 그 여성 친구는 일 년 동안 매일 서핑을 하기로 결심했다. "자기가 해낼 수 있을지, 습관이 어떻게 바뀌고 서핑과의 관계가 어떻게 달라질지 알고 싶어서" 시작했다고 한다. 무라트는 잠시 말을 멈추고 빵을 올리브유에 찍어 한 입 먹더니 레드 와인을 홀짝였다.

"그러고 나서 그해 말에 다음 해에도 그렇게 하기로 결심했대. 그다음 해에도. 지금 계속한 지 아마 삼 년 반쯤 지났을 거야. 그 이야기를 블로그에 쓰고 있어. 링크 보내줄게."

"와, 믿을 수가 없어! 내가 그런 약속을 하고 지킬 수 있을지 모르겠네."

"한 달 동안 매일 서핑하기로 해보는 건 어때?"

"아, 그 정도라면 할 수 있을 것 같아."

"내가 좀 도울까? 아니, 우리 서로 돕자. 나도 매일 하고 싶은 일을 생각해볼게. 그 일을 매일 했는지, 언제 했는지 서로에게 보고하기로 약속하는 거지. 대단하게 보고할 필요는 없고 '안녕, 오늘 아침에 서핑했어' 정도로."

"할 수 있을지 생각해볼게. 근데 좋은 생각이네. 하고 싶지만 미뤄둔 일이 있어?"

무라트가 잠시 거리를 내다보는 동안 조용히 있었다. 그가 다시 나를 돌아보았다.

"글쓰기! 글을 쓰고 싶었어. 특별히 주제를 정해서 쓰는 것 말고 그냥 생각이나 이야기를 써보고 싶어. 하지만 한없이 시작을 미루게만 되는 것 같아."

"좋아! 멋진데. 조금 더 고민해보고 다시 연락할게. 그리고 언제부터 시작할지 생각해보면 좋을 것 같아."

몇 시간 뒤, 나는 집으로 가는 야간 비행기를 기다리고 있었다. 한 달 서핑하기 실험을 몇 주 후인 5월에 시작해보자는 결론에 가까워지고 있었다. 에릭이 추천했던 필모어 지구 근처, 작지만 손님 많은 레스토랑에 저녁을 먹으러 갔다. 조금씩 나오는 다양한 요리가 전문이었는데, 오픈 키친 앞 바에서 서서 먹는 공간의 자리도 40분은 기다려야 난다고 했다. 뉴욕에서라면 절대 기다리지 않았겠지만 이곳에서는 그래도 괜찮을 것 같았다. 직원이 여기서 기다리라며 나를 구석에 있는 또 다른 아늑한 바로 데려갔고, 자리가 나면 불러주겠다고 했다. 나는 다른 손님들—데이트 중인 젊은 커플들, 사진을 찍고 뭔가 적고 인스타그램에 올리는 빈도를 보아 음식 블로거로 추정되는 사람들—사이에 끼어 앉아 있다가 몇몇과 이야기를 나누고 칵테일 파티에서 만난 오랜 친구들처럼 음식 한두 가지를 나눠 먹기도 했다. 처음 보는 사람과 짧은 시간 동안 이렇게 깊이 교류하다니, 평소엔 그러지 않지만 아주 즐거운 시간을 보냈다. 서핑도 다양한 방식으로 시도해보면 무조건 좋을 것 같았다. 적어도 한 가지는 확실했다. 한 달이 지난 뒤에 서핑 실력이 떨어지는 일만은 없으리라는 것이었다.

○○○

바다와 함께하는 한 달이 거의 끝나가고 있었다. 로커웨이 밖으로 나갔던 몇몇 주말과 폭풍이 와서 번개가 쳤던 하루인가 이틀 외에는 매일 서프보드를 들고 다녔다. 무라트에게 보고를 해야 하는 상황은 확실히 부지런을 떠는 데 도움이 되었다. 약속을 번복하거나 피하고 싶지 않았다. 때로는 간단한 메시지만 교환했고—"서핑했어!", "글 썼어!"—때로는 내용이 길었다. 규칙적으로 노력하겠다는 단순하고 순수한 다짐이 놀랍도록 커다란 보상을 안겨준다는 사실에 감탄하기도 했고, 서핑이나 글쓰기를 하지 못했다는 사실을 인정하며 다음 날에는 꼭 하겠다고 새로이 다짐하기도 했다. 다른 사람과 약속한다는 행위에는 책임감을 느끼게 만드는 무언가가 있었다. 물론 무라트에 대한 책임감이기도 했지만 나 자신에 대한 책임감이라는 면이 더 컸다. 그 책임감의 강제 덕분에 내 의지를 실행에 옮길 수 있었고, 하루 걸렀을 때도 솔직히 받아들이며 핑계를 꾸며내거나 합리화하지 않을 수 있었다. 나의 일정과 업무와 사교 생활은 이제 바다에 가지 않는다는 선택지가 아니라 갈 수 있는 시간 선택지를 중심으로 짜이게 되었다. 남은 인생을 더 짜임새 있는, 수행에 가까운 삶으로 만들어줄 작지만 엄청난 전환이었다.

어떤 날은 파도가 나에게 맞춘 듯 완벽해서—허벅지 높이의 깨끗하고 편안한 파도 말이다—비스듬히 파도를 잡은 다음 일어서서 해안선과 나란히 파도 위를 달렸다. 일렁이고 가파르고 지저분한 파도가 치는 날에는 제멋대로 곤죽처럼 무너지는 파도와 탈 수 있는 파도를 구분하는 연습을 했다. 바다가 너무 잔잔한 날에는 패들링 훈련을 하고 앉아서 회전하는 방법을 연습했다. 여전히 자세를 취하는 속도가 너무 느려서 종종 파도를 놓쳤기 때문이다. 내 실력을 능가하는 파도가 치는 날에는 누구의 진로도 방해하지 않는 화이트워터 귀퉁이를 찾아 팝업을 연습했다.

어느 날, 사람이 거의 없는 바다에서 수평선을 응시하며 앉아 있었다. 그림자처럼 어두운 선들이 짙푸른 표면에 나타나 겹쳐지며 혹처럼 솟아올랐지만 내가 잡을 수 있을 만큼 피크를 이루며 감아 돌지는 않았다. 그때 몇 미터 떨어진 곳에서 혹 두 개가 생겨나는 것이 보였다. 어느 쪽이 더 좋은지, 어느 쪽이 먼저 어디에서 피크를 이룰지 판단하려고 집중해서 지켜보았다. 파도는 점점 가까워졌고 나는 계속 번갈아 바라보았다. **이건가, 아니, 저건가. 하**

지만 이쪽 피크가 더 가까운데. 하지만 저쪽이 더 좋아 보이고. 잠깐, 피크가 저쪽에 생기는걸. 그때 갑자기 잘 빠진 피크를 이룬 완벽하게 좋은 파도가 내 바로 앞에 나타났다. 나는 눈치채지도 못했다. 몸을 빙 돌려 미친 듯이 팔을 젓기 시작했다. 프랭크의 가르침, "있는 힘을 다해요"가 귓전에 맴돌았다. 하지만 너무 늦어서 그 파도를 놓쳤고, 결국 대단한 파도가 되지 못한 나머지 둘도 놓쳤다. 멀리서 오는 파도들이 어떻게 변할지 지나치게 깊이 고민하고 확실한 완벽을 추구하다가 바로 옆을 보지 못하고 전부 망쳐버렸다.

한 달이 끝나갈 무렵에는 더 잘하게 된 느낌이 들었다. 하지만 어느 주말 오후에 리바, 브랜던, 다비나와 함께 바다에 갔을 때, 다들 파도를 잡아 타고 중간중간 웃고 떠드는 동안 나는 망할 파도를 하나도 잡지 못했다. 좌절해서 물 밖으로 나와 해변에 앉아서 억울함과 부끄러움이 뒤죽박죽된 머리로 생각을 곱씹었다. 왜 나는 다른 사람들보다 훨씬 더 많이 힘들어야 하지? 나 자신에게 투덜댔다. 할 수 있는 거 알잖아. 그런데 왜 지금은 못 하지? 수행 불안으로 짜증이 치밀었던 초등학교 2학년 때로 돌아간 것 같았다. 매주 목요일에 있었던 창의적 글 짓기 수업 전날 밤이면 항상 그랬다. "목요일에는 창의성이 생기지 않으면 어떡해요?" 나는 엄마를 향해 울부짖고 쿵쿵대며 방을 맴돌고 인형을 내던졌다. 필요할 때 언제든 창의성을 발휘해야 한다는 생각이 내키지 않았다. "창의성이 화요일에 생기면 어떡하느냐고요?"

엄마는 다정하게 위로했다.

"너는 참 걱정이 많아. 가만히 앉아서 참을성 있게 기다려봐. 그러면 뭔가가 떠오를 거야."

여느 때처럼 엄마 말이 맞았고 항상 뭔가가 떠올랐다. 하지만 나는 뭔가가 떠오르지 않을까 봐, 한 번을 빠짐없이 계속 걱정했다.

하지만 그날은 엄마의 충고를 떠올리며 해변에 가만히 앉아 나 자신을 위해 인내심을 끌어 올려 보았다. 바다를 쳐다보고 있으니 어딘지 이상하게 움직이는 파도들이 눈에 띄었다. 파도는 아웃사이드, 둑 끝 가까이에서 어떤 길을 따라 피크를 이루었다가 도중에 밀려오며 부서진 다음, 새롭게 피크를 이루고 해안 가까이에서 다시 부서졌다. 화이트워터는 아주 잡기 쉬우니까 파도가 막 부서졌을 때 잡은 다음, 안쪽에서 완전히 새로운 파도가 솟아오를 때까지 계속 타고 있으면 될 것 같았다.

그리고 그 방법이 성공했다. 나는 곧 잔잔한 해안선을 따라 부드럽게 부서지는 파도를 타고 나아가며 이쪽저쪽으로 돌다가 모래사장을 향해 선회하기까지 했다.

"이야, 스타일이 생겼네요."

물에서 나온 브랜던이 나를 지나쳐가며 말했다.

다른 날 아침에는 바다가 잔잔해서 서핑을 할 수 있을 거란 기대는 버리고 훈련에 집중하자고 마음먹었다. 패들링 백 번 하기. 앉고 돌고 엎드리고 앉고 다른 방향으로 돌고 엎드리기. 생각하지 말고 반복하기. 전체를 겨우 몇 번 반복했을 때, 새파랗게 펼쳐진 바다 수평선 바로 밑에 생겨난 남색 그림자를 눈치챘다. 그림자가 내 쪽으로 다가오면서 뾰족한 쐐기처럼 일어나 말려드는 모습을 지켜보았다. 파도였다. 눈으로 피크를 찾으면서 그쪽으로 팔을 저었다. 그리고 나서 일어나 앉아 회전한 뒤 엎드려 스트로크를 몇 번 해서 단숨에 미끄러져 들어갔다. 나는 해안 쪽으로 빠르게 나아갔다. 마냥 신이 났다. 나는 파도를 독차지했고, 단 몇 번뿐이었지만 갑자기 쉽게 파도를 탈 수 있었다.

나는 어떤 활동을 할 때 태도를 수정하는 것—못하는 것에 매달리는 대신 할 수 있는 것을 찾기—이 결과를 바꾸기 위한 첫걸음이라는 사실을 배우는 중이었다. 물속에 오랫동안 있다 보니 내가 그 시간 동안 얻어낼 수 있는 성과에 자연스레 집중하게 되었다. 어쨌든 그 순간 나는 거기에 있으니까. 그리고 드디어! 나는 발전하고 있었다. 이제 나에게는 분명한 내 스타일이 있었다.

한 달이 끝났고 31일 동안 21번 서핑을 했다. 평소보다는 많은 횟수였지만 내가 원한 만큼은 아니었다. 그래서 무라트와 6월에 다시 하자고 약속을 하고 날마다, 가끔은 하루에 한 번 이상 서핑을 했다. 나는 그 어느 때보다도 강했고, 몸은 지난 수십 년간보다 탄탄해졌으며, 전반적으로 스스로가 만족스러웠다. 물에서 웬만하면 일어설 수 있게 되었고, 일어서서 바른 자리를 딛지 못했을 때는 자세를 바꿀 수 있게 되었다. 그렇게 멋진 모습은 아니었겠지만 기분만은 끝내주게 좋았다.

로커웨이의 사정도 점점 나아지고 있었다. A선 열차가 마침내 반도까지의 모든 구간 운행을 재개해서 만원 셔틀버스에 끼여 이리저리 헤매는 출퇴근이 끝났다. 몇 달이라는 기나긴 기간 동안

주 7일, 24시간 내내 우리 집을 뒤흔들고 내 신경을 긁어댔던 급박한 공사도 드디어 마무리되었다. 산책로는 아직 없었지만 가게들이 열렸다. 콘크리트 섬 위의 이 식음료 매장들은 해변을 따라 늘어선 하이테크 모래주머니들을 내려다보고 있었다. 최종적으로 더 높은 새 모래 언덕을 지탱하게 될 기반 구조물이었다. 산책로와 해변이 미래에 올지도 모르는 폭풍에 더 잘 견딜 수 있도록 수년에 걸쳐 재건하는 장기 계획은 초기 단계에 진입했을 따름이었다. 비록 과학자, 변호사, 일부 국회의원이 해수면이 높아지거나 더 파괴적인 기상 현상이 일어날 경우 다시 휩쓸려갈 수도 있는 해안 지구를 재건하는 것이 타당한지 의문을 표했지만 계획은 진행되었다.

어쨌든 내 기분은 하늘 높이 달리고 있었다. 해변에 임시 설비가 설치된 뒤 밤네 집 밖 주차장 초입에 흰색 지오데식 돔이 생겼다. 모마 PS1 관장 클라우스가 폴크스바겐과 함께 임시 지역 센터 겸 예술 공연 공간 용도로 설치한 건물이었다. 대로에는 와인과 타파스가 주 메뉴인 세이라스라는 바도 문을 열었다. 로커웨이 비치 출신 여성이 공동 소유자 중 한 명인 그 바에서는 샴페인과 미트볼도 냈다.

어느 토요일 저녁쯤, 밥과 줄스를 그 집 포치에서 만나 놀다가 돔에서 열리는 댄스 파티로 향했다. 맑지만 덥지 않은 완벽한 로커웨이 날씨였고, 나는 그날 서핑을 두 번 했다. 한 번은 새벽 순

● 같은 크기의 삼각형 구조물을 연결해 만든 돔 형태의 건축물.

찰이라고들 하는 해맞이 서핑이었고, 가게에서 피시 타코로 점심을 먹은 다음 한 번 더 했다. 그러고 나서 밥네 포치에서 놀다가 줄스의 친구이자 몇 블록 떨어진 아파트에서 함께 사는 이탈리아인 두 명을 만났다. 한 명은 금빛 도는 붉은색 웨이브 머리를 가진, 은근한 눈길을 보내는 잘생긴 서퍼였고, 다른 한 명은 갈색머리, 갈색 눈을 가진 조르조라는 남자로 나에게 흥미를 느낀 듯 자신도 파티에 가겠다고 했다.

우리가 해 지기 한 시간쯤 전 도착했을 때, 이미 돔 안과 피크닉 테이블이 놓인 바깥 모두 붐비고 있었다. 청바지와 흰 티셔츠, 흰 재킷을 입은 조르조가 나를 향해 걸어왔다. 작은 까만색 카메라를 흰색 면 노끈에 달아 목에 걸고 있었다. 구식 35밀리미터 라이카 카메라였다.

그가 웃으며 곁으로 다가왔다. 내가 말을 걸었다.

"좋은 카메라네요."

"고마워요. 할아버지가 물려주신 카메라예요."

"정말 멋진데요. 사진 작가인가요?"

"아뇨, 그냥 사진 찍는 걸 좋아해요. 저랑 베지 아일랜드 사람들이 이야기하고 있는 게 있는데요,"

조르조가 로커웨이 타코 근처에 있는 작은 식료품점 겸 카페 이야기를 꺼냈다.

"허리케인이 지나간 뒤에 제가 찍은 사진들을 거기에서 전시하게 될 것 같아요. 괜찮으시면 보러 오세요."

"물론이죠, 가고 싶어요. 저는 폭풍 직후에 사진을 겨우 몇 장

찍었어요. 그 뒤로는 찍을 겨를이 없었네요. 아시다시피 뭐가 너무 많았잖아요. 그래도 지금은 나아졌지요. 그런데 여기 정말 좋지 않나요?"

우리는 잠시 이야기를 나누다가 사람들이 인사를 하러 와서 헤어졌고 조르조는 사진을 찍으러 갔다. 나는 주위를 돌아다니며 다비나와 그의 룸메이트인 그레그, 밥, 줄스와 어울렸고 다른 사람들도 많이 알게 되었다. 마치 고등학교 동창회 같았다. 분홍과 보라 조명, 반짝이는 미러볼 불빛에 비친 사람들은 모두 멋져 보였고 다들 미소 짓고 웃으며 "와, 만나서 반가워요"라고 외쳤다. 폭풍이 남긴 숙취 같은 혼란이 마침내 가신 것 같았다. 나는 결국 조르조와 다시 만나 레게 노래에 맞춰 느긋하게 몸을 흔들었다. 조르조는 이탈리아 북부의 작은 마을 출신으로, 유럽에서 스노보더였다가 몇 년 전 뉴욕으로 왔다고 했다. 로워 이스트 사이드에 살 때 어울렸던 서퍼들이 서핑을 소개해주었다. 지금도 가끔 주 북부로 가서 스노보드를 타지만 서핑과 사랑에 빠져 로커웨이로 이주하기에 이르렀다.

"어느 쪽이 더 좋아요?"

내가 물었다.

"웃긴 얘기지만, 지금도 서핑보다는 스노보딩 실력이 더 좋거든요. 하지만 서핑을 더 좋아하는 것 같아요. 뭔가 나한테 더 의미가 있어요."

"나는 스노보드를 타본 적은 없고 스키만 아주 조금 타봤어요. 물론 잘 타진 못했고요."

나는 웃으며 말을 이었다.

"서핑도 그렇게 잘하진 못해요."

"스노보드 꼭 타보세요. 재미도 있고, 지금은 서핑을 하실 수 있으니까 더 쉬울 거예요. 그런데, 저, 만나는 사람 있으세요?"

"아뇨, 싱글이에요."

"아니, 어떻게 그럴 수가 있어요?"

조르조가 경악하다시피 하며 눈을 크게 뜨고 한 발 물러났다. 나는 웃었다.

"그럴 수가 있더라고요."

조르조가 가까이 다가오더니 손으로 내 팔을 가볍게 위아래로 쓸었다. 돔 한가운데에서, 돌아가는 미러볼 아래에서, 그가 나에게 키스했다. 다시 10대가 된 것 같았다. 아찔하게 들뜬 마음에 기대감이 가득 차올랐다.

한 시간쯤 뒤, 다비나와 나는 바깥에서 파티가 얼마나 재밌었는지, 하지만 술이 있었다면 얼마나 더 재미있었을지 떠들고 있었다. 다비나가 말했다.

"우리가 좀 가져올까?"

내가 주차장 건너 바를 가리켰다.

"프로즌. 우리가 들고 올 수 있을 만큼 프로즌을 사와서 사람들한테 돌리자."

"오오, 그거 좋은 생각이네. 가자!"

우리는 앞마당에 모인 군중을 비집고 빠져나가 바 안의 손님들 사이를 뚫고 들어갔다.

"몇 잔이나 필요할까?"

시끄러운 소리를 이겨내려고 다비나에게 소리쳤다.

"모르겠어. 여덟 잔쯤? 한 손에 두 잔씩 들 수 있을 것 같아."

술을 산 우리는 작은 스티로폼 컵들의 가장자리를 위태위태하게 집은 채 밀치고 부딪치며 술집을 나왔다. 걸을 때마다 "죄송합니다, 지나갈게요!"라고 외쳐야 했다.

앞마당에 도착해 한숨 돌리고 사람들을 훑어보았다. 아까보다 훨씬 더 붐비는 느낌이었다.

"이거 어떡하지? 그냥 우리끼리 마셔야 하는 거 아냐?"

다비나가 깔깔 웃으며 말했다.

믹 재거를 묘하게 닮은 한 서퍼가 우리를 바라보고 있었다. 종종 동네 술집에서 일을 하거나 거대하고 우람한 갈색 개를 데리고 스케이트보드를 타는 사람이었다. 그가 웃으며 물었다.

"제가 길을 뚫어 드릴까요?"

"와, 그렇게 해주시면 정말 감사하겠어요."

다비나가 대답했다.

남자가 몸을 돌리더니 입가에 손을 모아 대고 외쳤다.

"프로즌을 들고 있는 아름다운 두 여성분을 위해 길을 비키시오! 길을 비키시오!"

밖에 나와 있던 사람들이 기적처럼 갈라지기 시작했다. 길이 열렸고 갑자기 나는 프로즌을 들고 있는 아름다운 여성이 되었다. 내가 실제로 아름답든 아니든 상관없었다. 다비나는 누가 봐도 아름다웠지만. 내가 그렇게 느낀 것이다.

남자가 다시 우리를 보며 활짝 웃었다.

"자, 가시지요."

우리는 감사 인사를 하고 돔으로 들어갔다. 킬킬대며 웃는 바람에 술이 철렁거렸다. 안쪽으로 향하며 내가 말했다.

"내가 밥을 찾아볼게. 이걸 다 쏟기 전에 밥이 있는 데까지 갈 수 있을지도 보고!"

우리는 댄스 플로어에서 만나 술을 돌렸다. 각자 컵을 들어 올리고 다 같이 음악에 맞춰 몸을 흔들었다. 막 쉬려는 참에 그해 여름 노래 중 가장 마음에 들었던 다프트 펑크의 〈겟 럭키*Get Lucky*〉가 흘러나왔다. 도저히 나갈 수가 없었다. 금세 사람들이 모여들었고 로커웨이에서 만난 모든 사람과 함께 춤추는 느낌이었다. 다들 여기저기 돌아다니고 모이거나 짝을 지었다가 흩어져서 새로운 대열을 만들었다. 모두 댄스 플로어에서 하나가 되어 해방감을 만끽했다.

노래가 끝났다. 진이 빠져서 땀을 흘리며 밖으로 나갔다가 조르조와 마주쳤다. 밥과 줄스가 집 포치로 향해서 우리도 함께 갔다. 나는 맥주를 꺼내려고 집 안으로 들어갔다. 냉장고 앞에서 돌아섰을 때 조르조가 팔로 내 등을 감싸고 키스하더니 갑자기 셔츠를 확 들어 올린 다음 브래지어를 끌어 내리고 유두 언저리를 혀로 핥았다. 온몸에 찌릿찌릿 전류가 흐르는 것 같았고—정말이지 오랜만이었다—그 동작의 속도와 정확성에 충격을 받았지만 흥분되기도 했다.

"저, 잠깐만요."

그의 머리를 당겨 나를 보게 한 뒤 한 걸음 물러섰다.

"당신은 지금 만나는 사람 없어요?"

"여자친구 있어요. 하지만 걱정 마요. 내일 헤어질 거니까."

그가 대답했다.

"알았어요. 하지만 그때까지는 너무 많이 나가지 말죠."

그로부터 거의 두 달 뒤, 나는 해 질 녘 바다에서 조르조와 함께 서핑을 하고 있었다. 나온 지 벌써 한 시간쯤 지났지만 파도타기가 너무 재미있어서 그만 가자고 마음먹을 수가 없었다. 조르조는 정말로 여자친구와 헤어졌고 우리는 몇 번 같이 잤지만, 친구이상 연인 이하인 사이에 정착했다. 아침에 함께 새벽 순찰을 하고, 가끔 A선 열차를 타고 함께 맨해튼에 가고, 해 질 녘 서핑을 마친 다음 우리 집에서 저녁을 만들어 먹고, 그의 활발하고 음식에 집착하는 유럽인 친구들과 모여 놀았다. 조르조는 재미있고 사랑스럽고 충만한 삶을 살고, 또한 나를 기분 좋게 해주고 있었지만 나보다 최소 열다섯 살은 어렸다. 우리 둘 다 이 관계가 진짜 연애가 될 리 없다는 사실을 처음부터 알고 있었다.

해가 지고 물이 흐릿한 옥색에서 분홍빛이 도는 푸른색으로, 강철색으로, 칠흑빛으로 변했고 부서지는 파도는 만월에 가까운 달의 달빛을 받아 빛났다. 파도를 몇 번 잡아 타며 신비로운 어둠 속 서핑에 매료되었다. 하지만 곧 가야 할 시간이었다. 나는 피곤하고 배고팠고, 조르조는 다음 날 비행기를 타고 멕시코로 갈 예정이라 짐을 싸야 했다. 우리는 함께 물에서 나와 산책로까지 걸었다. 가로등 불빛에 모든 것이 흐릿한 호박색에 물들어 세피아

색으로 바랜 사진처럼 보였다. 우리는 작별 포옹을 하고 축축한 뺨과 뺨을 맞댄 다음 각자 다른 방향으로 돌아서서 걸어갔다.

○○○

여름이 끝나갈 무렵 어느 눈부시게 맑은 날, 다시 몬토크의 디치 플레인스를 찾았다. 나는 파도를 기다릴 빈 지점조차 찾을 수 없을 만큼 붐비는 바다 한복판에 앉아 있었다. 이렇게 사람이 많은 건 처음 봤다. 로커웨이보다 훨씬 심했다. 허리케인 이후 로커웨이에 대한 관심이 폭주하면서 전보다 더 많은 DFD가 몰려들었는데도 말이다. 나는 서핑 구역 가장자리에서 시도해보기로 했다. 인명 구조원이 해수욕객을 보호하기 위해 감시하는 곳 근처였다.

목표 지점에 눈을 둔 나는 다섯 마리 돌고래 로고 위로 가슴을 든 채 팔을 깊게 저어 바다를 가로질렀다. 힘차게 안정적으로 나아가는데 다른 서퍼들의 시선이 느껴졌다. 붐비는 구역의 가장자리에 가까워졌을 때 그림자가 생기는 기미가 시야에 언뜻 들어왔다. 제대로 바라봤더니 이런 세상에, 파도였다. 속도를 내어 해안으로 방향을 튼 다음 앞으로 튀어나가 딱 맞는 타이밍에 파도를 잡았다. 쐐기처럼 솟아오른 연한 청록색 파도는 나를 그 구역 끝까지 실어 나른 뒤 물이 갑자기 깊어지는 지점에서 가늘어지며 흩어졌다. 다들 보드에 멍하니 앉아 보기만 하는 동안 파도를 탄 사람은 나, 오직 나뿐이었다.

아까 파도를 잡은 지점으로 돌아가자 다른 서퍼들이 적어도 열

명은 와 있어서 다시 파도까지 트인 경로를 확보하지 못했다. 하지만 내가 파도를 구별해서 탈 수 있고, 다른 서퍼들과 정면으로 경쟁할 수 있다는 사실―패들링 경쟁에서 이긴 것이다―을 알게 된 이상 더 시도해볼 자신감이 생겼다.

이렇게 사는 게 좋아. 길을 건너 노란 집으로 향하며 생각했다. 서핑을 향한 나의 모험이 시작된 그곳을 다시 숙소로 잡았다. 차를 몰고 시내 반대쪽 식료품점 겸 바닷가재 식당에 가서 저녁거리를 산 다음, 농산물 직판장에 늦게 나온 옥수수가 있는지 보러 갈까 생각하고 있던 참이었다.

바로 이때 불현듯, 처음에는 어렴풋이 떠오른 어떤 생각이 곧 환한 빛처럼 강렬해졌다. 지금 이대로를 유지하고 싶고, 아이를 가져서 이 생활을 뒤흔들고 싶지 않다는 생각이었다. 나는 실현되지 못한 가능성에 애태우고 괴로워하며 너무 오랜 시간을 보냈다. 의무를 다하지 못했고, 더 일찍 시작만 했다면 가능했을 거라는 생각이 깨닫지 못한 사이에 성가시게 신경을 긁었다. 하지만 더는 그런 식으로 생각하지 않았다. 이혼 후에 정자 기증을 받아 시도한 세 차례의 체외 수정이 실패로 끝난 뒤에 느꼈던 무능력감에서도 벗어났다. 내 난자로 임신하겠다는 계획을 포기한 뒤에는 엄마가 된다는 것에 대한 고민을 미루어두었고, 그 후로는 폭풍 탓에 하루하루 버티는 일에 집중한 나머지 장기적인 미래를 조금도 그릴 수가 없었다.

이제 나는 완전히 회복 단계에 있었고 미래를 대면할 수 있을 만큼 충분히 안정을 되찾았다. 난자 기증은 받지 않기로 했고 입양에 대해 줄곧 생각했다. 어느 순간 내가 원하는 것은 모성이라는 사실을 확신했던 것이다. 그것이 내게 행복의 기반, 아침에 눈을 뜨는 이유, 목적 의식과 충만감을 부여해주는 마지막 퍼즐 한 조각이었다.

하지만 점차 깨닫게 된 사실이 있었다. 아마 무의식적으로, 분명 어쩌다 보니 그렇게 되었겠지만, 내가 지키고 싶은 것을 스스로 만들어냈다는 사실이다. 내가 열망을 포기하고 흘려보내기로 결심하리라는 것을 알았다. 부모가 자녀를 통해 경험하는 강렬한 애정과 유대감을 결코 누릴 수 없다는 사실에 후회하는 날이 올지도 모른다. 나의 어머니가 나를 양육했듯이 내가 누군가를 양육할 일은 결코 없을 것이다. 하지만 다른 방식으로 간절히 바라는 무언가를 찾을지도 모른다. 그러면 그것으로 충분할 것이다.

한창 강습 중이었다. 내가 보드 위에서 까닥거리는 동안, 케이프 코드의 차가운 사파이어빛 바닷물이 솟구쳤다 말려들며 허리 높이 파도를 이루었다가 부드럽게 부서져 해안을 향해 밀려갔다. 《7 데이스》에서 나를 채용하고 90년대 중반에는 나를 《뉴욕 타임스》로 이끌어준 출판계 멘토가 주말에 케이프 코드의 프로빈스타운에 있는 여름 별장에서 오래 사귄 남자 친구와 결혼할 예정이었다. 당연히 결혼식에 참석하는 김에 서핑하러 갈 방법을 찾았다. 어렸을 때는 케이프 코드의 이 끄트머리 마을에 오래 머물러본 적이 없었기 때문에 이곳의 길들지 않은 아름다움과 야성, 바다로 고꾸라질 듯한 수직 절벽에 둘러싸인 캘리포니아풍 해변에 강한 인상을 받았다. 강사는 거스라고 불리는 키가 크고 호리호리한 짧은 갈색 머리 남자였다. 나는 함께 파도를 살펴보는 것으로 강습을 시작해도 될지 물었다. 피크와 들어갈 지점을 더 잘 읽어내고 라이트와 레프트를 구별하기 위해 노력하는 중이었다.

하지만 그 순간 주의가 흐트러지고 말았다. 몇 미터 떨어진 바다에서 큰 갈색 눈과 긴 수염을 지닌 사냥개를 닮은 머리들이 계속 풍덩풍덩 튀어나왔던 것이다. 그 동물은 물개였고 새끼들도 있었다.

"해마다 이맘때에 많이 볼 수 있어요. 새끼를 데리고 있는 무리도 곳곳에서 볼 수 있죠."

펀시커스Funseekers라는 서핑 학교 소속인 거스가 알려 주었다.

로커웨이에서는 고래들이 맹렬히 튀어올랐고 해변에서 일광욕을 하는 바다표범도 가끔 보았지만 이 신기한 세상에 비하면 아무것도 아니었다. 실리콘 밸리에서 자란 한 친구는 물개들을 "바다의 래브라도레트리버"라고 불렀는데 서핑할 때면 늘 물개들 생각이 난다며 이렇게 말했다. "파도를 기다리고 있으면 옆에서 어울려줄 거야."

그 친구는 물개들의 존재가 마음을 편안하게 달래준다고 했다. 이제 그 말이 무슨 뜻인지 이해했다. 강아지 같은 눈, 호기심, 상냥한 기운, 놀자고 조르는 듯한 시선을 보면 기분이 좋아지고 근처에 있어도 안전할 것만 같다. 물론 전적으로 안전하지는 않다. 물개가 있는 곳에는 물개의 주요 포식자이자 같은 영역을 활보하는 상어가 나타날 위험이 언제나 존재한다. 겨우 몇 주 전에도 《뉴요커The New Yorker》에 앨릭 윌킨슨이 쓴 〈케이프 피어Cape Fear〉라는 기사를 읽었다. 프로빈스타운 옆, 내가 서핑하는 곳에서 멀지 않은 트루로 해안에서 상어를 추적하는 활동에 대한 기사였다. 연구자들은 2009년부터 약 30마리의 백상아리에게 추적용 칩을 심었다. 그 가운데 하나인 고독한 야수 줄리아의 신호는 2012년에 트루로에서 750회 이상 감지되었으며 그중 3분의 1의 위치는 해안 가까운 곳이었다. 줄리아는 이듬해 봄에 또 그 지역으로 돌아왔고 7월부터 위치가 정기적으로 탐지되었다. 윌킨슨의 글에 따르면 상어는 "모든 커다란 맹수들과 마찬가지로 우리 삶의 불가사의하고 통제할 수 없는 면을 드러내는 한 예이다. 백상아리는 특정할 수 없는 충동과 형상이 정신 속을 배회하듯 바다를 돌아다닌다. 불쑥 나타나는 경향이 있고, 파괴적인 경우가 많으며, 나타나기로 정한 아무 때나 나타난다. 우리가 아니라 그들 뜻대로." 윌킨슨은 다음과 같이 덧붙인다. "무릎 높이보다 깊은 바다에 들어간 순간 당신은 먹이 사슬의 일부가 된다."

오늘 우리는 확실히 무릎이 잠기는 바다에 나와 있었으므로 줄리아도, 이 바다를 훑고 다니는 다른 포식자들도 모두 머나먼 바다에 있기를, 이미 배불리 먹었기를 기원했다. 저번에 내가 캘리포니아주를 다녀온 뒤로도 6월에 퍼시피카에서 성체가 되기 전인 백상아리가 카약을 타고 낚시하던 남자를 공격했고(부상 없이 탈출했다) 8월에 스틴슨 비치에서도 상어가 목격되어 해변이 일시적으로 폐쇄되었다. 이날 거스에게는 아무 말도 하지 않았지만—무섭다고 말했다가 실제로 무서운 일이 일어날까 봐 말하고 싶지 않았다—수평선 위로 등지느러미가 툭 튀어나와 있진 않은지 쉬지 않고 살폈다. 〈조스 *Jaws*〉를 본 여름 이후, 튀어나온 지느러미가 머릿속을 떠나지 않았고, 심지어 수영장에서도 물속에 뭔가 있는 느낌이 조금이라도 들면 겁을 먹고 밖으로 나올 정도였다.

파도 읽는 법을 배우겠다는 나의 목표에는 파도가 어느 방향으로 무너지는지 예측하는 실력을 키우는 것도 포함되었다. 로커웨이에서는 거의 모든 파도가 기본적으로 레프트이지만, 라이트를 멋지게 타는 사람들을 본 적이 있었다. 피크를 보고 구별하는 일은 로커웨이에서도 늘 까다로웠다.

"진짜 피크다운 피크가 없는 파도가 치는 바다가 있어요. 특히 비치 브레이크에 그런 곳이 많아요. 그 경우에는 레프트로든 라이트로든 아무 쪽으로나 탈 수 있어요. 그렇다고 해도 사람마다 보통은 어느 한쪽을 다른 쪽보다 더 타기 쉽다고 느낄 거예요."

거스가 설명했다.

우리는 잠시 파도를 보았다. 피크가 형성되면서 양쪽으로 경사가 지지만 대부분 한쪽 경사가 다른 쪽보다 더 길거나 더 크고 탄탄해지기 시작했다. 그쪽으로 가야 한다는 뜻이었다.

"알겠어요. 혼자 파도를 읽어볼게요. 하지만 좋은 라이트가 보이면 알려주세요. 그쪽으로 방향을 바꾸는 법도 배워볼게요."

잠시 찾아보아도 라이트는 전혀 보이지 않았다. 나는 레프트를 두어 번 타려고 했지만 파도를 잡기 시작하자 너무 가파르게 느껴져서 그대로 굳은 채 물러나고 말았다.

"방금은 잡은 줄 알았어요."

두 번째 물러났을 때 거스가 말했다.

"내가 타기엔 너무 가파른 느낌이었어요. 펄링을 하게 될 것 같아서요."

"아, 그랬군요. 음, 내가 볼 때 다이앤은 보드에서 자세를 꽤 잘 잡고, 파도의 올바른 지점에 들어가 있어요. 그러니까 보드를 한 각도로 유지하고 팝업을 할 때 아래를 보지 말고 좀 더 먼 곳을 보세요. 가파른 느낌이 좀 줄어들 거예요."

다음 파도들이 왔을 때 몇 번 그 방법을 시도해보았고 효과가 있었다. 아래를 보지 않았더니 파도를 쉽게 잡았고 타는 재미가 있었으며 로커웨이에서보다 더 오래 버텼다. 좋은 기분으로 라이트를 기다리기로 했다. 라이트처럼 보이는 파도를 발견했고 거스에게 확인을 받은 다음 오른쪽으로 보드를 틀어 패들링을 시작했다. 뒤를 돌아보며 파도가 여전히 피크를 이루고 있는지 살핀 뒤 조금 더 힘차게 저어 파도를 잡았다. 보드가 수상 비행기가 된 느낌이 들었을 때, 팔짝 뛰어 일어나 보드를 조금 더 틀고 파도의 라인을 탔다. 왼쪽으로.

파도를 타는 동안에 이미 깔깔 웃기 시작했다. 내가 돌아오자 거스도 빙글빙글 웃으며 고개를 저었다. 내가 말했다.

"네, 네, 알아요. 왼쪽으로 가버렸네요."

"완전히 왼쪽으로 프로그래밍됐어요."

"네, 몸이 왼쪽으로 가지 않으면 서핑이 아니라고 생각하나 봐요. 그냥 계속해볼게요. 오른쪽으로 가자고 꾀어봐야죠."

몇 번 더 시도한 끝에 마침내 라이트에 올라 오른쪽으로 갈 수 있었다. 해냈을 때의 기분은 최고였다. 로커웨이에서 레프트를 타는 모든 구피 서퍼가 했던 이야기를 이제 이해하게 되었다. 레귤러인 나는 레프트를 타는 것도 나쁘지 않았지만, 라이트를 타는 것은, 뭐랄까, 옳은 느낌이었다. 파도를 마주 보며 타니 파도의 일부가 된 느낌이 훨씬 더 강해진 것 같았다.

○○○

늦가을의 어느 날 밤, 위층 서재의 컴퓨터 앞에 앉아 있었다. 무엇을 하고 싶은지, 어느 정도 진지한 관계를 추구하는지 묻는 체크박스를 채우고, 행복하고 활기차 보이는 내 사진을 몇 장 올렸다. 미술관 개관식에서 찍은 사진, 어느 여름날 밤네 집 뜰에서 예쁜 원피스를 입고 선글라스를 쓴 채 웃고 있는 사진, 몬토크에서 파도를 타는 사진이었다. 오랜 시간 만족스럽게 서핑을 마치고 뜨거운 물에 샤워한 다음 우주의 흐름처럼 찾아오는 나른한 감각이 평화로웠다.

한 친구의 조언대로 온라인 데이트 앱의 계정을 만들어 나한테 무슨 일이 생길지 시험해보기로 했다. "새로운 방법을 써보는 중이야." 싱글인 다른 여자 친구도 함께한 저녁 식사에서 그 친구가 이야기를 꺼냈다. "사진만 몇 장 올려. 답이나 소개 글을 길게 쓰느라 골치 썩지 않는 거지. 어차피 남자들이 신경 써서 보는 건 사진뿐이거든. 사진이 마음에 들면 바로 연락할 거야."

많은 주변 사람이 연애 중이거나 곧 연애할 것 같았고, 나도 관심과 동료애와 최근에 잠깐 즐겼던 섹스가 그리웠다. 밤은 똑똑하고 예쁘고 재미있는 기자와 정말로 가능성 있어 보이는 관계로 접어들었다. 밥네 집 전 세입자이자 나에게 럼 플로터라는 기쁨을 알려준 존도 사랑을 찾은 것 같았다. 브랜던과 다비나는 계속 사귀는 중이었고 전보다 훨씬 더 불타오르는 듯했다. 케이프 코드에서 서핑 강습을 해주었던 거스마저도 강습을 마치고 데이트를 하러 갔다. 반드시 진지한 관계를 원하는 건 아니었다. 그저 변화를 가져오고 싶었다. 그래서 특별한 기대 없이 사진 위주의 프로필을 올리고 어떻게 되는지 기다려보았다.

오래 기다릴 필요는 없었다. 많은 반응이 왔고 그중 몇 사람은 처음엔 가능성이 있어 보였지만 결국은 흐지부지되었다. 그러나 한 또래 남자에게는 계속 눈길이 갔다. 우리가 잘 어울리는지는 확실히 알 수 없었지만 이미 그에게 마음이 끌렸다. "이 사진!"이라고 첫 메시지를 보내며 몬토크에서 파도 타는 사진 이야기를 했기 때문이다. 남자의 이름은 토드였다. 토드는 농구를 좋아하는 운동 마니아이면서 여가 시간에는 사진을 찍는 등 창작 활동도 즐겼다. 이렇게 우리 사이에는 몇 가지 공통점이 있었다. 토드는 아이오와의 농장 출신이었지만 샌프란시스코 베이 지역을 거쳐 지금은 브루클린에서 살았다. 사람들을 돕는 일에 관심이 있다는 점도 좋게 느껴졌다.

그래서 1월의 마지막 날, 타임스 스퀘어에서 A선 열차를 타기 위해 철제 계단코를 씌운 계단을 달려 내려가던 나는 발을 헛디뎌 역으로 곤두박질쳐 굴러들지 않기를 기도했다. 첫 데이트에 너덜너덜 멍이 들어 나타나고 싶은 사람은 없을 테니까. 일에 매여 있다가 늦게 나왔기 때문에 걱정이 되었다. 토드가 나를 사귀어봤자 재미라곤 없는 일 중독자라고 생각할까 봐. 다행히 열차 안에서 전화를 받아 늦는다고 알려줄 수 있었다.

레스토랑 앞에 도착했다. 토드가 문 바로 안쪽에서 기다리고 있는 모습이 길에서도 보였다. **사진이랑 똑같이 생겼네. 하지만 더 귀엽다.** 머리는 갈색이 도는 짧은 금발이었고 키는 나와 비슷했다. 운동화를 신고 청바지와 보라색 맨투맨을 입었으며 알록달록한 비즈 목걸이를 하고 있었다. 어떤 스타일이라고 딱 잘라 말할 수는 없었지만 그만의 스타일이 있다는 건 알 수 있었다.

문을 열고 들어가 그쪽으로 몸을 기울였다.

"안녕하세요, 너무 늦어서 미안해요."

이렇게 말하고 손을 내밀었다.

"다이앤이에요."

그의 따뜻한 밤색 눈이 나를 보며 커졌다.

"와, 실물은 사진보다 훨씬 더 예쁘시네요."

토드가 불쑥 내뱉고 덧붙였다.

"저도 잘하겠습니다."

시작이 나쁘지 않아. 전혀 나쁘지 않아.

자리가 나기를 기다려야 해서 맥주를 한 잔 달라고 했다. 토드는 이미 주문한 참이었다. 붐비는 바 앞에 서서 금방 나오기를 바라며 기다리는 동안, 나를 살피는 토드의 시선을 느꼈다. 마침내 맥주가 나왔지만 그사이에 테이블이 준비되었다.

우리는 메뉴를 훑어보았다. 거의 곧바로 토드가 말했다.

"음, 전 정했어요."

"뭘로요?"

"피시 타코요. 일 년 동안 오클랜드에 살았을 때 처음 먹어봤는데 너무 맛있었어요. 그래서 피시 타코가 메뉴에 있으면 거의 항상 이걸 주문해요."

"와, 재밌네요. 저도 그래요. 전 팔로알토에서 일 년간 살았을 때 먹어봤어요. 집 근처에 와후스 피시 타코가 있었는데, 먹고 싶은 걸 떠올리면 거의 늘 거기 음식이었죠. 괜찮으시면 저도 같은 걸 먹을래요."

"괜찮고말고요. 그렇게 하세요."

"로커웨이에도 맛있는 데가 있어요. 언제 꼭 와서 드셔 보세요."

데이트 분위기는 좋은 것 같았다. 토드는 여름마다 새아버지를 도와 농장 일을 하며 12열 제초 경운기를 정확히 다루는 법을 배웠던 이야기를 들려주었다. 그는 푸코와 데리다와 마르크스를 사랑한다고 했다. 평화 봉사단Peace Corps에서 27개월간 활동했는데 그때 머물렀던 필리핀의 작은 마을에서 필리핀 사투리를 배워 번역자로 일할 수 있을 만한 실력을 갖췄다. 사회 운동에 뛰어들었던 1990년대에 로워 이스트 사이드에서 좌파 사람들과 공동 텃밭 살리기를 한 경험도 있었다. 토드는 재미있고 똑똑한 사람이었고 친절해 보였다. 우리가 수년간 같은 파티에 참석해서 모르는 새 마주쳤을 가능성이 있다는 것도 알게 되었다. 토드의 농구

• 멕시코 음식을 파는 캐주얼 레스토랑.

지인 중에는 내가 아는 사람이 많았고, 그가 뛰고 있는 뉴욕시 리그에 출판계 사람들도 많이 있었기 때문이다.

"그 친구들한테서 단어 발음을 많이 배웠어요."

토드가 식사 도중에 이런 이야기를 꺼냈다.

"전에는 한 번도 발음을 들어보지 못한 단어들이 있더라고요. 읽은 적만 있는 단어라서요. '레스핏respite' 같은 거요. 전 오랫동안 '레스파이트'라고 읽는 줄 알았어요. 제가 살던 작은 도시에는 그런 문어체로 말하는 사람이 아무도 없었거든요."

토드가 웃었다.

내가 브루클린의 포트 그린에 있는 바에서 사실상 진한 스킨십을 시도했던 때를 포함해 몇 번 더 데이트를 한 뒤, 토드가 로커웨이에서 밤을 보내러 왔다.

"나 콘돔 가져왔어!"

토드가 신이 나서 인사했다. 우리는 소파로 쓰러져 키스하고 어루만지고 서로에게 달라붙었다. 우리는 위층으로 올라갔다. 그와 함께 나체가 되는 것이 너무나 쉽고 편안해서, 그리고 운동선수 같은 몸의 등성이와 골과 단단한 봉우리가 내 몸에 너무나 기분 좋게 느껴져서 놀랐다. **이 몸에 익숙해질 것 같아.** 이렇게 생각하며 잠에 빠져들었다. 아침에 일어나 토드가 해주었던 이야기를 떠올렸다. 마이크 타이슨이 "누구나 계획이 있다. 얻어맞기 전까지는"이라고 했댔나. 음, 나는 얻어맞았다.

● '일시적인 중단, 유예'라는 뜻. 영국에서는 '레스파이트'라고 발음하기도 한다.

여름이 막바지로 향하던 어느 평일 아침, 다비나가 나를 집에서 끌어내 바다로 데려갔다. 최근에 둘 다 서핑을 충분히 하지 못해서 다비나가 앞장서서 우리 몸에 다시 습관을 들이기로 했다. 나는 새로 산 중고 스튜어트Stewart 보드에 앉아 있었다. 스튜어트는 1979년에 빌 스튜어트가 라구나 비치에 설립한 회사로, 롱보드 디자인에 숏보드의 특수한 성능을 도입하고자 했다. 웨스트 코스트로 출장 갔을 때 크레이그스리스트의 한 남성 거래자로부터 구입했는데 보드를 넣어올 보드 가방도, 적당한 케이스도 없어서 홈 디포에 가서 파이프 보온재, 포장 테이프, 전체를 감쌀 완충 비닐 포장지를 잔뜩 샀다. 하지만 취재 하나가 길어진 데다 롱 비치의 공항으로 가는 길까지 막혔다. 결국 렌터카를 반납하기 전 기름을 채우려고 들른 주유소에서 보드를 포장하기로 했다. 해 질 녘 어스름 속에서 보드를 땅에 내려놓고 비닐을 줄줄 풀어 9피트 4인치의 덩치를 둘둘 싸기 위해 안간힘을 썼다. 비닐은 바람에 펄럭이면서 틈만 나면 황야를 구르는 덤불 뭉치처럼 굴러가려고 했다. 그렇게 용을 쓰고 있는데, 주유소 위쪽 주택 단지에서 험하게 생긴 남자 둘이 내 쪽으로 향하는 비탈길을 따라 내려오는 모습이 보였다. 둘은 말싸움을 벌이는 중이었다. 한 명은 핸들을 잡아 오토바이를 끌면서 걸었다.

건축 자재나 인테리어 용품 등을 파는 대형 매장.

"망할 체인 내가 안 잘랐다고!"

둘 중 하나가 말했다.

"네 말이 맞아야 할 텐데 말이다. 네놈 짓이라면 널 잘라버릴 거니까!"

"나 아니라고 했지, 망할 새끼야!"

다른 남자가 상대에게 가슴을 쭉 내밀며 대꾸했다.

"네가 안 잘랐으면 걱정 없겠네. 잘랐으면 걱정 있겠고."

둘은 욕하고 서로 위협하고 가슴을 내밀어 맞부딪치면서 내 바로 앞까지 다가왔다. 한쪽이 다른 쪽을 밀자 그 다른 쪽이 되밀었다.

내가 둘을 올려다보며 말했다.

"저기, 남자분들. 다른 데 가서 싸워주실 수 있을까요? 제가 여기서 이 보드를 싸야 하거든요."

남자들이 말을 멈추고 나를 내려다보는 동안 세상이 조용해지고 모든 움직임이 멈추었다. 어, 이런, 내가 너무 크게 말했나? 이렇게 생각하며 숨을 죽였다.

"아, 미안합니다."

오토바이를 끌던 남자가 말했다.

"비켜 드려야죠."

둘은 뒤로 물러나 다시 서로에게 소리를 질렀고 나는 비로소 숨을 내쉬면서 하던 일로 돌아갔다. 아드레날린과 안도감에 몸이 떨렸다. 이미 화가 난 데다 약을 한 것처럼도 보이는 남자 둘을 자극했다니 믿을 수가 없었다. 너무 심하게 집중했나 보다. 보드를 다 썼을 때 둘 중 하나가 비탈을 내려와서 물었다.

"좀 도와줄까요?"

"아뇨, 고맙습니다. 다 했어요."

내가 대답했다.

지금은 바다에서 다비나와 함께 그 모든 일을 떠올리며 웃고 있었다. 내가 말했다.

"무슨 생각으로 그랬는지 몰라. 서핑하면 미치나 봐. 용감해지는 게 아니고 미치는 거."

"맞아. 그래도 이 보드는 정말 예쁜걸. 완전 이해돼."

"음, 나도 이 보드와 나를 말짱히 집으로 데려올 수 있어서 기뻐."

우리는 몇 번 번갈아 파도를 탔다. 나는 토드와 어떻게 되어가고 있는지 다비나에게 들려주었다. 처음으로 밤을 함께 보낸 뒤 우리는 곧 매일 밤을 함께 보내는 사이로 발전했다. 심지어 하루는 퇴근한 토드가 작은 휴대용 재생 기기를 들고 우리 집에 나타났다. 〈선데이 클래식스*Sunday Classics*〉라는 라디오 프로그램을 녹음해 만든 테이프를 함께 듣기 위해서였다. WBLS에서 할 잭슨이 진행했던 그 방송에서는 다양한 시대의 흑인 음악을 선보였다. 토드는 기기를 세워 놓고 테이프를 넣어 재생한 다음, 나를 끌어안고 조니 매시스의 노래 〈원더풀, 원더풀*Wonderful, Wonderful*〉에 맞춰 주방에서 춤을 추었다.

뉴욕시 도심부에 방송을 내보내는 FM 라디오 방송국.

"지금 내가 하는 생각이 바로 이 노래야."

토드가 내 귀에 속삭였다. 진짜 로맨스를 찾아다니지 않았는데도 로맨스가 나를 발견한 것 같았다. 장기적으로 내다볼 때 걱정되는 부분이 있긴 했지만.

"우린 비슷한 점이 많아. 하지만 세계관은 다르기도 해. 내가 한 사람한테 전념할 준비가 됐는지도 잘 모르겠어."

물속에서 내가 다비나에게 털어놓았다.

"하지만 그냥 그렇게 하는 게 맞을 때가 있잖아. 딱 맞는 타이밍이 아닌 것 같아도 말이야."

다비나가 이렇게 대답하고 몸을 돌려 패들링을 시작하더니 파도를 잡아 타고 해안까지 쌩 날아갔다. 나도 다음 파도를 잡아 나아갔다가 뛰어내린 뒤 원래 자리로 돌아왔다. 다비나가 얼굴 가득 웃음을 띠웠다.

"멋진 파도였어."

"재밌었어. 다비나 것도 좋아 보이던걸."

"응, 좋았어. 그런데 토드 말이야, 내 생각엔 다이앤한테 완벽한 사람인 것 같아."

"그럴지도. 그냥 정말 좋아."

해변으로 시선을 돌리자 리바가 산들바람에 검은 곱슬머리를 흩날리며 물에 들어오고 있었다. 리바는 길 위쪽 방갈로로 이사해서 더 자주 보게 되었다.

"여러분, 좋은 아침. 상태가 아주 괜찮아 보이네. 어땠어?"

리바가 우리 쪽으로 물을 저어오며 물었다. 내가 대답했다.

"좋았어. 타기 쉬운데 박력이 좀 있긴 해. 지금 그쪽으로 하나 간다."

"오, 고마워."

리바가 몸을 돌려 파도를 잡으러 갔다.

파도에서 내린 리바가 물을 저어 다비나와 내 쪽으로 다시 돌아왔다. 리바가 말했다.

"에지미어Edgemere에 농장 겸 레스토랑이 생긴대. 저크 치킨을 먹을 수 있어!"

산책로에 들어온 가게들을 기획한 사람들 중 하나가 슈퍼마켓이 별로 없던 40번가의 공터에 농장을 열었다. 지역 사람들에게 밭을 조금씩 빌려줘서 농사를 짓게 하고, 수확한 농산물을 농장에서 팔거나 근처 레스토랑에 팔아서 자급자족을 이루게 한다는 발상이었다. 시간대별로 다른 지역 요리사가 와서 피크닉 스타일 식사를 내는 레스토랑도 함께 시작했다.

"진짜 재미있겠다. 시간이 날지는 모르겠지만 말이야. 그래도 꼭 가보고 싶어."

"되는 날을 보낼게. 계획을 세워보자."

내 말에 리바가 대답했다.

"그거 좋다."

나는 다른 파도를 잡으러 갔다.

다시 돌아온 나는 둘에게 먼저 가야겠다고 말했다.

＊ 자메이카식 매운 양념을 바르거나 양념에 절여 구운 닭고기 요리.

"이번 주에 셋이 또 바다에서 볼 수 있으면 좋겠어. 나는 금요일 아침에 올까 하고."

둘 다 시간을 맞춰보겠다고 했다. 리바가 파도를 골라줘서 마지막으로 한 번 더 타려고 패들링을 시작했다. 둘이 좋은 하루를 보내라고 인사했다. 나의 하루는 이미 좋았다.

○○○

약 일 년 뒤, 케이프 코드를 다시 찾았다. 매시피에 있는 돌아가신 부모님의 소박한 농가 주택을 처분하기 위해서였다. 이 집을 소유해도 언니나 나에게 재정적으로 의미가 없다는 판단을 내렸다. 집을 완전히 넘기는 날을 일주일쯤 앞두고, 토드와 나는 빌린 밴을 몰고 지하실의 가구와 집기를 치우러 왔다. 에릭과 함께 타운하우스에 살았던 시절의 물건 중에 로커웨이의 방갈로에는 맞지 않았던 물건들이 이곳에 있었다. 여기서 결혼 선물 중 남아 있었던 야외용 긴 의자를 일찌감치 밴에 실었고 모로코식 랜턴 한 쌍, 운동용 벤치, 우리가 쓸 수 있을 듯한 가구 몇 가지도 챙겼다.

안을 거의 다 살펴보았을 때쯤 열두 살 무렵에 탔던 노란색 삼단 변속 자전거가 나왔다. 이 자전거를 타고 혼자 시간을 보내곤 했다. 집에서 느끼는 압박에서 벗어나 자유와 독립을 맛보는 시간이었다. 나는 자전거를 타고 온 동네를 누볐다. 뒷골목을 따라

● 매우 정교하게 조각한, 모로코의 전통적인 금속 랜턴. 색유리를 끼우기도 한다.

가고 연못가를 돌고 숲으로 들어가고, 개발되지 않은 드넓은 공터에서 야생 블랙베리를 따고, 풀숲에서 복주머니난을 찾아다녔다. 그 비밀 장소들은 오래전에 모두 사라졌다. 불도저에 밀린 다음 포장되거나 잔디가 깔린 넓고 매끈한 땅이 되어 교외 주택에 자리를 내주었다. 왠지 자전거를 버리면 안 될 것 같았다. 허리케인이 왔을 때 포치에 함께 있었던 수염 난 마이크가 탈것을 개조할 줄 아니까 그에게 부탁하면 자전거를 토드나 내가 쓸 수 있는 무언가로 바꿔줄지도 몰랐다. 하지만 밴이 이미 꽉 찬 데다 자전거는 필요하지 않았다. 나에게 드디어 내가 머무르고 싶은 집, 탈출하지 않아도 되는 집이 생겼으니까. 삼 년 전에는 상상조차 할 수 없었던 삶이 시작되었다.

그런 삶은 내가 로커웨이에서 흡수하고 있는 배움 중 하나였다. 나는 비록 한 달 동안 서핑을 중심으로 일과를 꾸렸지만, 이곳에선 많은 사람이 행복을 중심으로 삶을 구성했다. 가득한 의무들 사이에 작은 행복 하나를 욱여넣으려고 하지 않았다. 펼쳐지지 않은 일은 그저 그대로 두고 싶었다. 나는 수평선 너머를 그만 보는 법을 배우고 있었다. 대신 나를 둘러싼 환경을 의식하고 거기서 할 수 있는 일에 집중하며, 순간의 에너지를 활용하고, 버티고, 흐름을 타기를 만끽하는 법을 배우는 중이었다.

안전한 항구

2017년 6월

우리가 바다에서 발견하는 것은
항상 우리 자신이다.
— E. E. 커밍스E. E. Cummings,
〈매기와 밀리와 몰리와 메이Maggie and Milly and Molly and May〉

봄날 같은 어느 토요일, 우리는 로커웨이에서 나이스가이 리치를
위해 패들 아웃 의식을 열었다. 이런 의식에 참석하는 것은 처음
이었다. 와이키키의 서퍼들이 죽은 이를 기리기 위해 만든 의식
이라고 한다. 하지만 나는 리치를 잘 몰랐다. 그가 늘 별명에 어울
리게 산다고 생각한 정도였다. 그는 프랭크의 서핑 학교 강사였
고 바다에서 어떻게 처신해야 하는지를 특히 힘주어 가르쳤다.

누구에게 파도를 탈 우선권이 있는지 구별하는 법, 라인업에 머물 때나 해안에서 나아갈 때 다른 서퍼들과 안전 거리를 유지하는 법 등 말이다. 리치는 잠시 내 이웃에 살기도 했다. 샌디가 왔던 날 내가 키바, 팀과 함께 밤을 보냈던 커다란 빨간 집이 있는 거리 건너편에서 살았다. 리치가 아팠는지조차 몰랐지만 그가 죽었다는 소식을 들었을 때는 의식에 참여하고 싶다고 생각했다. 원을 조금이나마 더 넓히면 리치가 얼마나 많은 사람과 이어져 있었는지 그의 아내에게 보여줄 수 있을 테니까.

둥근 얼굴에 늘 웃음을 띤 리치는 내가 프랭크의 학교에서 정기적으로 강습을 받았던 첫 여름에 만난 팀의 일원이기도 했다. 반도로 이사 온 뒤에는 개를 태우고 자전거를 타거나 버스를 타고 시내로 가는 리치의 모습을 종종 보았다. 로커웨이 사람들은 겨울이면 자취를 감추고 집에서 겨울잠을 자거나 열대 지방으로 떠나곤 해서 한동안 리치를 보지 못했어도 대수롭지 않게 여겼다. 그러던 어느 날 서핑을 하다가 리치의 동료 강사이자 내가 아번에서 강습을 받던 초기에 큰 도움을 주었던 지역 음악가 사이먼과 마주쳤다.

구름이 뒤덮인 하늘 아래 반짝이는 회갈색 물 위에서 부드럽게 흔들리면서, 사이먼은 나이스가이 리치가 플로리다의 데이토나로 이사한 이야기부터 시작했다. 리치는 그곳에 집을 샀고 날마다 서핑하는 꿈같은 생활을 했다. 하지만 사실 데이토나에 끌린 이유 중 하나는 암 투병 중인 아내에게 더 좋은 환경이었기 때문이다. 그러다 갑자기 리치 또한 암에 걸린 것을 알게 되었고 손 쓸

새도 없이 크리스마스이브에 46세의 나이로 병에 지고 말았다. 마찬가지로 프랭크 팀의 일원이자 리치와 가까웠던 비니는 플로리다로 날아가 있는 중이었지만 토요일 정오에 열 모임까지 준비하고 있었다.

그날 아침, 토드가 집을 나서고 조금 뒤에 침대에서 나왔다. 우리 집으로 이사한 토드는 거의 20년 동안 계속해온 정기 농구 시합에 참가하려고 로워 이스트 사이드로 향했다. 내가 아침을 먹고 핸드폰으로 날씨와 서핑 정보 실황을 확인하는 동안 얇게 덮였던 구름이 걷혔다. 파도는 낮고 깨끗해 보였으며 해가 잘 들어서 많이 추울 것 같지 않았다. 그래서 키바가 만든 네오프렌 코어 워머 대신 비키니를 웻슈트 밑에 입고, 보드에 왁스를 칠하고, 바다로 향했다.

리바는 그날 아침 오지 못했고 다비나는 자신과 브랜던의 아들인 어린 제퍼를 돌보는 날이라 나 혼자였다. 바다에 앉아 연한 옥색 물에서 튀어오르는 반짝이는 광채를 지켜보았다. 물이 모여들어 허벅지 높이의 피크를 이루며 샌드 바 위로 솟아올랐다가 둥글게 무너지며 바다를 가로질렀다. 로커웨이에서는 보기 드물게 좋은 바다 상황이었다.

갑자기 떠오른 생각에 빙긋 웃었다. 여전히 정말 자주 드는 생각이었다. **난 어떻게 여기 오게 된 걸까?** 물론 내가 이곳에 와서 이런 삶을 시작하게 된 과정은 정확히 알고 있었다. 예측할 수도 없었고 간절히 바란 것도 아니었는데 어째서 그렇게 되었는지는 아직도 완전히 모르겠다. 그래도 나를 마침내 나만의 안전지대에서 끌어내 이 이상하고 마술 같은 장소로 불러들이고 비교적 평화롭고 기쁜 삶을 찾게 하는 데 성공한 것이 서핑이라는 사실은 놀라웠다.

고맙게도 바다가 붐비지 않아서 파도를 몇 번 잡아 탔다. 기쁘게 물을 따라 움직이면서, 상하좌우로 흔들리는 해류와 나를 뒤에서 밀어주는 항상 신비롭고 강력한 바다의 힘을 느꼈다. 집으로 돌아가서 집 옆에 보드를 놓아두고, 몸을 헹구고, 웻슈트 상의 부분을 끌어내렸다. 호스를 손에 들고 터덜터덜 걸어가 공동 텃밭의 내 구역에 물을 주면서, 내 나름의 꿈같은 삶을 살고 있음을 실감했다. 이 모든 일이 일어나기 수년 전, 프랭크에게 강습을 받고 밥네 집으로 걸어가다가 이 블록에 늘어선 방갈로들을 맞닥뜨렸던 순간 상상한 삶이었다. 그날 나이스가이 리치도 강습하러 나왔을지 모른다. 이 모든 것, 서핑, 로커웨이, 집, 텃밭, 토드 중 무엇 하나 발견하지 못하는 일이 얼마든지 일어날 수 있었다는 사실, 병이나 부상이나 업보나 아주 나쁜 날씨가 이 가운데 무언가를, 또는 전부를 언제든 손쉽게 앗아갈 수 있다는 사실을 깨닫자 몸이 떨렸다.

하지만 나는 모두 가지고 있다. 적어도 지금은. 이렇게 생각하며 슬픔과 두려움을 털어내고 물 주기를 마친 다음, 물을 마시고 보드를 들고 다시 바다로 내려갔다. 십여 명이 뜨거운 모래밭 위와 천막 아래에 모여 있었다. 서핑 학교의 내 옛 선생님들이 많이 보였다. 지금은 우리 블록에 살고 있는 프랭크, 유일한 여성 정규 강사였던 캣, 교도관이 된 뒤로 보지 못했던 케빈, 그리고 당연히 사이먼도 있었다. 행복하고 활기 넘쳐 보이는 리치의 사진들이 포스터 크기로 인쇄되어 해변을 따라 세워져 있었다. 바퀴가 큰 오토바이에 탄 사진, 개와 함께 찍은 사진, 기타를 연주하는 사진이었다. 한 여자가 흰색 카네이션이 가득 실린 쇼핑 카트를 끌고 도착했고, 우리는 모두 둥글게 모여 리치에 대해 이야기했다. 비니는 둘이 파도 속에서 딱 한 번 만나 바로 친구가 된 이야기를 들려주며 리치를 "훌륭한 워터맨waterman"이라고 칭했다. 이 지역 사람들이 보낼 수 있는 최고의 찬사였다. 사이먼은 기타로 플라멩코 가락을 연주했다. 리치는 하드록 뮤지션이었지만, "내가 이런 걸 연주하면 항상 좋아했어요"라고 사이먼은 말했다. 이어서 리치의 아내가 그는 로커웨이를 정말 사랑했다고, 자신이 죽어간다는 걸 알았을 때 유일하게 바랐던 것이 패들 아웃 의식이었다고 말했다.

이제 물에 나갈 시간이었다. 나는 조의를 표하고 꽃을 쥐고 보드를 들고 걸어 나갔다. 파도가 피크를 이루는 곳까지 계속 걸어갈 수 있는 날이었지만, 오늘은 적절한 방법이 아닌 것 같았다. 그래서 나는 꽃을 이로 물고 마치 서프보드 위의 탱고 무용수처럼 데크 위로 몸을 내던진 다음 팔을 휘휘 저어 물을 가르며 아웃사이드로 나갔다. 둥글게 모인 사람들 사이로 들어가 한 손으로는 사이먼, 다른 손으로는 모르는 아이의 손을 잡았을 때, 여기가 바로 내 자리임을 깨달았다. 우리는 모두 아주 다르지만 그 순간에

다양한 수상 스포츠에 능한 사람을 지칭하는 표현.

는 모두 같았다. 세상을 떠난 훌륭한 워터맨에 대한 사랑과 존경으로, 또한 우리가 들어와 있는 바다와 우리의 관계에 대한 사랑과 존경으로 하나가 되어 있었다. 나는 진정한 공동체의 일원이었다. 서핑이 아니었다면 영영 만나지 못했을, 내 인생을 완전히 바꿀 수 있도록 도와준 사람들 중 하나가 사라졌다. 그 생각에 눈물이 차올랐다.

잘 들리지는 않았지만 비니가 몇 마디를 하고 갑자기 꽃을 원가운데로 던졌다. 우리 모두 비니를 따라 꽃 더미를 만들었다. 손으로 물을 찰박이다가 한 줌 가득 쥐어 허공에 던지기를 몇 번이고 거듭하면서 리치의 이름을 소리쳐 불렀다. 격한 흥분이 잦아들고 우리 모두 잠시 거기에 있었다. 서로를 바라보고, 수평선으로, 믿을 수 없을 만큼 맑고 환한 하늘로 눈을 돌렸다.

한 남자가 외쳤다.

"자, 다들 나가서 리치를 위해 하나씩 잡읍시다. 그리고 파도에서 쿡처럼 굴지 맙시다."

모두 웃음을 터뜨리고 원을 벗어나 둑 쪽으로 향했다. 몇몇이 파도를 잡아 탔다가 다시 돌아왔다. 사람들을 지켜보던 내 눈에 수평선에서 파도가 생겨나기 시작하는 것이 보였다. 몸을 돌려 천천히 모래사장 쪽으로 움직이다가 정말로 피크가 생기고 있는지 확인하려고 돌아보았다. 솟아오르는 중이었지만 잡으려면 좀 서둘러야 할 것 같았다. **리치를 위해 잡아.** 팔을 물속으로 더 깊이 넣어, 더 세게, 더 빨리 젓는데 사이먼이 외치는 소리가 들렸다.

"그거 잡아요! 세게 저어요!"

보드의 테일이 들리는 느낌을 받으면서 파도 속으로 들어갔다. 펄쩍 뛰어 일어나 파도의 페이스를 가로지르며 보드를 몰았다. 엉덩이와 몸통을 틀고 팔은 옆으로 드리우고 무게 중심을 옮기며 가속을 유지했다. 나는 파도타기를 마쳤고 내 임무를 완수했다. 리치를 위해 하나 잡았으니까. 하지만 떠나고 싶지 않아서 다시 물을 저어 돌아갔다.

"멋진 파도를 잡았어요."

사이먼이 말했다.

"정말 좋았어요."

내가 대답했다.

하지만 단지 그 파도 덕분에 기분 좋은 것이 아니었다. 그날 오후에 진심으로 신뢰할 수 있는 내 사람들 사이에서 물을 저어 나아가 잡았던 파도들 덕분만도 아니었다. 또 다른 이유는 내가 잘못된 선택들로 이루어진 인생에서 탈출했기 때문이었다. 그 인생은 겉보기에는 무척 좋아 보였지만 실은 성취와 성공과 행복이라는 관념이 부추긴 많은 선택의 산물이었다. 그 선택들은 결국 나에게 아주 잘못된 결정이었고, 나에게 성취감이나 만족감 대신 초조함과 결핍만을 남겼다. 나는 마침내 거기서 벗어나 하고 많은 곳 중에 여기 로커웨이로 왔고, 다시는 그 안으로 돌아가고 싶지 않았다.

이 에세이를 구상하고 집필에 필요한 자료를 조사하면서 다양한
매체의 많은 자료를 참고했다. 현대에 발간된 서적과 역사적인
문헌, 정기 간행물, 광고, 사진, 지도, 기상·해양학·서핑 관련 보고
서, 다큐멘터리, 소셜 미디어, 이메일, 블로그 글이 이에 포함된다.
그중에서도 나에게 일어난 일들을 복기함에 있어 특히 큰 영향을
미친 자료들이 있다. 이를 아래에 따로 기록한다.

　로커웨이의 역사와 그곳에 살던 아메리카 원주민 및 식민 정
착지에 대해서는 에드윈 G. 버로스와 마이크 월리스가 쓴《고섬:
1898년까지의 뉴욕시 역사*Gotham: A History of New York City to 1898*》
(New York: Oxford University Press, 1999)의 1부 '레나페족의 고장
과 1664년까지의 뉴 암스테르담Lenape Country and New Amsterdam to
1664'을 읽으며 이해하기 시작했다. 뉴욕시와 근방에서 일어난 더
큰 문화 및 사회경제적 발전과 반도의 관계를 개관하기 위해서는
특히 로버트 A. 카로의《파워 브로커: 로버트 모지스와 뉴욕의 몰
락*The Power Broker: Robert Moses and the Fall of New York*》(New York: Vin-

tage, 1975)과 로렌스 캐플런과 캐럴 P. 캐플런의《바다와 도시 사이에서: 뉴욕시 로커웨이의 변모*Between Ocean and City: The Transformation of Rockaway, New York*》(New York: Columbia University Press, 2003)에 의지했다.

로커웨이 비치에 있는 네덜란드 지구의 변천과 반도의 문화를 이해하기 위해서는 세 편의 지역 역사서에 의존했다. 앨프리드 H. 벨롯의《1685년부터 1917년까지의 로커웨이의 역사*History of the Rockaways from the Year 1685 to 1917*》(New York: Bellot's Histories, 1918), 〈엽서 역사 시리즈*Postcard History Series*〉 중 에밀 R. 루세브가 쓴《로커웨이*The Rockaways*》(Charleston: Arcadia, 2007), 〈아메리카의 이미지*Images of America*〉 중 비비안 러테이 카터의《로커웨이 비치*Rockaway Beach*》(Charleston: Arcadia, 2012)다. 내가 조사한 유서 깊은 지도 중 가장 의미 있었던 것은《뉴욕주 킹스 카운티와 퀸스 카운티의 새 지도*New Map of Kings and Queens Counties, New York*》(J. B. Beers, 1886),《뉴욕시 퀸스 자치구 보험 지도*Insurance Maps of the Borough of Queens, City of New York*》(New York: Sanborn Map Co., 1912~1922),《뉴욕시 퀸스 자치구의 다섯 번째 구 파 로커웨이와 로커웨이 비치 지도*Atlas of Far Rockaway and Rockaway Beach, 5th Ward, Borough of Queens, City of New York*》(New York: Hugo Ullitz, 1919)이다.

하와이에서 서핑을 접한 서구 관찰자들의 초기 기록은 대부분 원전에서 인용했지만, 패트릭 모저의《태평양을 누비다: 서핑에 대한 글 선집*Pacific Passages: An Anthology of Surf Writing*》(Honolulu: University of Hawaii Press, 2008)이 없었다면 그런 이야기들을 발견할 수도, 맥락을 이해할 수도 없었을 것이다. 맷 워쇼의 글을 모은 《서핑 백과사전*The Encyclopedia of Surfing*》(Boston: Houghton Mifflin Harcourt, 2003)과 《서핑의 역사*The History of Surfing*》(San Francisco: Chronicle, 2010)도 서핑이 하와이에서 미국 본토를 거쳐 로커웨이 비치에 이르기까지의 발자취를 그린 귀중한 기록이다.

날씨와 그 밖의 물리력 및 물리적 구조가 서핑할 수 있는 파도를 만들어내는 과정은 토니 버트, 폴 러셀, 릭 그레그가 쓴《서핑의 과학: 서핑을 위한 파도 입문*Surf Science: An Introduction to Waves for Surfing*》(Honolulu: University of Hawaii Press, 2004)을 읽고 많이 이해할 수 있었다. 샌디의 발생과 발달에 대한 상세한 서술을 위해서는 에릭 S. 블레이크 등이 쓴 정부 공식 보고서《열대 저기압 보고: 허리케인 샌디*Tropical Cyclone Report: Hurricane Sandy*》(National Hurricane Center, February 12, 2013)와 캐스린 마일스의《초강력 폭풍: 허리케인 샌디 안에서 보낸 아흐레*Superstorm: Nine Days Inside Hurricane Sandy*》(New York: Dutton, 2014)에 특히 의지했다.

그리고 부분적으로는 WINS-AM이 제공한 오디오 녹음본에 의존해 샌디의 발달 상황이 어떻게 실시간으로 보도되었는지 인식했다.

이 회고록의 탄생—그리고 이 책이 따라가는 여정—은 어떤 의미에서 패트릭 패럴 덕분에 가능했다. 그는 능란하고 선견지명 있는 《뉴욕 타임스》의 편집자로, 내가 처음 서핑을 실제로 보았던 몬토크 취재를 허가했고, 이 책에 여러 소재를 제공한 그 기사를 채택해주었다. 《보그Vogue》 편집자 코리 시모어는 허리케인 샌디가 지나간 뒤 나에게 이메일을 보내, 서핑을 하기 위해 로커웨이로 이주했다가 허리케인의 습격을 당한 경험에 관한 에세이 구상의 싹을 틔워주었다. 몇 년 뒤, 《7 데이스》와 《뉴욕 타임스》의 친애하는 동료이자 친구인 페넬러피 그린이 《뉴욕 타임스》의 스타일 섹션에 서핑이 내 인생을 어떻게 바꾸었는지 써보라고 제안했고, 나는 로라 마모어의 날카롭고 감각적인 가이드에 따라 글을 발전시켰다. 그 글 덕분에 나의 이야기가 한 권의 책으로 이어질 수도 있겠다는 느낌이 처음으로 어렴풋이 들었다.

창의적이고 인내심 많고 끈기 있는 에이전트 토드 슈스터가—애비타스 크리에이티브 매니지먼트Aevitas Creative Management의 (에

리카 바우만, 저스틴 브루카트, 세라 레빗, 재닛 실버, 제인 폰 메렌을 비롯해) 많은 헌신적인 팀원과 함께—초고를 고치고 또 고치며 내가 섬세하게 조정된 제안서를 쓸 수 있도록 도왔고 이 프로젝트에 기막히게 멋진 집을 찾아주었다. 호턴 미플린 하코트Houghton Mifflin Harcourt의 열정을 전파하는 천재 편집자 디앤 어미는 소재에서 그 누구의 상상보다도 멋진 책의 가능성을 보았으며, 그 상상을 일깨우고 키우고 다듬어 실존하게 했다. 변호사이자 특별한 친구인 로즈 리히터는 낯선 길을 가는 나를 내내 안전하게 지켜주었다.

뉴욕 공립 도서관New York Public Library 지도 분과Map Division의 지칠 줄 모르는 직원들은 풍부한 지식을 바탕으로 내가 로커웨이의 유서 깊은 거리들을 눈앞에 보듯 거닐 수 있도록 도와주었다. 눈이 예리한 앤디 영은 내용상의 많은 오류를 정정하고 편집에 있어서 귀중한 격려와 통찰을 제공했다. 리즈 듀발은 적확한 질문을 던지고 일관성, 지속성, 의미 관점에서의 결점을 정확하고 우아하게 제거했다.

명석하고 예민하며 관대한 독자가 되어준 셰리 골드헤이건, 제프 구델, 카밀 스위니에게는 영원히 감사할 것이다. 이야기를 전개하고 문장을 다듬는 데 결정적인 조언을 해주었다. 책을 마무리하는 중요한 소재를 발전시키고 정제하는 일을 도와준 많은 사람에게 고마움을 전한다. 특히 92번가 Y92nd Street Y에서 열린 워크숍 '삶으로부터 글쓰기'를 함께한 조이스 존슨과 멤버들, 나의 출판계 (그리고 인생) 멘토 퍼트리샤 타워스, 존 S. 나이트 펠로십을 받았을 때 스탠퍼드 대학에서 들었던 논픽션 글쓰기 강의의 조슈아 타이리와 수업 동기들에게 감사한다.

내가 서서히 공동체의 일원이 되도록 도와준 로커웨이의 서퍼들에게, 그리고 지금은 우리 곁에 없는 이들, 즉 샌디가 강타했던 밤 내가 피난하도록 도와주었던 팀 힐과 산책로에서 커피를 홀짝이고 일출을 보며 많은 아침을 함께 시작했던 토미 볼로바에게 고마움을 전한다. 내가 어떤 모험을 하든 평생 변함 없는 지지와 사랑을 보내준 언니 낸시 카드웰에게 감사의 마음을 전한다. 그리고 끝으로 토드 뮬러에게 감사한다. 토드는 날마다 자신의 재치, 창의성, 품위, 정직, 지혜, 재미에 대한 심오한 감각을 나와 공유한다. 그는 그렇게 해낸다.

로커웨이, 이토록 멋진 일상
나는 파도를 타고 다시 인생을 배웠다

초판 1쇄 　 2022년 6월 13일 발행

지은이 　 다이앤 카드웰
옮긴이 　 배형은

기획편집 　 유온누리
디자인 　 이혜진
마케팅 　 김성현 김예린
인쇄 　 천광인쇄사

펴낸이 　 김현종
펴낸곳 · 메디치미디어
경영지원 　 전선정 김유라
등록일 　 2008년 8월 20일 제300-2008-76호.
주소 　 서울시 중구 중림로7길 4
전화/팩스 　 02-735-3308 / 02-735-3309
이메일 　 editor@medicimedia.co.kr
인스타그램 　 @__meeum
블로그 　 blog.naver.com/meeum__

ISBN 979-11-5706-259-1 (03840)

이 책을 읽는 당신이 궁금합니다.

 카메라를 켜고 QR코드를 스캔해주세요.
답해주시는 분들 중 추첨을 통해
소정의 선물을 드립니다.